La secte maudite

Robin Hobb

La secte maudite

*L'Assassin Royal*********

ÉDITIONS FRANCE LOISIRS

Titre original : *Fool's errand (The Tawny Man – Livre I)*
(deuxième partie)

Traduit de l'anglais par A. Mousnier-Lompré

Édition du Club France Loisirs,
avec l'autorisation des Éditions Pygmalion/Gérard Watelet.

Éditions France Loisirs,
123, boulevard de Grenelle, Paris
www.franceloisirs.com

ISBN 2-7441-6893-9

A Ruth et ses fidèles rayés,
Alexander et Crusades.

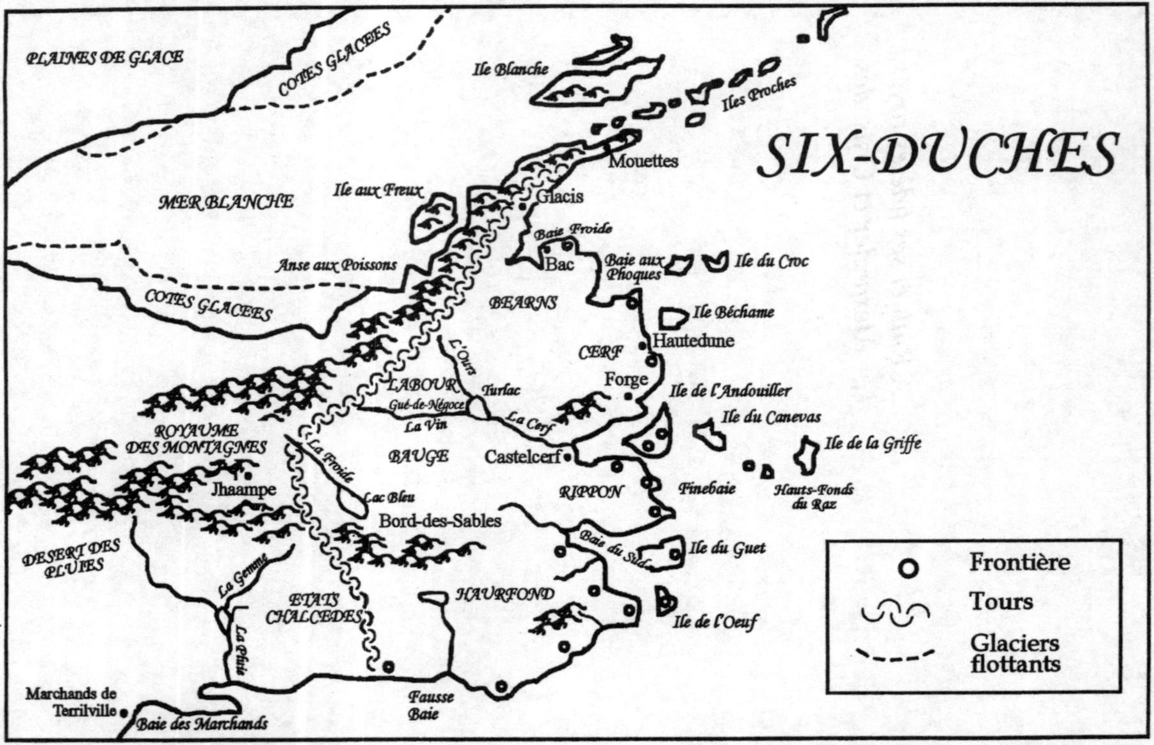

SIX-DUCHES
PLAINES DE GLACE
COTES GLACEES
Ile Blanche
Iles Proches
Mouettes
MER BLANCHE
Ile aux Freux
Glacis
Baie Froide
Bac
Baie aux Phoques
Ile du Croc
Anse aux Poissons
COTES GLACEES
BEARNS
Ile Béchame
Hautedune
CERF
L'Ours
Forge
LABOUR
Turlac
Ile de l'Andouiller
Gué-de-Négoce
La Vin
La Cerf
Ile du Canevas
ROYAUME DES MONTAGNES
La Froide
BAUGE
Castelcerf
Ile de la Griffe
Jhaampe
Lac Bleu
RIPPON
Finebaie
Hauts-Fonds du Raz
Bord-des-Sables
DESERT DES PLUIES
Baie du Sud
Ile du Guet
La Gemme
HAURFOND
ETATS CHALCEDES
Ile de l'Oeuf
La Pluie
Marchands de Terrilville
Baie des Marchands
Fausse Baie
Frontière
Tours
Glaciers flottants

1

MYRTEVILLE

Depuis l'époque du prince Pie, l'élimination des vifiers était considérée comme une pratique aussi normale que la condamnation aux travaux forcés pour dette aggravée ou la flagellation pour vol. Le monde était ainsi, et nul ne le remettait en cause. Au cours des années qui suivirent la guerre des Pirates rouges, il ne fut donc pas étonnant que les purges aillent bon train : la Purification de Cerf avait débarrassé le pays des Pirates et de leurs créations, les forgisés, et les honnêtes gens aspiraient à éradiquer toute souillure des Six-Duchés ; certains se montrèrent peut-être parfois trop prompts à punir sans guère de preuves : pendant une certaine période, l'accusation, fondée ou non, d'avoir le Vif suffit à faire trembler pour sa vie.

Les Fidèles du prince Pie, comme ils se baptisaient eux-mêmes, profitèrent de ce climat de suspicion et de violence ; sans jamais révéler leur propre identité, ils se mirent à dénoncer publiquement des personnages en vue, qui possédaient le Vif mais refusaient de prendre position contre la persécution des plus vulnérables d'entre eux. C'était la première fois que les vifiers, en tant que groupe, tentaient d'acquérir une influence politique ; cependant, il ne s'agissait pas du soulèvement d'un peuple contre l'injustice d'un oppresseur, mais de la manœuvre sournoise d'une faction perfide résolue à s'emparer du pouvoir par tous les moyens. Ses membres n'étaient pas plus loyaux les uns envers les autres que les chiens d'une même meute.

Politique de la conjuration des Fidèles du prince Pie de DELVIN

*

Notre course effrénée pour atteindre l'embarcadère à temps se révéla sans objet ; le bac était toujours à l'amarre et il y resterait, comme me l'apprit le capitaine, en attendant une cargaison de deux chariots de sel. Quand le seigneur Doré arriva en compagnie de Laurier, peu de temps après moi, je dois le reconnaître en toute sincérité, l'homme demeura inflexible. Mon maître lui offrit une bourse replette pour nous faire traverser sans les chariots, mais il secoua la tête en souriant. « Votre argent, je ne le toucherai qu'une fois, et, si joliment qu'il tinte, je ne pourrai le dépenser qu'une seule fois, tandis que cette cargaison, c'est dame Brésinga qui m'a prié de l'embarquer, et son argent tombe dans ma poche chaque semaine. Je ne veux rien faire qui risque de la mécontenter ; je vous demande donc pardon, noble seigneur, mais vous allez devoir patienter. »

Ce contretemps ne réjouissait guère sire Doré, mais il ne pouvait rien y changer. Il m'ordonna de surveiller les chevaux pendant que lui-même se rendait à l'auberge de l'embarcadère pour passer le temps confortablement assis devant une chope de bière. Il ne sortait pas de son personnage et je n'avais donc à en concevoir aucun ressentiment, ainsi que je me le répétai à plusieurs reprises. Si Laurier ne nous avait pas accompagnés, nous aurions peut-être pu mettre bas les masques de temps en temps sans compromettre nos rôles ; j'avais espéré un voyage agréable où nous ne serions pas obligés de maintenir constamment notre relation de maître et de domestique, mais c'était impossible, et je me résignai à la réalité. Pourtant, mes regrets durent transparaître dans mon expression, car Laurier me rejoignit alors que je promenais les chevaux dans un champ non loin de l'appontement. « Quelque chose ne va pas ? » demanda-t-elle.

Je lui lançai un regard étonné, surpris par son ton compatissant, et je répondis la vérité : « Non, je pensais simplement à un vieil ami qui me manque.

— Ah ! » Comme je me taisais, elle reprit : « Vous avez un bon maître ; il ne vous en veut pas que vous l'ayez battu à la course. J'en connais beaucoup qui se seraient arrangés pour vous le faire regretter. »

Cette réflexion me désarçonna, non en tant que Tom Blaireau mais en tant que Fitz ; je n'avais pas imaginé une seconde que le fou pût prendre ombrage d'une victoire obtenue à la loyale. A l'évidence, je n'étais pas encore tout à fait dans la peau de mon personnage. « Vous avez sans doute raison ; pourtant, il est autant vainqueur que moi, puisque c'est lui qui a choisi ma jument. De prime abord, elle ne me faisait pas très bonne impression, mais elle galope bien, et, pendant la course, elle a fait montre d'un caractère que je ne soupçonnais pas. Maintenant, je pense arriver à en faire une bonne monture. »

Laurier s'écarta pour observer ma jument noire d'un œil critique. « Elle m'a l'air de bonne qualité. Qu'est-ce qui vous gênait chez elle ?

— Ma foi... » Je cherchai une réponse qui ne laissât pas soupçonner mon Vif. « Il me semblait qu'elle manquait de bonne volonté. Certains chevaux ont envie de faire plaisir à leur cavalier, comme votre Casqueblanc et Malta ; ma noire n'a pas cette nature, apparemment, mais elle l'acquerra peut-être à mesure que nous apprendrons à nous connaître.

— Manoire ? C'est son nom ? »

Je haussai les épaules en souriant. « Si l'on veut. Je ne l'ai pas encore baptisée mais, en effet, c'est ainsi que je l'appelle, je crois. »

Laurier me jeta un regard en coin. « C'est toujours mieux que Noiraude ou Fifi. »

Je perçus sa réprobation et lui adressai un sourire ironique. « Je comprends ce que vous voulez dire. A la longue, je lui trouverai peut-être un nom qui lui conviendra mieux, mais pour l'instant c'est Manoire. »

Nous marchâmes un moment en silence ; Laurier ne cessait de jeter des coups d'œil aux routes qui menaient au bac. « J'ai hâte que ces chariots arrivent. Je n'en vois pas signe.

— Bah, le pays est vallonné ; ils sont peut-être dissimulés par une colline proche et nous allons les voir apparaître dans un instant.

— Je le souhaite. Il me tarde d'être en chemin. J'avais espéré arriver à Myrteville avant la nuit, car je voudrais visiter la région le plus vite possible.

— En quête de gibier pour la Reine, fis-je.

— Oui. » Elle détourna le regard, puis elle déclara tout à trac, comme pour me faire comprendre qu'elle ne trahissait aucun secret : « La reine Kettricken m'a dit que je pouvais vous faire confiance, à sire Doré et à vous, et que je ne devais rien vous cacher. »

J'inclinai la tête. « Sa Majesté m'honore.

— Pourquoi ?

— Pourquoi ? répétai-je, décontenancé. Eh bien, une telle confiance de la part d'une si grande dame envers quelqu'un comme moi, c'est...

— C'est invraisemblable, surtout sachant que vous n'êtes au château de Castelcerf que depuis quelques jours. » Elle me regarda dans les yeux.

Kettricken avait bien choisi sa confidente ; cependant, la vivacité d'esprit de Laurier pouvait aussi représenter un danger pour moi. Je me passai la langue sur les lèvres tout en me demandant que répondre. Je décidai finalement de lui livrer une parcelle de vérité ; il me serait plus facile de m'y tenir qu'à un mensonge lors de conversations ultérieures. « Je connais la reine Kettricken depuis longtemps ; j'ai effectué plusieurs missions discrètes à sa demande à l'époque de la guerre des Pirates rouges.

— C'est donc pour elle que vous êtes venu à Castelcerf, plutôt que pour sire Doré ?

— Il serait plus juste, je pense, de dire que je m'y suis rendu pour moi-même. »

Nous nous tûmes et conduisîmes nos chevaux à la berge pour les abreuver. Sans crainte de l'eau, Manoire s'avança dans le courant et but longuement ; je me demandai quelle serait sa réaction lorsqu'elle embarquerait sur le bac ; elle était grande et le fleuve large ; si elle se mettait en tête de faire des difficultés, la traversée risquait de me paraître longue. Je trempai mon mouchoir dans l'eau froide et m'essuyai le visage.

« Vous croyez que le prince a simplement fait une fugue ? »

J'ôtai le mouchoir de devant mes yeux pour la dévisager, abasourdi. Cette femme n'y allait pas par quatre chemins ! Je jetai des coups d'œil alentour pour m'assurer que nul ne pouvait nous entendre tandis qu'elle ne me quittait pas du regard. « Je n'en sais rien, répondis-je avec la même franchise. Il est possible qu'il ait été enlevé par ruse plutôt que de force ; c'est l'impression que j'ai. Mais j'ai la conviction qu'il n'est pas seul responsable de sa disparition. » Je mordis ma langue trop bien pendue : comment étayer cette opinion ? En révélant que j'avais le Vif ? Mieux valait écouter que parler.

« On risque donc de chercher à nous empêcher de le retrouver.

— C'est une éventualité.

— Qu'est-ce qui vous fait penser qu'on l'a enlevé par ruse ?

— Oh, une idée comme ça. » Ma réponse était trop évasive, je le savais.

Laurier planta derechef les yeux dans les miens. « Eh bien, je partage votre opinion ; en tout cas, il ne s'est pas enfui tout seul. Mon hypothèse est que ses ravisseurs n'approuvaient pas le projet de la Reine de l'unir à la narcheska outrîlienne. » Elle détourna le regard et ajouta : « Moi non plus, d'ailleurs. »

Ces derniers mots me firent dresser l'oreille. Pour la première fois. Laurier laissait entendre que sa fidélité à la Reine n'était pas absolument inconditionnelle. Toute la formation d'Umbre se réveilla en moi, me poussant à déterminer la profondeur de son désaccord. Etait-elle impliquée dans la disparition du prince ? « Je ne suis pas sûr, moi non plus, que cette idée soit la meilleure, dis-je pour l'inciter à poursuivre sur le sujet.

— Le prince est trop jeune pour qu'on le marie, déclara Laurier sans détour. Je ne suis pas convaincue que les îles d'Outre-Mer représentent nos meilleures alliées, et encore moins qu'elles respecteront leur engagement avec nous. D'ailleurs, comment serait-ce possible ? Elles ne sont constituées que de cités-Etats éparpillées sur la côte d'une terre hostile. Elles n'obéissent pas à un chef unique et elles passent leur temps à se disputer. Si nous scellons une alliance avec elles, nous en tirerons peut-être des avantages commerciaux, mais nous risquons également de nous retrouver empêtrés dans une de leurs guerres intestines. »

Je restai coi : manifestement, Laurier s'était sérieusement penchée sur la question, avec une profondeur de réflexion que je n'aurais pas attendue chez une chasseuse. « Que préféreriez-vous, dans ces conditions ?

— Si la décision me revenait – et je sais très bien que ce n'est pas le cas –, je garderais le prince à l'écart, en réserve, si j'ose dire, le temps d'avoir une vision claire de la situation, non seulement dans les îles d'Outre-Mer, mais aussi dans le Sud, en Chalcède, à Terrilville et dans les territoires plus éloignés encore. On dit qu'il se déroule une guerre là-bas, et on rapporte d'autres rumeurs plus échevelées : on aurait vu des dragons, par exemple. Je ne crois pas tout ce qu'on me raconte, mais des dragons sont bel et bien apparus dans les Six-Duchés pendant la guerre des Pirates rouges ; j'en ai trop souvent entendu parler pour mettre leur existence sur le compte d'esprits particulièrement imaginatifs. C'est peut-être la guerre qui les attire, et les proies qu'ils y trouvent. »

Il m'aurait fallu des heures pour l'éclairer sur ce sujet, aussi me contentai-je de lui demander : « Vous inclineriez donc à marier notre prince avec une demoiselle de la noblesse chalcédienne ou la fille d'un Marchand de Terrilville ?

— Peut-être même vaudrait-il mieux qu'il épouse quelqu'un des Six-Duchés. On murmure çà et là que Sa Majesté est d'origine étrangère et qu'une deuxième souveraine venue d'ailleurs ne serait pas dans l'intérêt du royaume.

— Et vous partagez ce point de vue ? »

Elle me regarda dans les yeux. « Avez-vous oublié que je suis la grand'veneuse de la Reine ? Mieux vaut une étrangère comme elle que certaines des aristocrates baugiennes que j'ai servies autrefois. »

Notre conversation s'interrompit là quelque temps. Nous fîmes sortir les chevaux du fleuve, j'ôtai leurs mors et nous les laissâmes paître. J'avais moi-même une petite faim. Comme si elle lisait dans mes pensées. Laurier tira deux pommes de ses fontes. « J'emporte toujours de quoi manger, expliqua-t-elle en m'en tendant une. Certains des nobles pour qui j'ai chassé ne se soucient pas plus du confort de leurs piqueurs et de leurs pisteurs que de celui de leurs chevaux ou de leurs chiens. »

Je me retins de défendre le seigneur Doré contre cette accusation oblique ; que le fou décide lui-même de l'impression qu'il souhaitait donner. Je remerciai Laurier puis mordis dans la pomme ; elle avait un goût aigrelet et sucré à la fois. Manoire leva soudain la tête.

Partager ? lui proposai-je.

Elle agita dédaigneusement les oreilles et se remit à brouter.

Quelques jours loin de moi et voilà qu'il fraye avec des chevaux ! J'aurais dû m'en douter. Le loup s'était servi du Vif sans subtilité ; je sursautai et les montures jetèrent des regards effrayés en tous sens.

« Œil-de-Nuit ! m'exclamai-je, surpris, en le cherchant des yeux.

— Pardon ? fit Laurier.

— C'est mon... mon chien. Il m'a suivi depuis chez moi. »

Elle me dévisagea comme si j'avais perdu la raison. « Votre chien ? Où ça ? »

Par chance pour moi, le grand loup sortit du sous-bois au même instant ; il haletait, et il se rendit tout droit au fleuve pour se désaltérer. Laurier l'observait fixement. « Mais c'est un loup !

— Il ressemble beaucoup à un loup, c'est vrai », dis-je. Je tapai dans mes mains et sifflai. « Ici, Œil-de-Nuit ! Aux pieds, mon chien ! »

Je bois, imbécile ! J'ai soif, comme toi si tu avais fait le chemin sur tes deux jambes, au petit trot, au lieu de te laisser transporter par un cheval.

« Non, répondit Laurier d'un ton égal. Ce n'est pas un chien qui ressemble à un loup : c'est un loup.

— Je l'ai adopté alors qu'il était tout petit. » Œil-de-Nuit continuait à laper. « C'est un excellent compagnon.

— Dame Brésinga risque de ne pas apprécier la présence d'un loup chez elle. »

Œil-de-Nuit releva le museau, balaya les alentours du regard puis, sans un coup d'œil pour moi, retourna sous les arbres et disparut. *Ce soir,* me lança-t-il.

Ce soir, je serai de l'autre côté du fleuve.

Moi aussi, fais-moi confiance. Ce soir.

Manoire avait senti l'odeur d'Œil-de-Nuit et surveillait les taillis où il s'était enfoncé ; elle poussa un hennissement inquiet. Je me tournai vers Laurier et m'aperçus qu'elle m'observait d'un air intrigué.

« J'ai dû me tromper, fis-je ; c'était un loup, en effet. Mais on aurait vraiment dit mon chien. »

Tu m'as fait passer pour un idiot, transmis-je à Œil-de-Nuit.

Ce n'était pas difficile,

« Drôle de comportement, pour un loup », déclara

Laurier. Elle ne quittait pas des yeux le sous-bois où il avait disparu. « Il y a des années que je n'ai pas vu de ces bêtes dans la région. »

J'offris le trognon de ma pomme à Manoire ; elle l'accepta et, en retour, me laissa la paume maculée de bave verdâtre. Je jugeai plus judicieux de ne pas répondre à la remarque de Laurier.

« Blaireau ! Grand'veneuse ! » C'était le seigneur Doré qui nous appelait du bord de la route, et c'est avec soulagement que je menais les chevaux dans sa direction.

Laurier me suivit. Comme nous approchions de mon maître, elle émit un petit bruit appréciateur, et je lui jetai un regard étonné par-dessus mon épaule. Elle observait le seigneur Doré mais, devant mon air interrogateur, elle me fit un petit sourire ; je reportai mon attention sur le fou. Conscient de notre examen, il prit une pose étudiée mais qui paraissait due au hasard. Je le connaissais trop bien pour me laisser prendre à ses artifices : il savait pertinemment que la brise venue du fleuve faisait gracieusement danser ses boucles d'or, il avait choisi avec soin les tons bleus et blancs de son habit dont la coupe élégante mettait sa sveltesse en valeur. On eût dit une créature de soleil et de ciel. Même les bras encombrés d'un cruchon et d'une serviette blanche bourrée de victuailles, il restait d'une distinction achevée.

« Je vous apporte à manger et à boire afin que vous ne soyez pas tenté de laisser les chevaux sans surveillance », me dit-il en me tendant le paquet et le cruchon emperlé de condensation ; il regarda ensuite Laurier de la tête aux pieds et lui adressa un sourire approbateur. « S'il plaît à la grand'veneuse, je serais heureux de partager mon repas avec elle en attendant ces maudits chariots. »

Laurier me lança un coup d'œil dont le sens était évident : elle me demandait pardon de m'abandonner, mais je devais comprendre qu'elle ne pouvait laisser passer une occasion aussi exceptionnelle.

« J'en serais ravie, sire Doré », répondit-elle en inclinant la tête. Je pris les rênes de Casqueblanc de ses mains avant qu'elle ait le temps de songer à me les remettre. Le seigneur Doré lui offrit son bras comme à une grande dame, et, après une hésitation imperceptible, elle posa ses doigts hâlés sur la manche bleu pâle ; le fou les recouvrit aussitôt d'une longue main élégante. Ils n'avaient pas fait trois pas qu'ils étaient déjà plongés dans une conversation sur les oiseaux, les saisons et les plumes.

Je me rendis compte que j'étais resté la bouche entrouverte et je la refermai tandis que le monde qui m'entourait trouvait soudain un nouvel agencement : le personnage du seigneur Doré était en tout point aussi réel et achevé que celui du fou que j'avais connu autrefois. Le fou était un petit phénomène de foire au teint livide, à la langue moqueuse et acérée, qui suscitait chez ceux qui le côtoyaient une affection inconditionnelle ou bien une répulsion et une peur immodérées ; je faisais partie de ceux qui s'étaient liés d'amitié avec le bouffon du roi Subtil, et je jugeais notre relation comme la plus sincère que deux adolescents pouvaient partager. Ceux qui redoutaient ses plaisanteries cinglantes et à qui répugnaient son teint blafard et ses yeux délavés représentaient la grande majorité des habitants du château – et voici qu'aujourd'hui une jeune femme intelligente et, je dois bien l'avouer, séduisante préférait la compagnie du seigneur Doré à la mienne !

« Les goûts, ça ne se discute pas », dis-je à Casqueblanc qui, l'air chagriné, regardait sa maîtresse s'en aller.

Qu'y a-t-il dans la serviette ?

Je me doutais bien que tu n'étais pas loin. Une minute.

Je bricolai une attache, mis les chevaux à paître, puis me rendis à la lisière de la prairie, là où commençait le bois envahi de ronces ; je trouvai une grosse pierre moussue sur laquelle j'étendis le carré de tissu, après quoi je débouchai le cruchon et constatai qu'il contenait du cidre doux. La serviette, elle, renfermait deux friands à la viande.

Un pour moi.

Œil-de-Nuit était sorti à demi du roncier ; je lui jetai un des friands et mordis dans l'autre. Il était encore tiède, rempli de viande et de sauce brunes et savoureuses. C'est un des grands avantages du Vif : on peut soutenir une conversation tout en mangeant et cela sans s'étrangler. *Alors, comment m'as-tu retrouvé, et pourquoi ?* demandai-je.

Je t'ai retrouvé comme on sait où on a été piqué par un moustique. Pourquoi ? Que voulais-tu que je fasse ? Tu n'espérais tout de même pas que je resterais à Bourg-de-Castelcerf ! Avec un chat ? Soyons sérieux. Tu empestes l'odeur de cette créature, c'est déjà bien assez désagréable comme ça ; je n'aurais pas supporté de partager le même territoire qu'elle.

Heur va s'inquiéter quand il s'apercevra de ton absence.

Peut-être, mais ça m'étonnerait : il était dans tous ses états à l'idée de retourner à Bourg-de-Castelcerf. Je ne vois d'ailleurs pas ce que cette perspective a de si exaltant ; c'est bruyant et poussiéreux, on n'y trouve pas de gibier digne de ce nom et on ne peut pas faire un pas sans se cogner contre un humain.

Tu as donc suivi ma piste uniquement pour t'éviter ces désagréments ? Tu es sûr que tu ne t'en faisais pas pour moi ou que je ne te manquais pas ?

Si le Sans-Odeur et toi chassez, je dois vous accompa-

gner. C'est du simple bon sens. Heur est un brave garçon, mais il y a meilleur chasseur que lui. Mieux vaut qu'il reste à l'abri en ville.

Mais nous voyageons à cheval, et tu n'es plus aussi leste qu'autrefois, mon ami ; tu n'as plus l'endurance d'un jeune loup. Je préférerais que tu retournes à Castelcerf et que tu gardes le petit.

Autant faire tout de suite un trou dans la terre et m'y ensevelir.

« Quoi ? » m'exclamai-je, saisi par l'amertume de son ton. J'avalai ma gorgée de cidre de travers et me mis à tousser.

Petit frère, ne me traite pas comme si j'étais déjà mort ou agonisant. Si c'est ainsi que tu me vois, j'aime mieux être mort pour de bon. Tu voles le maintenant de ma vie quand tu crains que je disparaisse demain. Ta peur a des griffes glacées qui m'enserrent et me dépouillent du plaisir que je tire de la chaleur du jour.

Et, pour la première fois depuis bien longtemps, le loup abaissa toutes ses barrières, et je vis tout à coup ce que je me dissimulais. La réserve qui existait entre nous depuis quelque temps n'était pas du seul fait d'Œil-de-Nuit ; pour moitié, elle provenait de la distance que j'avais établie entre nous par peur de sa mort et de la souffrance insupportable que j'étais sûr de ressentir. C'était moi qui le tenais à l'écart ; c'était moi qui lui interdisais l'accès à mes pensées. Pourtant, cette muraille avait laissé filtrer assez de mes émotions pour lui faire mal : j'étais sur le point de l'abandonner, et mon lent éloignement par rapport à lui correspondait à ma résignation de plus en plus ancrée à l'idée de sa mortalité. En vérité, depuis le jour où je l'avais ramené d'entre les morts, je ne le considérais plus comme complètement vivant.

Je restai un moment hébété, avec le sentiment d'être un moins-que-rien sans la moindre dignité. Lui exprimer ma honte était inutile : le Vif forme un lien qui permet de se passer de longues explications; je préférai lui présenter tout haut mes excuses. « C'est vrai. Heur est assez grand pour se débrouiller seul. Désormais, nous ne nous quitterons plus, toi et moi, quoi qu'il arrive. »

Je sentis son accord. *Alors, dis-moi : que chassons-nous ?*

Un jeune garçon et un marguet. Le prince Devoir.

Ah, le garçon et le chat de ton rêve ! Eh bien, au moins, nous les reconnaîtrons quand nous les retrouverons. Je restai un peu déconcerté de le voir si facilement effectuer un rapprochement et accepter un fait devant lesquels j'avais moi-même regimbé. A plus d'une reprise, nous avions partagé les pensées du couple que nous recherchions, et cela me mettait mal à l'aise. Je m'efforçai de refouler ce sentiment.

Mais comment vas-tu traverser le fleuve ? Et comment vas-tu soutenir l'allure des chevaux ?

Ne t'en fais pas pour ça, petit frère – et, quand tu me verras, ne trahis pas ma présence en prenant l'air ahuri.

Je sentis son amusement à me laisser à mes interrogations et je n'insistai pas. Je terminai mon repas, puis m'adossai au bloc de pierre qui m'avait servi de table et qui avait tiédi au soleil. Je manquais de sommeil et mes paupières s'alourdirent peu à peu.

Vas-y, dors un peu. Je m'occupe de surveiller les chevaux.

Merci. Quel plaisir de fermer les yeux et d'accueillir le sommeil sans avoir à m'inquiéter ! Mon loup veillait sur moi. Tout était redevenu comme avant : il n'y avait plus d'obstacle au lien profond qui nous unissait, et cela m'apaisait davantage qu'un bon repas sous un ciel immaculé.

*

Ils arrivent.

J'ouvris les yeux. Les chevaux paissaient toujours tranquillement, mais leurs ombres s'étaient allongées sur l'herbe. Laurier et le seigneur Doré se tenaient à la lisière de la prairie ; d'un geste du bras, je leur signalai que je les avais vus, puis je me levai à contrecœur. Ma sieste m'avait laissé une contracture dans le dos, et pourtant je me serais volontiers rendormi. Plus tard, me dis-je. J'apercevais les chariots qui s'approchaient de l'embarcadère.

Casqueblanc et Malta répondirent quand je les appelai d'un petit coup de sifflet ; Manoire, au contraire, s'éloigna autant que le lui permettait sa longe et je dus la tirer vers moi. Cependant, une fois que je la tins par les rênes, elle me suivit docilement comme si elle n'avait jamais eu l'intention de résister. Je conduisis les trois chevaux à la rencontre des charrettes de sel, sous l'une desquelles je remarquai les quatre pattes grises d'un loup ; je m'empressai de regarder ailleurs.

Le bac, grande embarcation à fond plat en bois brut, était fixé à un cordage épais tendu entre les rives du fleuve. Des attelages de chevaux assuraient sa translation d'une berge à l'autre, et, à son bord, des hommes le maintenaient dans l'axe à l'aide de longues gaffes. Ils firent d'abord monter les chariots de dame Brésinga, et ensuite seulement les passagers et leurs montures. Je fermai la marche, et Manoire se montra rétive, mais elle finit par obéir, davantage, je pense, pour rester en compagnie des autres chevaux qu'en réponse à mes encouragements et à mes cajoleries. Le bac s'écarta de l'appontement et entama lourdement la traversée de la Cerf. L'eau clapotait en gargouillant contre le bord du chaland à pleine charge.

Il faisait nuit noire quand nous touchâmes la rive nord du fleuve. Nous fûmes les premiers à mettre pied à terre, mais nous attendîmes ensuite le débarquement des chariots : plutôt que de passer la nuit à l'auberge proche, sire Doré décréta que nous allions les accompagner jusqu'à la résidence de dame Brésinga, à Myrteville. Les rouliers connaissaient le chemin par cœur ; ils allumèrent des lanternes qu'ils suspendirent aux ridelles, et nous pûmes ainsi les suivre sans difficulté.

La lune brillait sur nous, toute ronde. Nous chevauchions loin derrière les voitures, mais la poussière qu'elles soulevaient restait en suspension et collait à ma peau. Je me sentais beaucoup plus fatigué que je ne l'avais prévu ; ma contracture était plus douloureuse au voisinage de la vieille cicatrice que je devais à une flèche. Une envie pressante me saisit soudain de bavarder tranquillement avec le fou afin de renouer avec le jeune homme que j'étais jadis, mais je songeai alors que ni le fou ni Fitz n'étaient présents : il n'y avait que le seigneur Doré accompagné de son valet Tom Blaireau. Plus vite je m'en convaincrais, mieux cela vaudrait pour nous. Laurier s'entretenait à mi-voix avec mon maître ; flattée de son attention, elle ne cherchait pas à dissimuler son plaisir. Pour ma part, je ne me sentais nullement exclu, et même j'aurais été mal à l'aise de partager leur conversation.

Nous parvînmes enfin à Myrteville. Nous avions franchi plusieurs collines rocailleuses et les bois de chênes des combes qui les séparaient quand, du sommet d'une dernière éminence, nous distinguâmes en contrebas les lumières scintillantes d'une bourgade. Myrteville était bâti au bord d'un petit affluent de la Cerf, l'Andouiller, trop peu important pour permettre la navigation de gros bateaux ; la plupart des marchandises à destination de la ville terminaient leur voyage par voie de terre, dans des chariots. L'Andouiller fournissait de l'eau pour le bétail et les champs, et du poisson pour les gens qui vivaient sur ses berges. La demeure des Brésinga se dressait sur une hauteur qui dominait le bourg ; dans l'obscurité, il était impossible de juger de sa taille, mais, à l'espacement des fenêtres illuminées, elle me parut considérable. Les voitures passèrent une porte percée dans une longue muraille et nul ne nous interpella quand nous les imitâmes. Quand les conducteurs s'arrêtèrent dans la cour de déchargement, des hommes se portèrent à leur rencontre, des torches à la main. J'éprouvais une impression curieuse, et je finis par comprendre qu'elle était due à l'absence de chiens et d'aboiements. Le seigneur Doré nous conduisit, Laurier et moi, à la porte principale du manoir proprement dit, qui s'ouvrit avant même que nous fussions devant elle et laissa s'échapper une volée de domestiques venus nous accueillir.

Nous étions attendus : un messager nous avait précédés par le bac du matin. Dame Brésinga sortit en personne pour nous souhaiter la bienvenue, des serviteurs emmenèrent nos chevaux et se chargèrent de nos bagages tandis que je pénétrais, derrière la grand'veneuse de la Reine et le seigneur Doré, dans l'entrée spacieuse du manoir. L'imposante demeure était bâtie en chêne et en pierre ; l'architecture impressionnante, tout en poutres épaisses et en maçonnerie massive, faisait paraître ridiculement petits les gens qui emplissaient la salle.

Sire Doré focalisait toutes les attentions, et dame Brésinga avait passé son bras sous le sien. Petite et potelée, elle lui tenait des propos aimables, les yeux levés vers lui, avec un sourire ravi aux lèvres, qui lui plissait le coin des yeux et découvrait ses dents du haut. Un adolescent efflanqué se tenait à côté d'elle : sans doute Civil Brésinga; plus grand que Heur, il devait avoir toutefois le même âge, et ses cheveux peignés en arrière laissaient voir deux profondes échancrures de part et d'autre d'une pointe au-dessus du front. Il me lança un regard étrange, puis ses yeux revinrent sur sa mère et sire Doré. Un curieux petit frémissement de conscience parcourut ma peau : le Vif ! Quelqu'un dans les parages appartenait au Lignage et le dissimulait avec un art consommé. Je projetai tout bas un avertissement au loup : *Ne te fais pas remarquer.* Il accusa réception du message avec la plus grande discrétion, plus subtil que le parfum des fleurs nocturnes au point du jour, et pourtant je vis dame Brésinga tourner légèrement la tête comme pour capter un bruit lointain. Ce n'était pas suffisant pour acquérir une certitude, mais j'eus le sentiment que nos soupçons, à Umbre et moi, n'étaient pas infondés.

La grand'veneuse de la Reine avait elle aussi sa cour d'admirateurs en quête de faveurs. Son homologue masculin chez les Brésinga se trouvait déjà près d'elle et lui disait que, dès son réveil le lendemain, il se ferait un plaisir de l'emmener dans les collines, sur les meilleurs sites pour le gibier à plume; ses aides se tenaient à côté de lui, l'air émoustillé. Plus tard dans la soirée, l'homme accompagnerait Laurier pour dîner avec dame Brésinga et sire Doré; ils faisaient partie des personnages principaux de la visite, et, une fois leurs plans de chasse achevés, ils pourraient partager la table de leurs maîtres.

Dans le remue-ménage général, nul ne faisait guère attention à moi : en bon domestique, je restais sans bouger en attendant mes ordres. Une servante s'approcha de moi à pas pressés. « Je vais vous montrer les appartements que nous avons donnés au seigneur Doré afin que vous puissiez les arranger à son goût. Faut-il lui préparer un bain pour ce soir ?

— Oui, répondis-je à la jeune femme en lui emboîtant le pas. Et une collation aussi : il lui arrive d'avoir faim tard le soir. » C'était une invention de ma part pour éviter de rester le ventre creux : en tant que domestique, je devais m'assurer du bien-être de mon maître avant de me préoccuper du mien.

Malgré l'impromptu de sa visite, sire Doré s'était vu réserver une superbe chambre dans laquelle ma chaumine aurait tenu sans difficulté. Un lit immense dominait la salle, ventru d'un amoncellement d'édredons et d'épais oreillers ; d'énormes bouquets de roses parfumaient l'air, et une véritable forêt de longues chandelles répandait à la fois une douce lumière et la fragrance délicate de la cire d'abeille. De jour, on devait voir par les fenêtres la rivière et la vallée qu'elle suivait, mais il faisait nuit et les volets étaient clos ; j'en ouvris un sous prétexte d'aérer les appartements, puis demandai à la servante de s'occuper du bain pendant que je me chargeais de déballer les vêtements de mon maître. A mon usage, il y avait une petite pièce annexe à celle de sire Doré ; elle était petite mais mieux meublée que nombre de chambres de domestique que j'avais pu voir.

Il me fallut plus longtemps que prévu pour ranger les effets du seigneur Doré ; j'étais stupéfait de la quantité d'affaires qu'il avait réussi à fourrer dans ses paquetages : j'en tirai non seulement des habits et des bottes, mais des bijoux, des parfums, des écharpes, des peignes et des brosses, auxquels j'assignai des places qui me paraissaient le plus logique possible. Je m'efforçai de me rappeler Charim, le valet de Vérité, et, à me trouver dans son rôle, je le vis sous un angle tout à fait nouveau : le brave homme était toujours présent, et toujours en train d'essayer d'améliorer le bien-être et le confort du roi-servant ; discret, il n'en restait pas moins à l'entière disposition de son maître. Je tentai d'imaginer ce qu'il aurait fait dans ma position.

J'allumai un petit feu dans la cheminée afin que sire Doré n'ait pas froid en sortant de son bain, j'ouvris son lit avant d'étendre sa chemise de nuit sur le drap, puis, avec un sourire ironique, je me retirai dans ma chambre en me demandant comment le fou s'y serait pris s'il avait été seul.

Je pensais n'avoir pas autant de mal avec le déballage de mes propres affaires, et cette prévision resta exacte jusqu'au moment où je m'attaquai au paquet que m'avait remis le tailleur. Je dénouai la ficelle, et les vêtements compressés reprirent brusquement leur volume normal comme une fleur qui s'épanouit au soleil. Le fou avait manqué à la promesse de sire Doré de m'habiller modestement : l'ouvrage du tailleur était d'une qualité que je n'avais jamais connue. Je trouvai deux livrées du bleu des domestiques, mieux coupées que celle que je portais et d'un tissu plus raffiné, deux chemises en toile d'un blanc immaculé, plus élégantes que celles de la plupart des serviteurs, un pourpoint d'un bleu somptueux et deux hauts-de-chausses, l'un noir à bande grise, l'autre vert foncé. Je plaçai le pourpoint sur moi : d'une longueur à laquelle je n'étais pas habitué, les pans ornés d'un foisonnement de broderie jaune descendaient presque à mes genoux. J'avais aussi des chausses du même jaune. Je secouai la tête, effaré. Une large ceinture en cuir accompagnait le tout, à boucler par-dessus le pourpoint à la poitrine frappée du faisan d'or du seigneur Doré. En me voyant dans le miroir, je levai les yeux au ciel : sans conteste, la fantaisie du fou s'était exprimée dans le choix de mes tenues. Je les rangeai soigneusement ; nul doute qu'il trouverait bientôt un prétexte pour m'obliger à les porter.

J'avais à peine fini que j'entendis des pas dans le couloir, puis un coup à la porte : la baignoire de sire Doré arrivait, portée par deux jeunes domestiques, eux-mêmes suivis par trois autres chargés de seaux d'eau chaude et froide. Il me revenait d'effectuer le mélange pour obtenir la température qu'exigeait le seigneur Doré. Un cinquième garçon se présenta, un plateau garni d'huiles parfumées entre les mains, puis un sixième avec une pile impressionnante de serviettes, et deux hommes entrèrent ensuite avec les paravents peints destinés à protéger mon maître des vents coulis pendant ses ablutions. Je ne suis pas toujours très doué pour déceler la position sociale des gens au premier abord mais, malgré ma nature obtuse, je commençais à prendre la mesure du statut du seigneur Doré. Des démonstrations d'hospitalité aussi exubérantes sont plutôt réservées à une personne de sang royal qu'à un aristocrate sans terre et d'origine indéterminée ; à l'évidence, sa popularité à la cour dépassait de loin mon estimation première, et je me morigénai de ne pas m'en être aperçu plus tôt. Mais, soudain, avec une clarté qui ne laissait nulle place au doute, je compris la raison de mon aveuglement.

Je savais qui il était. Je connaissais son histoire, ou du moins j'en connaissais bien plus qu'aucun de ses admirateurs. Je ne voyais pas en lui le rejeton exotique et fabuleusement riche d'une noble et lointaine famille de Jamaillia, mais le fou en train de pratiquer une de ses plaisanteries compliquées et retorses, et je m'attendais à tout instant à le voir cesser ses jongleries et laisser ses illusions virevoltantes tomber au sol avec fracas. Pourtant, cette fois, il n'y avait aucun masque à enlever : le seigneur Doré était bien réel, tout autant que le fou autrefois. Je restai un moment pétrifié, pris de vertige devant cette révélation : le seigneur Doré était aussi réel que le fou ; par conséquent, le fou avait été aussi réel que le seigneur Doré.

Alors qui était cet homme que je connaissais depuis toujours ou presque ?

L'ombre d'une présence, une odeur plus qu'une pensée, m'attira vers la fenêtre. Je portai mon regard, non sur la rivière au loin, mais sur les buissons près de la demeure. L'esprit d'Œil-de-Nuit effleura le mien, m'avertissant de tenir la bride à mon Vif. Deux yeux profonds se levèrent à la rencontre des miens. *Ça sent le chat,* déclara-t-il délicatement avant même que j'eusse songé à lui poser la question. *Ça empeste l'urine de chat aux coins de l'écurie et derrière, sous les buissons. Il y a des crottes de chat enfouies dans la roseraie. Il y a des chats partout.*

Plus d'un ? Le marguet de Devoir était un cadeau des gens qui habitent ici. Ils les préfèrent peut-être aux chiens comme animaux de chasse.

C'est certain. Leur puanteur est partout, et ça me porte sur les nerfs ; je n'ai aucune envie d'en rencontrer un en chair et en os. Tout ce que je sais d'eux, je l'ai appris cet après-midi, quand Heur a voulu que je fasse connaissance avec une de ces créatures. J'avais à peine passé le museau par la porte qu'une furie rousse s'est jetée sur moi en crachant, toutes griffes dehors.

Je n'en sais pas davantage que toi sur ces bêtes ; il n'y en avait pas dans les écuries de Burrich.

Il avait plus de jugeote que nous ne le pensions.

J'entendis une porte se fermer doucement derrière moi. Je pivotai d'un bloc, mais ce n'était que le seigneur Doré qui venait d'entrer ; aristocrate ou bouffon, il restait une des rares personnes au monde capables de me prendre par surprise. Je me rappelai le rôle que je jouais, redressai le dos, puis m'inclinai. « Maître, vos affaires sont rangées ; votre bain vous attend.

— Parfait, Blaireau. Vous avez bien fait d'ouvrir la fenêtre : la soirée est agréablement fraîche. La vue est-elle jolie ?

— Splendide, monseigneur. On domine toute la vallée ; et la nuit est belle, avec une lune presque pleine à faire hurler tous les loups.

— Vraiment ? » Il s'approcha rapidement de la fenêtre et baissa les yeux sur les buissons en contrebas ; Œil-de-Nuit lui rendit son regard, et le sourire qui apparut sur le visage du fou n'avait rien d'affecté. Il prit une longue inspiration d'un air satisfait, comme s'il savourait l'air lui-même. « La nuit est belle, c'est vrai. De nombreuses créatures doivent être en chasse en ce moment ; j'espère que nous aurons autant de chance qu'elles pour notre battue. Quel dommage que je sois obligé de la remettre à demain : ce soir, je suis invité à dîner en compagnie de dame Brésinga et de son fils Civil. J'ai pris congé d'eux le temps de faire un brin de toilette. Vous me servirez au souper, naturellement.

— Naturellement, maître », répondis-je avec un sentiment d'accablement : j'avais espéré profiter du repas pour m'éclipser par la fenêtre et faire un tour de reconnaissance avec Œil-de-Nuit.

Je me débrouillerai mieux tout seul Pendant que j'explorerai les environs, fais-en autant dans la maison. Plus vite nous en aurons fini avec cette mission, plus vite nous retournerons chez nous.

Tu as raison, dis-je, tout en m'étonnant du petit pincement au cœur que je ressentais à cette idée. N'avais-je donc pas envie de quitter Castelcerf pour reprendre le cours de mon ancienne existence ? Commençais-je à me plaire dans mon rôle de larbin d'un petit-maître cousu d'or ? Un sourire sarcastique tirailla le coin de mes lèvres.

Je débarrassai sire Doré de son manteau, puis l'aidai à ôter ses bottes. Comme j'avais souvent vu Charim le faire, mais sans y prêter attention à l'époque, je donnai un coup de brosse au vêtement puis le suspendis, et je passai rapidement un chiffon sur les bottes avant de les ranger. Le seigneur Doré tendit les mains vers moi ; je dénouai les lacets scintillants, aux couleurs vives, des poignets de dentelle de sa chemise et les posai de côté. Il se laissa aller contre le dossier de son fauteuil. « Je porterai mon pourpoint bleu ce soir, avec la chemise en lin à fines rayures assorties. Un haut-de-chausses bleu marine, je crois, et les souliers bordés d'une chaînette d'argent. Préparez-moi tout cela, puis remplissez la baignoire, Blaireau, et ne soyez pas ladre sur l'huile de rose ; ensuite, disposez les paravents et laissez-moi quelque temps à mes pensées. Ah, j'oubliais : ayez la bonté d'emporter un peu d'eau dans votre chambre et d'en faire usage ; au dîner, je tiens à sentir l'odeur des plats et non votre fumet. Et aussi, mettez votre livrée bleue ; ma tenue n'en ressortira que mieux, je pense. Une dernière chose enfin : passez ceci autour de votre cou ; je vous conseille toutefois de le garder dissimulé à moins d'en avoir absolument besoin. »

De sa poche, il tira l'amulette de Jinna et la déposa au creux de ma main.

Il m'avait donné toutes ses instructions d'un ton enjoué, apparemment de bonne humeur. Le seigneur Doré était un homme satisfait de lui-même, et la perspective d'un dîner qui mêlait conversation plaisante et bonne chère l'enchantait. Je suivis ses ordres, sortis ses effets, puis me retirai avec bonheur dans ma chambre en emportant de l'eau pour ma toilette et un peu d'huile parfumée à la pomme. Peu après, j'entendis sire Doré barboter avec volupté dans son bain tout en fredonnant un air que je ne connaissais pas ; mes propres ablutions furent moins expansives mais tout aussi agréables. Je me hâtai néanmoins, car je savais que mes services seraient bientôt requis à nouveau.

J'eus du mal à enfiler mon pourpoint, beaucoup plus cintré que les vêtements dont j'avais l'habitude, à tel point que j'eus à peine la place de dissimuler la trousse d'outils que m'avait donnée Umbre, et encore plus le petit poignard que j'avais décidé de porter : je ne pouvais guère me montrer à un dîner de réception l'épée à la hanche, mais je ne tenais pas non plus à m'y présenter désarmé. La prudence avec laquelle le loup avait employé le Vif m'incitait à la méfiance. Je bouclai la ceinture de mon pourpoint, puis nouai mes cheveux en queue de guerrier en aplatissant quelques mèches rebelles à l'aide d'un peu d'huile à la pomme. Je m'aperçus alors que, depuis un moment, je n'entendais plus aucun bruit d'ablution chez le seigneur Doré, et je me rendis précipitamment dans sa chambre.

« Maître, avez-vous besoin de mon aide ?

— Mais non, naturellement. » Je sentis l'ombre du fou dans la réponse ironique de sire Doré. Il sortit de derrière les paravents habillé de pied en cap, occupé à ajuster la dentelle de ses poignets. Amusé de m'avoir pris en défaut, il leva les yeux vers moi, un léger sourire sur les lèvres. Tout à coup, il prit une expression de stupeur et me dévisagea, la bouche entrouverte ; puis son regard s'éclaira et il s'approcha de moi d'un air d'intense plaisir. « C'est parfait, dit-il dans un souffle. C'est exactement ce que j'espérais. Ah, Fitz, j'ai toujours rêvé, si un jour l'occasion s'en présentait, de te montrer sous l'aspect qui t'avantage le plus – et regarde-toi aujourd'hui ! »

J'ignore ce qui me stupéfia le plus, qu'il se servît de mon nom ou qu'il m'agrippât aux épaules pour me propulser vers l'immense miroir de la salle. Un instant, je n'observai que le reflet de son visage au-dessus de mon épaule, illuminé de satisfaction et de fierté. Puis je portai les yeux sur un homme que je reconnus à peine.

Le fou avait dû laisser au tailleur des instructions extrêmement détaillées. Le pourpoint mettait en valeur mon torse et mes épaules, souligné au col et aux poignets par le blanc de la chemise, et il était bleu de Cerf, couleur de ma famille ; en outre, même si je tenais le rôle d'un domestique, il était d'une coupe nettement militaire. Il élargissait mes épaules et aplatissait mon ventre, et la blancheur de la chemise contrastait avec mon teint, mes yeux et mes cheveux sombres. J'examinai mon visage, abasourdi ; mes cicatrices, autrefois parfaitement visibles, s'étaient estompées en même temps que ma jeunesse ; des rides plissaient mon front, d'autres naissaient au coin de mes yeux, et, curieusement elles atténuaient la dureté de la balafre verticale qui barrait un côté de ma figure. Mon nez cassé ne m'étonna pas, car je l'avais accepté depuis longtemps, tout comme ma mèche blanche, que mes cheveux tirés en arrière rendaient plus apparente. L'homme qui me retournait mon regard m'évoqua Vérité, mais surtout le portrait du roi-servant Chevalerie qui décorait encore la grand'salle de Castelcerf.

« Je ressemble à mon père », dis-je à mi-voix. Cette découverte me plaisait et m'effrayait à la fois.

« Uniquement aux yeux de qui cherche cette ressemblance, répondit le fou. Seul un observateur assez averti pour négliger tes cicatrices décèlerait en toi le Loinvoyant ; c'est à toi-même que tu ressembles le plus, mon ami, mais davantage que d'habitude, voilà tout. Tu as l'aspect du FitzChevalerie qui a toujours été présent, mais camouflé par les astuces et les subterfuges d'Umbre. Ne t'es-tu jamais étonné autrefois de tes vêtements simples, voire grossiers, qui te donnaient plus l'apparence d'un garçon d'écurie et d'un soldat que du bâtard d'un prince ? Maîtresse Pressée, la tailleuse, a toujours cru que c'était Subtil qui donnait les instructions pour t'habiller ; même quand elle avait l'autorisation de se laisser aller à son goût pour le clinquant et la mode, c'était toujours dans un sens qui attirait l'œil sur ses créations et ses talents de couturière, et détournait l'attention de toi. Mais tel que tu es aujourd'hui, Fitz, c'est ainsi que je t'ai toujours imaginé, et que tu ne t'es jamais vu. »

Je me retournai vers le miroir. Je ne pense pas mentir en disant que je n'ai jamais été vaniteux, et il me fallut un moment pour reconnaître que, si j'avais vieilli, il s'agissait d'un processus de maturation plus que de dégénérescence. « Je ne suis pas si mal que ça », dis-je malgré moi.

Le sourire du fou s'élargit. « Ah, mon ami, j'ai traversé des contrées où les femmes se seraient entre-poignardées pour toi ! » Il leva une main élégante pour se frotter le menton d'un air pensif. « Et je me demande à présent si ma lubie ne s'est pas trop bien réalisée : tu ne passeras pas inaperçu, ainsi vêtu. Mais c'est peut-être aussi bien ; conte un peu fleurette aux filles de cuisine, et qui sait ce que tu pourras apprendre d'elles ? »

Son ton moqueur me fit lever les yeux au ciel, puis je croisai son regard dans le miroir. « Les salles du manoir où nous sommes n'ont jamais reçu plus beaux visiteurs que nous deux », déclara-t-il d'un ton catégorique. Il me serra l'épaule, puis il se redressa et redevint tout à coup le seigneur Doré.

« La porte, Blaireau. Nous sommes attendus. »

Je m'empressai d'obéir. Après ces quelques instants en compagnie du fou, je me sentais mieux disposé à supporter la mascarade qui nous était imposée, et je commençais même à me prendre au jeu : si le prince Devoir se trouvait bien à Myrteville, comme je le soupçonnais, nous mettrions la main sur lui avant la fin de la nuit. Sire Doré franchit la porte et je le suivis deux pas en retrait, sur sa gauche.

2

GRIFFES

Ce sont les duchés côtiers qui furent les plus durement touchés par les déprédations de la guerre des Pirates rouges. Des fortunes anciennes disparurent, des lignées s'éteignirent et de superbes propriétés furent réduites à des terrains vagues envahis de mauvaises herbes où s'élevaient les ruines de bâtiments calcinés. Cependant, à la suite du conflit, à l'instar des graines dormantes qui germent au printemps après un incendie, les biens de nombre de nobliaux acquirent soudain une valeur considérable : beaucoup de domaines modestes avaient échappé à l'attention des Pirates, leurs troupeaux et leurs cultures avaient survécu, et ce qui passait naguère pour une exploitation mineure prit tout à coup des allures de pays de cocagne ; les seigneurs et dames de petite noblesse à qui appartenaient ces terres devinrent des partis recherchés pour les héritiers de familles de meilleur lignage mais aux moyens amoindris. C'est ainsi que le seigneur des tenures de Brésinga, près de Myrteville, épousa une femme beaucoup plus jeune et plus riche que lui, une Boisépi de Butte-Petite, en Cerf. Les Boisépi était une vieille et noble famille dont l'importance et la fortune déclinaient lentement ; toutefois, durant la guerre des Pirates rouges, la vallée abritée qu'ils occupaient avait prospéré et ils avaient partagé leurs récoltes avec les habitants ruinés des tenures de Brésinga, mitoyennes de leurs terres. La générosité des Boisépi avait porté ses fruits quand Jagléa Boisépi était devenue dame Brésinga ; elle avait donné un héritier, Civil Brésinga, à son vieil époux avant qu'il mourût d'une fièvre maligne.

Histoire de la lignée Boisépi, du scribe DUVLEN

*

Le seigneur Doré se déplaçait avec la grâce et l'assurance inhérentes, dit-on, à la noblesse. Il me conduisit sans hésiter jusqu'à une petite salle élégante où son hôtesse et son fils donnaient leur réception. Laurier s'y trouvait déjà, vêtue d'une robe simple, écrue, ourlée de dentelle, et elle était lancée dans une grande conversation avec le maître veneur de Brésinga. Je jugeai que la robe ne lui convenait pas aussi bien que sa tunique et sa culotte de cheval, à cause du contraste incongru entre le hâle de ses bras et de son visage et la délicatesse de son col de dentelle et de ses manches bouffantes. Dame Brésinga était parée d'atours où volants et drapages se mêlaient à foison, et l'abondance de tissu enflait encore les proportions généreuses de sa poitrine et de ses hanches. Il y avait trois autres invités : un couple marié accompagné de sa fille d'environ dix-sept ans, manifestement de la petite noblesse locale. Tous attendaient le seigneur Doré.

Leur réaction à notre entrée fut en tous points telle que l'avait prévue le fou. Dame Brésinga s'avança pour l'accueillir, un sourire aux lèvres ; du regard, elle le parcourut de la tête aux pieds et ses yeux s'agrandirent de ravissement. « Notre hôte estimé est parmi nous ! » annonça-t-elle. Sire Doré tourna la tête légèrement de côté en rentrant le menton d'un air innocent, comme s'il n'avait pas conscience de sa propre beauté. Laurier l'observa sans chercher à cacher son admiration, tandis que dame Brésinga le présentait au seigneur et à la dame Omble de Montclavette et à leur fille Sydel. Ces noms ne me disaient rien, sauf celui de Montclavette, qui désignait, me semblait-il, une petite tenure du piémont de Bauge. Sydel rosit et parut prête à se pâmer quand sire Doré s'inclina devant elle et les siens ; de cet instant, la jeune fille ne le quitta plus des yeux. Sa mère, elle, me parcourut d'un regard appréciateur dont elle aurait dû rougir. Je me détournai pour me trouver face à Laurier qui me dévisageait d'un air troublé, comme si elle avait oublié qu'elle me connaissait. Sire Doré irradiait une satisfaction presque palpable devant le succès de son entreprise de séduction.

Il offrit son bras à dame Brésinga et Civil escorta Sydel. Le seigneur et dame Omble leur emboîtèrent le pas, imités ensuite par les maîtres veneurs. En bon domestique, je fermai la marche, et nous nous rendîmes dans la salle à manger où je me plaçai derrière sire Doré. Ma position annonçait aussi bien le garde du corps que le valet, et dame Brésinga me lança un regard interrogateur, mais je restai impassible ; si elle estimait que sire Doré dérogeait aux lois de l'hospitalité en se faisant accompagner par moi, elle n'en dit rien. Civil, lui, me toisa un moment, puis il écarta l'énigme de ma présence en glissant un mot à l'oreille de sa voisine. Dès lors, je devins invisible.

Je ne crois pas avoir joui d'un poste d'observation plus inattendu de toute ma carrière d'espion. En tout cas, il n'avait rien de confortable : j'avais faim et la table de dame Brésinga croulait sous des mets aux arômes dont la finesse n'enlevait rien à la succulence. Les domestiques passaient et repassaient sous mon nez, les bras chargés de plats plus appétissants les uns que les autres. En outre, j'étais las et courbatu de ma longue chevauchée, et je devais faire un effort pour rester immobile, éviter de déplacer sans cesse mon poids d'un pied sur l'autre, tout en gardant les oreilles et les yeux ouverts.

Toutes les conversations tournaient autour du gibier. Sire Omble, son épouse et sa fille étaient d'ardents chasseurs, motif de leur invitation, à l'évidence. Très rapidement, un autre sujet de discussion apparut : ils chassaient, non avec des chiens, mais avec des félins. Sire Doré avoua sa complète ignorance sur ces bêtes et pria qu'on l'éclairât sur le sujet, au grand plaisir de ses compagnons de table. Les explications s'embourbèrent bientôt dans des disputes de spécialistes sur les meilleures races de marguets pour la chasse aux oiseaux, illustrées d'anecdotes destinées à démontrer les capacités des différentes espèces. Les Brésinga claironnaient leur préférence pour un type à queue courte, baptisé élynex, tandis que sire Omble en tenait véhémentement pour le féropard et se déclarait prêt à parier des sommes exorbitantes sur sa supériorité, que la proie soit oiseau ou lièvre.

Sire Doré était un auditeur des plus flatteurs, posant d'innombrables questions, exprimant un étonnement et un intérêt sincères à chaque réponse. Il apprit ainsi, et moi aussi par la même occasion, que les marguets n'étaient pas des bêtes de chasse à courre, du moins pas de la même façon que les chiens ; chaque participant choisissait un seul de ces félins, qui l'accompagnait couché sur un coussin spécial fixé à l'arrière de la selle de son maître ; les féropards, grands marguets, pouvaient être lâchés sur des animaux de la taille d'un jeune cerf. Un démarrage foudroyant leur permettait d'attraper leur proie par surprise, après quoi ils l'étranglaient d'une prise à la gorge. Les élynex, plus petits, servaient souvent dans les hautes herbes des prairies ou les broussailles des sous-bois, où ils se mettaient à l'affût en attendant que leurs victimes fussent assez proches pour bondir et les assommer d'un coup de patte ou leur briser le cou d'une morsure précise. Un divertissement fort apprécié consistait à lâcher ces bêtes sur une volée de pigeons ou de colombes apprivoisés afin de voir combien elles en plaquaient au sol avant l'envol général ; souvent, d'ailleurs, on organisait des compétitions à partir de ce jeu, où ces petits marguets à queue courte se mesuraient deux à deux et où l'on pariait des sommes considérables sur les favoris. Les Brésinga s'enorgueillissaient d'abriter vingt-deux spécimens des deux races dans leurs écuries ; les Omble, eux, n'avaient que des féropards dans leur chatterie, et seulement au nombre de six, mais leur hôtesse affirma au seigneur Doré que ses amis possédaient certains des plus beaux reproducteurs qu'elle eût jamais vus.

« Ces marguets naissent donc en captivité ? On m'avait assuré qu'il fallait les attraper dans la nature, car ils refusaient de se reproduire une fois domestiqués. » Sire Doré riva son attention sur le maître veneur des Brésinga.

« Oh, les féropards acceptent de s'accoupler, mais à condition qu'on les laisse mener leurs affrontements entre mâles et faire leur cour vigoureuse sans les déranger. Le terrain clos que sire Omble réserve à cet usage est très grand et nul ne doit jamais y pénétrer. Nous avons beaucoup de chance que ses efforts à cet égard aient porté leurs fruits ; jusque-là, comme vous le savez peut-être, tous les féropards étaient importés de Chalcède ou de la région de Bord-des-Sables en Bauge, et à grands frais, naturellement. Quand j'étais enfant, ils étaient très rares par ici, mais, dès que j'en ai vu un, j'ai su que je ne voudrais jamais d'autre animal de chasse. J'espère ne pas passer pour un vantard, mais j'ai été le premier à envisager, étant donné le coût des féropards, de dresser l'élynex de nos campagnes à rendre les mêmes services. La chasse à l'élynex était complètement inconnue en Cerf avant que mon oncle et moi en attrapions un couple ; c'est ce félin-là qu'il faut capturer adulte, en général à l'aide d'une fosse, et qu'on forme ensuite à travailler en association avec l'homme. » Ce discours nous avait été tenu d'un trait par le maître veneur des Brésinga, un grand gaillard qui parlait avec feu, penché sur la table. Il s'appelait Avoine et se passionnait manifestement pour le sujet.

Sire Doré l'honorait d'une attention sans faille. « C'est extraordinaire. J'ai hâte d'apprendre comment on apprivoise de petites créatures aussi dangereuses. J'avoue également que j'ignorais l'existence de tant de noms pour désigner les marguets ; j'imaginais naïvement qu'il n'y en avait qu'une seule espèce. Alors, voyons... on m'a rapporté que le marguet du prince Devoir avait été pris tout petit dans sa tanière ; il doit donc s'agir d'un féropard ? »

Avoine échangea un regard avec sa maîtresse, comme s'il demandait la permission de répondre. « Eh bien, en réalité, le marguet du prince n'est ni un élynex ni un féropard, sire Doré. C'est une créature beaucoup plus rare, généralement connue sous l'appellation de brumier. Elle vit bien plus haut dans les montagnes que nos marguets, et elle a la particularité de chasser indifféremment dans les arbres et au sol. » Avoine avait pris le ton professoral d'un expert ; une fois lancé, il était capable de continuer jusqu'à ce que son auditoire demande grâce. « De taille réduite, il s'attaque à des proies nettement plus grosses que lui : il se laisse tomber sur un chevreuil ou un mouflon et s'agrippe à son échine jusqu'à ce que la victime cesse de courir, épuisée, ou bien qu'il lui broie la nuque entre ses mâchoires. A terre, il n'a pas la vitesse du féropard ni la furtivité de l'élynex, mais il combine efficacement les deux techniques pour le petit gibier. Et l'on vous a dit vrai sur le brumier : il faut le capturer dans sa tanière juste après la naissance, avant qu'il ait ouvert les yeux, si l'on veut pouvoir l'apprivoiser, ce qui n'exclut pas le risque qu'il garde un tempérament instable. Néanmoins, pris à temps et correctement dressé, il devient le compagnon le plus fidèle dont puisse rêver un chasseur ; mais il faut savoir qu'il n'acceptera jamais qu'un seul maître. Un proverbe dit des brumiers : « De la tanière au cœur, point d'erreur » ; cela signifie, naturellement, que seul celui qui a le flair de découvrir un nid de brumiers pourra un jour en posséder un, ce qui est en soi un exploit. Si vous rencontrez un homme en compagnie d'un brumier, vous saurez que vous êtes en présence d'un maître de la chasse au marguet. »

Avoine s'interrompit tout à coup. Si sa maîtresse lui avait adressé un signe, je n'en avais rien vu. Le maître veneur était-il impliqué dans la situation qui avait valu au prince de recevoir le marguet en cadeau ?

Cependant, sire Doré négligea joyeusement les sous-entendus de ce qu'il venait d'apprendre. « C'est donc un présent somptueux qui a été fait à notre prince, fit-il avec enthousiasme ; mais vos propos anéantissent mon espoir d'avoir un brumier comme compagnon de chasse demain matin. Puis-je au moins entretenir celui d'en voir un à l'œuvre ?

— Je regrette, sire Doré, répondit gracieusement dame Brésinga, mais nous n'en avons pas dans notre meute ; ces animaux sont très rares. Si vous désirez assister à la chasse d'un brumier, il vous faudra demander au prince lui-même de vous emmener lors d'une de ses sorties. Il en sera certainement enchanté. »

Le seigneur Doré prit un air déconfît puis secoua la tête en souriant. « Oh non, madame, car on dit que notre illustre prince chasse à pied, de nuit, et par tous les temps. C'est une entreprise qui exige une robustesse que je n'ai pas, malheureusement. Non, ce n'est pas de mon goût, pas du tout ! » Et il eut un petit rire virevoltant comme des quilles entre les mains d'un jongleur. Chacun se joignit à son amusement autour de la table.

Grimper.

Je sentis de petites piqûres sur mes mollets et, baissant les yeux, je vis à mes pieds un chaton rayé venu je ne sais d'où. Dressé sur ses pattes arrière, il avait solidement enfoncé ses griffes de devant dans ma chausse. Son regard jaune-vert se planta dans le mien. *Monter !*

Impassible, du moins je l'espérais, je refusai le contact mental. Sire Doré avait orienté la conversation sur les types de marguets qui participeraient à son excursion du lendemain, en demandant s'ils risquaient d'abîmer le plumage des oiseaux, car, il le rappelait à tous, c'étaient les plumes qui l'intéressaient, même si une tourte aux cailles n'était pas pour lui déplaire.

Je déplaçai mon pied dans l'espoir de déloger la petite ronce poilue qui s'y accrochait, mais en vain. *Grimper !* répéta-t-elle d'un ton insistant, en se hissant un peu plus haut sur ma jambe. Elle s'agrippait à présent des quatre pattes et ses petites griffes avaient traversé le tissu pour s'enfoncer dans ma chair. Je m'efforçai de réagir comme un domestique ordinaire : je fis une grimace, puis me penchai discrètement pour décrocher la petite créature, une patte après l'autre. Mon entreprise serait peut-être passée inaperçue si le chaton n'avait pas poussé un miaulement dépité à se voir ainsi contrarié. J'avais compté le reposer par terre, mine de rien, mais sire Doré attira sur moi tous les regards en me demandant d'un ton amusé : « Eh bien. Blaireau, qu'avez-vous attrapé là ?

— Un petit chat, monseigneur. Il tenait à grimper le long de ma jambe. » L'animal ne pesait pas davantage qu'une aigrette de pissenlit dans ma main, et l'illusion de volume que lui donnait son épais manteau de duvet était démentie par la minuscule cage thoracique que je sentais sous mes doigts. Il ouvrit sa petite gueule rouge et appela sa mère.

« Ah, te voici ! » s'exclama la fille de sire Omble en quittant sa chaise d'un bond, et, au mépris de toute convenance, elle se précipita pour prendre le chaton qui se tortillait dans ma paume, et le serra sous son menton. « Merci beaucoup de l'avoir retrouvé ! » Et elle regagna sa place en poursuivant : « Je n'avais pas le cœur de le laisser tout seul à la maison, mais il a dû s'échapper de ma chambre après le petit déjeuner, car je ne l'ai pas vu de la journée.

— C'est donc à cela que ressemble le petit d'un marguet ? » demanda sire Doré tandis que la jeune fille se rasseyait.

Elle sauta sur l'occasion de bavarder avec mon maître. « Oh non, sire Doré ! C'est seulement mon petit amour de chat, Tibout. Il ne fait que des bêtises, mais je ne supporte pas de rester loin de lui, n'est-ce pas, mon mignon ? Quel souci je me suis fait pour toi cet après-midi ! » Elle déposa un baiser entre les oreilles du chaton, puis installa la petite créature sur ses genoux. Nul ne paraissait considérer sa conduite comme incongrue. Comme le repas et les bavardages reprenaient, je vis la petite tête rayée surgir au bord de la table. *Poisson!* fit le chaton avec délectation, et, quelques instants plus tard, Civil lui tendit un morcelet pris dans son assiette. Je jugeai que ce geste ne prouvait pas grand-chose : il pouvait s'agir d'une coïncidence, voire de la réaction inconsciente que provoquent parfois chez les non-vifiers les désirs d'animaux qu'ils connaissent bien. D'une patte vive, le chaton s'appropria le bout de poisson, le saisit dans sa gueule et se laissa retomber sur les genoux de sa maîtresse.

Des domestiques entrèrent pour débarrasser la table tandis que d'autres apportaient desserts et vins aromatisés. Sire Doré accaparait la conversation; les anecdotes de chasse qu'il racontait relevaient de l'invention pure et simple, ou bien son parcours lors de la dizaine d'années écoulée n'avait rien à voir avec ce que j'avais imaginé. Quand il parla de marins qui harponnaient des animaux depuis des embarcations en peau tirées par des dauphins, même Sydel eut l'air d'avoir du mal à le croire. Mais, comme toujours, si l'histoire est bien racontée, les auditeurs sont prêts à l'écouter jusqu'au bout, et ce fut le cas ce soir-là. Sire Doré acheva son récit sur une superbe fioriture de style, avec dans l'œil une étincelle espiègle qui laissait entendre que, s'il avait embelli son aventure, jamais il ne le reconnaîtrait.

Dame Brésinga demanda qu'on apportât de l'eau-de-vie, et la table fut encore une fois desservie. L'alcool arriva entouré d'un nouvel assortiment de douceurs propres à tenter les invités, pourtant rassasiés. Dans les yeux qui pétillaient jusque-là sous l'effet du vin et des plaisirs du palais naquit la profonde lueur de contentement qu'une eau-de-vie de qualité suscite après un repas raffiné. J'avais abominablement mal aux jambes et au bas du dos ; j'avais en outre une faim de loup et j'éprouvais une telle fatigue que, si j'avais eu la liberté de m'allonger sur le pavage, je me serais endormi aussitôt. J'enfonçai mes ongles dans mes paumes pour me maintenir éveillé : l'heure était venue où les langues se délient et où l'on bavarde sans contrainte. Malgré la pose un peu avachie du seigneur Doré, je me doutais qu'il n'était pas aussi éméché qu'il s'en donnait l'air. La conversation était revenue sur les marguets et la chasse ; pour ma part, j'avais le sentiment d'avoir appris tout ce qu'il me fallait savoir sur la question.

Au bout de six essais contrecarrés par sa jeune maîtresse, le chaton était parvenu à monter sur la table, et, après s'être roulé en boule et avoir fait une courte sieste, il déambulait entre les bouteilles et les verres en se frottant contre eux, au risque de les renverser. *Ça, c'est à moi. Ça aussi. Ça aussi, c'est à moi. Et ça aussi.* Avec l'assurance sans faille des très jeunes, il s'arrogeait la propriété de tous les objets qu'il rencontrait. Quand Civil saisit la carafe d'alcool pour remplir son verre et celui de sa voisine, le petit chat fit le gros dos et sautilla vers lui, les pattes raides, résolu à défendre son bien. *C'est à moi !*

« Non, c'est à moi », répondit affablement le jeune garçon en repoussant le chaton du dos de la main. L'échange fit rire Sydel. Je sentis un lent picotement d'intérêt monter en moi, mais je gardai l'œil terne, braqué sur le dos de mon maître. Ils avaient le Vif, tous les deux ! J'en avais à présent la certitude. Or, comme cette magie se transmet souvent d'une génération à l'autre...

« Et qui donc a capturé le brumier que le prince a reçu ? » demanda sire Doré tout à coup. La question ne tranchait pas vraiment sur la conversation, mais elle était si précise qu'elle attira tous les regards sur son auteur. Le seigneur Doré eut un petit hoquet qui dissimulait peut-être un rot discret. Cette éructation, combinée à son regard légèrement vague, suffit à donner un aspect innocent à son interrogation. « Je gage que c'est vous, maître Avoine. » Et un geste élégant de sa main fit de son assertion un compliment adressé au veneur.

« Non, ce n'est pas moi. » L'homme secoua la tête mais, curieusement, n'ajouta rien. Sire Doré se laissa aller contre le dossier de sa chaise en se tapotant la lèvre de l'index, comme s'il participait à un concours de devinettes. Il parcourut la tablée d'un œil embrumé, puis il eut un petit rire entendu et désigna Civil. « Alors, c'est vous, jeune homme, car il paraît que c'est vous qui avez apporté le marguet au prince. »

Le garçon jeta un rapide coup d'œil à sa mère avant de déclarer gravement : « Ce n'est pas moi, sire Doré. » Suivit, là encore, ce silence anormal qui indique qu'on cèle des renseignements. Le fou se heurtait à un front uni, et je jugeai que sa question resterait sans réponse.

Le seigneur Doré appuya la tête contre son dossier, inspira bruyamment, puis soupira. « C'est un sacré cadeau, fit-il. J'aimerais bien en avoir un, moi aussi, après ce que j'ai entendu ce soir; mais entendre, ce n'est pas voir. Je crois bien que je vais demander au prince de me laisser l'accompagner un de ces soirs. » Il poussa un nouveau soupir et sa tête s'inclina de côté. « Enfin, s'il sort un jour de sa retraite de méditation. Ce n'est pas normal, si vous voulez mon avis, qu'un gosse de cet âge passe tellement de temps tout seul. Non, pas mornal... normal du tout. » L'élocution du seigneur Doré devenait de plus en plus embarrassée.

Celle de dame Brésinga était en revanche parfaitement claire. « Notre prince s'est donc encore une fois retiré de la vie publique pour se plonger dans ses réflexions ? demanda-t-elle.

— Eh oui ! répondit sire Doré. Et ça commence à faire un moment. Evidemment, il a de quoi réchléfir... réfléchir, ces temps-ci, avec ses fiançailles, la délégation outrîlienne qui arrive, et tout ça. Ça fait beaucoup pour un jeune garçon, à mon avis ; tiens, vous, jeune homme, comment est-ce que vous régea... réagiriez à sa place ? » Il désigna vaguement Civil du doigt, « Ça vous plairait de vous retrouver fiancé à une femme que vous ne connaissez pas ? Ce n'est d'ailleurs même pas une femme, si la reu... la rumeur dit vrai ; elle sort à peine de l'enfance. Elle a quoi ? Onze ans ? C'est une gamine ! Elle est beaucoup trop jeune, vous ne croyez pas ? Et puis je ne vois pas les atanv... avantages d'une telle union, non, vraiment, je ne vois pas. »

Ses propos imprudents confinaient à la critique déclarée de la décision de la Reine, et des regards s'échangèrent autour de la table. Manifestement, le seigneur Doré avait bu plus que de raison, et il continuait à remplir son verre. Ses derniers mots restaient en suspens et nul n'osait y répondre. Peut-être Avoine crut-il orienter la conversation sur un terrain plus sûr en demandant : « Le prince fait donc souvent retraite pour méditer ?

— C'est la coutume des Montagnes, dit sire Doré ; enfin, à ce qu'il paraît. Ce qui est sûr, c'est que ça ne vient pas de Jamaillia ; les jeunes nobles de mon beau pays ont plus le sens des relations, et on les y encourage, croyez-moi, car comment un jeune artiscotrate... aristocrate peut-il mieux apprendre les manières et les us de la société qu'en y vivant ? Votre prince Devoir ferait peut-être bien de se mêler un peu plus à sa cour, et aussi de chercher plus près de chez lui un parti convenable. » Un accent jamaillien commençait à chanter dans le discours au volume faiblissant du seigneur Doré, comme si l'ivresse le ramenait aux habitudes de son ancienne terre. Il but une gorgée d'eau-de-vie et reposa son verre avec tant de maladresse qu'une vaguelette ambrée en déborda. De la paume de la main, il se frotta la bouche et le menton comme pour en chasser l'effet insensibilisant de l'alcool. Je le soupçonnais pour ma part de n'avoir fait que poser le bord du verre contre ses lèvres sans avaler une goutte de son contenu.

Sa diatribe n'avait suscité aucune réaction, mais il parut ne pas s'en apercevoir.

« Jamais encore il n'avait disparu aussi longtemps ! poursuivit-il. "Où est le prince Devoir ?" On n'entend plus que cette phrase à la cour. "Quoi, encore en retraite ? Et quand revient-il ? Comment, on n'en sait rien ?" Le moral de la cour se ressent d'une si longue absence de notre jeune souverain. Qu'en dites-vous. Avoine ? Est-ce qu'un marguet se languit quand son maître le délaisse ? »

L'intéressé prit un air songeur. « Quelqu'un qui tient à son marguet ne le laisserait jamais seul très longtemps. La fidélité d'un marguet n'est jamais acquise ; il faut la renouveler tous les jours. »

Il s'apprêtait à continuer quand dame Brésinga l'interrompit avec douceur. « Et puis nos bêtes chassent mieux quand l'aube s'étend encore sur la terre ; ainsi donc, si nous voulons montrer au seigneur Doré nos beautés sous leur meilleur jour, nous devrions tous nous retirer afin de nous lever tôt. » Elle fit un petit signe et un domestique s'avança pour reculer sa chaise. Aussitôt, chacun se leva, y compris sire Doré avec une petite embardée. Je crus entendre la fille des Omble pousser un léger gloussement amusé, bien qu'elle non plus ne tînt guère sur ses jambes.

Fidèle à mon rôle, je m'approchai de sire Doré pour lui offrir un bras ferme, mais il le refusa avec hauteur et m'écarta de la main, agacé par mon impertinence. Droit comme un I, j'attendis stoïquement que les nobles assemblés se fussent souhaité mutuellement la bonne nuit, après quoi je suivis le seigneur Doré jusqu'à ses appartements.

J'ouvris la porte devant lui, et, quand je la franchis à mon tour, je constatai que les serviteurs du manoir n'avaient pas chômé : les accessoires de bain avaient disparu, on avait remplacé les chandelles dans les bougeoirs et la fenêtre était fermée. Un plateau de viande froide, de fruits et de pâtisseries était posé sur la table. Une fois la porte close, mon premier geste fut d'aller rouvrir la fenêtre : il ne me semblait pas naturel de laisser un obstacle entre Œil-de-Nuit et moi. Je jetai un coup d'œil à l'extérieur mais ne vis aucun signe du loup ; il devait effectuer discrètement le tour du propriétaire, et je ne voulus pas le contacter par le Vif, de crainte d'attirer l'attention. Je parcourus rapidement nos différentes pièces, à l'affût de la moindre trace de fouille, puis ouvris les penderies et regardai sous les lits à la recherche d'éventuels espions. Les Brésinga et leurs invités s'étaient montrés circonspects pendant le repas : ils connaissaient la véritable raison de notre présence ou alors ils s'attendaient à ce que nous-mêmes ou d'autres visiteurs comme nous viennent chez eux chercher le prince. Toutefois, je ne découvris aucun espion dans la literie, et mes vêtements que j'avais jetés négligemment sur une chaise ne paraissaient pas avoir été dérangés ; il est facile, après une fouille, de remettre en ordre une chambre parfaitement rangée, mais il est plus difficile de se rappeler avec précision l'angle selon lequel les manches d'une chemise jetée sur un siège traînaient au sol.

J'inspectai pareillement la chambre de sire Doré, qui attendit en silence que j'eusse terminé, puis, quand je revins auprès de lui, se laissa choir lourdement dans un fauteuil en poussant un grand soupir. Ses paupières se fermèrent tandis que son menton tombait sur sa poitrine ; ses traits affaissés étaient comme empesés par l'alcool. Je laissai échapper un grognement consterné : par quelle incurie avait-il bien pu s'enivrer ainsi ? Alors que je le regardais avec accablement, il souleva une jambe après l'autre et ses talons donnèrent bruyamment contre le sol ; docilement, je lui retirai ses bottes et les rangeai. « Pouvez-vous tenir debout ? lui demandai-je.

— Quess'vous dites ? »

Accroupi à ses pieds, je levai les yeux vers lui. « Je dis : pouvez-vous tenir debout ? »

Il entrouvrit les paupières, puis un sourire étira lentement ses lèvres. « Je suis un comédien génial, fit-il dans un murmure, et tu es le meilleur des publics, Fitz. Sais-tu à quel point il est peu gratifiant de jouer un rôle alors que personne ne le sait, d'entrer dans la peau d'un personnage totalement différent de soi alors que nul ne se rend compte de la performance que cela représente ? » Dans ses yeux d'or brilla un éclat de l'ancienne espièglerie du fou, puis cette lueur disparut, sa bouche prit un pli grave et il déclara dans un murmure à peine audible : « Bien sûr que je tiens debout ; je peux même danser et faire des cabrioles, si besoin est. Mais ce n'est pas la soirée pour cela ; ce soir, tu dois te rendre aux cuisines et te plaindre que ton estomac crie famine. Séduisant comme tu l'es, tu trouveras sûrement quelques bonnes âmes pour te fournir de quoi te restaurer ; profites-en pour voir où peuvent te mener tes conversations. Va donc, va tout de suite ; je suis parfaitement capable de me coucher tout seul. Souhaites-tu que la fenêtre reste ouverte ?

— Je préférerais, oui », répondis-je en biaisant.

Moi aussi. La pensée d'Œil-de-Nuit était plus légère qu'un souffle.

« Il en sera donc ainsi », décréta sire Doré.

La cuisine grouillait encore de domestiques, car la fin du repas n'est pas la fin du service ; de fait, peu de gens travaillent plus dur ou plus longtemps que ceux qui ont la charge de nourrir un château, car, en général, après que tout a été lavé et rangé, il est presque l'heure de mettre le pain à lever pour le repas suivant. Cette règle s'appliquait aussi bien à Castelmyrte qu'à Castelcerf. Je passai la tête par la porte avec une expression à la fois interrogatrice et pleine d'espoir.

Aussitôt, une des aides me prit en pitié ; je la reconnus : elle avait participé au service de la table, et dame Brésinga l'avait appelée Lebven. « Vous devez mourir de faim ! Ils étaient tous bien assis à boire et à manger, pendant que vous restiez debout, planté comme un piquet ! Entrez, entrez donc ! Ils s'en sont mis plein la panse, mais il y a encore largement de quoi vous restaurer. »

Peu après, je me retrouvai installé sur un haut tabouret à un coin de la table à pain, blanche de farine et couverte d'éraflures. Lebven déposa tout un assortiment de plats devant moi, et, de fait, j'avais de quoi me sustenter plus qu'en abondance : des tranches de venaison fumée occupaient encore la moitié d'un plat artistement bordé de petites pommes confites, des abricots enrobés de sucre formaient des coussins dorés et rondelets au cœur de carrés d'une pâte si fine qu'elle s'effritait à la première bouchée. Guère tenté par les minuscules foies d'oiseau qui marinaient par dizaines dans de l'huile à l'ail, je m'intéressai davantage à des magrets de canard à la chair sombre garnis de tranches fondantes de gingembre doux et me vautrai dans un paradis gastronomique. J'avais aussi à ma disposition du beau pain bis et du beurre pour le tartiner, que Lebven accompagna d'une chope et d'une cruche de bière fraîche. Quand je l'eus remerciée d'un hochement de tête, elle se plaça en face de moi, saupoudra généreusement la table de farine et y déposa une boule de pâte levée. Elle entreprit de la battre, de la tourner et de la retourner en y ajoutant des poignées de farine jusqu'à ce qu'elle prît un aspect satiné.

Je restai quelque temps à manger et à observer ce qui m'entourait en tendant l'oreille. J'entendis les habituels bavardages de cuisine, ragots et discussions sur les petites rivalités entre domestiques, querelle à propos d'un seau de lait mis à cailler, et répartition des tâches à effectuer pour le lendemain. Les maîtres de la maison allaient se lever tôt et il fallait que le petit déjeuner soit prêt, aussi somptueux que le repas de la veille ; ils auraient aussi besoin, pour leur sortie, de victuailles qui flatteraient l'œil autant qu'elles rempliraient l'estomac. Devant moi, Lebven aplatissait la pâte, l'enduisait de beurre, la pliait, puis l'aplatissait, la beurrait et la pliait à nouveau. Elle remarqua mon regard posé sur elle et sourit. « Avec plusieurs épaisseurs, ça donne une pâte à la fois croustillante et fondante ; mais c'est beaucoup de peine pour des friands qui seront dévorés en un clin d'œil. »

Derrière elle, un serviteur plaça un panier fermé sur le comptoir ; il souleva le couvercle, tapissa l'intérieur d'une serviette, puis commença de le remplir : quelques petits pains, un pot de beurre, un plat garni de tranches de viande et un bocal de pommes confites. Je le regardais du coin de l'œil tout en écoutant Lebven. « C'est quand même bizarre que la plupart de ces gens ne songent pas une minute au mal qu'on se donne pour leur confort. »

Plusieurs murmures d'assentiment répondirent à cette remarque. « Tenez, vous, par exemple, poursuivit Lebven, compatissante ; obligé de monter la garde toute la soirée, comme si votre maître était en danger dans une maison où il est invité. Ça, c'est encore des idées farfelues de Jamaillien ! Alors que vous auriez pu manger à une heure normale et avoir un peu de temps libre !

— Ç'aurait été avec plaisir, répondis-je avec sincérité. J'aurais bien aimé visiter un peu le manoir ; je n'ai jamais connu de demeure où on élève des chats au lieu de chiens. »

Le domestique prit son panier et se rendit à la porte de service, où il le remit à un homme qui l'attendait avec dans la main quelque chose de velu et de flasque, que je ne fis qu'entr'apercevoir alors que la porte se refermait. J'aurais voulu me lancer à la poursuite de ce panier, mais Lebven répondait à ma remarque.

« Ah, ça ne date que d'une dizaine d'années, depuis la mort du vieux maître. Avant, on avait surtout des chiens, et rien qu'un marguet ou deux pour les chasses de notre dame ; mais le jeune maître préfère les chats et, quand les chiens sont morts de vieillesse, on ne les a pas remplacés. Et je ne peux pas dire que leurs aboiements me manquent, ni leurs gémissements, sans compter qu'on les avait tout le temps dans les jambes ! Les marguets restent dans leurs écuries, sauf quand on les emmène chasser, et les chats, ma foi, ils sont adorables, rien à dire. Il n'y a plus un rat de la rivière qui se risque à montrer le bout de son museau dans la cuisine. » Et elle adressa un regard affectueux au matou bigarré couché près de la cheminée. Malgré la douceur de la soirée, il se rôtissait consciencieusement au feu déclinant. Lebven cessa enfin de plier et replier la pâte pour la pétrir vigoureusement jusqu'à ce qu'il s'y forme des bulles d'air, cette activité rendait toute conversation difficile et me permit de prendre congé sans déroger à la courtoisie. Je me dirigeai vers la porte de service et l'ouvris : l'homme au panier avait disparu.

Lebven m'appela. « Si vous cherchez les latrines, prenez l'autre porte et tournez le coin ; c'est juste avant d'arriver aux clapiers. »

Je la remerciai et suivis docilement ses instructions. Dehors, j'observai longuement les environs, mais ne repérai aucun mouvement. Je passai l'angle de la cuisine, mais une autre aile du bâtiment me boucha la vue ; je distinguai des rangées de cages à lapins entre le manoir et les écuries. C'était donc cela que l'homme tenait dans la main : un lapin qui venait de se faire tordre le cou, parfait repas tardif pour un marguet. Mais je ne voyais personne et je n'osais pas contacter Œil-de-Nuit ni rester trop longtemps à l'extérieur au risque d'éveiller des soupçons. Je poussai un grognement d'agacement, certain que le panier de victuailles était destiné au prince et à sa marguette. J'avais laissé passer une occasion. Je regagnai la tiédeur et la lumière de la cuisine.

L'agitation qui y régnait à mon départ était retombée. La vaisselle presque terminée, les garçons et les filles de peine allaient se coucher. Pour finir, seuls restèrent Lebven, toujours occupée à malaxer sa pâte, et un homme à la mine morose qui surveillait une marmite où mijotait de la viande. Je me rassis à la table à pain et vidai le fond de bière de la cruche dans ma chope. Les autres serviteurs devaient se trouver déjà dans leurs lits pour se reposer autant qu'ils le pouvaient avant de devoir se lever pour le petit déjeuner. Le matou bigarré se dressa brusquement, s'étira et s'approcha de moi. Je feignis de ne rien remarquer tandis qu'il reniflait mes chaussures puis mon mollet. Il détourna la tête et entrouvrit la gueule, apparemment dégoûté, mais ce devait être en réalité sa façon d'analyser mon odeur.

Je captai une volute dédaigneuse de pensée. *Il sent comme le chien, dehors.* Sans effort, il sauta sur la table près de moi et tendit le museau vers le plat de venaison. Je lui barrai le passage, mais, sans s'offusquer de mon geste ni même sembler s'en apercevoir, il passa tranquillement par-dessus mon bras pour s'emparer de la tranche qu'il désirait.

« Voyons, Belin ! Quelles manières devant un invité ! Ne faites pas attention à lui, Tom, il n'a aucune éducation. » Et elle prit le chat entre ses mains blanches de farine ; il ne lâcha pas son morceau de viande et, une fois à terre, il s'accroupit et se mit en devoir de le dévorer, la tête tournée de côté pour le cisailler. Il lança un regard de reproche à Lebven. *On ne sert pas les chiens à table, femme.* J'eus du mal à ne pas imaginer de la malveillance dans les yeux jaunes qu'il dirigea ensuite vers moi, et, par une réaction puérile, je le regardai bien en face, sachant pertinemment que la plupart des animaux détestent cela. Il marmonna une menace, saisit sa viande et s'éclipsa sous la table.

Je terminai lentement ma bière. Le chat avait reconnu l'odeur d'Œil-de-Nuit sur moi ; cela signifiait-il que tout le manoir était au courant de mon accointance avec le loup ? Malgré les longs exposés dont Avoine nous avait gratifiés tout au long de la soirée, j'en savais encore trop peu sur les marguets et leurs congénères. Allaient-ils considérer Œil-de-Nuit comme un intrus ou bien accepteraient-ils sa trace dans la cour ? Accorderaient-ils assez d'importance à sa présence pour la signaler aux vifiers de la demeure ? Tous les liens de Vif ne sont pas aussi intimes que celui que je partageais avec le loup ; l'intérêt qu'il portait aux aspects humains de ma vie avait heurté Rolf le Noir au point de le révolter ; peut-être les marguets ne se liaient-ils aux hommes que pour le plaisir de la chasse. Ce n'était pas impossible ; c'était improbable, mais non impossible.

Tout compte fait, je n'en avais guère appris que nous ne suspections déjà, mais au moins je m'étais copieusement restauré ; le seul effort dont je me sentais capable à présent était d'aller me coucher. Je remerciai Lebven, lui souhaitai la bonne nuit et, bien qu'elle protestât qu'elle s'en occuperait, je débarrassai la table de mon couvert. Je regagnai ensuite les appartements de mon maître dans le manoir silencieux. Une faible lumière filtrait sous la porte ; je tournai la poignée en m'attendant à trouver le loquet en place, mais elle s'ouvrit. Tous les sens soudain en alerte, je poussai sans bruit le battant, puis me figeai, le souffle coupé.

Laurier portait une longue cape sombre par-dessus sa chemise de nuit ; ses cheveux défaits tombaient en cascade sur son dos. Sire Doré, lui, avait enfilé une robe de chambre, et la lueur du petit feu faisait luire le fil satiné des oiseaux brodés sur son dos et ses manches, de même que les mèches claires de la longue chevelure de Laurier. Les mains du fou étaient cachées par des gants de dentelle. La grand'veneuse et lui se tenaient près du feu, à se toucher, presque tête contre tête, et je restai sans bouger, comme un enfant effrayé, en me demandant si j'avais interrompu une étreinte. Sire Doré me jeta un coup d'œil par-dessus l'épaule de Laurier, puis, du geste, m'indiqua d'entrer et de fermer la porte derrière moi. La jeune femme se tourna vers moi et je remarquai ses yeux agrandis.

« Je vous croyais dans votre lit, en train de dormir », dit-elle à mi-voix. Avais-je perçu de la déception dans son ton ?

« Je dînais à la cuisine », expliquai-je. J'attendais une réponse, mais elle se contenta de continuer à me dévisager. J'éprouvai soudain une envie pressante de me trouver ailleurs. « Je suis épuisé ; je crois que je vais me coucher tout de suite. Bonne nuit. » Je commençai à me diriger vers ma chambre, mais sire Doré me rappela.

« Tom, avez-vous appris quelque chose ? »

Je haussai les épaules. « De petits détails sur la vie des domestiques ; rien d'utile, à première vue. » J'ignorais encore avec quelle liberté je pouvais m'exprimer devant Laurier.

« Eh bien, notre amie semble s'être mieux débrouillée. » Il se tourna vers elle pour l'inviter à parler ; n'importe quelle femme se serait sentie flattée de l'intérêt qui se lisait dans son regard doré.

« Le prince Devoir est passé par ici, murmura-t-elle, le souffle court. Avant de me retirer pour la nuit, j'ai demandé à maître Avoine de me montrer les écuries et la chatterie ; je souhaitais voir comment les animaux étaient logés.

— Le brumier du prince s'y trouvait ? fis-je sans y croire moi-même.

— Non, ce n'était pas aussi évident. Mais le prince a toujours tenu à soigner lui-même son marguet ; Devoir a quelques manies singulières, une façon bien à lui de plier les affaires, de suspendre les harnais. Il est très pointilleux là-dessus. Or, il y avait un box vide dans la chatterie, et sur l'étagère j'ai vu des brosses et d'autres instruments rangés d'une certaine manière, que j'ai reconnue : c'est celle du prince, sans aucun doute. »

Au souvenir de la chambre de Devoir à Castelcerf, j'étais tenté de donner raison à Laurier. Cependant... « Croyez-vous qu'il aurait laissé sa marguette adorée coucher seule dans un box ? A Castelcerf, elle dort dans sa chambre.

— Il y a tout le confort dont peut rêver un marguet : des troncs d'arbre pour se faire les griffes, les plantes qu'ils préfèrent, des herbes qui poussent dans des baquets, des jouets pour se donner de l'exercice, et même des proies vivantes pour les repas. Les Brésinga élèvent des lapins par clapiers entiers et leurs marguets ne mangent jamais de viande froide. Ces animaux sont vraiment traités comme des rois. »

La question suivante me vint naturellement à l'esprit. « Le prince aurait-il pu lui-même loger dans la chatterie pour rester près de sa marguette ? » Le panier que j'avais vu changer de main n'avait peut-être pas parcouru un long chemin.

Laurier haussa les sourcils. « Le prince, loger dans la chatterie ?

— D'après ce que je sais, il est très attaché à sa compagne. Il aurait pu ne pas vouloir s'en séparer. » Je m'étais retenu au dernier instant d'exprimer le fond de ma pensée : le prince avait le Vif et refusait de quitter son animal de lien. Un silence s'ensuivit, que sire Doré rompit. Sa voix douce n'était audible que de Laurier et moi. « Eh bien, nous avons au moins découvert que le prince réside ou a résidé ici, même s'il ne s'y trouve pas pour le moment. Demain nous apportera peut-être d'autres renseignements. Les Brésinga jouent au chat et à la souris avec nous : ils savent que le prince a disparu de la cour avec sa marguette, et ils se doutent peut-être que nous sommes à sa recherche. Mais nous allons nous en tenir à nos rôles respectifs et danser sur le rythme qu'ils nous imposeront : il ne faut pas trahir ce que nous avons appris.

— J'ai horreur de ça, déclara Laurier sans détours. J'ai horreur de cette hypocrisie, de cette politesse de façade. J'aimerais pouvoir attraper cette femme, dame Brésinga, par le col et la secouer jusqu'à ce qu'elle avoue où est caché le prince. Quand je pense à notre Reine qui se ronge les sangs à cause d'elle... Je regrette de ne pas avoir demandé à visiter la chatterie avant le dîner ; mes questions auraient été bien différentes, croyez-moi. Mais je vous ai rapporté ce que j'ai vu aussi tôt que possible : les Brésinga m'avaient donné une servante qui a tenu à m'aider à me préparer pour la nuit, et ensuite je n'ai pas osé sortir de ma chambre tant que je n'ai pas été certaine que tout le monde ou presque dormait dans le manoir.

— Poser des questions de but en blanc ne nous servira de rien, pas plus que secouer de nobles dames comme des pruniers pour leur arracher la vérité. Sa Majesté veut que Devoir lui soit rendu discrètement ; tâchons de ne pas l'oublier. » Le regard de sire Doré nous englobait tous les deux, la jeune femme et moi.

« J'essaierai, répondit-elle, résignée.

— Parfait. Et maintenant, reposons-nous tant que nous le pouvons avant la chasse de demain. Bonne nuit, Tom.

— Bonne nuit, sire Doré, grand'veneuse Laurier. »

Le silence régna un moment dans la pièce, et nul ne bougea. J'attendais le départ de Laurier pour verrouiller la porte derrière elle et parler au fou du panier et du lapin, mais eux-mêmes attendaient que je m'en aille. La jeune femme examinait une tapisserie avec un intérêt qu'elle ne méritait pas, tandis que sire Doré contemplait d'un air admiratif sa cascade de cheveux.

Devais-je fermer la porte ? Non, ç'aurait été indélicat. Si le seigneur Doré voulait y mettre le loquet, il s'en chargerait lui-même. « Bonne nuit », répétai-je en m'efforçant de cacher mon embarras en prenant une voix endormie. Je saisis une chandelle, me rendis dans ma chambre et fermai derrière moi. Je me déshabillai et me glissai entre mes draps en interdisant à mes pensées de s'aventurer au-delà de ma porte. J'essayai de me convaincre que je n'éprouvais nulle jalousie, mais seulement la morsure cuisante de ma solitude par contraste avec ce que mon ami et la jeune femme partageaient peut-être ; puis je me traitai d'égoïste : le fou avait vécu des années dans l'isolement, coupé de tous. Pouvais-je lui en vouloir de jouir du doux contact d'une main féminine à présent qu'il était devenu sire Doré ?

Œil-de-Nuit ? Le nom avait quitté mon esprit avec la légèreté d'une feuille sèche emportée par la brise.

Je sentis son Vif effleurer le mien et me sentis mieux. Des chênes l'entouraient et un vent frais soulevait ses poils. Je n'étais pas seul. *Dors, petit frère. Je traque notre proie, mais je crois que nous n'apprendrons rien de neuf avant l'aube.*

Il se trompait.

3
LA CHASSE

Chez ceux du Lignage, certains contes destinés aux tout petits ont une valeur pédagogique ; il s'agit d'histoires simples qui enseignent les vertus en se servant d'animaux dont le comportement illustre certaines qualités admirables. Les gens qui n'appartiennent pas à ce groupe seraient sans doute surpris de voir le Loup donné en exemple de dévouement à la famille, ou la Souris louée de sa sagesse parce qu'elle fait des réserves en prévision des mois glacés de l'hiver ; le Jars qui monte la garde pendant que le reste de la troupe se nourrit est encensé pour son altruisme, et le Porc-Epic pour le soin qu'il prend de ne se battre que pour se défendre. L'attribut du Chat est l'indépendance ; on raconte l'histoire d'une femme qui cherche à former un lien avec un de ces animaux, lequel propose qu'ils essayent leur compagnie mutuelle pendant un ou deux jours. Il demande à la femme d'accomplir certaines tâches, comme le caresser, le faire jouer avec une ficelle, lui apporter de la crème, et ainsi de suite ; la femme se plie avec plaisir à chacun de ses désirs et les satisfait tous pleinement. Au terme de la période convenue, la vifière propose à nouveau de former un lien avec le chat, car il lui semble qu'ils sont faits l'un pour l'autre. Le chat refuse en ces termes : « Si je me liais à toi, tu t'appauvrirais, car tu perdrais ce que tu préfères chez moi : le fait que je n'ai pas besoin de toi mais que je tolère ta présence. » Cette fable, dans la tradition du Lignage, est une mise en garde : il ne faut pas former de relation avec un animal incapable de prendre autant qu'il donne.

Contes du Lignage, de TOM BLAIREAU

*

Laisse-moi simplement te voir.

Tu m'as vue. Je viens de me montrer à toi. Cesse de me fatiguer avec ça et fais attention ; tu as dit que tu apprendrais, tu me l'as promis. C'est pourquoi je t'ai amené ici, où il n'y a rien pour te distraire. Deviens un marguet.

C'est trop difficile. Laisse-moi te voir avec mes yeux, je t'en prie.

Quand tu seras prêt. Quand tu sauras devenir un marguet aussi facilement que tu es toi-même. Alors tu seras prêt à me connaître.

Elle courait en avant de moi. Je gravissais le versant à grands ahans, et chaque buisson me retenait, chaque creux et chaque pierre freinaient mon pas. J'avais la bouche sèche. La nuit était fraîche mais, alors que je m'empêtrais dans les taillis, la poussière et le pollen m'obstruaient la gorge. *Attends !*

La proie n'attend pas. Un marguet ne crie pas « Attends ! » au gibier qu'il chasse. Deviens un marguet.

Un fugitif instant, je crus l'entrevoir, et puis l'herbe haute se referma et elle disparut. Plus rien ne bougeait et je n'entendais pas un bruit. Je ne savais plus quelle direction suivre. Sous la lune dorée, la nuit était profonde et les lumières de Myrteville loin derrière moi, par-delà collines et vallons. Je m'apprêtai à prendre une grande goulée d'air, puis me ravisai, préférant respirer en silence, quitte à m'en étouffer. Je repris mon chemin d'un pas glissé ; au lieu d'écarter les branches devant moi, je les contournais d'un mouvement sinueux ; je m'efforçais d'ouvrir les herbes du bout du pied plutôt que de les écraser, et je déplaçais subtilement mon poids à chacun de mes pas soigneux. Que m'avait-elle appris d'autre ? « *Sois la nuit même. Non la brise qui agite les arbres, ni la chouette au silence inquiétant, ni la musaraigne qui se tapit sans bouger. Sois la nuit qui enveloppe tout, qui glisse sur tout, qui touche sans être sentie. Car la nuit est féline.* » Très bien : j'étais la nuit, lisse, douce, noire et silencieuse. Je m'arrêtai à l'abri d'un chêne ; ses feuilles étaient immobiles. J'écarquillai les yeux pour tenter de capter autant de lumière qu'il m'était possible ; lentement, je tournai la tête évasai les narines, puis inspirai longuement et sans bruit par la bouche, tâchant de humer son parfum. Où était-elle, quelle direction avait-elle prise ?

Je sentis en haut de mon dos un poids soudain, qui disparut aussitôt, comme si un homme vigoureux avait abattu ses deux mains sur mes épaules puis reculé d'un bond. Je pivotai d'un bloc : ce n'était que Chatte. Elle s'était laissée tomber sur moi comme une feuille morte, puis avait sauté par terre ; elle était à présent ramassée sur l'herbe sèche et les feuilles marron qui parsemaient le pied de l'arbre. Elle leva les yeux vers moi, puis détourna le regard ; je m'accroupis à côté d'elle. « De quel côté, Chatte ? De quel côté est-elle partie ? »

Ici. Elle est ici. Elle est toujours ici, avec moi.

Les pensées de Chatte faisaient dans ma tête un ronronnement grêle qui contrastait avec la chaude voix de gorge de ma bien-aimée ; j'éprouvais une profonde affection pour ma marguette, mais sentir son esprit toucher le mien alors que je me languissais de mon amour était presque insupportable ; avec douceur, je repoussai l'animal en m'efforçant de ne pas prêter attention à ses protestations indignées.

« Oui, ici, fis-je dans un souffle ; je sais qu'elle n'est pas loin, mais où exactement ? »

Moins loin encore que tu ne le crois. Mais tu ne me

connaîtras pas tant que tu écarteras la marguette, Ouvre-toi à elle. Deviens la marguette. Fais tes preuves.

Chatte s'éloigna de moi d'un mouvement fluide, mais je ne savais dans quelle direction. C'était la nuit qui se coulait dans la nuit, et j'avais l'impression de chercher à distinguer l'eau que je venais de verser dans un ruisseau. Sans bruit, je pris une inspiration et m'apprêtai à la suivre, non seulement physiquement mais aussi avec mon cœur. Je refoulai ma peur et m'ouvris à la marguette.

Chatte réapparut soudain comme une ombre mieux définie que l'obscurité dont elle émergeait. Elle s'appuya contre mes jambes. *Chassés.*

« Oui, nous allons chasser, nous allons à la recherche de la femme, mon amour. »

Non. On nous chasse. Un animal est sur notre piste, il suit Chatte-et-Garçon dans la nuit. Vite, monter.

Elle joignit le geste à la parole et grimpa souplement dans le chêne. *D'arbre en arbre. Il ne sentira pas notre voie là-haut. Suis-moi d'arbre en arbre.* Je savais qu'elle sautait déjà d'une branche à l'autre, et elle attendait que je l'imite. Je m'y efforçai ; je bondis à l'assaut du tronc, mais il était trop épais pour que je l'escalade en l'enserrant des bras et des jambes, et pas assez rugueux pour donner prise à mes doigts dépourvus de griffes. J'y restai agrippé un instant, incapable de monter, puis je me mis à glisser en me retournant les ongles et en accrochant mes vêtements sur l'écorce rude qui me refusait. J'entendais à présent le prédateur approcher. C'était pour moi une sensation nouvelle, et qui ne me plaisait pas, de me trouver à la place du gibier. Il me fallait un arbre plus adapté. Je me mis à courir dans le bois, sacrifiant la discrétion à la vitesse, mais ne trouvai rien qui me convînt.

Je décidai de monter le long du versant ; certains

animaux de proie, comme l'ours, ont du mal à gravir une pente au galop. S'il s'agissait d'un ours, je parviendrais ainsi à le distancer. Je ne voyais pas quelle autre bête aurait le courage de s'en prendre à nous. Un jeune chêne me tendait les bras ; j'accélérai et, d'un bond, m'accrochai à la première branche ; mais, alors que je me hissais dans l'arbre, mon poursuivant parvint au pied du tronc, en dessous de moi. Je m'aperçus alors que j'avais mal choisi mon refuge : isolé, il ne me permettait pas d'accéder aux arbres voisins, dont les rares branches proches étaient trop grêles pour supporter mon poids. J'étais acculé.

En grondant, je regardai mon chasseur. Je plongeai mes yeux dans mes propres yeux qui plongeaient dans mes propres yeux qui plongeaient dans mes propres yeux...

Brutalement arraché au sommeil, je me retrouvai assis dans mon lit. J'étais couvert de sueur et ma bouche était sèche comme de la poussière. Je roulai à terre et me redressai, désorienté ; où se trouvait la porte ? La fenêtre ? Je me rappelai soudain que je n'étais pas dans ma chaumine, mais ailleurs, dans une chambre qui n'était pas la mienne. A tâtons, je finis par découvrir une table de toilette ; je pris le broc et bus de longues gorgées de l'eau tiédasse qu'il contenait, puis j'y plongeai la main et me frottai le visage. Au travail, ordonnai-je à mon cerveau embrumé, et le souvenir de mon rêve me revint : Œil-de-Nuit avait coincé le prince Devoir en haut d'un arbre dans les collines derrière Myrteville ; pendant que je dormais, mon loup avait découvert le garçon. Mais je craignais que le garçon ne nous eût découverts lui aussi : quelles étaient ses connaissances de l'Art ? Avait-il conscience du lien que nous avions partagé ? Brusquement, toutes mes interrogations s'effacèrent ; comme l'éclair déchaîne l'orage qui menaçait, l'embrasement qui emplit ma vision libéra la migraine d'Art dont le martèlement me jeta à genoux. Et je ne possédais pas une miette d'écorce elfique !

Mais le fou en avait peut-être.

Aucun autre motif n'aurait pu m'obliger à me relever. Les mains tendues devant moi, je cherchai la porte, l'ouvris et pénétrai d'un pas trébuchant dans la chambre du fou, seulement éclairée par un petit nid de braises mourantes dans l'âtre et la lumière vacillante des torches qui brûlaient dans le parc, devant la fenêtre ouverte. Je me dirigeai tant bien que mal vers le lit. « Fou ? dis-je d'une voix basse et rauque. Fou, Œil-de-Nuit a coincé Devoir dans un arbre, et... »

Je me tus soudain. Le rêve m'avait fait perdre de vue les événements de la soirée ; et si la forme ramassée qui soulevait les couvertures n'était pas celle d'un, mais de deux corps ? Mais un bras repoussa le drap et révéla la présence d'une seule personne dans le grand lit. Le fou se tourna vers moi, puis se redressa, le front plissé d'inquiétude. « Fitz ? Tu as mal ? »

Je m'assis lourdement près de lui et me pris la tête entre les mains dans l'espoir de maintenir mon crâne d'un bloc. « Non... si. C'est l'Art, mais ce n'est pas le plus urgent. Je sais où se trouve le prince ; je l'ai vu en rêve. Il chassait en compagnie d'un marguet dans les collines derrière Myrteville ; et puis un animal s'est lancé sur notre piste, le marguet est monté dans un arbre et je... le prince est grimpé dans un autre ; alors il a regardé derrière lui et il a vu Œil-de-Nuit en dessous de lui. Le loup l'a bloqué quelque part dans ces collines. Si nous y allons tout de suites nous pourrons l'attraper.

— Non. Réfléchis.

— Impossible. J'ai l'impression que ma tête va

s'ouvrir comme une coquille d'œuf. » Je me penchai en avant, le dos courbé, les coudes sur les genoux, les mains plaquées sur les tempes. « Pourquoi ne pourrait-on pas aller le chercher ? demandai-je d'une voix mourante.

— Sers-toi de ton imagination, mon ami. Nous nous habillons, nous sortons discrètement de ces appartements, nous prenons nos chevaux dans les écuries sans nous faire remarquer, nous nous enfonçons de nuit dans une région que nous ne connaissons pas jusqu'à un arbre où le prince est perché, un loup en dessous de lui. L'un de nous monte le rejoindre et le force à descendre, après quoi nous le convaincrons de rentrer avec nous. Et sire Doré apparaît comme par magie au petit déjeuner, accompagné, je le vois d'ici, d'un prince Devoir à la mine très maussade, ou bien sire Doré s'éclipse en compagnie de son valet du manoir où dame Brésinga lui a offert l'hospitalité, le tout sans un mot d'explication. Dans les deux cas, il se pose quelques jours plus tard quantité de questions gênantes sur le seigneur Doré et son serviteur Tom Blaireau, sans parler du prince Devoir. »

Il avait raison : nous soupçonnions déjà les Brésinga d'avoir pris une part active dans la « disparition » du prince ; le ramener chez eux serait pure folie. Non, il fallait nous emparer de lui de telle façon que nous puissions le raccompagner à Castelcerf sans que personne n'en sache rien. Du bout des doigts, j'appuyai sur mes paupières closes ; j'avais l'impression que la pression qui régnait à l'intérieur de mon crâne allait faire jaillir mes yeux de leurs orbites. « Que faisons-nous alors ? » demandai-je d'une voix pâteuse. Ma question était presque rhétorique ; je n'avais qu'une envie : me laisser tomber sur le flanc et me rouler en boule autour de ma souffrance.

« Que le loup ne perde pas la piste du prince. Demain,

pendant la chasse, je te renverrai au manoir chercher un objet que j'aurai oublié ; une fois seul, tu iras retrouver le prince pour le convaincre de retourner à Castelcerf. Je t'ai choisi une grande monture ; prends-le en croupe sans attendre et ramène-le à la cour. J'inventerai une histoire pour expliquer ton absence.

— Laquelle ?

— Je n'y ai pas encore réfléchi, mais je vais m'y mettre. Ne t'en fais pas pour cela. Quoi que je leur raconte, les Brésinga devront l'accepter sous peine de me faire affront. »

Je repérai une faiblesse dans le plan du fou, bien que j'eusse du mal à ordonner mes pensées. « Je... je convaincs le prince de revenir à Castelcerf ?

— Tu y arriveras, répondit le fou avec une confiance inébranlable. Tu sauras trouver les mots. »

J'en doutais fort, mais je n'avais plus la force de discuter. Des lumières à l'éclat pénible brillaient sous mes paupières, et me frotter les yeux ne faisait que les aviver. Je les ouvris, mais des zigzags étincelants déchiraient l'obscurité de la chambre. « De l'écorce elfique, fis-je d'une voix implorante. J'ai besoin d'écorce elfique.

— Non. »

Je restai hébété, incapable d'accepter l'idée que le fou m'eût opposé un refus. « Je t'en prie, repris-je avec difficulté ; ce que j'endure défie toute description. » Il m'arrivait de pouvoir pressentir la survenue d'une crise, mais il y avait longtemps que je n'en avais plus été victime. La tension singulière que j'éprouvais dans la nuque et le dos n'était-elle que le fruit de mon imagination ?

« Fitz, je ne peux pas. Umbre me l'a fait promettre. » Plus bas, comme s'il craignait de m'offrir un trop maigre réconfort, il ajouta : « Je resterai auprès de toi. »

Une déferlante de souffrance mêlée de peur me roula en tous sens.

Veux-tu que je te rejoigne ?

Non. « Reste où tu es. Surveille le prince. » Je m'entendis répondre à voix haute en même temps qu'en pensée. J'aurais dû me méfier, mais je ne savais plus de quoi ; je fis un effort pour m'en souvenir. « Il me faut de l'écorce elfique, dis-je en articulant soigneusement, sinon je ne pourrai pas me restreindre. Restreindre mon Vif. On va me repérer. »

Le fou descendit du lit et je sentis les mouvements du matelas, cahots atroces qui choquaient mon cerveau contre les parois de mon crâne. Il se dirigea vers la table de toilette et revint un moment après, un linge humide à la main. « Allonge-toi, fit-il.

— Peux pas », marmonnai-je. Le moindre déplacement me faisait souffrir. J'avais envie de regagner ma chambre, mais j'en étais incapable ; si je devais avoir une crise, je ne voulais pas que cela se produise devant le fou.

Le contact du linge froid sur mon front me fit un choc ; des haut-le-cœur me secouèrent et je me mis à respirer à petits coups pour maîtriser les spasmes de mon estomac. Je sentis plus que je ne vis le fou s'accroupir devant moi ; il prit ma main, ses doigts gantés palpèrent les miens, puis, soudain, il me pinça durement la peau entre les os. Je poussai un cri et tentai de me dégager, mais, comme toujours, il se montra plus vigoureux que je ne m'y attendais.

« Un instant encore », murmura-t-il comme pour me rassurer. La douleur se mua en engourdissement, et, peu après, il prit mon coude entre ses deux mains, ses doigts me palpèrent à nouveau, puis me pincèrent cruellement.

« Par pitié », le suppliai-je en essayant de m'écarter de lui. Il accompagna mon mouvement, et la migraine me tenaillait tant que je ne parvins pas à lui échapper. Pourquoi me faisait-il mal ?

« Ne te débats pas, me demanda-t-il d'un ton implorant. Fais-moi confiance ; je crois pouvoir t'aider. Fais-moi confiance. » Ses mains se déplacèrent encore, cette fois jusqu'à mon épaule, et ses doigts implacables m'infligèrent de nouveau une douleur cuisante. J'eus un hoquet de souffrance, puis je sentis ses mains de part et d'autre de mon cou, les doigts enfoncés sous la base de mon crâne comme s'il cherchait à détacher ma tête de mon corps. Je m'agrippai à ses poignets, mais je n'avais plus de force dans les mains. « Un instant encore, fit-il, suppliant. Fitz, Fitz, aie confiance en moi ! »

Toute énergie m'abandonna soudain et mon menton tomba sur ma poitrine. La douleur n'avait pas disparu, mais elle s'était grandement atténuée. Je m'affalai sur le flanc et le fou me fit rouler sur le dos. « Là, là », dit-il, et, pendant un court moment, je ne vis plus qu'une obscurité bienvenue ; tout à coup les mains gantées revinrent, les pouces se plaquèrent sur mon front pendant que les doigts partaient à la recherche d'emplacements sur mes tempes et le long de mon visage, et ils appuyèrent impitoyablement, les auriculaires enfoncés à la charnière de ma mâchoire.

« Inspire, Fitz », m'ordonna le fou, et je m'aperçus que j'avais cessé de respirer. Je pris une brusque goulée d'air, et tout s'apaisa soudainement. J'eus envie de pleurer de soulagement, mais je n'en eus pas le temps : je sombrai dans un sommeil sans fond, et je fis un rêve étrange. Je rêvai que j'étais en sécurité.

Je m'éveillai avant l'aube, l'esprit brumeux. J'inspirai profondément, et je me rendis compte que j'occupais le lit du fou. Lui-même s'était sans doute levé récemment : il vaquait sans bruit dans la chambre, occupé à se choisir des vêtements. Il dut sentir mon regard posé sur lui, car il s'approcha de mon chevet ; il posa la main sur mon front et repoussa ma tête contre les oreillers. « Rendors-toi. Il te reste encore un peu de temps pour te reposer, et je crois que tu en as bien besoin. » L'index et le majeur réunis, il traça deux lignes parallèles depuis la racine de mes cheveux jusqu'au bout de mon nez. Je me laissai aller au sommeil.

Plus tard, il me réveilla en me secouant doucement. Ma livrée bleue m'attendait sur le lit près de moi, et il était déjà vêtu de pied en cap. « C'est l'heure de la chasse, m'annonça-t-il quand il me vit les yeux ouverts. Il va falloir que tu te hâtes, malheureusement. »

Je hochai prudemment la tête. J'avais des courbatures tout le long de l'épine dorsale et dans la nuque. Je m'assis dans le lit à mouvements raides. J'avais l'impression d'avoir été pris dans une rixe vigoureuse... ou d'avoir fait une crise. L'intérieur de la joue me cuisait comme si je m'étais mordu. Sans regarder le fou, je demandai : « Ai-je eu une crise cette nuit ? »

Il se tut un instant, puis il répondit d'un ton naturel : « Peut-être, oui, mais sans gravité ; tu as agité un moment la tête et tu as été pris de tremblements dans ton sommeil. Je t'ai tenu dans mes bras et c'est passé. » Il n'avait pas plus envie que moi d'évoquer cet épisode.

Je me vêtis avec lenteur. J'avais mal partout, et mon bras gauche portait de petits bleus sombres et circulaires, marques des doigts du fou ; je n'avais donc pas imaginé la force avec laquelle il m'avait pincé. Il vit que j'examinais mon coude et prit une mine compatissante. « Ça laisse des ecchymoses, mais c'est efficace parfois », fit-il en guise d'explication.

Les départs de chasse au petit matin étaient très semblables à Castelmyrte et à Castelcerf : on sentait dans l'air une excitation réprimée, on expédiait le petit déjeuner debout dans la cour, sans guère songer au travail qu'il avait fallu aux gens de cuisine pour le préparer. Je me contentai pour ma part d'une chope de bière, car je ne me sentais pas de taille à ingurgiter davantage ; cependant, à l'instar de Laurier, j'eus la prévoyance de fourrer quelques vivres dans mes fontes et de remplir mon outre d'eau fraîche. J'aperçus la jeune femme au milieu de la foule ; elle était manifestement très occupée, tenant des conversations différentes avec quatre interlocuteurs au moins. Sire Doré déambulait calmement parmi la presse et saluait chacun avec un sourire chaleureux ; la fille de sire Omble ne le quittait pas d'une semelle, et mon maître répondait avec une attention courtoise à ses bavardages et ses éclats de rire. Il me sembla que le jeune Civil en prenait un peu ombrage.

On sortit les chevaux des écuries, sellés et la robe luisante. Manoire n'eut pas l'air affectée par l'atmosphère d'excitation générale, et, encore une fois, je m'étonnai de son absence apparente d'énergie. Je trouvais aussi insolite le calme relatif qui régnait dans la cour, et je souris à part moi : on n'entendait pas les aboiements ardents des chiens qui attisent l'enthousiasme des hommes et piquent les chevaux, et cela me manquait. Les chasseurs et leurs gens se mirent en selle, puis on amena les marguets au bout de leurs laisses.

C'étaient des animaux au poil court et lisse, au corps allongé, avec une tête qui me parut proportionnellement trop petite. Selon l'angle de la lumière, leur couleur fauve laissait apparaître de légères mouchetures. Leur queue, longue et gracieuse, semblait douée d'une vie propre. Ils avancèrent au milieu de la masse des chevaux aussi tranquillement que des chiens parmi des brebis ; c'étaient des féropards, et ils savaient très bien ce qu'annonçait l'agitation qui régnait dans la cour. Sans aide ou presque, chaque félin alla retrouver son maître, puis, à mon grand ébahissement, on lâcha les laisses et les marguets bondirent agilement sur les coussins à l'arrière des selles et s'y couchèrent. Dame Brésinga se tourna pour murmurer des mots affectueux à son animal, tandis que le féropard de Civil posait une lourde patte sur l'épaule du garçon pour l'obliger à se pencher en arrière et pouvoir lui donner un coup de tête plein de tendresse dans le menton. J'attendis en vain de capter une manifestation du Vif ; j'étais certain que les Brésinga, mère et fils, le possédaient, mais ils le dominaient avec une maîtrise que je n'aurais jamais crue possible. Etant donné les circonstances et malgré l'envie qui me tenaillait, je n'osai pas appeler Œil-de-Nuit. Le silence qu'il observait était si total que j'avais l'impression d'une absence. Bientôt, me promis-je, bientôt.

Nous nous mîmes en route vers des collines où, selon Avoine, nichaient de magnifiques oiseaux dont la capture nous procurerait un excellent divertissement. Je fermais la marche avec les autres suivants, au milieu de la poussière des chevaux de tête. Il était encore tôt et pourtant la température s'annonçait déjà d'une élévation hors de saison ; les fines particules de terre soulevées par notre passage formaient un nuage épais qui restait suspendu derrière nous dans l'air immobile ; le terrain de la région était étrange : la mince épaisseur de sol herbu rompue par les sabots laissait apparaître une couche poudreuse, qui me fit rapidement regretter de n'avoir pas emporté de mouchoir pour me couvrir la bouche et le nez, et qui décourageait toute conversation. Ce curieux terreau étouffait le bruit des pas des chevaux, et, en l'absence d'aboiements, j'avais l'impression que nous nous déplacions presque en silence. Nous quittâmes bientôt le bord de la rivière et la piste qui la suivait pour gravir à l'oblique une colline inondée de soleil, à travers des buissons gris-vert au feuillage desséché, et nous franchîmes ainsi, selon un trajet sinueux, des hauteurs et des vallons à l'aspect trompeusement semblable.

Les chasseurs avaient une bonne avance sur notre groupe quand nous passâmes un sommet, et je pense qu'Avoine lui-même n'avait pas repéré la troupe d'oiseaux que nous dérangeâmes ; néanmoins, la réaction ne se fit pas attendre. Je me trouvais trop à l'arrière pour voir si les marguets furent lâchés sur un signal ou s'ils se précipitèrent d'eux-mêmes sur les proies. Les grands oiseaux corpulents se mirent à courir au sol en battant des ailes avant de pouvoir s'envoler ; plusieurs ne parvinrent pas à décoller, et j'en vis au moins deux plaqués à terre par les féropards alors qu'ils venaient de prendre l'air. La vivacité des félins était ahurissante ; ils s'étaient laissés glisser de leurs coussins, avaient touché le sol sans bruit et s'étaient lancés à la poursuite des oiseaux avec la rapidité du serpent qui frappe. L'un d'eux attrapa deux proies à la fois, saisissant l'une dans ses mâchoires pendant qu'il s'emparait de l'autre et la serrait des deux pattes contre son poitrail. J'avais remarqué quatre ou cinq garçons qui nous suivaient à dos de poney ; une fois le dernier oiseau survivant envolé, ils s'avancèrent avec des gibecières pour récupérer les proies. Un seul marguet fit des difficultés pour lâcher la sienne, et je compris, aux commentaires que j'entendis, qu'il s'agissait d'un jeune animal dont le dressage n'était pas achevé.

On montra les prises au seigneur Doré avant de les

fourrer dans les carnassières. Sydel, qui montait à ses côtés, fit avancer son cheval pour mieux voir les trophées et poussa des cris d'admiration. Mon maître détacha les pennes de la queue de plusieurs oiseaux, puis m'appela et me dit en me les remettant : « Placez-les tout de suite dans le coffret pour qu'elles ne s'abîment pas.

— Le coffret ?

— Le coffret à plumes. Je vous l'ai montré, à Castelcerf, quand nous avons préparé le voyage... Par le souffle de Sa, mon ami, ne me dites pas que vous l'avez oublié ! Si ? Eh bien, il ne vous reste plus qu'à retourner le chercher ! Vous voyez de quel coffret je parle ? Celui en cuir rouge repoussé, doublé de toile. Il se trouve sans doute dans mes affaires, à Castelmyrte, à moins que vous ne l'ayez laissé à Castelcerf ! Tenez, donnez donc ces plumes à la grand'veneuse Laurier en attendant votre retour, et cravachez, Tom Blaireau ! J'ai besoin de ce coffret ! » Sire Doré ne cherchait pas à dissimuler l'irritation que lui causait la maladresse de son valet. Je me rappelais en effet une boîte telle qu'il la décrivait dans son bric-à-brac, mais jamais il ne m'avait dit qu'elle était destinée à contenir des plumes, ni que je devais l'emporter à la chasse. Je pris l'air contrit qui convenait à ma négligence et hochai docilement la tête.

C'est ainsi, sans plus de difficulté, que je pus quitter la chasse. Obéissant aux ordres de mon maître, je fis tourner ma jument et la talonnai, puis je passai deux collines avant de contacter Œil-de-Nuit avec prudence. *J'arrive.*

Mieux vaut tard que jamais, ronchonna-t-il.

Je tirai les rênes et restai sans bouger, envahi par une forte impression d'anomalie. Je fermai les yeux pour regarder par ceux du loup, et je me découvris dans une région sans traits distinctifs, aux collines et aux vallons semblables à ceux que j'avais traversés dans la matinée. Des chênes poussaient dans les creux, des broussailles grisâtres et de l'herbe jaune sur les versants ; pourtant, je savais, j'ignore par quel moyen, où se trouvait mon compagnon et comment le rejoindre. Œil-de-Nuit avait bien décrit le phénomène : je savais où cela me démangeait avant même de me gratter. Sans qu'il eût besoin de m'avertir, je sentis aussi qu'il avait un bon motif de se tenir immobile. Me retenant de le contacter, je talonnai Manoire et me penchai en avant pour l'inciter à se hâter. C'était une coureuse de terrain plat et non de pays accidenté, mais elle se débrouilla bien, et je dominai bientôt le vallon où Œil-de-Nuit m'attendait.

J'aurais voulu dévaler la pente pour le retrouver, car son silence et son immobilité étaient d'aussi mauvais augure qu'un essaim de mouches bourdonnant autour d'une flaque de sang. Cependant, je me contins et contournai largement la dépression, à pas lents, en cherchant des traces au sol et en humant profondément dans l'espoir de capter des vestiges d'odeurs. Je croisai les empreintes de deux montures ferrées, puis, un peu plus tard, je recoupai les mêmes marques, qui allaient cette fois dans le sens inverse : peu de temps auparavant, des chevaux s'étaient rendus dans le bosquet de chênes qui occupait le fond du vallon et en étaient repartis. Je ne pus me refréner davantage et pénétrai dans l'ombre accueillante des arbres avec l'impression de passer la tête dans un collet. *Œil-de-Nuit !*

Ici. Chut !

Il était étendu dans la pénombre sèche des chênes et haletait péniblement. Des feuilles mortes s'étaient collées sur les entailles sanglantes qui balafraient son museau et son flanc. Je me précipitai à bas de mon cheval et courus vers lui ; quand je posai mes mains sur sa fourrure, ses pensées se déversèrent dans les miennes sous la forme la plus discrète du partage du Vif.

Ils ont opéré ensemble contre moi.

Le garçon et la marguette ? Je m'étonnai de sa surprise. Le prince et le petit félin étaient liés par le Vif ; il était naturel qu'ils agissent de concert.

Non, la marguette et le cavalier qui a amené les chevaux. Le garçon était dans l'arbre et je ne l'ai pas quitté des yeux un instant ; je n'ai rien capté de sa part, aucun appel à l'aide. Pourtant, juste après l'aube, cette satanée marguette m'a attaqué. Elle est tombée sur mon dos sans crier gare ; je n'avais rien vu venir. Elle a dû se déplacer d'arbre en arbre à la façon des écureuils. Elle s'est accrochée à moi comme une ronce, mais j'ai réussi à la jeter par terre, et je croyais prendre l'avantage quand elle m'a serré entre ses pattes de devant et a tenté de m'éventrer avec celles de derrière ; elle aurait bien failli y parvenir si l'homme n'était pas arrivé avec les chevaux. Le garçon a sauté en selle du haut de l'arbre et, en un clin d'œil, la marguette est montée derrière lui. Ils sont partis au galop en me laissant ici.

Fais-moi voir ton ventre.

A boire d'abord, avant que tu me tripotes.

A mon grand agacement, Manoire s'écarta de moi par deux fois avant que je puisse saisir ses rênes. Je l'attachai solidement à un buisson, puis rapportai de l'eau et de quoi manger à Œil-de-Nuit. Il se désaltéra dans mes mains en coupe, puis nous partageâmes les vivres ; j'aurais voulu nettoyer le sang de ses entailles, mais je savais qu'il refuserait. *Laisse-les se refermer seules. Je les ai léchées ; elles sont propres.*

Montre-moi celles de ton ventre, au moins.

Il obéit sans enthousiasme. Je constatai des dégâts

beaucoup plus considérables, car la marguette avait manifestement réussi à le tenir tout contre elle, et l'abdomen du loup ne bénéficiait pas de l'épaisse toison qui protégeait son dos. Les blessures n'étaient pas nettes, mais déchiquetées, et elles commençaient à s'infecter ; seul aspect positif, les griffes n'avaient pas tranché les muscles du ventre : j'avais craint une éviscération, toutefois je n'avais sous les yeux que des blessures spectaculaires, certes, mais superficielles. Je me reprochai amèrement de ne pas avoir sous la main de baume apaisant ; il y avait trop longtemps que je n'avais pas eu à traiter ce genre de cas et j'étais devenu négligent.

Pourquoi ne m'as-tu pas appelé à l'aide ?

Tu te trouvais trop loin pour arriver à temps. Et puis – je perçus le trouble de ses pensées – *je crois que c'est ce qu'ils voulaient, l'homme au grand cheval et la marguette. Ils étaient tout ouïe et ils guettaient mon appel, comme s'il s'agissait d'une proie qu'ils attendaient de débusquer.*

Mais pas le prince.

Non. Mon frère, ce qui se passe ici est très étrange. Il a été très étonné à l'arrivée du cavalier et du cheval supplémentaire, mais j'ai senti que ce n'était pas une surprise pour la marguette ; elle les attendait. Le prince ne perçoit pas tout ce qu'entend sa compagne de Vif. Il se jette aveuglément dans le lien. C'est... inégal. L'un s'engage totalement, l'autre accepte cet engagement mais ne le rend pas complètement. Et puis la marguette... elle n'est pas normale.

Il fut incapable d'éclaircir davantage sa déclaration. Je restai un moment assis près de lui, les doigts enfoncés dans sa fourrure, à me demander que faire. Le prince avait de nouveau disparu ; quelqu'un qu'il n'avait pas appelé était venu l'emporter au moment précis où la marguette avait distrait l'attention du loup. Mais l'emporter où ?

Je les ai poursuivis quelque temps, mais tu avais raison, je ne suis plus capable de soutenir l'allure d'un cheval au galop.

Tu n'en as jamais été capable.

Bah, toi non plus. Tu n'as même jamais pu rivaliser longtemps avec un loup à la course.

C'est vrai ; c'est tout à fait vrai. Je lissai ses poils, puis voulus retirer une feuille morte collée à l'une de ses blessures.

N'y touche pas ou je t'arrache la main ! Et il ne plaisantait pas : rapide comme un serpent, il avait saisi mon poignet entre ses crocs. Il serra légèrement la mâchoire, puis me lâcha. *Ça ne saigne plus, alors n'y touche pas. Cesse de m'agacer et essaye plutôt de les rattraper.*

Et, si j'y arrive, qu'est-ce que je fais ?

Commence par tuer la marguette. Je sentis un désir de vengeance où ne se mêlait nulle pitié ; pourtant, il savait aussi bien que moi la souffrance que subirait le prince si j'éliminais son animal de lien.

Oui, je le sais. Dommage qu'il ne partage pas tes scrupules quand il s'agit de tuer ton frère de Vif.

Il ignore que tu es lié à moi.

Ils savaient tous que j'étais lié à quelqu'un, et ils auraient bien voulu apprendre à qui. Ça ne les a pas empêchés de me faire du mal. Son esprit avait une longueur d'avance sur le mien, et il réfléchissait à une situation que j'en étais encore à démêler. *Sois prudent, Changeur. J'ai déjà vécu cela. Tu crois qu'il s'agit d'une sorte de jeu, avec des limites et des règles définies, où tu as pour rôle de ramener le prince comme une mère rapporte à la tanière un petit égaré. Tu n'as pas songé un seul instant que, pour cela, il te faudrait peut-être le blesser ou éliminer sa marguette, et tu as encore moins imaginé qu'on risquait de te tuer pour t'empêcher de le reprendre. Je reviens donc sur ce que j'ai dit : ne te lance pas à leur poursuite, en tout cas pas tout seul. Laisse-moi jusqu'au soir pour me remettre de mes blessures, puis emmenons le Sans-Odeur pour les pister. Il est astucieux, à la manière d'un humain.*

Tu crois le prince capable de me tuer pour éviter de retourner à Castelcerf ? Cette idée m'horrifiait. Pourtant, j'étais plus jeune que Devoir la première fois que j'avais assassiné quelqu'un sur l'ordre d'Umbre. Je n'y avais guère pris plaisir, mais je n'avais pas beaucoup réfléchi non plus à la justice ou l'injustice de mon geste. Ambre me tenait lieu de conscience alors, et j'avais fait confiance à sa liberté de choix. Une question me vint à l'esprit : existait-il un individu semblable dans la vie du prince, quelqu'un devant qui il suspendait tout jugement personnel ?

Cesse de croire que nous avons affaire à un jeune prince, car c'est faux. Ce n'est pas non plus de la marguette qu'il faut nous méfier. Nous sommes face à une adversité plus grande et plus étrange, mon frère, et nous ferions bien de faire très attention où nous mettons les pieds.

Il termina ma provision d'eau, puis je le laissai sous les chênes et m'en allai à contrecœur. Sans chercher à suivre la piste de ses agresseurs, je retournai au manoir Brésinga de Castelmyrte, trouvai le coffret à plumes et regagnai le groupe de chasse. Il s'était déplacé, mais je n'eus pas de mal à en repérer la trace. Quand je lui tendis le boîtier, sire Doré remarqua : « Il vous a fallu longtemps pour le rapporter, Tom Blaireau. » Il jeta un coup d'œil à ses compagnons. « Enfin, j'avais craint bien pire ; j'ai failli croire que vous vous étiez senti obligé d'aller le chercher jusqu'à Castelcerf. » Et tous de s'esclaffer de ma supposée lenteur d'esprit.

J'acquiesçai docilement. « Pardonnez mon retard, maître. Il n'était pas rangé où je le pensais. »

Il accepta mes excuses d'un hochement de tête, puis me rendit le coffret. « Allez demander les plumes à maîtresse Laurier, et veillez à les ranger avec soin. »

La jeune femme tenait à la main une quantité respectable de pennes. Le coffret rouge s'ouvrait comme un livre et l'intérieur était garni de feutrine pour éviter d'abîmer le contenu ; je le tins devant Laurier pendant qu'elle y plaçait minutieusement les plumes. Le reste de la troupe poursuivit son chemin sans paraître nous prêter attention. « Les marguets chassent bien ? demandai-je à la grand'veneuse.

— Très bien. C'est un spectacle étonnant à regarder. J'avais vu le brumier du prince en action, mais jamais des féropards ; on les a lâchés deux fois sur des oiseaux et une fois sur des lièvres depuis votre départ.

— Vous croyez que la chasse va durer encore longtemps ?

— Ça m'étonnerait. Le seigneur Doré m'a confié que sa peau ne supporte pas le soleil de midi et qu'il risque d'attraper la migraine. Je pense qu'ils ne vont pas tarder à rebrousser chemin.

— Ça m'irait à merveille, à moi aussi. » Nos compagnons nous avaient à présent distancés et bavardaient entre eux. Laurier referma le coffret et me le rendit, puis nous rattrapâmes le gros de la troupe ; alors la jeune femme se tourna vers moi sur sa selle et me dit, les yeux dans les yeux : « Vous ne paraissiez pas le même homme, hier soir, Tom. Vous devriez soigner davantage votre aspect pendant la journée ; le résultat en vaut la peine. »

Ces propos me laissèrent pantois. Elle sourit de me voir bouche bée, puis, talonnant sa monture, elle me laissa en compagnie des autres domestiques pour rejoindre le seigneur Doré. J'ignore ce qu'ils se dirent, pour autant qu'ils se fussent parlé, mais il fut bientôt décidé de rentrer à Castelmyrte. Les gibecières étaient lourdes, le soleil à la verticale devenait cuisant, et les marguets apparemment énervés semblaient avoir perdu leur intérêt pour la chasse.

Les nobles tournèrent donc bride et pressèrent leurs montures pour regagner la fraîcheur qui régnait entre les épais murs de pierre de Castelmyrte ; les domestiques suivirent le mouvement tant bien que mal. Manoire, elle, n'eut aucune difficulté à soutenir l'allure, bien que notre trajet s'effectuât dans le nuage de poussière soulevé par la tête de la troupe.

L'aristocratie se retira dans ses appartements pour se laver et changer de vêtements tandis que la roture s'occupait de ses chevaux suants et de ses marguets irritables. J'emboîtai le pas à sire Doré qui s'engageait à grandes enjambées dans les couloirs du manoir, me précipitai pour ouvrir sa porte devant lui, puis, une fois qu'il fut entré, la refermai et mis discrètement le loquet.

Quand je me retournai, il était déjà en train de se nettoyer le visage et les mains. « Que s'est-il passé ? » me demanda-t-il.

Je lui racontai ce que j'avais appris.

« Comment va-t-il ? s'enquit-il d'un ton inquiet.

— Le prince ? Que veux-tu que j'en sache ?

— Non, Œil-de-Nuit, répondit le fou avec impatience.

— Ah ! Aussi bien que possible. Je lui apporterai de l'eau et de quoi manger quand je retournerai le voir. Il avait mal, mais il n'est pas à l'agonie. » L'aspect enflammé de ses blessures m'avait toutefois inquiété, et on aurait dit que le fou avait lu mes pensées, car il déclara :

« Je possède un baume qui pourrait apaiser ses douleurs, s'il accepte que tu le lui appliques. »

Je ne pus m'empêcher de sourire. « Ça m'étonnerait, mais je serais soulagé d'en avoir sous la main.

— Bien. Il ne me reste plus qu'à inventer un prétexte pour quitter Castelmyrte tout de suite après le déjeuner avec la grand'veneuse et toi. Il ne faut pas laisser refroidir la piste, et il est peu probable que nous revenions ici. » Tout en parlant, il avait changé de veste, passé une brosse sur ses chausses et donné un coup de chiffon à ses bottes. Il observa son reflet dans le miroir, puis peigna, rapidement ses cheveux fins ; des mèches pâles flottèrent à la suite du peigne et s'y collèrent ; d'autres, plus courtes, au niveau de ses tempes, restèrent hérissées comme des moustaches de chat. Avec une exclamation agacée, il réunit sa chevelure en queue et la maintint en place à l'aide d'une grosse barrette d'argent. « Là ; comme ça, ça tiendra. Préparez nos bagages, Tom, et tenez-vous prêt à vous mettre en route quand je reviendrai du repas. » Et il sortit.

Il restait sur la table des fruits, du fromage et du pain de ma collation de la veille. Le pain était un peu rassis, mais mon appétit se rit de tels détails, et je mangeai tout en empaquetant mes affaires. La garde-robe de sire Doré me posa davantage de problèmes, car j'étais incapable de me rappeler comment il avait réussi à faire entrer une si grande quantité d'effets dans un coffre de taille aussi réduite. A force, je parvins à y fourrer tous les habits de mon maître, mais je ne pus m'empêcher de me demander dans quel état ses belles chemises allaient ressortir.

Le déjeuner n'était pas encore fini quand j'achevai nos

préparatifs, et j'en profitai pour me rendre discrètement aux cuisines déguster une chope de bière fraîche accompagnée de saucisses aux épices. La formation qu'Umbre m'avait donnée autrefois me fut fort utile car, quand je remontai, j'emportais plusieurs tranches de rôti froid dissimulées sous le plastron de ma tunique de domestique.

Je passai le début de l'après-midi dans nos appartements à attendre avec impatience le retour du seigneur Doré ; je mourais d'envie de contacter le loup mais je n'osais pas, et, à chaque instant qui s'écoulait, le prince s'éloignait peut-être un peu plus. La journée avançait et je ne pouvais rien faire ; je finis par m'affaler sur mon lit, et, malgré mes inquiétudes, je dus m'endormir.

Je m'éveillai en entendant sire Doré ouvrir la porte. Je me levai, abruti de sommeil mais pressé de me mettre en route ; le fou referma le battant derrière lui et, en réponse à mon regard interrogateur, déclara d'un ton lugubre : « Il s'avère socialement difficile de nous dégager. Il y avait des hôtes au déjeuner, en plus de ceux que nous connaissons déjà ; les Brésinga tiennent apparemment à m'exhiber devant tous leurs voisins fortunés ; ils ont déjà lancé des invitations à la moitié de la région pour des dîners et des réceptions, et j'ai été incapable d'imaginer une raison assez urgente pour motiver notre départ. C'est extrêmement contrariant. Ah, que je regrette ma livrée de bouffon ! Au moins, quand je jonglais et que je faisais le funambule, ce n'était pas pour tricher !

— Nous ne partons pas ? dis-je stupidement.

— Non. Un grand banquet est organisé en mon honneur ce soir, et ce serait insulter les Brésinga que de nous éclipser alors que tout est prêt. De plus, quand j'ai laissé entendre que je risquais d'écourter mon séjour et de partir demain matin, on m'a répondu que le seigneur Crias, de l'autre côté de la rivière, m'avait préparé une chasse matinale suivie d'un festin en son manoir.

— Ils font exprès de te retenir. Les Brésinga sont impliqués dans la disparition du prince ; je suis sûr que c'est à lui et à sa marguette qu'était destiné le panier à provisions que j'ai vu hier soir. Quant à Œil-de-Nuit, il est convaincu que ses assaillants savaient qu'il était lié à quelqu'un par le Vif ; ils espéraient me débusquer en s'en prenant à lui.

— Peut-être, mais, même si nous étions sûrs de nous, je me verrais mal lancer des accusations sans preuve ; or, nous n'avons aucune certitude. Ces gens cherchent peut-être seulement à gagner des places à la cour, ou à me présenter leurs diverses filles à marier. Si j'ai bien compris, c'est pourquoi Sydel participait au repas d'hier.

— Je croyais que c'était la fiancée de Civil ?

— Elle a pris grand soin, pendant la partie de chasse, de m'expliquer qu'ils étaient amis d'enfance et qu'il n'y avait absolument rien d'autre entre eux. » Le fou soupira et s'assit à la petite table. « Elle m'a dit faire elle aussi collection de plumes, et elle souhaite me les montrer ce soir après le dîner. Je suis sûr que c'est une invention pour passer encore du temps en ma compagnie. »

Si je n'avais pas été accablé de soucis, sa mine déconfite m'aurait fait sourire.

« Enfin, je vais tâcher de faire front du mieux possible ; d'ailleurs, maintenant que j'y pense, peut-être arriverai-je à tourner la situation à notre avantage. Ah oui ! J'ai une mission pour toi : j'ai perdu une chaînette d'argent aujourd'hui, pendant la chasse, je suppose. Je me suis rendu compte de sa disparition pendant le repas, et c'est un de mes bijoux préférés. Tu vas devoir reprendre le chemin que nous avons suivi pour voir si tu peux le retrouver. Prends tout ton temps. »

Tout en parlant, il avait sorti un collier de sa poche et l'avait enveloppé dans son mouchoir avant de me le tendre. Il ouvrit son coffret à vêtements, resta un instant en arrêt devant la masse informe de tissu compacté, me jeta un regard de reproche, puis fouilla ses effets jusqu'à ce qu'il trouve le pot de baume, qu'il me remit.

« Désirez-vous que je vous sorte une tenue pour le dîner avant que je m'en aille ? »

Il tira une chemise froissée de son coffre et prit un air ironique. « Je crois que vous en avez assez fait pour moi, Blaireau. Mettez-vous en route sans plus tarder. » Comme je m'approchais de la porte, il me rappela. « La jument te convient-elle ?

— Très bien, lui assurai-je. C'est une bête de bonne qualité, en excellente santé et rapide, comme elle nous l'a démontré. Tu as bien choisi.

— Mais tu aurais préféré choisir toi-même ta monture. »

Je faillis répondre par l'affirmative mais, en réfléchissant, je m'aperçus que c'était faux. Si j'avais eu voix au chapitre, j'aurais recherché un compagnon qui aurait traversé les années avec moi, et il m'aurait fallu des semaines, voire des mois, pour me décider ; or, à présent que je prenais conscience, malgré que j'en eusse, de la mortalité du loup, j'éprouvais une étrange réticence à tant m'investir dans un animal. « Non, dis-je avec sincérité ; il vaut bien mieux que tu t'en sois chargé. C'est une bonne bête. Tu as bien choisi.

— Merci », murmura-t-il. On aurait dit qu'il attachait une grande importance à la question, et j'aurais pris le temps d'y réfléchir si le loup n'avait pas attendu ma venue.

4

LE BAISER DU FOU

Nombre d'histoires parlent de vifiers qui prennent l'apparence de leur animal de lien pour nuire à leurs voisins ; les plus sanglantes évoquent des humains qui, sous l'aspect de loups, massacrent des familles entières et leurs troupeaux. D'autres, moins sinistres, décrivent des soupirants qui se déguisent en oiseaux, en chats, voire en ours de foire pour accéder à la chambre de leur belle.

Tous ces contes sont de pures inventions relayées par ceux qui s'efforcent d'attiser la haine contre le Vif. Un vifier peut certes partager l'esprit de son animal, et, par là même, ses perceptions, mais il lui est impossible de prendre sa forme. S'il est vrai qu'un humain, au bout d'une longue association avec un animal, finit parfois par adopter certaines de ses particularités, dans la manière de se tenir ou dans son régime alimentaire, cela ne fait pas pour autant un ours de celui qui mange, dort, fouille dans les déchets et sent comme un ours. Si l'on pouvait détruire cette légende qui prête aux gens du Vif la capacité de se métamorphoser, on ferait un grand pas vers le rétablissement de la confiance entre vifiers et non-vifiers.

Contes du Lignage, de TOM BLAIREAU

*

Le loup ne se trouvait plus où je l'avais quitté. Une angoisse sans nom me saisit, et il me fallut un moment pour me convaincre que je ne m'étais pas trompé de vallon ; mais le doute n'était pas permis : je repérai les traces de sang qu'il avait laissées sur le tapis de feuilles mortes, et les éclaboussures dans la poussière, là où il avait bu dans mes mains. Il avait bien été là, et il n'y était plus.

C'est une chose de repérer la trace de deux chevaux ferrés qui portent des cavaliers ; pister un loup sur un sol sec en est une autre. Il n'avait laissé aucun signe de son passage et je n'osais pas le contacter par le Vif ; je pris le parti de suivre les empreintes des montures, dans l'espoir qu'il avait agi de même. Elles m'emmenèrent dans une combe entre deux collines écrasées de soleil, jusqu'à un ruisseau où les cavaliers s'étaient arrêtés pour faire boire leurs bêtes ; et là, superposée à celle d'un sabot, je distinguai la trace d'une patte de loup. Il pistait bien les deux hommes.

Trois collines plus loin, je le rattrapai. Il savait que j'arrivais, mais continua d'avancer sans m'attendre, et sa démarche me tira l'œil : au lieu de trotter à une allure soutenue comme d'habitude, il allait au pas. Manoire n'appréciait guère son voisinage, mais elle ne m'opposa pas de résistance, et, comme je m'approchais du loup, il fit halte à l'ombre d'un bosquet.

« Je t'ai apporté de la viande », lui dis-je en mettant pied à terre.

Je sentais qu'il avait conscience de moi, mais il ne me transmit aucune pensée ; j'en eus presque froid dans le dos. Je tirai les tranches de rôti de ma chemise et les lui donnai ; il les engloutit avidement, puis vint s'asseoir près de moi. Quand je sortis le pot d'onguent de ma besace, il poussa un soupir et s'étendit sur le flanc.

Les lèvres des lacérations qui zébraient son ventre étaient livides et brûlantes, et, quand j'y appliquai la pommade, sa souffrance se dressa entre nous, aiguë comme un rasoir. Je m'efforçai d'œuvrer avec douceur mais aussi consciencieusement que possible, et il supporta stoïquement le traitement. Je restai ensuite près de lui, ma main sur sa fourrure, pendant qu'il reniflait l'onguent. *Miel et graisse d'ours,* lui dis-je. Il se mit à lécher les longues entailles et je le laissai faire : ses coups de langue allaient enfoncer le produit dans ses blessures sans lui causer de dommage ; en outre, j'aurais été bien en peine de l'en empêcher. Sans que j'eusse besoin de rien lui expliquer, il sut que je devais retourner à Castelmyrte.

Le plus sage serait que je continue à les suivre, même si je n'avance pas vite. Plus longtemps tu resteras retenu au manoir, plus la piste refroidira. Mieux vaut que tu me rejoignes là où je serai parvenu plutôt qu'essayer de retrouver des traces à demi effacées.

Tu as raison ; ton argument est imparable. Il n'était pas en état de chasser ni de se défendre, mais il le savait aussi bien que moi et il avait pris sa décision en toute conscience ; je tus donc mes inquiétudes. *Je te rattraperai le plus vite possible.* Cela aussi, il le savait, mais je n'avais pas pu m'empêcher de lui donner ma parole.

Mon frère, méfie-toi de tes rêves cette nuit.

Je n'essaierai pas de rêver avec eux.

Mais je crains qu'eux ne te recherchent.

Une volute de peur monta en moi, mais, là encore, il n'y avait rien à dire. Futilement, je regrettai de n'avoir pas été instruit dans le Vif dès l'enfance ; si j'avais mieux compris les enseignements du Lignage, j'aurais peut-être su quel danger j'affrontais.

*Non, je ne crois pas. Ce que tu fais, ta façon de te lier avec le garçon, ce n'est pas seulement avec l'Art ; c'est le mélange de tes magies. Tu ouvres la porte avec l'une et tu voyages avec l'autre, comme le jour où j'ai attaqué Justin après qu'il avait établi un contact d'Art avec toi. Son Art *avait créé le pont, mais je me suis servi de mon lien avec toi pour le traverser.*

C'était intentionnellement qu'il partageait ses réflexions avec moi, car il avait perçu l'inquiétude qui grandissait en moi depuis quelque temps. Justin avait traité mon Vif de magie de chien et prétendu qu'elle polluait mon usage de l'Art. Vérité, lui, ne s'en était jamais plaint, mais, je devais le reconnaître, il n'avait bénéficié comme moi que d'une formation tronquée, et il n'avait peut-être pas su détecter la souillure du Vif dans mon emploi de l'Art – à moins que, par charité, il ne se fut interdit de m'en faire le reproche. Pour l'instant, toutefois, c'était le loup qui me préoccupait. *Ne les suis pas de trop près ; tâche d'éviter qu'ils se rendent compte de notre traque.*

Que redoutes-tu ? Que j'attaque un marguet et deux hommes à cheval ? N'aie crainte ; ce combat te revient. Moi, je piste le gibier ; toi, tu te charges de l'acculer et de le tuer.

Cette dernière pensée laissa dans mon esprit des images désagréables qui me hantèrent pendant mon retour à Castelmyrte. J'étais parti à la recherche d'un jeune prince qui avait fait une fugue ou peut-être été l'objet d'un enlèvement, et je me retrouvais confronté non seulement à un garçon qui n'avait aucune envie de revenir à Castelcerf, mais aussi à ses comparses. Jusqu'où étais-je prêt à aller pour le ramener à la Reine ? Lui-même, quelles limites imposerait-il à sa volonté de n'en faire qu'à sa tête ?

Et ceux qui l'accompagnaient auraient-ils des restrictions sur les mesures à prendre pour le garder ?

Sire Doré avait raison de nous obliger à rester dans nos rôles respectifs, je le savais ; je n'aspirais qu'à laisser tomber mon déguisement, rattraper le prince et le ramener de gré ou de force à Castelcerf, mais je n'ignorais pas les conséquences d'une telle attitude. Si les Brésinga acquéraient la certitude que nous étions à sa recherche, ils ne manqueraient pas de l'avertir, ce qui l'inciterait à presser encore le pas et à se cacher mieux encore pour nous échapper. Au pire, ils chercheraient à s'interposer, or je ne tenais pas du tout à mourir prématurément, victime d'un « accident », pendant que nous chasserions le prince Devoir. Telle qu'était la situation, je pouvais encore espérer me débrouiller pour récupérer discrètement le jeune garçon et le ramener à Castelcerf ; il avait repris sa fuite, mais il n'avait aucun motif de soupçonner sire Doré de le pourchasser. Si le fou parvenait à nous libérer de l'hospitalité de dame Brésinga sans susciter de questions, nous pourrions nous lancer à sa poursuite sans nous faire remarquer et nous aurions alors plus de chances de le rattraper.

Je rentrai à Castelmyrte écrasé de chaleur, couvert de poussière et mourant de soif. Je confiai ma jument à un garçon d'écurie, ce qui me fit comme d'habitude un effet bizarre, et je trouvai sire Doré en train de faire la sieste dans ses appartements. Les rideaux étaient tirés pour empêcher la chaleur et la lumière d'entrer, si bien qu'il régnait une pénombre crépusculaire dans sa chambre. Je me rendis sans bruit dans la mienne pour faire un brin de toilette, puis accrochai ma chemise à un montant du lit pour l'aérer et la faire sécher, en jetai une propre sur mon épaule et ressortis.

On avait rempli de fruits la coupe qui trônait sur la table. Je pris une prune et allai la manger à la fenêtre, en écartant légèrement un rideau pour regarder le jardin. Je ressentais un mélange de fatigue et d'énervement, l'impression d'être pieds et poings liés sans rien à faire pour passer le temps. L'impuissance et l'inquiétude s'empoignaient en moi.

« Avez-vous retrouvé ma chaîne, Blaireau ? » C'était l'organe aristocratique du seigneur Doré qui avait interrompu ma songerie.

« Oui, messire, exactement là où vous pensiez l'avoir perdue. »

Je sortis le délicat bijou de ma poche et le lui apportai. Mollement étendu sur son lit, il le recueillit dans sa main avec une expression de soulagement, comme s'il eût été un véritable gentilhomme et qu'il eût réellement égaré son collier. Je baissai la voix. « Œil-de-Nuit suit la trace. Dès que nous pourrons prendre congé, nous irons directement le rejoindre.

— Comment va-t-il ?

— Il est courbatu et il souffre, mais je pense qu'il s'en remettra.

— Tant mieux. » Il s'assit dans son lit, puis se leva. « J'ai choisi nos tenues pour la soirée, et j'ai déposé la vôtre dans votre chambre. Mais franchement, Blaireau, il faut que vous appreniez à traiter mes affaires avec plus de soin.

— J'essaierai, monseigneur », marmonnai-je, et puis je n'eus plus le courage de persévérer dans mon rôle. J'en avais soudain par-dessus la tête de jouer la comédie. « As-tu réfléchi à un moyen de nous esquiver sans tapage ?

— Non. » Il s'approcha de la table, où une carafe de vin l'attendait. Il en remplit un verre, le vida d'un trait et se resservit. « Mais j'en ai imaginé un spectaculaire, pour lequel j'ai commencé à préparer le terrain cet après-midi. J'en ai quelques regrets, car je vais un peu écorner la réputation du seigneur Doré, mais, après tout, qu'est-ce qu'un gentilhomme sans un parfum de scandale attaché à son nom ? Je n'en serai sans doute que plus populaire à la cour. Chacun voudra connaître ma version des faits et se perdra en conjectures sur ce qui se sera vraiment passé. » Il but une gorgée de vin. « Si j'atteins mon but, je pense convaincre dame Brésinga qu'elle fait erreur en nous soupçonnant de rechercher le prince. Jamais un émissaire de la Reine ne se conduirait comme j'en ai l'intention. » Il me fit un sourire lugubre.

« Qu'as-tu fait ?

— Rien pour l'instant. Mais, à mon avis, demain matin on se mettra en quatre pour faciliter notre départ. » Il porta de nouveau son verre à ses lèvres. « Parfois, ce que je dois faire ne me plaît pas du tout », dit-il, et je perçus une note plaintive dans sa voix. Il finit son vin comme s'il voulait se donner du courage.

Il refusa de m'en révéler davantage et s'apprêta soigneusement pour le dîner ; pour ma part, je dus affronter l'indignité de porter un pourpoint vert avec des chausses jaunes. « C'est peut-être un brin voyant », concéda-t-il devant mon regard enflammé. Son sourire était trop réjoui pour que j'y lise la moindre excuse, mais je fus incapable de déterminer s'il réagissait à l'alcool qu'il avait ingurgité ou s'il traversait un de ces accès de folie malicieuse qui le prenaient de temps en temps. « Quittez cet air sinistre, Blaireau, reprit-il en ajustant les manches d'une veste d'un vert sobre. Mes valets se doivent d'avoir une attitude amène ; en outre, ces couleurs mettent en valeur votre teint, vos cheveux et vos yeux sombres, bref, toute votre personne. Vous m'évoquez un perroquet exotique. Il se peut que vous n'aimiez pas vous mettre ainsi en avant, mais ces dames, elles, l'apprécieront. »

Je lui obéis, mais je dus pour cela faire appel à tous mes talents de comédien. Deux pas derrière lui, je l'accompagnai jusqu'à la salle où la noblesse s'était réunie en attendant le dîner. L'assemblée était plus considérable que la veille, car dame Brésinga avait étendu son hospitalité à tous les participants de la partie de chasse du matin ; pourtant, vu le peu d'attention que leur porta sire Doré, ils auraient aussi bien pu être invisibles. Sydel se trouvait assise à une table basse en compagnie de Civil, avec un assortiment de plumes devant eux, lequel semblait au cœur de leur conversation. La jeune fille surveillait manifestement la porte car, à l'instant où sire Doré apparut, elle fut comme transfigurée ; son visage se mit à rayonner comme une lanterne dans l'obscurité. Civil, lui aussi, subit une transformation, mais beaucoup moins plaisante à regarder ; la bienséance lui interdisait de critiquer un invité sous le toit de sa mère, mais ses traits se figèrent et il prit une expression glaciale. L'effroi me noua l'estomac. Non, je ne voulais pas assister à ça !

Mais le seigneur Doré, avec un sourire aimable, se dirigea droit sur le couple, et ses salutations aux personnes qu'il croisa sur son chemin furent d'une brièveté qui confinait à l'insulte. Sans chercher à faire preuve de la moindre subtilité, il s'installa entre les deux jeunes gens, obligeant Civil à se décaler pour lui faire de la place, et, dès lors, il n'accorda pratiquement plus aucun intérêt à quiconque, sauf à Sydel sur laquelle il concentra tout son charme. Il se pencha avec elle sur les plumes, et chacun de ses gestes était pure séduction ; ses longs doigts caressèrent les pennes chatoyantes posées sur la nappe, puis il en choisit une, en passa l'extrémité soyeuse sur sa joue, puis il la fit doucement courir le long du bras de sa compagne. Elle s'écarta avec un petit rire effarouché ; il sourit, elle rougit. Il reposa la plume qu'il menaça du doigt, comme s'il reprochait à l'innocent objet de se montrer trop entreprenant, puis il en prit une autre, et, avec audace, il la plaça contre le tissu de la robe de Sydel en faisant à mi-voix une remarque sur le contraste des couleurs. Enfin, il saisit une poignée de plumes qu'il arrangea en une sorte de bouquet ; du bout de l'index, il obligea la jeune fille à tourner son visage vers lui, et, comme par un tour de passe-passe, il accrocha les plumes à sa coiffure, la pointe vers le bas, de telle façon qu'elles suivaient la ligne de sa joue.

Civil quitta brusquement sa place et s'éloigna à pas furieux. Sa mère glissa quelques mots à une de ses voisines, qui se hâta de l'intercepter avant qu'il pût quitter la pièce. Il y eut entre eux un échange de propos à voix basse ; Civil s'exprimait d'un ton qui n'avait rien de posé, mais je ne pus entendre ce qu'il disait car, à cet instant, la voix de sire Doré s'éleva par-dessus les autres conversations. « Que n'ai-je un miroir pour que vous vous y admiriez ! Mais il faudra vous satisfaire de voir combien cet ornement vous sied en vous mirant dans mes yeux. »

Plus tôt dans la journée, j'avais été épouvanté par la hardiesse avec laquelle la jeune fille poursuivait sire Doré de ses assiduités et par sa promptitude à rejeter son jeune soupirant pour lui préférer ce gentilhomme inconnu, mais, à présent, j'avais presque pitié d'elle. On parle d'oiseaux qui se laisseraient hypnotiser par certains serpents, bien que je n'aie jamais été témoin d'un tel phénomène, mais ce à quoi j'assistais m'évoquait davantage une fleur se tendant vers le soleil ; Sydel se nourrissait de l'attention de sire Doré et s'épanouissait à sa chaleur, et, en l'espace de quelques instants, son admiration d'adolescente pour son âge, sa fortune et ses belles manières avait laissé la place à l'intérêt et à l'attirance d'une femme pour un homme. Je savais avec une certitude qui me donnait la chair de poule qu'elle ne résisterait pas s'il décidait de l'emmener dans son lit. S'il frappait à sa porte cette nuit, elle le laisserait entrer sans hésitation.

« Il va trop loin, me dit Laurier en passant près de moi, dans un murmure teinté d'horreur.

— C'est sa spécialité », répondis-je aussi bas. Je fis jouer mes épaules trop serrées dans mon pourpoint à la couleur peu discrète ; mon rôle de garde du corps de sire Doré risquait fort de devenir réalité, à en juger par le regard assassin que Civil braquait sur mon maître.

Quand dame Brésinga annonça qu'il était l'heure de dîner, le jeune garçon commit une erreur stupide : il hésita. Sans même lui laisser le temps d'exprimer sa fureur en refusant grossièrement d'escorter Sydel à table, son rival offrit son bras à la jeune fille qui l'accepta. Civil se retrouva obligé, par les règles de la bienséance, d'accompagner sa mère, et tous deux, l'air maussade, pénétrèrent dans sa salle à manger à la suite de leur hôte estimé et de sa proie.

Pendant le repas, je m'efforçai de contenir mes émotions et de rester simple spectateur. La tactique de sire Doré était très révélatrice du monde de l'aristocratie ; les parents de Sydel se trouvaient déchirés entre la courtoisie qu'ils devaient à dame Brésinga et à son fils, et la perspective séduisante de voir leur fille capter l'attention du gentilhomme extrêmement aisé qu'était le seigneur Doré, prise beaucoup plus intéressante que Civil. Cependant, ils ne méconnaissaient pas le danger que courait leur enfant : attirer l'œil d'un gentilhomme, ce n'est pas avoir sa promesse de mariage. Peut-être voulait-il seulement s'amuser avec Sydel au risque de ruiner ultérieurement pour elle tout espoir d'une union avantageuse. Elle s'aventurait sur un chemin périlleux, et, à la façon dont sa mère, dame Omble, émiettait nerveusement son pain, il était clair qu'elle doutait des capacités de sa fille à éviter le faux pas.

Avoine et Laurier s'évertuaient à susciter une conversation sur la partie de chasse, et les autres invités jouaient le jeu tant bien que mal, mais sire Doré et Sydel étaient trop occupés à échanger des mots doux pour leur prêter la moindre attention, pas plus qu'à Civil, assis à côté de la jeune fille. Avoine dissertait sur l'usage de la rue dans le dressage des marguets, car chacun sait que ces animaux se détournent d'un objet imprégné de l'essence de cette plante, à quoi Laurier répondait qu'on employait parfois l'oignon dans le même but. Sire Doré, lui, offrait à Sydel de petites bouchées des différents plats, puis la regardait manger avec une fascination ravie ; il buvait beaucoup, engloutissant les verres à la chaîne, et, selon toute apparence, il ne faisait pas semblant. Je sentais l'angoisse monter en moi : ivre, le fou avait toujours fait montre d'une humeur capricieuse et imprévisible ; le seigneur Doré ferait-il preuve de plus de mesure ?

La colère de Civil avait dû franchir un nouveau cran et flamboyer brusquement, car j'entendis l'écho d'une réponse par le Vif. Je ne pus capter la pensée, mais je saisis l'émotion qui l'accompagnait : un animal n'attendait que l'ordre du jeune garçon pour réduire sire Doré en charpie. Le marguet de Civil était sûrement sa bête de lien, et, durant ce bref instant où, enflammé de fureur, il oublia de se protéger, je perçus la soif de sang qu'ils partageaient. Le contact disparut aussitôt, parfaitement dissimulé, mais il n'y avait pas à s'y tromper : le garçon avait le Vif. Et dame Brésinga ? Je tournai les yeux dans sa direction et l'observai sans en avoir l'air. Nulle trace de Vif n'émanait d'elle, mais je sentis sa désapprobation devant l'erreur de son fils. Quelle erreur ? Celle d'avoir trahi son appartenance au Lignage à qui était capable de la percevoir, ou celle de manifester trop ostensiblement son déplaisir ? De fait, il n'était pas séant pour quelqu'un de son rang d'étaler ainsi ses émotions.

Comme la veille, je passai le repas debout derrière la chaise du seigneur Doré ; je n'appris pas grand-chose des paroles qui s'échangèrent, mais beaucoup des regards. L'attitude scandaleuse de mon maître fascinait et horrifiait à la fois les autres invités, et les murmures allaient bon train autour de la table, ainsi que les coups d'œil choqués. A un moment, sire Omble passa de longs instants à respirer profondément, les narines blanches et pincées, tandis que son épouse lui parlait à mi-voix mais avec véhémence ; elle semblait prête à courir le risque d'échanger les bonnes grâces des Brésinga contre le bénéfice possible d'un meilleur parti. Pour ma part, j'analysais expressions et paroles dans l'espoir de découvrir qui avait le Vif et qui ne l'avait pas ; mon examen était purement subjectif mais, avant même la fin du dîner, j'étais convaincu que Civil et dame Brésinga appartenaient au Lignage, au contraire de leur maître veneur. Quant aux autres invités, deux d'entre eux me paraissaient de bons candidats ; une certaine dame Jerrit avait du félin dans ses manières, et c'était peut-être sans s'en rendre compte qu'elle reniflait chaque plat avant d'y goûter ; son époux, gaillard solide et cordial, tournait toujours la tête de côté quand il s'attaquait à un pilon de volaille, comme s'il possédait des dents tranchantes au fond de la mâchoire pour cisailler la chair. C'étaient de petits riens, mais qui en disaient long. De même qu'il s'était réfugié à Castelmyrte en quittant Castelcerf, le prince, une fois délogé du manoir Brésinga, risquait de chercher un fief où l'on accueillait favorablement les vifiers. Les Jerrit habitaient au sud et la trace de Devoir menait vers le nord, mais rien ne l'empêchait d'effectuer un détour pour revenir en arrière.

Je notai aussi un autre détail : le regard de dame Brésinga se portait souvent sur moi, et je ne pense pas que ce fut par admiration pour les couleurs de ma livrée. Elle avait l'expression de quelqu'un qui tente de retrouver un souvenir oublié. J'étais presque certain de ne l'avoir jamais croisée lors de mon existence précédente, sous l'identité de FitzChevalerie, mais « presque certain » signifie qu'il reste un petit doute qui s'agite au fond de soi. Pendant un moment, je gardai la tête légèrement courbée et les yeux de côté, et c'est seulement en observant les autres invités que je compris que mon attitude était celle d'un loup. Alors, quand la maîtresse de maison tourna de nouveau ses yeux vers moi, je la regardai bien en face ; je n'eus pas l'effronterie de lui sourire, mais j'agrandis les yeux en feignant de m'intéresser à elle. Elle ne chercha pas à cacher l'indignation qu'elle éprouvait devant la hardiesse du valet de sire Doré, et, à la manière des chats, elle conserva les yeux braqués sur moi mais fit comme si je n'existais plus. Grâce à ce seul regard, ma conviction fut faite : elle avait le Vif.

Etait-ce elle, la femme qui avait séduit mon prince ? Certes, elle était attirante, avec ses lèvres pleines qui indiquaient un caractère sensuel, et Devoir ne serait pas le premier jeune homme à succomber aux charmes d'une femme plus âgée et plus expérimentée. Etait-ce le but qu'elle poursuivait en lui faisant présent de la marguette ? Cherchait-elle à s'emparer de son cœur juvénile, si bien que, quelle que soit celle à laquelle on l'unirait, ses sentiments le ramèneraient toujours à elle ? Cela expliquerait qu'il se fût rendu à Myrteville en s'enfuyant de Castelcerf ; mais, à bien y réfléchir, cela ne rendait pas compte de sa passion insatisfaite. Non, si elle avait voulu séduire le prince, elle se serait hâtée de refermer sa nasse autour de lui et tout aurait déjà été dit. L'affaire était plus complexe et plus étrange, comme l'avait remarqué le loup.

D'un petit geste de la main, le seigneur Doré me donna congé à la fin du repas, et j'obéis, mais à contrecœur ; j'aurais voulu continuer à observer les réactions que son attitude révoltante suscitait. Les convives allaient passer à d'autres divertissements : musique, jeux de hasard et conversation. Je me rendis aux cuisines où, encore une fois, on m'offrit d'abondants reliefs du dîner ; on avait servi un porcelet à table, et il restait sur le plat, autour de la carcasse, quantité de morceaux tendres à la peau croustillante ; la viande avait été présentée avec une sauce aux pommes et aux baies aigres, et le tout, accompagné de pain, de fromage à la pâte blanche et moelleuse et de plusieurs chopes de bière, me fournit de quoi me restaurer copieusement. Cependant, j'aurais sans doute mieux savouré ce festin si le valet de sire Doré n'avait pas été pris à partie à propos de la conduite de son maître.

La mine sévère, Lebven m'apprit que Civil et Sydel étaient fiancés pratiquement depuis leur naissance – et si leurs accordailles n'avaient rien d'officiel, chacun savait du moins dans les deux maisons que les jeunes gens étaient promis l'un à l'autre. La famille de dame Brésinga et celle du seigneur Omble entretenaient depuis toujours les meilleurs rapports, et les deux fiefs étaient mitoyens. Pourquoi la fille de sire Omble ne profiterait-elle pas de la rapide ascension de dame Brésinga dans le monde ? Les vieux amis doivent s'entraider. Que faisait donc mon maître, à jouer ainsi les empêcheurs de tourner en rond ? Ses intentions étaient-elles seulement honorables ? Comptait-il voler la promise de Civil et lui faire mener grand train à la cour, dans une aisance bien au-delà de son rang ? Etait-ce un coureur de jupons, et ne faisait-il que s'amuser avec les sentiments de Sydel ? Que valait-il à l'épée ? Civil avait un caractère vif, c'était bien connu, et, lois de l'hospitalité ou non, il risquait de provoquer mon maître en duel pour récupérer la jeune fille.

A toutes ces questions, j'opposai mon ignorance ; je venais d'entrer au service de sire Doré et à la cour de Castelcerf, et je ne connaissais guère les us ni le tempérament de mon maître ; j'éprouvais donc la même curiosité que mes interlocuteurs quant à la suite des événements. Malheureusement, sire Doré avait suscité un tel émoi que je ne parvins pas à dévier la conversation sur le prince, le Lignage ni aucun sujet utile. Je demeurai aux cuisines le temps de chaparder un gros morceau de viande, puis, prenant prétexte de mes devoirs, je m'éclipsai, agacé de n'avoir rien appris et inquiet pour l'avenir du seigneur Doré. Dans ma chambre, je me déshabillai et revêtis ma livrée bleue, plus sobre et plus propre – le pourpoint vert avait souffert du contact avec la viande –, puis je m'assis en attendant le retour de mon maître. L'anxiété grondait en moi. S'il poussait sa comédie trop loin, il risquait fort de se retrouver face à l'épée de Civil, et je doutais que le seigneur Doré fût plus doué à l'escrime que ne l'était le fou. Le scandale serait naturellement énorme si le sang coulait, mais un jeune homme dans la position de Civil a tendance à ne pas se préoccuper de tels détails.

Les abysses de la nuit étaient passés et le jour s'acheminait vers les hauts-fonds de l'aube quand on frappa à la porte ; une servante m'avertit, le visage fermé, que mon maître avait besoin de mon aide. L'estomac noué, je la suivis et découvris sire Doré ivre mort dans un petit salon ; il était affalé sur un banc comme un vêtement qu'on aurait jeté là négligemment. Si son avachissement avait eu des témoins, ils ne s'étaient pas attardés ; même la servante hocha la tête d'un air révolté en le laissant à mes bons soins. Je m'attendais à demi, lorsqu'elle sortit, que le fou se redresse brusquement et m'adresse un clin d'œil pour me faire comprendre qu'il jouait la comédie, mais il ne réagit pas.

Je le pris sous les aisselles et le relevai, mais cela ne suffit pas à le réveiller. Je ne voyais que deux solutions : le traîner ou le porter, et je choisis finalement un expédient qui manquait de dignité mais pas d'efficacité : je le jetai sur mon épaule et le transportai jusqu'à ses appartements comme un sac de grain. Sans cérémonie, je le laissai choir sur son lit et verrouillai la porte, après quoi je lui retirai ses bottes, le saisis par le pourpoint et le secouai jusqu'à ce que le vêtement me reste dans les mains. Comme il retombait sur le dos en travers du matelas, il déclara : « Eh bien, j'ai réussi, j'en suis certain. Demain, je présenterai mes excuses les plus abjectes à dame Brésinga, nous partirons aussitôt, et tout le monde en sera soulagé. Nul ne nous suivra et nul ne se doutera que nous recherchons le prince. » Sa voix avait défailli sur la fin de son discours. Il n'avait toujours pas ouvert les yeux. Avec effort, il ajouta : « Je crois que je vais vomir. »

J'apportai une cuvette et la posai près de lui. Il la prit au creux de son bras comme s'il s'agissait d'une poupée. « Qu'as-tu fait exactement ? demandai-je, tendu.

— Oh, Eda, si la chambre pouvait cesser de tourner ! » Il ferma les yeux, les sourcils froncés, et me répondit : « Je l'ai embrassé. Là, j'ai enfoncé le clou.

— Tu as embrassé Sydel ? La fiancée de Civil ?

— Non », fit-il d'un ton gémissant, et le soulagement

m'inonda. Malheureusement, il fut de courte durée. « J'ai embrassé Civil.

— Quoi ?

— J'étais allé satisfaire un besoin naturel. A mon retour, il m'attendait devant la porte du petit salon où les autres jouaient. Il m'a attrapé par un bras et il m'a quasiment traîné dans une pièce voisine, où il s'est planté devant moi. Quelles étaient mes intentions à l'égard de Sydel ? N'avais-je donc pas compris qu'il existait un accord entre elle et lui ?

— Et qu'as-tu répondu ?

— J'ai répondu... » Il s'interrompit soudain et ses yeux s'agrandirent. Il se pencha sur la cuvette, mais, au bout d'un moment, il émit un simple rot et se rallongea. Il poussa un geignement et reprit : « J'ai répondu que je n'étais pas en désaccord avec leur accord et que j'espérais pouvoir m'accorder avec eux. Je lui ai pris la main et je lui ai affirmé que je ne voyais aucune difficulté, que Sydel était une charmante jeune fille, aussi charmante que lui, et que je souhaitais que nous devenions tous trois des amis très intimes.

— Et c'est là que tu l'as embrassé ? » Je n'en croyais pas mes oreilles.

Sire Doré ferma les yeux et plissa les paupières. « Il m'a paru un peu naïf, et j'ai voulu m'assurer qu'il avait parfaitement compris ce que je sous-entendais.

— Par El et Eda réunis ! » m'exclamai-je. Je me levai, et le fou gémit en sentant le matelas onduler ; je m'approchai de la fenêtre et regardai au-dehors. « Mais comment as-tu osé ? » fis-je, hébété.

Il soupira et répondit d'une voix où je sentis une ironie forcée : « Je t'en prie, Bien-Aimé, ne sois pas jaloux ; ce n'était qu'un baiser des plus brefs et des plus chastes.

— Fou ! » m'écriai-je d'un ton de reproche. Comment pouvait-il plaisanter sur un sujet pareil ?

« Je ne l'ai même pas embrassé sur la bouche ; j'ai tendrement pressé mes lèvres dans le creux de sa main, et je n'ai donné qu'un petit coup de langue sur sa paume. » Il eut un sourire défaillant. « Il a retiré sa main comme si je l'avais marqué au fer rouge. » Un hoquet lui échappa soudain et ses traits se tendirent. « Vous avez la permission de regagner votre chambre, Blaireau. Je n'ai plus besoin de vous pour cette nuit.

— Vous en êtes certain ? »

Il acquiesça d'un brusque hochement de tête. « Va-t'en, dit-il avec franchise. Si je dois vomir, je ne veux pas que tu voies ça. »

Je comprenais qu'il tienne à préserver le peu de dignité qui lui restait. Je rentrai dans ma chambre, m'y enfermai, puis m'occupai à emballer mes affaires. Peu après, j'entendis des bruits pitoyables de l'autre côté de la porte, mais je ne bougeai pas ; dans certains cas, la solitude est préférable à la compagnie.

Je dormis mal. Je mourais d'envie de contacter le loup, mais je n'osais pas me laisser aller à ce réconfort. Les manœuvres du fou étaient peut-être nécessaires, mais je m'en sentais sali, et l'existence propre et sans faux-semblant d'un loup me manquait. A l'aube, je m'éveillai de mon assoupissement en percevant les pas du fou qui allait et venait dans sa chambre ; quand je sortis, je le trouvai assis à la petite table, la mine décomposée, et la tenue impeccable qu'il venait de revêtir ne faisait quc souligner son air hagard. Même ses cheveux paraissaient collés de transpiration et mal peignés. Devant lui étaient posés un coffret et un miroir ; intrigué, je le vis plonger le doigt dans un pot, puis le passer sous un de ses yeux, dont le cerne s'assombrit et prit l'allure d'une poche. Il soupira. « Ce que j'ai fait hier soir me répugne. »

Je n'avais nul besoin d'explication, et je m'efforçai d'apaiser sa conscience. « Qui sait si tu n'as pas rendu service à ces deux jeunes gens ? Peut-être vaut-il mieux qu'ils aient découvert avant leur mariage que le cœur de Sydel n'est pas aussi constant que le croyait Civil. »

Il secoua la tête, refusant le réconfort que je lui offrais. « Si je ne l'avais pas entraînée, elle ne m'aurait pas suivi dans cette danse. Ses premières avances n'étaient que des coquetteries d'enfant ; je pense qu'il est aussi naturel pour une fille de chercher à séduire que pour un garçon de faire étalage de ses muscles et de son intrépidité. Les gamines de son âge sont pareilles à des chatons qui bondissent sur des brindilles pour s'exercer à la chasse ; les uns comme les autres ignorent encore le sens de leurs actes. » Il poussa un soupir, puis se pencha de nouveau sur ses pots de couleur.

Je l'observai en silence. Non content d'accentuer son aspect malade, il ajouta une dizaine d'années à son âge en accusant les rides de son visage.

« Crois-tu que ce soit nécessaire ? » lui demandai-je quand il referma sèchement le coffret et me le tendit. Je rangeai la boîte dans son coffre, qui, comme je le remarquai, était déjà rempli, prêt pour le départ.

« Oui. Je tiens à ce que l'envoûtement sous lequel j'ai placé Sydel soit totalement détruit avant que je m'en aille ; il faut qu'elle voie un homme nettement plus vieux qu'elle, aux mœurs dissolues. Alors elle se demandera ce qui lui est passé par la tête et elle se hâtera de revenir à Civil ; j'espère qu'il l'acceptera. Il ne s'agit pas qu'elle passe sa vie à soupirer après moi. » Il soupira d'un air mélodramatique, mais c'était par autodérision, je le savais. Ce matin, des fractures zébraient la façade du seigneur Doré, par lesquelles transparaissait le fou.

« Un envoûtement ? fis-je d'un ton sceptique.

— Naturellement. Aucune personne ne me résiste si je décide de la charmer – enfin, aucune sauf toi. » Il leva les yeux au ciel d'un air douloureux. « Mais je n'ai pas le temps de m'apitoyer là-dessus. Tu vas annoncer que je désire un moment en privé avec dame Brésinga ; ensuite, rends-toi chez Laurier pour l'avertir que nous allons bientôt partir. »

Quand je revins, sire Doré était déjà en route pour son rendez-vous avec la dame de Castelmyrte ; l'entretien fut bref, et, à son retour, mon maître m'ordonna de descendre aussitôt nos bagages. Il ne prit pas le temps de se restaurer, mais j'avais eu la précaution d'empocher tous les fruits de la coupe de ses appartements ; nous survivrions, et, de toute façon, il était sans doute plus sage que le fou se mette un peu à la diète.

On amena nos montures, et dame Brésinga vint nous faire des adieux polaires ; même les domestiques dédaignèrent de remarquer notre départ. Sire Doré présenta de nouveau ses excuses à notre hôtesse en attribuant sa conduite à l'excellente qualité de ses vins, mais, si la flatterie avait pour but de la dégeler, ce fut un échec. Le seigneur Doré fit avancer sa jument à une allure qui évitait les cahots et nous sortîmes lentement de la cour. Arrivés au pied des collines, nous tournâmes en direction du bac, et c'est seulement quand la haie d'arbres qui bordait la route nous cacha du manoir que le fou fit halte et me demanda : « De quel côté ? »

Jusque-là, Laurier avait gardé une expression mortifiée, et j'avais déduit de son silence qu'en se couvrant d'opprobre sire Doré l'avait éclaboussée au passage ; mais son visage changea et elle prit un air effaré quand je répondis : « Par ici », et fis quitter la route à Manoire pour pénétrer dans le sous-bois moucheté de soleil.

« Ne nous attendez pas, me dit sire Doré d'un ton brusque. Faites le plus vite possible pour combler l'écart. Nous nous débrouillerons pour vous rattraper, même si ma pauvre tête nous retarde un peu. Ce qui compte, c'est de ne pas perdre la piste du garçon ; je suis persuadé que Laurier saura suivre la vôtre. Allons, hâtez-vous. »

Je m'empressai d'obéir. J'avais saisi le but de son ordre : me donner le temps de rattraper Œil-de-Nuit et de conférer seul à seul avec lui. Avec un bref hochement de tête, je talonnai Manoire qui s'élança sans se faire prier, et je laissai mon cœur nous conduire. Sans prendre la peine de retourner là où j'avais vu le loup la dernière fois, je mis cap au nord-est, où je savais le trouver à présent. Je tendis un fil ténu de conscience pour l'avertir de mon arrivée, et je sentis l'infime saccade de sa réponse. J'encourageai Manoire à galoper plus vite.

Œil-de-Nuit avait réussi à couvrir une distance étonnante. Je ne me souciais pas que Laurier pût aisément ou non suivre ma trace ; mon seul objectif était de rejoindre mon loup, de m'assurer qu'il se portait bien, puis de me lancer à la poursuite du prince. Son état m'inspirait une inquiétude grandissante.

L'été se vautrait encore sur la terre, et il faisait une chaleur torride malgré l'ombre légère des arbres qui tamisaient l'ardent éclat du soleil. L'air sec me semblait chargé d'une poussière qui me desséchait la bouche et s'agglutinait sur mes cils. Sans chercher de pistes ni de chemins, je lançais Manoire à l'assaut des collines boisées et franchissais en ligne droite les vallons qui les entrecoupaient ; certaines combes, d'après leur végétation luxuriante, devaient servir de lit à des ruisseaux saisonniers, mais, pour le présent, leurs eaux devaient filtrer à travers la terre, sous la surface du sol. Par deux fois, nous rencontrâmes des rus à l'air libre, et j'y fis halte pour boire et laisser Manoire s'abreuver, après quoi nous reprîmes notre course.

En début d'après-midi, j'acquis la conviction indéfinissable qu'Œil-de-Nuit se trouvait à proximité : avant de le voir ou de capter son odeur, j'eus le sentiment étrange mais grandissant d'avoir déjà vu le terrain que nous foulions, de reconnaître les arbres vers lesquels nous avancions. Je tirai les rênes et scrutai lentement les collines qui nous entouraient ; à cet instant, le loup sortit d'un bosquet d'aulnes, à peine à un jet de pierre de nous. Manoire tressaillit et focalisa son attention sur lui. Je posai la main sur son encolure. *Du calme. Il n'y a rien à craindre. Du calme.*

Œil-de-Nuit ajouta son grain de sel : *Je suis trop fatigué et je n'ai pas assez faim pour t'attaquer.*

« Je t'ai apporté de la viande. »

Je sais. Je la sens.

Il s'en empara presque sans me laisser le temps de la déballer. J'aurais voulu jeter un coup d'œil à ses blessures, mais je me gardai bien de le déranger pendant qu'il mangeait, et, quand il eut terminé son repas, il s'ébroua. *Allons-y.*

Laisse-moi examiner tes...

Non. Ce soir, peut-être. Mais, tant qu'il fait jour, ils avancent, et il faut les imiter. Ils ont déjà une bonne avance sur nous, et le sol sec retient mal leurs traces. Allons-y.

Il avait raison ; la terre aride prenait difficilement les empreintes et les odeurs, et, avant la fin de l'après-midi, nous fîmes fausse route par deux fois avant de retomber sur la piste en décrivant un vaste arc de cercle. Les ombres s'allongeaient quand sire Doré et Laurier nous rattrapèrent. « Votre chien nous a retrouvés, à ce que je vois », fit la jeune femme avec un sourire forcé ; je ne sus quoi répondre.

« Sire Doré m'a expliqué que vous étiez à la poursuite du prince, et qu'une servante vous avait appris qu'il s'était enfui vers le nord. » Elle avait pris un ton interrogateur, et sa bouche avait un pli sévère ; espérait-elle surprendre sire Doré en flagrant délit de mensonge, ou bien me soupçonnait-elle d'avoir séduit quelque malheureuse domestique pour obtenir un renseignement ?

« Elle ignorait qu'il s'agissait du prince ; elle l'a simplement décrit comme un jeune garçon accompagné d'un marguet. » Je me creusais la cervelle pour la détourner de nouvelles questions. « La trace est difficile à suivre. Si vous pouviez m'aider, je vous en serais reconnaissant. »

Ma ruse opéra, et Laurier se révéla une pisteuse compétente. Alors que le jour déclinait, elle repéra de petits signes qui auraient pu m'échapper, et nous pûmes ainsi poursuivre notre traque bien après l'heure où j'aurais jugé la lumière suffisante. Nous parvînmes au bord d'un ruisseau où ceux que nous pourchassions avaient fait halte : on distinguait clairement dans la terre humide les empreintes de deux hommes, de deux chevaux et d'un marguet. Nous décidâmes de bivouaquer là pour la nuit. « Mieux vaut nous interrompre tant que nous sommes sûrs d'être sur la bonne piste plutôt que continuer au risque de nous égarer et d'effacer leurs traces avec les nôtres. Nous repartirons au petit matin », décréta Laurier.

Nous établîmes un camp rudimentaire : un petit feu et nos couvertures tout autour. Nous n'avions guère de vivres, mais l'eau ne manquait pas ; les fruits que j'avais pris au manoir, bien que tièdes et talés, furent bien accueillis, et Laurier emportait toujours, par habitude, quelques lanières de viande séchée et du pain de voyage. Cependant, elle n'en avait que très peu, et elle s'attira sans le savoir mes bonnes grâces en déclarant : « Nous avons moins besoin de viande que le chien ; nous, nous avons des fruits et du pain. » Quelqu'un d'autre aurait pu se désintéresser de la faim du loup et mettre les lanières de côté pour le lendemain. Œil-de-Nuit, pour sa part, accepta la nourriture de la main de la jeune femme, et, plus tard, quand j'insistai pour examiner ses plaies, il n'émit pas le moindre grondement quand elle se joignit à moi ; elle eut tout de même le bon sens de ne pas chercher à le toucher. Comme je m'en doutais, la plus grande partie de l'onguent avait disparu sous ses coups de langue ; cependant, une croûte s'était formée sur ses blessures et la chair environnante ne paraissait pas trop enflammée ; je jugeai donc inutile d'y repasser de la pommade. Comme je rangeais le pot sans l'avoir ouvert. Laurier hocha la tête d'un air approbateur. « Mieux vaut des plaies sèches et bien refermées que trop graissées avec une croûte amollie. »

Sire Doré s'était déjà allongé sur sa couverture, et je supposai que sa tête et son estomac le tourmentaient encore. Il n'avait guère parlé pendant que nous montions le camp, puis que nous partagions notre frugal repas. Dans l'obscurité qui allait s'épaississant, je n'arrivais pas à voir s'il avait fermé les yeux ou bien s'il contemplait le firmament.

« Il a bien mérité de se reposer, dis-je en le désignant d'un geste. Couchés tôt ce soir, levés tôt demain matin, nous arriverons peut-être à les rattraper. »

Laurier dut croire sire Doré endormi, car c'est à voix

basse qu'elle déclara : « Il faudra de la chance et nous devrons cravacher dur. Notre gibier sait où il va et il avance sans hésitation, tandis que nous devons procéder lentement et avec soin si nous ne voulons pas le perdre. » Elle pencha la tête et me dévisagea par-dessus le feu. « Comment avez-vous su à quel moment quitter la route pour retrouver sa piste ? »

Je réfléchis à toute allure et choisis un mensonge au hasard. « Simple chance, fis-je à mi-voix. J'avais le pressentiment que les ravisseurs prendraient cette direction, et, quand nous sommes tombés sur leurs traces, il ne nous restait plus qu'à les suivre.

— Et votre chien partageait ce pressentiment ? C'est pour ça qu'il nous a devancés ? »

L'esprit vide, je m'entendis répondre sans le vouloir : « Peut-être que j'ai le Vif.

— Mais bien sûr ! s'exclama-t-elle d'un ton ironique. C'est pourquoi la Reine vous a confié pour mission de retrouver son fils : parce que vous faites partie de ceux qu'elle redoute le plus ! Non, vous n'avez pas le Vif, Tom. J'ai connu des vifiers autrefois, j'ai supporté leur mépris de ceux qui ne possèdent pas leur magie. Là où j'ai passé mon enfance, il y en avait beaucoup, et, à cette époque, dans ma région, ils ne se donnaient guère de mal pour se dissimuler. Vous n'avez pas plus le Vif que moi, mais je dois admettre que vous êtes un des meilleurs pisteurs avec lesquels j'aie jamais voyagé. »

Je ne relevai pas le compliment. « Parlez-moi un peu de ces vifiers que vous avez connus », dis-je en aplatissant un pli de ma couverture avant de m'étendre. Je fermai les yeux presque complètement, comme si la question ne m'intéressait que médiocrement. La lune, à une rognure d'être pleine, nous regardait du haut du ciel, à travers les arbres. A la lisière du cercle de lumière du feu, Œil-de-Nuit se léchait avec soin. Laurier passa un petit moment à ôter les cailloux de sous sa couverture, puis elle la lissa au sol et s'y allongea. Elle resta sans rien dire quelque temps et je crus qu'elle n'allait pas me répondre.

« Bah, ils n'étaient pas si terribles, fit-elle enfin ; ils ne faisaient pas ce qu'on raconte sur eux ; ils ne se transformaient pas en ours, en cerfs ni en phoques à la pleine lune, ils ne mangeaient pas de viande crue et ils ne volaient pas les enfants. Mais, tout de même, on ne les aimait pas.

— Pourquoi ?

— Ma foi... » Elle hésita. « Ce n'était pas juste, dit-elle avec un soupir. On ne pouvait jamais être sûr qu'on était seul, car on ne savait pas si le voisin n'était pas en train d'espionner par les yeux et les oreilles d'un oiseau ou d'un renard en maraude. Et puis ils profitaient largement des avantages du Vif, car leurs compagnons animaux leur signalaient toujours où la chasse était la meilleure ou les baies les plus mûres.

— Ils ne cachaient donc pas du tout leur Vif ? Je n'ai jamais entendu parler d'un village pareil !

— Le problème n'était pas tellement qu'ils étalaient leur magie ; c'était plutôt qu'ils m'excluaient parce que je ne la possédais pas. Les enfants ne font pas dans la subtilité. »

Je fus frappé par la rancœur que je sentis dans ses paroles, et je me rappelai soudain le dédain que m'avaient manifesté les autres membres du clan de Galen lorsqu'il était apparu que je n'arrivais pas à maîtriser l'Art ; je m'efforçais d'imaginer une enfance passée face à un tel mépris quand une pensée me vint. « Je croyais que votre père avait fonction de maître veneur du seigneur Bienassis ; vous n'avez donc pas grandi dans son fief ? » Je souhaitais apprendre où se trouvait ce village où les vifiers vivaient en si grand nombre que leurs enfants jugeaient anormaux ceux qui n'avaient pas le Vif.

« Ah, euh... ça se passait plus tard, voyez-vous. »

J'ignorais si cette réponse seule était un mensonge ou bien si toute sa description de son enfance était fausse, mais j'étais sûr qu'il y avait quelque chose d'inexact, et un silence gêné s'instaura entre nous. Je passai en revue toutes les possibilités : elle avait le Vif, ou bien elle était née dépourvue de cette magie dans une fratrie ou de parents qui la possédaient, ou encore elle avait inventé son histoire de toutes pièces, ou, dernière solution, le château de sire Bienassis grouillait de domestiques vifiers ; peut-être le seigneur Bienassis lui-même appartenait-il au Lignage. Ces spéculations n'étaient pas complètement futiles ; elles préparaient mon esprit à classer parmi les différentes éventualités les informations que Laurier pourrait me fournir par la suite. Je me remémorai un échange que nous avions eu plus tôt et relevai une phrase fortuite qui me donna la chair de poule : elle avait affirmé bien connaître les collines de Myrteville, car elle avait vécu dans sa famille maternelle non loin de la bourgade. Umbre lui-même me l'avait mentionné. Je tâchai de renouer la conversation.

« A vous entendre, on dirait que vous ne partagez pas le sentiment actuellement répandu de haine contre les vifiers, que vous ne souhaitez pas les voir tous démembrés et brûlés.

— Cette magie est ignoble, rétorqua-t-elle, et son ton disait clairement qu'à ses yeux le feu et l'acier ne constituaient pas un remède suffisant. Je pense que les parents qui laissent leurs enfants s'y livrer méritent le fouet ; ceux qui choisissent de s'y adonner ne devraient pas avoir le droit de se marier ni de concevoir : ils partagent déjà leur vie et leur foyer avec une bête, pourquoi tromper une femme ou un homme en se mariant ? On devrait obliger ceux qui ont le Vif à décider très tôt s'ils vont lier leur existence à un animal ou à un humain un point, c'est tout ! »

Dans la véhémence de sa réponse, elle avait progressivement haussé la voix, mais elle l'avait baissée brusquement sur la fin, comme si elle s'était rappelé que sire Doré dormait. « Bonne nuit, Tom », ajouta-t-elle après un silence. Si elle avait essayé de prendre un ton moins âpre, ce dont je n'étais pas sûr, il restait clair néanmoins que la discussion était close, ce qu'elle souligna en roulant sur le flanc, dos à moi.

Avec un gémissement, Œil-de-Nuit se leva, s'approcha d'une démarche raide et se recoucha près de moi en poussant un soupir. Je posai la main sur sa fourrure et le flot de nos pensées partagées s'écoula entre nous sans plus de bruit que le sang dans nos veines.

Elle sait.

Tu penses donc qu'elle a le Vif ? demandai-je.

Non ; elle sait que tu l'as, et je ne crois pas que ça lui plaise beaucoup.

Je réfléchis un moment à cette déclaration. *Pourtant, elle t'a donné à manger.*

Oh, moi, j'ai l'impression qu'elle m'aime bien. C'est de toi qu'elle se méfie.

Dors.

Vas-tu tenter de les artiser ce soir ?

Je n'en avais nulle envie : si j'y parvenais, ma migraine serait terrible, et la simple idée de cette souffrance me mettait le cœur au bord des lèvres. Pourtant, si je réussissais à entrer en contact avec le prince, je glanerais peut-être des renseignements qui pourraient nous aider à le rattraper plus vite. *Il faut que j'essaye.*

Je perçus sa résignation. *Eh bien, vas-y. Je ne te quitte pas.*

Œil-de-Nuit, quand j'artise et qu'après... Ressens-tu ma douleur ?

Pas exactement. J'ai du mal à me maintenir à l'écart, mais j'y arrive. Cependant, ça me fait l'effet d'une lâcheté.

Cela n'a rien de lâche. A quoi bon souffrir tous les deux ?

Il ne répondit pas, mais je sentis qu'il avait son idée sur le sujet ; il y avait un aspect de ma question qu'il trouvait presque amusant. Je ramenai ma main sur ma poitrine, puis je fermai les yeux, me concentrai et cherchai à entrer dans la transe de l'Art. La peur de la souffrance ne cessait de brouiller mes pensées et d'ébranler le calme intérieur que je m'évertuais à instaurer. Je finis par atteindre un point d'équilibre sur lequel je me fixai, quelque part entre le rêve et la réalité, puis je tendis mon Art dans la nuit.

Ce soir-là j'éprouvai, comme cela ne m'était plus arrivé depuis des années, la pure douceur de l'immersion dans l'Art. Je m'ouvris et j'eus l'impression qu'une main se tendait pour serrer les miennes en signe de bienvenue. C'était un contact simple et chaleureux, aussi réconfortant que le retour chez soi après un long voyage. Je sentis le lien de l'Art se développer et toucher quelqu'un qui somnolait au creux d'un lit moelleux, dans une soupente protégée par l'avancée d'un toit de chaume. Je baignais dans les odeurs familières d'une maison, le fumet tenace d'un bon pot-au-feu qui avait mijoté tout l'après-midi et le parfum de miel d'une bougie en cire d'abeille qui brûlait au cœur de la nuit quelque part au rez-de-chaussée. J'entendais un homme et une femme parler à voix basse comme s'ils voulaient éviter de troubler mon repos ; je ne distinguais pas ce qu'ils disaient, mais je savais que j'étais chez moi et que je ne risquais rien. Comme le lien d'Art se dissolvait, je sombrai dans le sommeil le plus profond et le plus paisible que j'eusse connu depuis de longues années.

5

L'AUBERGE

A l'époque de la guerre des Pirates rouges, lorsque le prince Royal, dit l'Usurpateur, se proclama illégitimement souverain des Six-Duchés, il introduisit un système de justice qu'il baptisa Cercle du Roi. Le jugement par les armes n'était pas une pratique inconnue dans le royaume ; on affirme que, si deux hommes se battent devant les Pierres Témoins, les dieux eux-mêmes assistent au combat et donnent la victoire à celui dont la cause est juste. Royal reprit cette idée et la développa. Dans ses arènes, les accusés affrontaient les champions royaux ou les fauves, et ceux qui survivaient étaient jugés innocents des charges qui pesaient contre eux ; de nombreux vifiers périrent dans ces Cercles. Cependant, ces morts atroces ne représentent qu'une partie du mal qu'ils apportèrent, car de cette justice sanglante naquit une tolérance du public à la violence et à la barbarie qui se mua rapidement en soif inextinguible. Ces épreuves devinrent des attractions et des divertissements autant que des jugements. Bien qu'un des premiers gestes de Kettricken, quand elle devint souveraine et régente à la place du peut Devoir, fût de mettre un terme à ces ordalies et de faire détruire tous les Cercles, nul décret royal ne put éteindre les appétits sanguinaires que ces spectacles avaient éveillés.

*

Quand j'ouvris les yeux le lendemain matin, très tôt, je baignais dans un sentiment de bien-être et de sérénité. La brume de l'aube était en train de se dissiper, et des gouttes de rosée scintillaient sur ma couverture. Pendant quelque temps je restai l'esprit libre de toute pensée, à contempler le ciel entre les branches de chêne. J'étais dans un état de conscience tel que le réseau sombre de la ramure sur le fond azur suffisait à me plonger dans le plus complet contentement. Au bout d'un moment, mon esprit insistant pour reconnaître dans l'image que j'avais devant les yeux les branches d'un arbre découpées sur le ciel, je revins à la réalité de ma situation et de ma mission.

Je n'avais pas de migraine. J'aurais pu me retourner sur le flanc et dormir encore la plus grande partie de la journée, mais j'étais incapable de savoir si j'avais vraiment sommeil ou si j'avais simplement envie de retrouver l'univers protégé de mes rêves. Pour finir, je fis un effort et me redressai sur mon séant.

Œil-de-Nuit s'était éclipsé, le fou et Laurier dormaient encore. Je tisonnai le feu, puis ajoutai du bois sur les braises pour le raviver, avant de me rappeler que je n'avais rien à faire cuire. Nous allions devoir nous serrer la ceinture et suivre le prince et son compagnon le ventre vide ; avec de la chance, nous trouverions de quoi manger en chemin.

Au bord du ruisseau, je bus, puis me nettoyai le visage à l'eau fraîche. Déjà la chaleur commençait à monter. Le loup apparut alors que je me désaltérais à nouveau.

Tu as trouvé de la viande ? demandai-je, plein d'espoir.

Une nichée de souris. Je ne t'en ai pas gardé.

Ce n'est pas grave. Je n'avais pas faim – pas encore, du moins.

Il prit un moment pour s'abreuver, puis il releva le museau. *Où es-tu allé cette nuit ?*

Je compris le sens de sa question. *Je ne sais pas exactement, mais je me sentais en sécurité.*

C'était agréable. Je suis content que tu puisses aller dans un endroit pareil.

Je décelai une note de regret dans sa pensée, et je le regardai plus attentivement. L'espace d'un instant, je le vis comme par les yeux d'un étranger : c'était un loup vieillissant, le museau grisonnant, les flancs creusés, et son récent affrontement avec la marguette ralentissait encore ses mouvements. Sans prêter attention à mon inquiétude, il se tourna vers le ruisseau. *Il y a du poisson ?*

Mes pensées se teintèrent d'agacement. « Pas l'ombre d'un, marmonnai-je. Pourtant, il devrait y en avoir, avec toute cette végétation et ces essaims de moucherons ; mais je n'en vois nulle part. »

Il haussa mentalement les épaules : c'était la vie. *Réveille les autres. Il faut nous mettre en route.*

Il refusait le souci qu'il m'inspirait ; pour lui, c'était un fardeau inutile, une angoisse à laquelle il ne fallait pas s'abandonner. Quand j'arrivai au camp, mes compagnons commençaient à sortir du sommeil. Nous n'échangeâmes que peu de mots ; sire Doré paraissait remis de ses excès, et nul n'évoqua le manque de vivres ; s'étendre sur le sujet n'aurait rien changé à l'affaire. C'est donc très rapidement que nous remontâmes en selle et nous remîmes sur la trace en voie d'effacement du prince. Il se dirigeait droit vers le nord ; à midi, nous découvrîmes un feu de camp, mais les cendres étaient froides ; tout autour, le sol était couvert d'empreintes, comme si on avait bivouaqué là plusieurs jours. Des marques sur deux troncs d'arbre nous donnèrent la solution du mystère : c'étaient des traces d'attaches de chevaux ; des gens s'étaient installés là, et, quand le prince, la marguette et leur compagnon les avaient rejoints, ils s'étaient tous mis en route, toujours vers le nord. Je discutai avec Laurier du nombre de chevaux du nouveau groupe, et nous nous accordâmes à dire qu'il y en avait quatre ; Devoir et son compagnon s'étaient donc adjoint deux acolytes.

Nous poursuivîmes notre chemin à une allure plus soutenue, la multiplication des empreintes nous facilitant la tâche. Le ciel se voila, puis des nuages se formèrent ; je les accueillis avec plaisir, car ils atténuaient l'ardeur du soleil, mais Œil-de-Nuit continua de haleter en trottinant à nos côtés. Je le surveillais avec une inquiétude croissante. Je mourais d'envie d'ouvrir davantage mon lien avec lui pour m'assurer qu'il ne souffrait pas et ne dépassait pas ses limites, mais je n'osais pas m'y risquer tant que Laurier chevauchait avec nous.

Les ombres s'allongeaient et la chaleur commençait à tomber quand nous sortîmes de la forêt et découvrîmes une large route en terre jaunâtre qui croisait notre chemin. Du haut de notre colline, nous la contemplâmes avec inquiétude : si le prince et ses compagnons avaient décidé de l'emprunter, nous risquions d'avoir toutes les peines du monde à suivre leur piste.

Parvenus au bord de la route, nous constatâmes que les traces s'y perdaient. Le loup flaira ostensiblement les alentours, mais sans grand enthousiasme. Dans la poussière épaisse, la piste du prince se mêlait à de vieilles ornières laissées par des charrettes et à des marques de sabots adoucies par le temps. Ni les empreintes ni les odeurs ne devaient tenir longtemps, et la moindre brise pouvait effacer tout souvenir de leur passage.

« Eh bien, voilà... », fit sire Doré, et il me regarda en haussant les sourcils.

Je savais ce qu'il attendait de moi ; n'était-ce pas pour cela qu'Umbre m'avait confié cette mission ? Je fermai les yeux, pris une profonde inspiration, puis m'ouvris grand à l'Art sans chercher à me protéger. *Où es-tu ?* criai-je dans le flux du monde qui m'emportait. J'eus l'impression de sentir le tiraillement d'une réponse, mais je n'avais aucune certitude qu'il s'agissait du prince. Après mon rêve de la nuit précédente, je savais qu'il existait quelqu'un qui réagissait au contact de mon Art, quelqu'un qui n'était pas Devoir et que je sentais tout proche, à toucher ; mais je me ressaisis, détournai mon attention de ce havre de paix qui m'attirait et repartis à la recherche du prince. Toutefois, la marguette et lui m'échappaient toujours. J'ignore combien de temps je restai assis sur Manoire, à me confondre avec le vaste monde ; les minutes, les heures cessent de s'écouler lors d'un tel contact. Il me sembla pouvoir sentir l'impatience du fou – non, je la sentais bel et bien, par un fil d'Art chatoyant qui me disait qu'il rongeait son frein. Avec un soupir, je rompis à la fois avec l'appel du refuge paisible et avec ma recherche infructueuse du prince. Je n'avais rien de nouveau à rapporter au seigneur Doré.

J'ouvris les yeux. « Ils allaient vers le nord. Suivons la route dans cette direction.

— Elle part plutôt vers le nord-est », remarqua sire Doré.

Je haussai les épaules. « Dans l'autre sens, elle s'en va vers le sud-ouest, répondis-je.

— Alors, d'accord pour le nord-est. » Il fit avancer Malta, et je le suivis, avant de me retourner pour voir ce qui retenait Laurier. L'air perplexe, elle nous regardait tour à tour ; enfin, elle se décida à nous emboîter le pas. Je me remémorai alors le récent échange que j'avais eu avec le fou et je nous traitai d'imbéciles : j'avais oublié de lui donner du « monseigneur », je n'avais même pas pris le ton qui convient à un valet quand il s'adresse à son maître, et c'était manifestement moi qui avais choisi la direction à suivre. Je jugeai préférable de garder le silence, quitte à me rattraper plus tard par une attitude ostensiblement servile ; à cette idée, l'accablement me saisit et je pris conscience de la nostalgie que j'avais d'une relation et de conversations sans entraves.

Nous chevauchâmes tout le reste de la journée, apparemment sous la direction de sire Doré, alors qu'en réalité nous nous contentions de suivre la route. Comme la lumière du jour diminuait, je me mis en quête d'un emplacement où bivouaquer ; Œil-de-Nuit dut capter mon idée, car il s'élança en avant et franchit une petite élévation de la route, et, quand il disparut derrière le sommet, je compris qu'il nous engageait à l'imiter. « Continuons encore un peu », proposai-je malgré la nuit qui tombait, et nous fûmes récompensés de nos efforts lorsque apparut devant nous une vallée, parsemée des lumières d'un petit village niché dans ses replis, au creux du méandre d'une rivière. Je perçus l'odeur de l'eau courante et celle de la fumée qui montait des cheminées des cuisines. Mon estomac sortit de sa résignation et se mit à gronder bruyamment.

« Je gage qu'il doit se trouver une auberge dans ce hameau, fit sire Doré avec enthousiasme, avec de vrais lits et de quoi nous procurer des provisions pour demain.

— Nous risquerons-nous à nous renseigner au sujet du

prince ? » demanda Laurier. Malgré leur fatigue, nos montures durent sentir qu'elles pouvaient espérer ce soir meilleure pitance qu'une herbe maigre et un mince filet d'eau, car elles accélérèrent le pas en descendant la pente. Œil-de-Nuit resta invisible, ce qui ne m'étonna pas.

En réponse à la question de Laurier, je déclarai : « Je mènerai une enquête discrète. » Le loup devait déjà s'en occuper; si ceux que nous poursuivions étaient passés par le village et y avaient fait halte, la marguette avait dû laisser des traces de marquage.

Guidé par un infaillible instinct, sire Doré nous conduisit droit à une auberge, édifice somptueux pour une si petite ville, bâti en pierre noire et doté, luxe suprême, d'un étage. L'enseigne me glaça les sangs : elle représentait le prince Pie proprement démembré et la tête tranchée. Ce n'était pas la première fois que je le voyais ainsi dépeint; de fait, c'était la façon la plus courante de le montrer; cependant, je me sentis envahi par un sombre pressentiment. En revanche, si cette image frappa sire Doré ou Laurier, ni l'un ni l'autre ne le manifesta. La porte grande ouverte de l'auberge laissait échapper un flot de lumière en même temps qu'un brouhaha de conversations entrecoupé de cris enjoués. Dans l'air flottait une odeur de bonne cuisine, de bière et de Fumée. Le volume sonore des rires et des bavardages était impressionnant mais pas désagréable. Sire Doré mit pied à terre et m'ordonna d'aller confier les chevaux au palefrenier de l'établissement; Laurier le suivit dans la salle bruyante tandis que je contournais le bâtiment, les montures à la bride, et m'arrêtais dans la pénombre de l'arrière de l'auberge. Quelques instants plus tard, une porte s'ouvrit à la volée, plaquant un long rectangle de lumière sur la poussière de la cour; le palefrenier apparut, une lanterne à la main, en s'essuyant les lèvres, apparemment dérangé en plein repas ; il s'empara des brides que je tenais et mena les chevaux à l'écurie. Je perçus la présence d'Œil-de-Nuit plus que je ne le vis dans la profonde obscurité d'un angle du bâtiment. Comme je m'approchais de la porte de service, une ombre se détacha des ténèbres, me frôla et me communiqua ses pensées durant ce bref contact.

Ils sont passés ici. Sois prudent. Je sens une odeur de sang humain dans la rue devant la maison, et aussi de chiens. D'habitude, il y a des chiens ici, mais pas ce soir.

Il se fondit dans la nuit avant que j'aie le temps de lui demander davantage de détails. Je pénétrai dans l'auberge, le trouble au cœur et le ventre vide ; le patron m'annonça que mon maître avait déjà retenu sa meilleure chambre et que je devais monter ses bagages. Je retournai aux chevaux à pas lourds ; je reconnaissais que le prétexte était bien trouvé pour me permettre de jeter un coup d'œil aux écuries, mais je me sentais pris d'une fatigue subite que j'avais le plus grand mal à combattre. Manger et dormir ; je n'avais même pas besoin de lit ; je me serais volontiers allongé sur place pour sombrer aussitôt dans le sommeil.

Le garçon d'écurie s'occupait encore de remplir de grain les mangeoires de nos montures, qui, peut-être à cause de ma présence, eurent droit à une généreuse portion d'avoine. Je ne repérai rien d'inhabituel dans les stalles : trois vieux chevaux semblables à tous ceux qu'on réserve ordinairement à la location, une charrette en mauvais état, une vache, dans une étable, qui fournissait sans doute le lait pour le gruau des clients ; je notai avec désapprobation les poules qui nichaient dans les poutres : leurs déjections devaient souiller la nourriture et l'eau des chevaux, mais je n'y pouvais pas grand-chose. Seules deux autres montures partageaient l'écurie, ce qui ne faisait pas le compte pour le nombre de ceux que nous poursuivions, et je ne vis aucun marguet à l'attache dans les boxes vides. Bah, me dis-je, on ne peut pas toujours avoir de la chance. Le palefrenier était compétent, mais peu bavard et encore moins curieux ; ses vêtements étaient imprégnés de l'odeur piquante de la Fumée, et je soupçonnai que l'herbe l'avait tant alangui que plus rien ne pouvait susciter son intérêt. Je réunis nos paquetages et, ployant sous la charge, je regagnai l'auberge.

Il fallait, pour accéder à la meilleure chambre, gravir un escalier en bois aux marches usées, et l'ascension m'épuisa plus que je ne m'y attendais. Je frappai à la porte, puis me débrouillai pour l'ouvrir par mes propres moyens. Par « meilleure chambre », il fallait entendre qu'il s'agissait du salon le plus confortable de rétablissement ; sire Doré trônait dans un fauteuil rembourré à la tête d'une table couverte d'éraflures, et Laurier était assise à sa droite ; des chopes étaient posées devant eux, accompagnées d'une carafe ventrue en terre cuite. Je humai un parfum de bière. Je fis l'effort de poser délicatement les sacs près de la porte au lieu de les laisser tomber, et sire Doré daigna remarquer ma présence. « J'ai commandé un repas, Tom, et demandé qu'on prépare des chambres. Dès que les lits seront faits, on vous montrera où ranger les affaires. En attendant, asseyez-vous, mon ami ; vous avez bien gagné votre journée. Tenez, il y a une chope pour vous. »

De la tête, il indiqua une chaise à sa gauche, et je m'y installai. Ma bière était déjà servie, et, à ma grande honte, je dois avouer que je la bus cul sec en ne songeant qu'à remplir mon estomac qui criait famine. Ce n'était ni la meilleure ni la pire que je goûtais, mais j'avais rarement autant apprécié une cuvée. Je reposai ma chope vide et le seigneur Doré me donna d'un signe la permission de la remplir. Alors que je nous resservais tous, on apporta le repas, composé d'une volaille rôtie, d'un grand plat de petits pois au beurre, d'un gâteau de froment à la mélasse et à la crème, de truites sautées, de pain, de beurre et d'une nouvelle carafe de bière. Sire Doré interpella notre serveur avant qu'il s'en aille : il s'était durement cogné à l'épaule le matin même ; le jeune homme aurait-il la bonté de lui apporter une tranche de viande crue afin d'apaiser la douleur ? Laurier servit le seigneur Doré, remplit sa propre assiette, puis me passa les plats, et nous mangeâmes dans un silence presque complet, occupés à calmer notre faim. En très peu de temps, il ne resta plus de la volaille et des truites qu'une carcasse et des arêtes. Sire Doré sonna les serviteurs pour qu'ils débarrassent, et ils apportèrent en dessert une tarte aux fruits des bois à la crème caillée, accompagnée encore une fois de bière. Ils n'avaient pas oublié la tranche de viande, et, dès qu'ils furent sortis, sire Doré l'enveloppa soigneusement dans sa serviette et me la remit. Je me demandai avec indolence si quelqu'un remarquerait sa disparition ; peu après, je me rendis compte que j'avais trop mangé et bu plus que de raison ; j'éprouvais cette sensation de réplétion et d'abrutissement si désagréable au sortir d'une journée de jeûne forcé, et je me sentais peu à peu écrasé de fatigue. Je faisais de mon mieux pour dissimuler mes bâillements derrière ma main et prêter attention à la conversation murmurée que tenaient le fou et Laurier, mais leurs voix me paraissaient lointaines, comme si un torrent bruyant s'écoulait entre eux et moi.

« Il faut que l'un de nous effectue une enquête discrète, répétait la jeune femme. Quelques questions au rez-de-chaussée nous indiqueraient peut-être où ils se rendaient, ou bien s'ils sont connus dans la région. Qui sait si leur repaire ne se trouve pas tout près d'ici ?

— Tom ? fit sire Doré.

— Je me suis déjà renseigné, répondis-je à mi-voix. Ils sont passés par ici, mais ils ont déjà repris leur route, ou bien ils se sont installés dans une autre auberge – s'il y en a une autre dans une si petite bourgade. » Et je me laissai aller contre mon dossier.

« Tom ? » dit sire Doré d'un ton un peu irrité. Il ajouta, à l'intention de Laurier : « C'est sans doute la Fumée. Il ne la supporte pas ; il lui suffit d'en respirer les vapeurs pour avoir l'esprit embrumé. »

J'entrouvris les paupières avec difficulté. « Je vous demande pardon ? » Ma propre voix me paraissait pâteuse et indistincte.

« Comment savez-vous qu'ils sont passés par ici ? » demanda Laurier d'un ton agacé. Avait-elle déjà posé cette question ?

J'étais trop épuisé pour chercher une réponse intelligente. « Je le sais, c'est tout, fis-je sèchement, puis je me tournai vers sire Doré comme si la jeune femme avait interrompu mon rapport. Du sang a aussi été répandu dans la rue devant l'auberge. Nous ferions bien de faire preuve de prudence. »

Le fou hocha gravement la tête. « Je crois que le plus sage est de nous coucher tôt et de partir de bonne heure demain matin. » Et, sans laisser le temps à Laurier d'émettre la moindre objection, il sonna de nouveau les domestiques. On lui apprit que les chambres étaient prêtes ; la grand'veneuse en avait une petite au bout du couloir, sire Doré une de plus vastes proportions, avec un lit de camp pour son valet. La servante qui avait répondu à la sonnette tint à se charger elle-même du paquetage de Laurier, aussi souhaitâmes-nous la bonne nuit à la jeune femme. J'évitai de croiser son regard ; accablé de fatigue, je craignais d'être incapable de tenir mon rôle. A grand-peine, je parvins à prendre en bandoulière une partie de nos bagages et à suivre un serviteur jusque chez le seigneur Doré ; le fou resta au salon pour demander à l'aubergiste de préparer des vivres avant notre départ le lendemain matin.

Notre chambre était située au rez-de-chaussée, à l'arrière de l'établissement. J'y entrai d'un pas vacillant, déposai nos sacs, refermai la porte après que le garçon fut sorti et ouvris grand la fenêtre. Je tirai du coffre à vêtements une chemise de nuit pour sire Doré, l'étendis sur le lit, puis fourrai la viande empaquetée dans mon pourpoint afin de l'apporter plus tard à Œil-de-Nuit. Enfin, je m'assis sur mon lit en attendant l'arrivée de mon maître.

On me secouait doucement par l'épaule et je m'éveillai. « Fitz ? Ça va ? »

J'émergeai lentement de mon rêve, et il me fallut quelques instants pour me rappeler où je me trouvais. Dans mon songe, j'habitais une ville grouillante de monde et illuminée ; il y avait de la musique, d'innombrables torches et lampes ; c'était une fête. J'étais, non un domestique, mais... « J'ai oublié », dis-je au fou d'un ton somnolent.

J'entendis un crissement, puis un bruit sourd : Œil-de-Nuit s'était hissé sur l'appui de fenêtre et avait sauté dans la chambre. Je sentis son museau contre ma joue et je le caressai distraitement. Je tombais de sommeil ; mes oreilles bourdonnaient.

Le fou me secoua de nouveau. « Fitz ! Ne te rendors pas ! Que t'arrive-t-il ? C'est la Fumée ?

— Non ; tout est si paisible... Je veux me recoucher. » Le sommeil m'entraînait comme le courant de la marée descendante et mon seul désir était de me laisser emporter. Œil-de-Nuit me donna encore un coup de museau.

Fou que tu es ! C'est la pierre noire, comme celle de la route des Anciens ! Tu t'y perds à nouveau. Sors d'ici !

Avec un effort, j'ouvris plus grand les yeux ; je vis l'expression inquiète du fou, puis promenai un regard vague sur les murs de la pièce : ils étaient en pierre noire veinée d'argent. Et, tout à coup, je sus d'où provenait ce matériau : d'un autre bâtiment, beaucoup plus ancien. Les blocs de la cloison intérieure joignaient si bien qu'on ne voyait presque aucune rupture entre eux, mais le mur extérieur était de construction plus grossière. Non, ce n'était pas tout à fait exact, j'en eus soudain l'intuition : le bâtiment d'origine existait avant le village, mais c'était une ruine qu'on avait remontée à l'aide de vieilles pierres qui n'étaient autres que des pierres de mémoire taillées par les Anciens.

J'ignore ce que pensa le fou en me voyant me lever en chancelant. « Les pierres... les pierres de mémoire », lui dis-je d'une voix pâteuse, et je me dirigeai vers la fenêtre en me repérant à l'air frais qu'elle laissait entrer. J'entendis un cri stupéfait quand je me jetai par l'ouverture et tombai durement dans la cour ; le loup atterrit plus souplement à côté de moi et disparut aussitôt dans les ombres comme un volet s'ouvrait et que quelqu'un demandait : « Mais que se passe-t-il donc ?

— C'est mon imbécile de valet ! répondit sire Doré d'un ton exaspéré. Il est tellement soûl qu'il est passé par la fenêtre en voulant la fermer ! Eh bien, qu'il dorme dehors ! Cela lui servira de leçon, à cette grosse éponge abrutie ! »

Allongé dans la poussière, immobile, je sentis les rêves

cesser de me tirailler et s'éloigner, et, quelques instants plus tard, je pus me relever pour mettre davantage de distance entre les murs et moi. Il me fallait un peu de temps pour m'éclaircir les idées.

La terrible fatigue qui m'avait accablé durant toute la soirée s'atténua progressivement. Je flottais dans un océan de soulagement et de bien-être ; couché sur le dos, je contemplais le ciel nocturne avec l'impression d'être capable de m'élever jusqu'à lui. Quelque part, un couple se disputait ; lui semblait misérable, elle restait intransigeante. Me concentrer sur ce qu'ils disaient ne m'intéressait pas, mais ils se rapprochèrent et je ne pus m'empêcher de les entendre.

« Il faut que je rentre chez moi. » Il paraissait très jeune. « Il faut que je retourne auprès de ma mère. Si je ne l'avais pas quittée, rien ne serait arrivé ; Arno ne serait pas mort, et les autres non plus. »

Elle glissa sa tête sous son bras et la posa sur sa poitrine. *C'est vrai. Et nous serions séparés pour toujours, car on te donnerait à une autre. Est-ce vraiment ce que tu désires ?*

Ils s'étaient encore approchés. Par l'entremise du jeune homme, je sentis la douce odeur de sa compagne, sauvage et musquée. Il la tenait serrée contre lui. Le vent se mit à souffler sur mon rêve et en effilocha les franges. Il caressait sa fourrure et ses doigts s'insinuaient dans sa longue chevelure noire. « Non, ce n'est pas ce que je désire, mais c'est peut-être mon devoir. »

C'est à tes semblables que va ton devoir, et à moi. Elle referma la main sur son bras et ses ongles s'enfoncèrent dans sa peau comme des griffes, dont elle se servit pour le tirer vers elle. *Viens. Il est temps de nous relever. Nous devons partir sans tarder.*

Il plongea son regard dans ses yeux verts. « Mon amour, je dois faire demi-tour. Je nous serai plus utile à tous là-bas ; je pourrai plaider notre cause, exiger des changements ; je pourrai... »

Nous serions séparés. Pourrais-tu le supporter ?

« Je trouverai un moyen pour que nous restions ensemble. »

Non ! Elle le gifla et sa paume lui râpa la joue. Il y avait eu du coup de griffe dans le geste. *Non, ils ne comprendraient pas. Ils nous forceraient à nous séparer, ils me tueraient, et toi aussi peut-être. Rappelle-toi l'histoire du prince Pie ; son ascendance royale n'a pas suffi à le protéger ; la tienne ne te mettrait pas plus à l'abri.* Elle s'interrompit, puis reprit : *Je suis la seule pour qui tu comptes vraiment, et moi seule peux te sauver ; mais je préfère ne pas me montrer complètement à toi tant que tu n'as pas prouvé que tu es des nôtres. Or tu renâcles toujours ; aurais-tu honte d'appartenir au Lignage ?*

Non. Ça, jamais.

Alors ouvre-toi. Sois ce que tu es, car tu le sais.

Il se tut un long moment. « J'ai un devoir, murmura-t-il enfin, et je sentis chez lui un regret infini.

— Il faut qu'il se lève ! fit soudain une voix d'homme derrière moi. Il n'y a pas de temps à perdre ; nous devons gagner du terrain. » Je me tordis pour voir qui avait parlé, mais ne distinguai personne.

Des yeux verts plongèrent dans ceux du garçon. J'aurais pu m'abîmer pour toujours dans ce regard. *Fais-moi confiance,* fit-elle d'un ton implorant, et il ne put qu'obéir. *Plus tard, tu pourras songer à ton devoir. Pour l'instant, pense à vivre, et pense à moi. Lève-toi.*

Le fou prit mon bras et le passa autour de son cou. « Allons, debout », dit-il d'un ton persuasif en m'aidant à me redresser. Il était vêtu de noir de la tête aux pieds ; il avait dû s'écouler plus de temps que je ne m'en étais rendu compte. Rires, bavardages et lumière s'échappaient toujours de la salle commune de l'auberge. Une fois debout, je me sentis en état de marcher seul, mais le fou insista pour me tenir le bras et me conduire dans un coin sombre de la cour ; là, je m'adossai au mur en bois brut de l'écurie et repris mes esprits.

« Ça va aller ? me demanda le fou.

— Je crois. » Les toiles d'araignée se dissipaient dans mon cerveau, mais celles-là m'étaient familières ; les petits élancements classiques que j'éprouvais et qui annonçaient une migraine d'Art étaient moins agressifs que d'ordinaire. J'inspirai profondément. « Oui, ça va aller. Mais je crois que je ferais mieux de ne pas dormir dans l'auberge ; elle est bâtie en pierre de mémoire, fou, comme la route noire. C'est le même matériau que dans la carrière.

— Celui dans lequel Vérité a sculpté son dragon. »

Je poussai un long soupir. Ma tête se dégageait rapidement. « Cette pierre est pleine de souvenirs. Je m'étonne d'ailleurs de la trouver ici, en Cerf ; je n'imaginais pas que les Anciens étaient venus jusque chez nous.

— Bien sûr que si. Réfléchis un peu : que crois-tu que sont les Pierres Témoins, sinon un vestige des Anciens ? »

Je restai un instant sans voix, puis la véracité de son assertion m'apparut si évidente que je ne perdis même pas mon temps à en convenir. « Certes, mais ces pierres dressées sont des objets isolés ; l'auberge ici présente est un édifice des Anciens qu'on a rebâti ; je ne m'attendais pas à trouver ça en Cerf. »

Le fou se tut. Ma vision s'habituait peu à peu à l'obs-[illegible]té où nous nous cachions et je vis qu'il mordillait [illegible] de son pouce ; au bout d'un moment, il s'aperçut que je l'observais et il écarta vivement sa main de sa bouche. « Parfois, je m'absorbe tant dans l'examen d'un petit mystère que j'en oublie la grande énigme à laquelle nous sommes confrontés, dit-il comme s'il avouait une faute. Donc, tu te sens bien maintenant ?

— Ça ira, je pense. Je vais chercher un box vide pour y passer la nuit. Si le palefrenier pose des questions, je lui répondrai que je suis en pénitence. » Je m'apprêtais à joindre le geste à la parole quand une idée me vint. « Tu vas pouvoir rentrer dans l'auberge ainsi vêtu ?

— Ce n'est pas parce que j'endosse quelquefois l'habit d'un gentilhomme que j'ai oublié les trucs d'un saltimbanque. » Il paraissait presque vexé. « Je vais rentrer comme je suis sorti : par la fenêtre.

— Très bien. Je vais peut-être faire un tour en ville, pour m'éclaircir les idées, mais surtout pour voir ce que je peux découvrir. Si tu le peux, débrouille-toi pour te rendre dans la salle commune, touille la marmite à rumeurs et ouvre l'oreille à tout ce qui concerne des étrangers qui seraient passés hier par le village en compagnie d'un marguet. » J'allais lui demander de se renseigner sur le sang répandu dans la rue, mais je me ravisai ; les chances d'un rapport direct avec nous étaient minces.

« D'accord, Fitz. Sois prudent.

— Inutile de me le rappeler. »

Je me détournai pour m'en aller, mais il me retint soudain par l'épaule. « Ne pars pas tout de suite. Depuis ce matin, je cherche l'occasion de te parler. » Il me lâcha soudain, croisa les bras sur sa poitrine et prit une inspiration hachée. « Je n'imaginais pas que ce serait aussi dur. J'ai joué bien des rôles dans ma vie, et je pensais que ce serait facile, voire amusant de tenir celui d'un maître avec son valet, mais ce n'est pas drôle.

— Non. C'est désagréable. Mais je crois que c'est sage.

— Nous avons fait trop de faux pas devant Laurier. »

Je haussai les épaules avec fatalisme. « C'est comme ça. Elle sait que la Reine nous a désignés ; mieux vaut peut-être la laisser dans le brouillard, qu'elle tire ses propres conclusions. Qui sait si elles ne seront pas plus convaincantes que tout ce que nous pourrions inventer ? »

Il inclina la tête en souriant. « D'accord, cette tactique me plaît. Dans l'immédiat, rassemblons tous les renseignements possibles et prévoyons un départ de bon matin. »

Nous nous séparâmes sur ces mots. Il se fondit dans l'obscurité avec autant d'habileté qu'Œil-de-Nuit lui-même. Je guettai son passage dans la cour mais ne vis rien, et ne l'aperçus qu'un bref instant alors qu'il franchissait d'un bond la fenêtre et pénétrait dans la chambre plongée dans les ténèbres. Je n'entendis pas un bruit.

Œil-de-Nuit s'appuya contre ma jambe.

Quelles nouvelles ? lui demandai-je. Notre Vif était silencieux comme la chaleur de son corps contre moi.

Des mauvaises. Tais-toi et suis-moi.

Il m'emmena, non vers le centre de la bourgade, mais vers l'extérieur. Je me demandais où nous allions, mais n'osais pas le contacter ; au contraire, je refrénais mon Vif, même si je limitais mes perceptions en ne partageant pas les sens du loup. Nous arrivâmes sur une étendue pierreuse près de la rivière, et il me conduisit sur la berge couverte de grands arbres. Là, l'herbe haute et sèche avait été piétinée, et je captai une vague odeur de viande cuite et de cendres froides ; puis j'aperçus la corde qui pendait à une branche et le feu éteint en dessous, et le lien se fit brusquement dans mon esprit. Je me figeai. La brise qui montait du cours d'eau agita les cendres et, tout à coup, l'odeur de chair brûlée me donna la nausée. Je plaçai la main sur les bouts de bois calcinés : ils étaient froids et détrempés. Le feu avait été éteint avec soin. Je remuai les tisons et sentis sous mes doigts la texture visqueuse et révélatrice de la graisse fondue. On avait travaillé plus que consciencieusement : pendaison, démembrement, crémation et évacuation des restes dans la rivière.

J'allai m'installer sur un gros rocher sous les arbres, bien à l'écart du feu. Le loup s'assit à côté de moi ; au bout d'un moment, je me rappelai la viande que j'avais apportée et la lui donnai. Il la dévora sans cérémonie, pendant que je réfléchissais, le menton dans la main. J'avais l'impression que mes veines charriaient de la glace. C'étaient des villageois qui avaient commis cette atrocité, et ils se trouvaient à présent à l'auberge, en train de se remplir la panse, de rire et chanter. La victime était quelqu'un comme moi, peut-être même le fils de ma chair.

Non. L'odeur du sang ne correspond pas. Ce n'était pas lui.

Maigre réconfort : cela signifiait seulement qu'il n'était pas mort aujourd'hui. Les villageois le séquestraient-ils ? L'animation à l'auberge préludait-elle à un autre divertissement sanglant le lendemain ?

Je me rendis compte soudain que quelqu'un se déplaçait discrètement dans la nuit et se dirigeait vers nous. Le nouveau venu arrivait du bourg, mais il longeait la route sans marcher dessus ; il apparut entre les arbres qui la bordaient.

La chasseuse.

Laurier sortit de l'ombre des feuillages et s'approcha sans hésiter du feu éteint. Comme moi un peu plus tôt, elle s'accroupit, huma les cendres, puis les remua de la main.

Je me redressai en faisant assez de bruit pour lui annoncer ma présence. Elle tressaillit et pivota vers nous d'un bloc.

« Ça remonte à quand ? » demandai-je.

Laurier reconnut ma voix et laissa échapper un petit soupir de soulagement. « De cet après-midi, répondit-elle en murmurant. La servante m'en a parlé ; elle s'est même vantée de la participation active de son promis à l'élimination du Pie – c'est ainsi qu'ils disent dans cette vallée : les Pie. »

La brise de la rivière soufflait entre nous. « Vous êtes donc venue...

— Voir ce qu'il restait à voir, c'est-à-dire pas grand-chose. Je craignais qu'il ne s'agisse de notre prince, mais...

— Non. » Œil-de-Nuit s'appuyait lourdement contre ma jambe, et je décidai de faire part de nos soupçons à Laurier. « Mais je pense que c'était un de ses compagnons.

— Si vous en savez si long, vous devez aussi savoir que les autres se sont échappés. »

Je l'ignorais, mais, à ma grande honte, je m'en réjouis. « Les a-t-on poursuivis ?

— Oui, et ceux qui les ont pris en chasse ne sont pas encore rentrés. Pendant qu'ils se mettaient en route, d'autres sont demeurés au village pour tuer le prisonnier. Il est prévu que les responsables de ceci (d'un geste dédaigneux, elle indiqua la corde et le cercle brûlé au sol) partent à leur tour au matin ; leurs amis ne sont pas encore revenus et l'inquiétude monte dans la population. Cette nuit, ils vont boire pour attiser leur courage et leur colère, et ils s'élanceront à l'aube.

— Alors nous ferions bien de partir avant eux et de chevaucher plus vite.

— Oui. » Ses yeux se portèrent sur Œil-de-Nuit, puis revinrent sur moi. Le loup et moi regardâmes les herbes piétinées, la corde qui pendait et le feu éteint. Il me semblait que nous aurions dû faire quelque chose, accomplir un geste, mais, si c'était le cas, je ne vis pas lequel.

Nous regagnâmes ensemble l'auberge presque sans un mot. Je notai que la jeune femme portait une tenue sombre et des bottes à semelle souple, et je songeai encore une fois que la reine Kettricken avait fait preuve de discernement en la choisissant. Je salis la nuit en posant une question dont je redoutais la réponse. « La servante vous a-t-elle donné des détails ? Vous a-t-elle dit comment et pourquoi les villageois avaient attaqué les vifiers, s'il y avait un jeune garçon et un marguet avec eux ? »

Laurier réfléchit avant de déclarer : « Celui qu'ils ont tué n'était pas un inconnu pour eux ; c'était un habitant du bourg qu'ils soupçonnaient depuis longtemps de pratiquer la magie des bêtes. Les âneries habituelles, vous savez : quand les agneaux des autres sont morts de diarrhée, les siens ont survécu ; un jour, quelqu'un l'a mis en colère et tous les poulets de l'homme ont crevé les uns après les autres. Il s'est présenté aujourd'hui au village avec des étrangers, un homme de grande stature monté sur un cheval de bataille, et un autre avec un marguet en croupe. Ceux qui les accompagnaient étaient de la région ; ils avaient grandi dans des fermes non loin d'ici. Ils se sont arrêtés à l'auberge, dont le fils du propriétaire élève des chiens pour traquer le lapin ; or il venait justement de rentrer de la chasse, et ses bêtes étaient encore surexcitées. A la vue du marguet, elles sont devenues enragées et elles se sont mises à sauter autour du cheval en essayant de mordre l'animal. L'homme au marguet – notre prince, très probablement – a tiré l'épée pour défendre son compagnon et un de ses moulinets a tranché l'oreille d'un chien ; mais il a fait bien pire : il a ouvert grand la bouche et il s'est mis à feuler comme un chat.

« A la clameur qu'ont poussée les gens, d'autres hommes sont sortis de l'auberge, quelqu'un a braillé “Des Prince-Pie !”, un autre a crié qu'on apporte une corde et une torche. Le cavalier au cheval de bataille a éclaté de rire et a fait ruer sa monture pour écarter les assaillants, chiens et humains ; un coup de sabot a jeté un homme à terre. Les gens ont réagi en lançant des pierres et des insultes, ce qui a encore attiré du monde hors de la taverne. Les Prince-Pie ont ouvert une brèche dans la foule et ont tenté de s'enfuir, mais un caillou a frappé l'un d'eux à la tempe et il est tombé de sa selle. La populace s'est précipitée sur lui, et il a hurlé à ses compagnons de se sauver. A entendre le récit de la servante, ils se sont carapatés comme des lâches, mais, à mon avis, celui qui s'est fait prendre s'est sacrifié pour leur laisser le temps de s'échapper.

— Il a payé la vie du prince de la sienne.

— Apparemment, oui. »

Je me tus un moment pour passer en revue les faits dont je disposais. Ceux que nous poursuivions n'avaient pas nié leur nature, et aucun d'entre eux n'avait tenté de calmer la foule. Ils préféraient la confrontation à la diplomatie, et c'était un élément dont il faudrait tenir compte dans l'avenir. En outre, un de leurs compagnons avait donné sa vie pour les autres, qui avaient accepté son sacrifice comme nécessaire et normal ; cela indiquait non seulement qu'ils accordaient une grande valeur au prince, mais aussi qu'ils étaient profondément dévoués à une cause organisée. Devoir s'était-il complètement rallié à leur camp ? Quel rôle ces « Prince-Pie » lui réservaient-ils, et s'y prêtait-il de bonne grâce ? Lui avait-il paru juste qu'un homme meure pour lui ? Quand il s'était enfui du village, savait-il qu'une mort dans d'atroces souffrances attendait celui qui lui avait sauvé la vie ? J'aurais donné cher pour l'apprendre. « Mais nul n'a reconnu le prince en Devoir ? »

Laurier secoua la tête. La nuit s'épaississait et je sentis le mouvement plus que je ne le vis.

« Donc, si ceux qui les ont pris en chasse les rattrapent, ils n'hésiteront pas à le tuer.

— Et, même s'ils savaient qui il est, cela ne les retiendrait pas ; la haine du Lignage est profondément ancrée par ici. Ces gens considéreraient qu'ils épurent la lignée royale, non qu'ils la détruisent. »

Je notai dans un petit coin de mon esprit qu'elle employait le terme « Lignage » à présent ; il ne me semblait pas l'avoir entendue l'utiliser jusque-là. « Dans ces conditions, je pense que chaque minute est d'autant plus précieuse.

— Nous devons partir dès maintenant. »

A cette idée, je me sentis endolori de la tête aux pieds. Je n'avais plus le ressort de la jeunesse ; au cours des quinze dernières années, je m'étais habitué à manger à heure fixe et à dormir toutes les nuits. J'étais las et mon estomac se nouait de peur à la pensée de ce que nous allions devoir faire quand nous rattraperions le prince. Quant au loup, il avait franchi les limites de l'épuisement, et je savais qu'il ne tenait plus debout que par pure volonté ; bientôt, son organisme exigerait de se reposer, quelles que soient les circonstances. Il avait besoin de nourriture et de temps pour guérir, pas d'une nouvelle marche forcée en pleine nuit.

Je tiendrai. Sinon, laisse-moi en chemin, continue et fais ce que tu dois faire.

Son fatalisme me fit monter le rouge aux joues : le sacrifice que je lui demandais ressemblait trop à celui qu'un jeune homme avait fait dans la journée pour un prince. La vérité sans fard était qu'une fois encore je jetais toutes nos forces dans la protection d'un roi et la défense d'une cause, et le loup me faisait don des jours de son existence pour une loyauté qu'il ne comprenait qu'en termes d'amour pour moi. Rolf le Noir avait raison : je n'avais pas le droit de me servir de lui ainsi. Je me fis une promesse puérile : quand tout serait fini, je ferais en sorte de compenser ce que j'aurais exigé de lui ; nous irions là où il aurait envie de se rendre et nous ferions ce qu'il aurait envie de faire.

Notre maison et un feu dans la cheminée. Ça me suffirait.

C'est à toi.

Je sais.

Nous regagnâmes l'auberge par un chemin détourné, en évitant les routes trop fréquentées. Dans l'obscurité de la cour, Laurier glissa à mon oreille : « Je vais remonter discrètement dans ma chambre préparer mes affaires ; réveillez sire Doré et prévenez-le qu'il nous faut partir. »

Et elle disparut dans les ombres près de la porte de service. Pour ma part, je passai par l'entrée de l'établissement et traversai rapidement la salle commune avec la mine renfrognée d'un domestique puni. La nuit s'avançait et une expression songeuse s'affichait sur les visages des fêtards enfin calmés, qui ne me remarquèrent même pas. Je pris le couloir qui menait à ma chambre, et, arrivé à la porte, j'entendis des éclats de voix qui venaient de l'intérieur. Sire Doré se laissait aller à une colère aristocratique. « Des punaises, monsieur ! Une colonie entière ! J'ai une peau des plus délicates ! Il n'est pas question que je loge dans un établissement où prospère pareille vermine ! »

Notre aubergiste, sans doute en chemise et en bonnet de

nuit, une chandelle à la main, dit d'un ton à la fois suppliant et horrifié : « Je vous en prie, sire Doré, j'ai d'autres chambres ; si vous voulez...

— Non. Je ne passerai pas la nuit ici. Préparez immédiatement ma note. »

Je frappai, et, à mon apparition, le seigneur Doré transféra son exaspération sur moi. « Ah, vous voici enfin, sinistre vaurien ! Vous faisiez sans doute la noce pendant que j'étais obligé d'empaqueter mes propres affaires, et les vôtres, par-dessus le marché ! Eh bien, rendez-vous donc utile, pour une fois ! Courez chez la grand'veneuse Laurier pour l'avertir que nous vidons les lieux : ensuite, réveillez le garçon d'écurie et dites-lui d'apprêter nos chevaux ! Je ne tiens pas à rester toute la nuit dans une auberge infestée de vermine ! »

Je me hâtai d'obéir pendant que le propriétaire vantait désespérément la bonne tenue et la propreté de son établissement, et, dans un délai étonnamment bref, nous nous retrouvâmes sur la route. Incapable de tirer le palefrenier de son sommeil, j'avais sellé moi-même nos montures ; le tenancier avait suivi le seigneur Doré jusque dans la cour et tenté de le retenir en arguant qu'il ne trouverait pas d'autre auberge dans le village, mais mon maître, inflexible, était monté sur Malta et, sans un mot, l'avait fait avancer. Laurier et moi l'avions suivi.

Pendant quelque temps, nous allâmes au pas. La lune était levée, mais les toits serrés nous cachaient son éclat, et, quand de temps en temps la lumière d'une lampe filtrait par des volets mal joints, elle créait des ombres sur notre chemin plus qu'elle ne l'éclairait. Enfin, sire Doré dit à mi-voix : « J'ai entendu les conversations de la salle commune et j'ai jugé nécessaire de repartir sans tarder. Ils se sont enfuis par la route.

— En voyageant de nuit, nous courons le risque de perdre leur piste, fis-je remarquer.

— Je sais, mais, en attendant le matin, nous courions le risque de ne découvrir que des cadavres. En outre, aucun d'entre nous n'aurait trouvé le sommeil, et ainsi nous prenons de l'avance sur les villageois qui lanceront la battue demain. »

Œil-de-Nuit nous rejoignit sans bruit. Je tendis mon esprit vers lui et, lorsque le contact se fit, la nuit me parut plus claire. La poussière soulevée par nos chevaux le fit éternuer, et il accéléra le pas pour passer devant nous. Lié à moi par le Vif, il ne put me dissimuler l'effort que cela lui coûta ; je fis la grimace mais respectai sa décision, et je talonnai doucement Manoire pour soutenir son allure.

« Nos fontes me paraissent plus rebondies qu'à notre arrivée à l'auberge », dis-je comme ma jument parvenait à la hauteur de Malta.

Sire Doré haussa les épaules d'un air dégagé. « J'ai emporté des couvertures, des bougies et tout ce qui pouvait nous être utile. J'ai fait une descente dans les cuisines quand j'ai compris que nous allions devoir nous remettre rapidement en chemin ; il y a du pain dans ce sac, et aussi des pommes. Je n'ai pas pu prendre davantage, sinon ça se serait vu. Attention de ne pas écraser les miches.

— On jurerait que vous avez déjà vécu ce genre de situation, tous les deux, sire Doré. » Laurier s'était exprimée d'un ton caustique, et le point d'interrogation qui transparaissait en filigrane dans sa façon de prononcer le titre du fou suffit à nous ramener au sens des réalités. Comme nous ne répondions pas, elle ajouta : « Il ne me paraît pas très juste que je doive partager les risques de cette entreprise en restant dans le brouillard à votre sujet. »

Sire Doré prit sa plus belle voix d'aristocrate. « Vous

avez raison, grand'veneuse. Ce n'est pas juste, et pourtant il doit en demeurer ainsi quelque temps encore, car, si je ne me trompe, il faut à présent nous hâter. Notre prince a quitté le village au galop et nous allons l'imiter. »

Et, joignant le geste à la parole, il talonna Malta qui s'élança joyeusement, défiant Manoire de la dépasser. Un instant après, Laurier remontait à ses côtés. *A plus tard, mon frère.* Je sentis Œil-de-Nuit se couper de moi, mentalement et physiquement ; il se savait incapable de soutenir le train des chevaux. Il nous suivrait à sa propre allure et par son propre chemin. Cette séparation me déchira le cœur, même si elle était de son choix et que cette attitude était la plus avisée. Dépouillé de lui, privé de sa vision nocturne, je laissai Manoire aller à son gré, de front avec mes compagnons, entre les maisons pelotonnées les unes contre les autres.

Nous sortîmes bientôt du village et le ruban de la route s'étendit devant nous au clair de la lune. Malta prit le galop et les deux autres montures accélérèrent brusquement pour rester à sa hauteur. Nous passâmes devant des fermes et des champs, certains déjà moissonnés, d'autres pas encore. Je m'efforçais d'ouvrir l'œil au cas où je repérerais des empreintes de chevaux quittant la route en pleine course, mais je ne vis rien. Nous laissâmes nos montures courir jusqu'à ce qu'elles décident de ralentir pour souffler un peu ; puis, dès que Malta tira sur son mors, sire Doré lâcha sa bride et nous repartîmes au grand galop. Le fou et sa jument étaient plus complices que je ne m'en étais rendu compte, et elle tirait son assurance effrontée de la confiance qu'il avait en elle. Nous chevauchâmes tout le restant de la nuit à la cadence qu'imposa sire Doré.

Comme l'aube grisaillait le ciel, Laurier fit écho à mes

pensées en déclarant : « Au moins, nous disposons d'une bonne avance sur ceux qui devaient partir ce matin voir comment se débrouillaient leurs camarades à la chasse aux Prince-Pie. Et nous avons aussi la tête plus claire. »

Elle tut la crainte que nous partagions tous : celle d'avoir perdu la trace du prince dans notre hâte à le suivre. Comme la lune s'effaçait derrière la clarté grandissante du jour, nous poursuivîmes notre route ; il faut parfois s'en remettre à la chance ou bien, comme le fou, croire au destin.

6

PIERRES

Il existe certaines techniques que l'on peut apprendre pour résister à la torture ; l'une d'elles consiste à séparer l'esprit du corps. Pour moitié, la souffrance qu'inflige un bourreau expérimenté provient, non de la douleur physique de la victime, mais de la gravité des lésions qu'elle sait avoir subies ; le bourreau doit faire preuve d'un grand doigté s'il veut amener son sujet à parler : si ce dernier sent que ses dégâts corporels dépassent tout espoir de guérison, il perd tout intérêt à répondre aux questions et n'aspire plus qu'à plonger rapidement dans la mort. Mais, s'il parvient à maintenir les supplices en deçà de cette limite, le bourreau peut faire de la victime le complice de ses propres tourments. Perdue dans la souffrance physique, elle est la proie d'une interrogation qui lui déchire le cœur : combien de temps parviendra-t-elle à garder le silence sans pousser son tortionnaire à franchir la frontière des dégâts irréparables ? Tant que la victime se tait, le bourreau poursuit son travail et s'approche toujours davantage du point où l'organisme ne peut plus guérir.

Une fois qu'un homme a été brisé par la torture, il demeure une victime à jamais. Il ne peut plus oublier le lieu où il s'est rendu, l'instant où il a préféré tout avouer plutôt que supporter une souffrance encore plus grande. C'est une humiliation dont personne ne se remet jamais complètement, et certains cherchent à l'effacer en infligeant eux-mêmes des supplices semblables à une nouvelle victime destinée à porter cette honte à leur place. La cruauté est un art qui s'apprend non seulement par l'exemple mais aussi par l'expérience.

Extrait du manuscrit *Des usages de la douleur,*
de VERSAAY

*

Nous chevauchions toujours quand le soleil se leva. Fermes, champs cultivés et pâtures se raréfièrent, puis disparurent pour laisser la place à des collines caillouteuses et des forêts clairsemées. J'éprouvais de l'appréhension à la fois pour mon loup et pour mon jeune prince, mais, tout bien considéré, je jugeais mon compagnon à quatre pattes plus apte à prendre soin de lui-même que Devoir, et, avec une résolution qu'il aurait approuvée, je chassai le loup de mes pensées et concentrai mon attention sur la route que nous longions. L'atmosphère lourde exaltait la chaleur du soleil ; un orage montait, je le sentais, et une averse trop considérable effacerait toute trace de ceux que nous poursuivions. La tension me rongeait.

Sans que nous eussions à nous donner le mot, Laurier

prit le côté gauche de la route et moi le droit. Nous cherchions des empreintes de chevaux qui s'en seraient écartés, et, plus précisément, de trois montures lancées au grand galop. Pour ma part, si je m'étais trouvé pourchassé par des cavaliers, ma première idée aurait été d'éviter toute voie de circulation et de m'enfoncer dans les bois où j'aurais eu de meilleures chances de les semer, et je supposais que le prince et ses compagnons avaient tenu le même raisonnement.

Ma crainte que nous eussions manqué leur piste dans l'obscurité allait croissant quand Laurier cria soudain qu'elle l'avait repérée. Un simple coup d'œil m'assura qu'elle ne s'était pas trompée : on voyait clairement l'empreinte de nombreux chevaux ferrés quittant la route en grande hâte, parmi lesquelles, facilement identifiables, les traces largement espacées du grand cheval de bataille. J'eus la conviction que nous avions découvert le point où le prince avait abandonné la route avec ses compagnons et où la troupe de chasseurs les avait imités.

Tandis que le fou et Laurier s'élançaient, je mis pied à terre un instant sous prétexte de resserrer les sangles de nos paquetages sur Manoire, puis je saisis l'occasion pour me soulager au bord de la route : Œil-de-Nuit serait à l'affût d'un signe de mon passage.

De nouveau en selle, je rattrapai rapidement les autres. Au loin, l'horizon s'assombrissait, et nous entendîmes plusieurs grondements de tonnerre assourdis. Les traces étaient faciles à suivre et nous lançâmes nos bêtes fatiguées au petit galop. Nous franchîmes ainsi deux collines couvertes d'herbe et de broussailles, et, alors que nous en gravissions une troisième, nous rencontrâmes à mi-pente un bois de chênes et d'aulnes ; c'est là que nous rattrapâmes le groupe des poursuivants. Ils étaient une demi-douzaine, étendus dans l'herbe haute à l'ombre des arbres.

Leurs assaillants avaient également abattu leurs montures et leurs chiens, ce qui était fort avisé : des chevaux revenus au village sans cavaliers auraient déclenché une nouvelle poursuite beaucoup plus tôt. Cependant, ce massacre me donna la nausée, d'autant plus que ceux qui l'avaient perpétré appartenaient au Lignage ; une telle insensibilité me fit froid dans le dos. Les chevaux n'avaient rien fait pour mériter la mort ; qui donc étaient ces gens avec qui fuyait le prince ?

Laurier se couvrit la bouche et le nez de la main et resta en selle. Sire Doré paraissait las et il avait manifestement le cœur au bord des lèvres, mais il mit pied à terre en même temps que moi et nous examinâmes les cadavres des hommes. Ils étaient tous jeunes, de l'âge idéal pour se laisser prendre à toutes les folies. La veille dans l'après-midi, ils avaient sauté sur leurs chevaux pour massacrer du Prince-Pie ; le soir, ils étaient morts. Allongés dans l'herbe, ils n'avaient pas l'air cruels, barbares ni même stupides ; seulement morts.

Je regardai autour de nous. « Il y avait des archers dans ces arbres, là-bas, dis-je, et ils s'y tenaient postés depuis quelque temps. A mon avis, le groupe du prince a traversé ce bois sans s'arrêter, en comptant sur ces hommes pour les protéger. » Je n'avais retrouvé qu'une seule flèche, et elle était brisée ; les autres avaient été récupérées sur les corps avec un sens de l'économie qui ne laissait aucune place à la sensibilité.

« Ceci n'est pas une blessure de flèche. » Sire Doré désignait un homme qui gisait à l'écart de ses compagnons. Des trous béants perçaient sa gorge, et de puissantes pattes armées de griffes l'avaient éventré. De ses entrailles répandues montait un bourdonnement, et les mouches agglutinées sur son visage dissimulaient à demi l'expression d'horreur de son regard.

« Voyez les chiens : ce sont des marguets qui les ont attaqués, eux aussi. Tous les Prince-Pie se sont retrouvés ici, ils ont attendu ceux qui les poursuivaient et les ont éliminés.

— Puis ils sont repartis.

— Oui. » Etait-ce la marguette du prince qui avait tué cet homme ? Leurs esprits étaient-ils joints à ce moment-là ?

« Combien sont-ils à présent, selon vous ? » demanda le fou.

Laurier s'était un peu éloignée dans la direction qu'avait prise le groupe que nous traquions, sans doute autant pour s'écarter des corps qui commençaient à enfler que pour étudier la piste. Je ne le lui reprochais pas. Elle se retourna pour déclarer à mi-voix : « Je distingue au moins huit types d'empreintes différentes.

— Il faut les suivre sans perdre un instant », dit sire Doré.

Laurier acquiesça de la tête. « D'autres villageois ont dû se mettre en route en ne voyant pas leurs camarades revenir ; quand ils vont tomber sur ces cadavres, ils vont devenir enragés. Nous devons récupérer le prince avant que les deux groupes ne se rencontrent. »

Décrite ainsi, l'opération paraissait toute simple. A mon grand agacement, Manoire recula par deux fois en crabe avant que je parvienne à saisir ses rênes ; elle avait bien besoin d'un bon dressage, mais l'heure ne s'y prêtait pas. Et puis je me rappelai que l'odeur du sang trouble le plus calme des animaux et qu'un peu de patience me rapporterait plus tard de grands dividendes. « Avec un autre que moi, tu aurais eu droit à un solide coup de poing entre les oreilles », lui murmurai-je quand je fus enfin en selle.

Le frisson d'appréhension qui la parcourut m'étonna : manifestement, son contact avec moi était plus étroit que je ne l'imaginais. « Ne t'inquiète pas ; ce n'est pas mon genre », lui dis-je d'un ton rassurant, et, en bonne représentante de sa race, elle fit comme si elle n'avait rien entendu. Le tonnerre roula au loin de nouveau, et elle rabattit les oreilles en arrière.

Je crois que nous ressentîmes tous trois un certain malaise à nous en aller en laissant les cadavres gonfler sous le soleil. D'un point de vue réaliste, c'était pourtant la solution la plus judicieuse : leurs camarades ne tarderaient pas à les trouver, et c'est à eux que reviendrait la tâche de les ensevelir, ce qui les retarderait à notre profit.

Mais, judicieux ou non, ce n'était pas bien,

Les traces que nous suivions désormais étaient celles, profondes, de chevaux durement menés. Le sol frais du sous-bois gardait bien les empreintes, et, tout d'abord, elles restèrent si parfaitement visibles qu'un enfant aurait pu les repérer : les cavaliers n'avaient cherché qu'à prendre de la distance le plus vite possible ; mais, au bout d'un moment, elles descendirent au fond d'une ravine et longèrent un ruisseau sinueux. Je me fiai à Manoire pour marcher dans les pas de Malta et surveillai les arbres qui nous surplombaient au cas où l'on nous aurait tendu une embuscade. Une inquiétude indéfinissable me hantait ; les fidèles du prince Pie avec lesquels voyageait le prince paraissaient très organisés, presque de façon militaire. Nous étions en présence du second groupe d'hommes qui attendait le prince pour l'emmener ; un membre au moins n'avait pas hésité à donner sa vie pour les autres, et ils avaient massacré sans aucun scrupule ceux qui les pourchassaient. Prêts à tous les sacrifices et en même temps impitoyables, ils ne reculeraient manifestement devant rien pour conserver le prince et l'emmener à la destination prévue. Dans ces conditions, nous n'étions probablement pas de taille à le tirer de leurs griffes ; cependant, je ne voyais pas d'autre solution que suivre leur piste. Renvoyer Laurier à Castelcerf pour chercher la garde était irréaliste : quand elle reviendrait, il serait trop tard ; nous perdrions non seulement du temps, mais aussi le secret qui devait entourer notre mission.

La ravine s'élargit et se transforma en étroite vallée, et les empreintes s'écartèrent du ruisseau. Avant de le quitter à notre tour, nous fîmes une courte halte pour remplir nos outres et partager un peu du pain et quelques-unes des pommes que le fou avait chapardés. Je me fis bien voir de Manoire en lui offrant mon trognon, puis nous remontâmes en selle et nous remîmes en route. Le long après-midi touchait à sa fin. Nous ne parlions guère : il n'y avait pas grand-chose à dire, sauf si nous tenions à exprimer tout haut nos appréhensions. Le danger se trouvait derrière autant que devant nous, et dans les deux cas nous étions en infériorité numérique. Je regrettais amèrement l'absence de mon loup.

La piste quitta le fond de la vallée pour se lancer dans l'ascension des collines. Les arbres se clairsemèrent et le terrain devint de plus en plus caillouteux. La terre dure compliqua notre traque et nous dûmes ralentir. Nous croisâmes les fondations d'un hameau abandonné depuis bien longtemps, puis de singuliers monticules sur une pente parsemée de gros blocs de pierre. Sire Doré remarqua que je les regardais et murmura : « Des tombes.

— Non, elles seraient trop grandes, répondis-je.

— Pas pour les gens qui vivaient ici. Ils construisaient

des salles de pierre pour y déposer leurs morts, et on y inhumait souvent des familles entières. »

Je me retournai pour observer les tertres avec curiosité. Ils étaient recouverts d'herbe haute et jaunie qui se balançait au vent ; s'il y avait de la pierre sous la terre, elle était bien cachée. « Comment savez-vous tout cela ? » demandai-je au seigneur Doré.

Il ne tourna pas la tête. « Je le sais, c'est tout. Blaireau. Ce sont les avantages de l'éducation d'un aristocrate, si vous voulez.

— Je connais des contes sur ces tumulus, intervint Laurier à mi-voix. On dit que des spectres grands et maigres en sortent parfois pour s'emparer d'enfants égarés, et que... Eda nous garde ! Regardez ! Une pierre dressée, comme dans les contes ! »

Je suivis des yeux la direction qu'elle indiquait, et un frisson glacé me parcourut.

Noire et luisante, la colonne était deux fois plus haute qu'un homme. Des veines d'argent la striaient et ni mousse ni lichen ne poussait à sa surface. La brise de l'intérieur des terres l'avait moins endommagée que les tempêtes chargées de sel n'avaient rongé les Pierres Témoins de Castelcerf. A la distance où nous nous trouvions, je ne distinguais pas les signes taillés dans ses flancs, mais je savais qu'ils existaient ; elle était cousine des Pierres Témoins et sœur du pilier noir qui m'avait autrefois transporté dans la cité des Anciens. Incapable d'en détacher les yeux, je sus qu'elle avait été extraite de la carrière qui avait vu naître le dragon de Vérité. Etait-ce la magie ou des muscles qui l'avaient déposée si loin de son lieu d'origine ?

« Trouve-t-on toujours une pierre dressée là où il y a de ces tombes ? demandai-je à sire Doré.

— Deux objets côte à côte n'ont pas obligatoirement de rapport entre eux », répondit-il doucement, et je compris qu'il évitait la question. Je me tournai légèrement dans ma selle pour interroger Laurier. « Que disent les légendes à propos de ces pierres ? »

Elle haussa les épaules et sourit, mais je crois que mon ton avide la troubla, « Les histoires sont nombreuses, cependant elles se réduisent toutes à la même intrigue. » Elle inspira profondément. « Un enfant qui s'est perdu, un berger désœuvré, des amants en fuite devant des parents qui interdisent leur amour arrivent dans un champ de tumulus ; dans la plupart des cas, ils s'assoient près d'un monticule pour se reposer ou chercher un coin d'ombre par une chaude journée, et alors les fantômes sortent des tertres et les conduisent à la pierre dressée. Ils y pénètrent à la suite du spectre et se retrouvent dans un autre monde. Dans certains contes, ils ne reviennent jamais ; dans d'autres, ils réapparaissent très âgés alors qu'ils n'ont disparu qu'une seule nuit, et dans d'autres encore, c'est le contraire : les amants resurgissent, toujours aussi jeunes alors qu'un siècle s'est écoulé ; leurs parents qui contrariaient leurs projets sont au cimetière depuis longtemps et ils sont libres de se marier. »

J'avais ma propre opinion sur ces contes, mais je la gardai pour moi. Jadis, j'étais entré dans un de ces piliers et j'avais été expédié très loin, dans une cité morte ; à un moment, les murs de pierre noire m'avaient parlé et la cité s'était réveillée à la vie autour de moi. Les monolithes et les villes de pierre noire étaient l'œuvre de la race éteinte des Anciens. Jusque-là, j'étais persuadé qu'ils habitaient un royaume lointain, au cœur des montagnes qui se dressaient au-delà du pays de Kettricken, et voici que j'avais pour la seconde fois la preuve qu'ils avaient séjourné dans les collines des Six-Duchés. Mais il y avait combien d'étés de cela ?

J'essayai de croiser le regard de sire Doré, mais il garda les yeux braqués devant lui et il me sembla même qu'il fit presser le pas à Malta ; je compris, au pli de ses lèvres, qu'il ne répondrait à mes questions que par d'autres questions ou des pirouettes. Je reportai mes efforts sur Laurier.

« Il est curieux que vous ayez entendu en Bauge des légendes sur le lieu où nous nous trouvons. »

Elle haussa de nouveau les épaules. « Elles parlaient en réalité d'un lieu semblable en Bauge ; et puis, je vous l'ai dit, ma famille maternelle habitait non loin du fief des Brésinga, et nous nous voyions souvent lorsque ma mère vivait encore. Je suis prête à parier que les gens de la région racontent les mêmes histoires sur ces tertres et ce pilier – s'il y a des gens dans cette région. »

Cette possibilité paraissait de moins en moins vraisemblable à mesure que la journée s'écoulait : plus nous avancions, plus le pays devenait sauvage ; l'horizon s'assombrissait et l'orage murmurait des menaces mais ne se rapprochait pas. Si les vallées que nous traversions avaient connu le soc ou les collines porté des pâtures, elles l'avaient oublié depuis de longues années ; la terre était sèche et des rochers pointaient entre les touffes d'herbe jaune et les buissons rabougris ; seuls les stridulations des insectes et quelques cris d'oiseaux indiquaient la présence d'une vie animale. La piste devint plus difficile à suivre et nous dûmes ralentir. Je jetais de fréquents coups d'œil derrière nous : avec pour se repérer nos traces superposées à celles sur lesquelles nous nous guidions, nos poursuivants n'auraient guère de mal à nous rattraper ; malheureusement, je ne voyais pas comment l'éviter.

Le bourdonnement de fond des insectes s'interrompit

brusquement sur notre gauche. Je me tournai dans cette direction, l'estomac noué, et puis je sentis la présence de mon frère. Deux respirations encore et je l'aperçus. Comme toujours, je m'émerveillai de la capacité du loup à se camoufler même dans le paysage le plus nu. Comme il se dirigeait vers nous, mon soulagement fit place peu à peu au désarroi : il trottait avec opiniâtreté, la tête basse, la langue pendant presque jusqu'à mi-pattes. Sans dire un mot à mes compagnons, je tirai les rênes de Manoire et mis pied à terre en prenant mon outre au passage. Œil-de-Nuit vint à moi et je lui donnai à boire au creux de mes mains.

Comment as-tu fait pour nous rejoindre si vite ?

Vous suivez des traces et vous avancez lentement pour ne pas les perdre ; moi, j'ai suivi mon cœur. Votre chemin vous faisait contourner les collines, le mien m'a conduit droit vers toi, par des terrains qu'un cheval n'apprécierait pas.

Oh, mon frère !

Ce n'est pas le moment de t'apitoyer sur moi. Je viens vous avertir : des hommes sont sur votre piste. Je les ai vus ; ils se sont arrêtés près des cadavres et ils se sont mis à hurler de rage. Leur colère va les retarder un moment, mais, quand ils vont se remettre en route, ce sera au galop, portés par leur fureur.

Es-tu en état de soutenir notre allure ?

Je peux me cacher beaucoup plus facilement que toi. Au lieu de t'inquiéter de ce que je vais faire, tu ferais mieux de songer à ce que tu dois faire, toi.

Les possibilités étaient des plus réduites. Je remontai en selle, talonnai Manoire et rattrapai mes compagnons. « Il faut accélérer. »

Laurier me regarda fixement, mais se tut. Un léger

changement dans le maintien de sire Doré m'informa qu'il m'avait entendu, et Malta s'élança soudain. Manoire décida de ne pas se laisser distancer ; elle bondit en avant et, en quatre foulées, elle prit la tête. J'observai le sol qui défilait sous moi : apparemment, le prince et ses compagnons s'étaient dirigés vers l'abri des arbres, et j'applaudis à leur décision ; j'étais moi-même pressé que nous fussions tous à couvert. Je talonnai encore Manoire et nous menai tête baissée dans l'embuscade.

Œil-de-Nuit lança un avertissement et je fis faire un écart à ma jument ; ce fut Laurier qui reçut la flèche, et elle tomba de cheval avec un cri de douleur, mais c'était moi qu'on visait. Saisi de rage et d'horreur, je fonçai vers le petit bois. Ma chance fut qu'il n'y avait qu'un seul archer et qu'il n'avait pas eu le temps d'encocher une nouvelle flèche. Comme nous passions sous les premières frondaisons, je me dressai dans mes étriers et, par miracle, accrochai une branche solide sur laquelle je me hissai. L'archer s'efforçait de pointer sa flèche sur moi, mais la végétation qui nous séparait le gênait. L'heure n'était pas à réfléchir aux conséquences : bondissant à la manière d'un loup, je me jetai sur lui, et nous dégringolâmes de l'arbre, bras et jambes emmêlés. Une branche faillit me briser l'épaule sans pour autant freiner notre chute, mais elle nous fit pivoter et j'atterris sur le dos, le jeune archer sur moi.

L'impact chassa l'air de mes poumons. Je restai conscient mais incapable de bouger ; par bonheur, Œil-de-Nuit m'épargna cette peine : tous crocs dehors, il se précipita sur le jeune homme et l'écarta de moi. Je sentis notre assaillant, surpris, tenter de *repousser* le loup, mais il était sans doute trop décontenancé pour y mettre beaucoup de vigueur. Pendant qu'ils se battaient à côté de moi, je demeurai allongé à suffoquer comme un poisson hors de l'eau. L'archer tenta de donner un coup de poing à Œil-de-Nuit, qui esquiva et saisit le poignet au passage ; le jeune homme poussa un cri aigu et lui envoya une violente ruade à la tête. Je sentis le choc étourdissant ; Œil-de-Nuit ne lâcha pas prise mais il perdit toute force. Comme l'archer dégageait son poignet en sang des mâchoires du loup, je retrouvai assez de souffle pour réagir.

Sans me relever, je donnai à l'homme un coup de pied à la tête, puis je me jetai sur lui et refermai mes mains sur sa gorge tandis qu'Œil-de-Nuit lui crochait le mollet. Il s'agita en tous sens mais ne parvint pas à s'échapper. Le loup, les crocs plantés dans son muscle, lui secouait la jambe ; pour ma part, je resserrai mes doigts sur sa gorge jusqu'à ce qu'il cesse de se débattre, puis, en le tenant toujours d'une main, je tirai mon poignard. Le monde s'était réduit au cercle rouge qui représentait son visage.

« ... tuez pas ! Ne le tuez pas ! Ne le tuez pas ! »

Les cris de sire Doré parvinrent enfin jusqu'à mon cerveau alors que je portais le poignard sur la gorge de notre assaillant. Jamais je n'avais eu moins envie d'écouter ce qu'on me disait. Cependant, comme la brume rouge du combat se dissipait devant mes yeux, je me retrouvai face à un garçon à peine plus âgé que Heur, ses yeux bleus exorbités autant par la peur de la mort que par l'asphyxie. Durant notre chute, il s'était éraflé la joue, à présent zébrée de dégoulinures sanglantes. Je relâchai mon étreinte et Œil-de-Nuit laissa tomber sa jambe, mais je restai assis sur sa poitrine et maintins mon poignard sur sa gorge. Je ne me faisais pas d'illusion sur l'innocence des adolescents, et nous avions déjà vu celui-ci à l'œuvre avec un arc : il me tuerait à la première occasion. Sans le quitter des yeux, je demandai au fou : « Laurier est morte ?

— Sûrement pas ! » C'était une voix féminine et nettement en colère qui m'avait répondu. Du coin de l'œil, je vis Laurier s'approcher en titubant, la main serrée sur son épaule. Du sang coulait entre ses doigts : elle avait déjà extrait la flèche elle-même.

« Vous avez eu la pointe ? fis-je vivement.

— Je n'aurais pas essayé de retirer la flèche sans être sûre de l'avoir en un seul morceau », répliqua-t-elle vertement. La douleur n'améliorait pas son caractère. Elle était pâle mais deux taches rouges enflammaient ses pommettes. Elle regarda le garçon que je maintenais à terre et ses yeux s'agrandirent ; je l'entendis prendre une inspiration hachée.

Œil-de-Nuit vint se placer à côté de moi, haletant péniblement, *Il faut nous en aller.* La souffrance ralentissait le débit de sa pensée. *D'autres hommes risquent de venir, ceux qui nous suivent ou ceux qui sont devant.* Je vis le jeune homme plisser le front.

Je levai les yeux vers Laurier. « Etes-vous en état de monter à cheval ? Nous devons partir ; nous devons aussi interroger le prisonnier, mais ce n'est pas le moment. Je ne tiens pas à tomber nez à nez avec ceux qui nous suivent ni avec les amis de celui-ci revenus le chercher. »

A son expression, je sus que la jeune femme ignorait la réponse à ma question, mais elle mentit courageusement. « Je peux monter. Allons-y ; moi aussi, j'aimerais interroger le prisonnier. » L'archer la dévisagea, l'air horrifié par le ton haineux de la grand'veneuse, et il effectua soudain un saut de carpe, malgré mon poids, pour tenter de s'échapper. Je le giflai du dos de ma main libre. « Ne recommence pas. Il est beaucoup plus facile pour moi de te tuer que de te traîner derrière moi. »

Il comprit que je disais la vérité. Le nez ruisselant de sang, il regarda sire Doré puis Laurier avant de reporter ses yeux sur moi. Son expression terrorisée m'était familière. Ce garçon avait déjà tué, mais jamais encore il ne s'était trouvé en danger de se faire tuer lui-même, et, par une ironie du sort, je me sentais tout à fait qualifié pour lui faire connaître cette sensation. Nul doute que j'avais moi-même un jour affiché la même expression.

« Debout ! » Quinze ans plus tôt, je l'aurais relevé d'une seule main. Aujourd'hui, je ne lâchai pas le devant de sa chemise mais le laissai se redresser tout seul ; j'avais encore le souffle court à la suite de notre bagarre et je n'avais pas envie de gaspiller mon énergie pour une démonstration de force. Œil-de-Nuit était couché sur la mousse au pied de l'arbre et haletait sans chercher à dissimuler sa fatigue.

Disparais, lui dis-je.

Dans un instant.

L'archer nous observa tour à tour, l'air perplexe, mais je refusai de croiser son regard et tranchai la lanière qui fermait le col de sa chemise. Il se raidit quand mon poignard tira sur le fil de cuir. D'un coup sec, j'ôtai la lanière et, sans ménagement, fis pivoter le garçon dos à moi. « Tes mains », fis-je sèchement, et il les plaça derrière lui sans faire mine de résister. Il avait apparemment perdu tout esprit combatif. Les marques de crocs de son bras saignaient encore ; je lui liai fermement les poignets, et, quand j'eus fini, je m'aperçus que Laurier le regardait d'un air mauvais. Manifestement, elle ne digérait pas d'avoir été prise pour cible ; peut-être n'avait-elle jamais été victime d'une tentative de meurtre. La première fois reste une expérience indélébile.

Sire Doré l'aida à se mettre à cheval. Elle aurait préféré refuser son assistance, je le savais, mais elle n'osa pas : rater sa montée en selle aurait été plus humiliant qu'accepter du secours. Manoire allait donc devoir nous transporter, mon captif et moi, ce qui ne nous réjouissait ni l'un ni l'autre. Je ramassai l'arc du jeune homme et, après une seconde d'hésitation, je le jetai dans l'arbre où il se prit dans les branches et demeura suspendu ; avec de la chance, personne ne le verrait en passant en dessous. Au regard que le prisonnier lui lança, je compris qu'il y attachait de la valeur.

Je saisis les rênes de Manoire. « Je vais monter, dis-je à mon prisonnier, puis je vais te hisser en croupe. Si tu ne coopères pas, je t'assomme et je te laisse ici à la merci des autres – tu sais de qui je parle : ceux pour qui tu nous as pris, les tueurs du village. »

Il passa sa langue sur ses lèvres. Tout le côté éraflé de son visage commençait à enfler et à s'assombrir. Il parla pour la première fois. « Vous n'êtes pas avec eux ? »

Je le regardai d'un œil glacial. « Est-ce que tu t'es seulement posé la question avant de me tirer dessus ? » Je me mis en selle.

« Vous suiviez notre trace », fit-il. Il jeta un coup d'œil à la femme qu'il avait blessée et son visage exprima l'incrédulité. « J'ai cru que vous étiez des villageois qui venaient nous tuer. Je vous le jure ! »

Je fis approcher Manoire de lui et tendis la main. Il hésita un instant, puis leva une épaule vers moi. Je l'attrapai fermement par le bras gauche ; Manoire renifla et se mit à tourner sur elle-même, mais, après deux tentatives infructueuses, le jeune homme parvint à sauter et à passer une jambe par-dessus sa croupe. Je lui laissai un petit moment pour s'installer derrière moi, puis je l'avertis : « Serre les genoux. Cette jument est grande ; si tu tombes, tu as toutes les chances de te fracturer l'épaule. »

Je jetai un regard sur le chemin par lequel nous étions

arrivés ; il n'y avait toujours aucun signe de poursuite, mais j'avais le pressentiment que notre bonne fortune n'allait plus durer longtemps. J'étudiai les environs. La piste des vifiers partait à l'assaut d'une colline, mais je préférais ne pas me lancer sur leurs traces avant d'avoir arraché au jeune homme tout ce qu'il savait, et j'eus l'idée d'un stratagème : nous pouvions descendre la pente, au bas de laquelle nous trouverions probablement le lit d'un ruisseau actif au printemps ; la terre vaguement humide du vallon prendrait aisément nos empreintes. Il nous suffirait de suivre le cours d'eau à sec pendant quelque temps, puis de le quitter pour gravir le versant opposé, franchir une certaine distance de terrain caillouteux et enfin nous mettre à couvert. Cela fonctionnerait peut-être ; nos traces seraient fraîches, nos poursuivants supposeraient qu'ils étaient en train de nous rattraper, et nous les écarterions ainsi de la piste du prince.

« Par ici », dis-je, et j'entrepris de mettre mon plan en œuvre. Manoire n'appréciait pas de porter double charge et elle avança, mais à pas maladroits, comme si elle tenait à me faire comprendre qu'elle n'approuvait pas mes manières.

« Mais la piste... fit Laurier en voyant que nous abandonnions les traces que nous nous échinions à suivre depuis le matin.

— Nous n'en avons plus besoin. Nous avons le prisonnier. Il saura où se dirigent ses compagnons. »

J'entendis l'intéressé prendre une brusque inspiration, puis il déclara, les dents serrées : « Je ne parlerai pas.

— Mais si, bien sûr », rétorquai-je. Je talonnai Manoire tout en lui affirmant mentalement qu'elle avait intérêt à m'obéir. Décontenancée, elle se mit en route à longues foulées, supportant sans mal le surcroît de poids.

Elle était puissante et rapide, mais elle avait l'habitude de n'employer ces qualités qu'au moment où cela lui chantait ; j'allais devoir mettre les choses au point avec elle.

Je lui fis dévaler la pente, puis suivre le ruisseau jusqu'à ce que nous rencontrions un affluent. Je constatai avec plaisir qu'il était à sec et caillouteux ; nous empruntâmes son lit, puis le quittâmes par un versant pierreux. L'archer serra les genoux pour ne pas glisser en arrière, et Manoire parut se débrouiller sans trop d'effort dans la pente traîtresse. En espérant ne pas imposer une allure et un trajet trop difficiles à suivre pour Laurier, je pressai Manoire de gravir le pierrier escarpé ; si j'avais réussi à entraîner les poursuivants du village sur nos traces, je ne souhaitais pas leur rendre notre pistage trop facile.

Au sommet, je m'arrêtai pour laisser le temps à mes compagnons de me rejoindre. Œil-de-Nuit avait disparu ; il se reposait, je le savais, et reprenait des forces pour nous suivre. Je regrettais son absence à mes côtés, mais il courait moins de risques seul qu'auprès de moi. J'examinai le terrain ; la nuit n'allait pas tarder et, lorsqu'elle serait tombée, je voulais que nous ayons trouvé une position camouflée, défendable et dominante. Il fallait continuer à monter. L'éminence sur laquelle nous nous tenions faisait partie d'une chaîne de collines qui traversait la région, et sa sœur la plus proche se dressait non loin, plus haute et plus abrupte, sa charpente rocheuse plus visible.

« Par ici », dis-je aux autres d'un ton faussement assuré, et je me remis en route. Nous descendîmes dans une dépression aux arbres clairsemés, puis remontâmes de l'autre côté le long du lit d'un ruisseau. La chance nous sourit alors : sur le versant suivant, nous croisâmes une sente étroite, manifestement tracée par des animaux plus petits et plus agiles que des chevaux, et nous l'empruntâmes. Pour sa taille, Manoire se débrouillait bien, mais j'entendis mon prisonnier retenir sa respiration à plusieurs reprises alors que la piste longeait la face presque à pic de la colline. Je savais que Malta suivrait sans difficulté, mais je n'osais pas me retourner pour voir comment Casque-blanc faisait face ; je devais m'en remettre à son agilité pour amener sa maîtresse à bon port.

Mon captif trouva le courage de s'adresser à moi. « Je suis du Lignage. » Il avait murmuré ces mots avec ferveur, comme s'ils devaient avoir une signification particulière à mes oreilles.

« Ah bon ? répondis-je d'un ton ironique, en feignant la surprise.

— Mais vous êtes...

— La ferme ! fis-je violemment. Ta magie ne m'intéresse pas. Tu es un traître. Encore un mot et je te flanque par terre ! »

Il se renferma dans un silence stupéfait.

Le chemin montait sans arrêt et je commençais à me demander si j'avais fait le bon choix. Les rares arbres étaient tordus et décharnés, et leurs feuilles pendaient mollement dans l'atmosphère orageuse. La chair de la terre se réduisit peu à peu pour laisser voir son squelette de pierre. Enfin, j'aperçus un refuge ; moins qu'une grotte, c'était plutôt un profond abri sous roche au flanc d'une falaise. Pour l'atteindre, nous dûmes mettre pied à terre et tirer nos chevaux récalcitrants par les rênes. Je fis entrer Manoire dans la cavité ; il y faisait plus frais qu'à l'extérieur et de l'eau suintait au fond. Peut-être, à certaines époques de l'année, l'infiltration prenait-elle de l'ampleur et contribuait-elle à creuser la grotte, mais, en ce moment, elle ne laissait qu'un mince ruban d'humidité verdâtre sur le sol avant de dégoutter le long du versant. Le renfoncement n'abritait nulle végétation dont pussent se nourrir les chevaux, mais on n'y pouvait rien ; au moins, nous étions protégés et la position paraissait défendable.

« Nous allons passer la nuit ici », dis-je à mi-voix. J'essuyai mon front et ma nuque couverts de transpiration ; l'orage s'appesantissait et la touffeur de l'air annonçait la pluie. Du doigt, j'indiquai le fond de la grotte. « Descends et assieds-toi là-bas », ordonnai-je à mon prisonnier ; il ne répondit pas et resta sur la jument à me toiser de son haut. Je ne lui donnai pas de seconde chance. Je le saisis par le devant de la chemise et le tirai violemment à bas de la jument. La colère décuple toujours mes forces. Je le laissai reprendre son aplomb, puis le propulsai brutalement vers la paroi rocheuse ; il la heurta, puis glissa et se retrouva assis par terre, à demi assommé. « Ce n'est qu'un début », l'avertis-je d'un ton hargneux.

Laurier me regardait, blême et les yeux écarquillés, sans doute effarée de me voir prendre le contrôle de la situation. Pendant que je tenais les rênes de son cheval, sire Doré l'aida à descendre. Mon prisonnier ne paraissait pas vouloir tenter de s'enfuir, aussi, sans plus m'occuper de lui, je dessellai nos montures, puis établis un bivouac de fortune. Manoire tâta le filet d'eau du bout des lèvres, puis se mit à boire. Je creusai le sable au pied de la paroi du fond afin d'approfondir la dépression et j'eus le plaisir de voir l'eau commencer à s'y accumuler. Sire Doré soignait l'épaule de Laurier ; avec sa dextérité habituelle, il avait découpé la chemise et retroussé le tissu autour de la blessure, sur laquelle il appliquait à présent un linge humide. Le sang qui transparaissait avait une couleur sombre. Le fou et la jeune femme s'entretenaient à mi-voix, tête contre tête. Je m'approchai. « C'est grave ? murmurai-je.

— Assez », répondit laconiquement sire Doré, mais ce fut le regard que me lança Laurier qui me laissa interdit. On aurait dit que j'étais une bête enragée ; en tout cas, ce n'était pas le coup d'œil agacé de quelqu'un dont on a grossièrement interrompu une conversation intime. Je me retirai en me demandant si c'était le fait que j'avais vu son épaule nue qui la gênait ; cependant, elle ne paraissait pas embarrassée de laisser sire Doré la toucher. Bah, j'avais d'autres soucis et je ne voulais pas m'imposer.

Je m'intéressai aux rares vivres qui nous restaient, surtout du pain et des pommes. C'était à peine assez pour nourrir trois personnes, et tout à fait insuffisant pour quatre. Je décidai froidement que notre prisonnier se passerait de repas ; il avait probablement eu des provisions et mieux mangé que nous dans la journée. Songer à lui m'amena à voir ce qu'il devenait. Il était assis de guingois, les mains liées dans le dos, et il contemplait son mollet lacéré. Je regardai moi aussi sa jambe, mais, sans faire montre de la moindre compassion, je restai debout devant lui jusqu'à ce qu'il m'adresse la parole.

« Puis-je avoir de l'eau ?

— Tourne-toi », répondis-je, et j'attendis, impassible, qu'il obéisse. Il y parvint non sans mal, et je le déliai. Il poussa un petit cri quand j'arrachai la lanière du sang coagulé qui maculait ses avant-bras, et il les ramena lentement devant lui. « Tu pourras boire là-bas, quand les chevaux auront eu leur content. »

Il hocha la tête. Je savais que ses épaules devaient le faire souffrir ; la mienne m'élançait encore du choc contre la branche. Le côté de son visage abîmé lors de notre chute avait pris une teinte sombre et des croûtes s'y étaient formées ; un de ses yeux bleus était injecté de sang. Curieusement, ses blessures lui donnaient l'air plus jeune. Il examina son poignet déchiqueté par le loup. A ses mâchoires crispées, je compris qu'il n'osait même pas toucher la blessure. Son regard remonta peu à peu vers moi, puis se perdit au loin.

« Où est votre loup ? » demanda-t-il.

Je faillis le gifler, et il eut un mouvement de recul. « Tu ne poses pas de questions, lui dis-je d'un ton glacial. Tu y réponds. Où tes amis emmènent-ils le prince ? »

Devant son air d'incompréhension, je maudis ma propre maladresse : peut-être ignorait-il jusque-là l'identité du jeune garçon. Mais ce qui était fait était fait, et, de toute manière, j'aurais probablement dû le tuer. Je reconnus la patte d'Umbre dans cette dernière réflexion et l'écartai. « Le garçon à la marguette, expliquai-je, où l'emmènent-ils ? »

Il avala péniblement sa salive. « Je ne sais pas », répondit-il d'un ton maussade.

Il mentait et j'eus envie de l'étrangler pour l'obliger à me révéler la vérité. Sa présence constituait une menace excessive pour moi ; je me redressai brusquement avant d'avoir le temps de laisser libre cours à ma fureur. « Si, tu le sais. Je vais t'accorder un moment pour réfléchir à tous les moyens par lesquels je pourrais te forcer à parler, et puis je reviendrai. » Je commençai à m'éloigner, puis plaquai un sourire avenant sur mes lèvres et me retournai. « Ah, et si tu crois l'instant bien choisi pour essayer de t'échapper... eh bien, après quelques pas à l'extérieur, tu ne te demanderas plus où est mon loup. »

Il y eut une explosion de lumière blanche devant notre abri. Les chevaux hennirent de peur et, deux battements de cœur plus tard, un coup de tonnerre ébranla le sol. Je clignai les paupières, ébloui, et puis un déluge de pluie s'abattit devant l'entrée de notre grotte, comme si les vannes d'un barrage venaient de s'ouvrir. L'obscurité se fit soudain au-dehors. Une rafale de vent poussa le rideau de pluie dans notre refuge, puis tourna. La chaleur étouffante de la journée disparut tout à coup.

J'apportai de quoi manger à sire Doré et à Laurier. La jeune femme paraissait un peu hébétée ; le fou l'avait confortablement adossée à une selle sur laquelle il avait jeté une couverture. De la main gauche, elle écarta les mèches de ses cheveux en bataille tandis que la droite reposait sur ses cuisses. Sa blessure avait dû être plus profonde que je ne l'avais cru, car du sang avait coulé le long de son bras pour se coaguler entre ses doigts et autour de ses ongles. Sire Doré prit le pain et les pommes que je lui offrais.

Je regardai la cataracte qui tombait devant l'entrée de la grotte et secouai la tête. « La pluie va effacer toute piste ; l'avantage, c'est que les villageois vont peut-être se contenter de récupérer leurs morts et de rentrer chez eux ; l'inconvénient, c'est que nous allons perdre la trace du prince. A présent, il faut faire parler le prisonnier si nous voulons le retrouver ; je m'en occuperai à mon retour. » Je dégrafai ma ceinture d'épée et la tendis au fou et à Laurier, mais ni l'un ni l'autre ne fit mine de la prendre ; je dégainai donc l'arme et la posai par terre près d'eux.

« Vous risquez d'en avoir besoin, murmurai-je. Si c'est le cas, pas d'hésitation : tuez-le. S'il réussit à s'échapper et à prévenir ses amis, nous n'aurons plus aucune chance de remettre la main sur le prince. Je lui ai laissé un peu de temps pour réfléchir, ensuite je lui arracherai la vérité. En attendant, je sors chercher du bois pour le feu tant qu'il n'est pas trop humide ; je vais en profiter pour voir s'il n'y a personne sur nos traces. »

Laurier porta sa main valide à sa bouche ; elle paraissait

sur le point de vomir. Sire Doré jeta un coup d'œil au prisonnier, puis me regarda. Il avait l'air troublé, mais il comprenait sûrement que je devais m'assurer qu'Œil-de-Nuit ne risquait rien. « Prenez mon manteau, fit-il.

— Il serait aussi vite trempé que le reste. Je me changerai en revenant. »

Il ne prononça pas un mot pour m'exhorter à la prudence, mais je le lus dans ses yeux. Je hochai la tête, m'armai de courage et sortis sous le déluge. C'était en tout point aussi froid et désagréable que je l'avais prévu. Je restai un moment immobile, les épaules voûtées, les yeux plissés pour essayer de distinguer ce qui m'entourait à travers le rideau de pluie grisâtre, puis j'inspirai profondément et modifiai consciemment ma façon d'appréhender le monde. Comme Rolf le Noir me l'avait un jour démontré, une grande partie du malheur des hommes provient des espoirs qu'ils nourrissent ; il allait de soi, pour moi en tant qu'humain, que je pouvais m'abriter au chaud et au sec quand bon me semblait. Les animaux n'entretiennent pas de telles croyances. Il pleuvait ; et alors ? La part de loup en moi était à même de l'accepter ; se trouver sous la pluie impliquait d'avoir froid et d'être mouillé. Une fois que j'eus reconnu le fait et cessé de le comparer avec ce que j'aurais préféré, la situation me parut beaucoup plus supportable, et je me mis en route.

La pluie avait transformé le chemin qui montait à la grotte en petit torrent boueux, et le sol était glissant. Même en sachant que nous avions laissé des empreintes, j'eus du mal à les repérer, et je formai le vœu que la combinaison de pluie, de pénombre et d'absence de traces visibles persuade nos poursuivants de regagner leurs foyers. Certains étaient sûrement déjà retournés au village annoncer la découverte des cadavres. Pouvais-je oser espérer qu'ils avaient tous fait demi-tour en emportant les dépouilles de leurs camarades ?

Au bas de la colline, je fis halte et tendis mon esprit avec précaution. *Où es-tu ?*

Je ne reçus pas de réponse. Un éclair zébra le ciel, le tonnerre éclata peu après et la pluie tomba avec une fureur renouvelée. Je songeai à mon loup tel que je l'avais quitté, blessé, fatigué, chargé d'ans, et je rejetai toute prudence pour hurler ma terreur au ciel. *Œil-de-Nuit !*

Moins de bruit. J'arrive. Il était aussi mécontent de moi que d'un louveteau qui glapit inconsidérément. J'interrompis mon Vif et poussai un grand soupir de soulagement. S'il parvenait encore à s'irriter contre moi, il n'était pas en aussi mauvais état que je l'avais craint.

Je me mis en quête de bois et trouvai quelques branches presque sèches sous l'abri d'un arbre abattu depuis de longues années. J'arrachai au tronc plusieurs poignées d'écorce décomposée, cassai les branches mortes pour les transporter plus aisément, puis ôtai ma chemise dans laquelle je roulai mon amadou et mon combustible, avec l'espoir relatif de les maintenir au sec. Comme je remontais non sans mal à la grotte, la pluie cessa aussi brusquement qu'elle avait commencé ; le soir s'emplit du bruit des gouttes tombant des feuilles et claquant sur la boue, et de l'eau ruisselante qui cherchait à s'infiltrer dans la terre détrempée. Non loin, un oiseau de nuit lança deux notes prudentes.

« C'est moi », annonçai-je à mi-voix en approchant du surplomb rocheux. J'entendis en réponse un doux reniflement de Manoire ; c'est à peine si je distinguais l'intérieur de la grotte, mais, au bout de quelques instants, mes yeux s'habituèrent à la pénombre. Sire Doré avait sorti mon briquet à silex, et, la chance aidant, je réussis à allumer un petit feu au fond de notre abri. La fumée rampa au plafond et finit par trouver l'issue ; je sortis pour vérifier qu'elle n'était pas trop visible du bas de la colline, puis, satisfait, je rentrai ajouter du bois à la flambée.

Laurier se redressa et s'approcha de sa lumière chaleureuse. Elle paraissait un peu remise, mais la douleur se lisait toujours sur ses traits. Je la vis décocher un regard oblique à l'archer ; son expression était accusatrice, mais aussi empreinte de pitié. J'espérai qu'elle ne chercherait pas à s'interposer dans l'interrogatoire que j'allais devoir mener.

Sire Doré fouillait dans son paquetage en marmonnant et il finit par en tirer une de mes chemises bleues de domestique. « Merci », dis-je en la prenant. A la lisière du cercle de lumière, mon prisonnier se tenait assis, les épaules voûtées. Je remarquai les bandages propres à son mollet et à son poignet, et je reconnus les nœuds dont se servait le fou. Ma foi, je ne lui avais pas demandé de ne pas s'occuper de l'homme ; j'aurais dû me douter qu'il le soignerait. Je retirai ma chemise dégouttante et la laissai tomber par terre ; comme je secouais la nouvelle avant de l'enfiler, la voix de Laurier s'éleva doucement des ombres.

« Vous avez une sacrée cicatrice.

— Laquelle ? demandai-je sans réfléchir.

— Au milieu du dos, répondit-elle avec la même douceur.

— Ah, celle-là ! » Je m'efforçai de prendre un ton léger. « C'est une flèche dont la pointe n'est pas sortie quand on a retiré la hampe.

— D'où votre inquiétude tout à l'heure. Merci. » Et elle me sourit.

Cela revenait presque à me présenter des excuses. Je ne trouvai rien à répondre, désarmé par ses paroles et son sourire ; et puis je me rappelai que je portais l'amulette de Jinna autour du cou, bien visible. Ah ! Je finis d'enfiler ma chemise, pris les chausses que sire Doré me tendait et me retirai dans l'ombre, derrière les chevaux, pour me changer. Le suintement de la paroi du fond avait désormais les dimensions d'un ruissellement régulier, et un petit filet d'eau courait à présent devant les montures pour aller dégouliner au-dehors par l'entrée de la grotte ; ma foi, à défaut d'herbe, nos bêtes auraient au moins de quoi boire. Je recueillis un peu d'eau dans le creux de ma main et la goûtai ; elle était un peu terreuse mais potable.

Je retournai auprès du feu et sire Doré m'offrit d'un air solennel un bout de pain et une pomme. C'est seulement à ma première bouchée que je me rendis compte combien j'étais affamé ; cependant, même si la totalité n'eût pas suffi à me rassasier, je me restreignis à ne manger que la pomme et la moitié du pain. Malheureusement, j'avais aussi faim après qu'avant ; je m'efforçai d'accepter le fait comme je l'avais fait pour la pluie, car c'était là encore une idée typiquement humaine de croire qu'on a droit à des repas à intervalles réguliers : elle est rassurante, mais sans grand intérêt pour la survie. Je me le répétai plusieurs fois, puis levai les yeux et m'aperçus que sire Doré m'observait. Laurier s'était placé une couverture sur les épaules et somnolait. A mi-voix, je demandai : « A-t-il dit quelque chose pendant que vous le bandiez ? »

Sire Doré prit un air songeur, puis un sourire craquela sa façade et le fou répondit : « Oui : aïe. »

Je souris à mon tour, puis, avec un effort de volonté, m'obligeai à songer à ce que j'allais peut-être devoir faire. Les yeux de Laurier étaient clos, mais je baissai encore la voix pour n'être entendu que du fou. « Je dois apprendre tout ce qu'il sait des projets de ses amis. Ils sont organisés et ils ne font pas de sentiment ; nous n'avons pas affaire à de simples vifiers qui cachent un garçon fugueur. Il faut que je lui fasse avouer où ils emmènent le prince. »

Le sourire s'effaça du visage du fou, mais, cette fois, l'air hautain de sire Doré ne le remplaça pas. « Par quel moyen ? demanda-t-il d'un ton angoissé.

— Par tous ceux qu'il faudra », répondis-je, impavide. Avec une colère sous-tendue par l'horreur que je m'inspirais, je songeai qu'il allait compliquer l'accomplissement de mon devoir. Or c'était le prince et sa sauvegarde qui comptaient, pas les états d'âme du fou ni le jeune homme du Lignage assis au fond de la grotte ; même mes propres émotions n'avaient aucune importance en l'occurrence. J'œuvrais pour Umbre, pour ma Reine, pour la lignée des Loinvoyant, pour le prince lui-même. J'avais été formé à ce genre de sales petites besognes ; elles faisaient partie du « travail discret » d'un assassin. Je me sentis devenir froid et dur comme l'acier. Je détournai les yeux du regard effrayé du fou et me levai. Mieux valait s'y mettre tout de suite, faire parler le prisonnier, puis l'éliminer. Je refusais de courir le risque de le relâcher, et l'emmener n'aurait fait que nous retarder. Ce ne serait pas la première fois que je tuerais au nom des Loinvoyant. Je n'avais jamais dû torturer personne pour obtenir des renseignements, mais j'avais été à bonne école dans les cachots de Royal, où j'avais appris mes leçons de première main. Je regrettais seulement que les circonstances ne me laissent pas d'autre solution.

Dos au feu, je me dirigeai vers les ombres où était assis le jeune homme, adossé à la paroi de pierre. Je restai un moment debout devant lui, à le regarder de tout mon haut. J'espérais que notre face-à-face le terrifiait autant que moi. Quand il leva enfin les yeux vers moi, je demandai d'une voix grondante : « Où l'emmènent-ils ?

— Je ne sais pas », dit-il, d'un ton sans conviction.

Du bout de ma botte, je lui donnai un violent coup de pied sous les côtes, calculé pour lui couper le souffle sans lui causer de lésions graves. L'heure n'était pas encore venue pour cela. Il poussa un cri perçant et se roula en boule. Sans lui laisser le temps de se remettre, je l'attrapai par le devant de la chemise et le relevai brutalement. J'avais l'avantage de la taille, aussi je serrai les dents et le tins en l'air à bout de bras. Il agrippa mes poignets et tenta faiblement de me faire lâcher prise. Il essayait encore de retrouver sa respiration.

« Où ? » répétai-je. Dehors, la pluie se remit à tomber avec un rugissement sifflant.

« On... ne me... l'a... pas dit », fit-il d'une voix étranglée, et la miséricorde d'Eda me donna envie de tout mon cœur de le croire. Je ne voulus pas prendre le risque. Je le plaquai durement contre la paroi et sa tête heurta le rocher ; le choc fit hurler de douleur mon épaule meurtrie. Je vis le garçon se mordre la lèvre pour se retenir de crier. Derrière moi, Laurier poussa une exclamation étouffée mais je ne me retournai pas.

« Que ce soit maintenant ou plus tard, je te garantis que tu vas parler », dis-je au jeune homme que je tenais toujours contre la paroi. Malgré l'horreur que je m'inspirais, sa résistance stupide attisait ma colère contre lui, et j'y puisai la volonté dont j'avais besoin pour continuer. Plus vite on en finirait, moins il aurait à supporter de souffrance ; donc, par compassion pour lui, je devais me montrer le plus brutal possible ; plus tôt il parlerait, plus tôt ce serait terminé. Il avait choisi lui-même le chemin qui l'avait mené à cette situation. C'était un traître conjuré avec ceux qui avaient poussé Devoir à quitter sa mère. L'héritier du trône des Six-Duchés courait peut-être un danger mortel, et ce que savait le jeune homme pouvait me permettre de le sauver. Il était seul responsable de ce que je lui infligeais.

Un sanglot d'enfant le secoua, puis il reprit son souffle. « Pitié », murmura-t-il.

Je m'endurcis et ramenai mon poing en arrière.

Tu avais promis ! Plus jamais ! Plus jamais de ces morts qui ne rapportent pas de viande et qui forgisent le cœur ! Œil-de-Nuit était épouvanté.

Ne t'occupe pas de ça, mon frère. J'y suis obligé.

Non, tu n'y es pas obligé ! J'arrive ! J'arrive aussi vite que je puis ! Attends-moi, mon frère, je t'en prie ! Attends-moi !

Je rompis le contact avec les pensées du loup. Il était temps d'en finir et de briser le traître. Mais le traître inflexible ressemblait beaucoup à un enfant qui tente de toutes ses forces de garder son secret, et des larmes coulaient sur ses joues. Le loup m'avait dépouillé de ma résolution ; je m'aperçus que j'avais posé mon prisonnier à terre. Jamais je n'avais eu la passion de la torture. J'étais bien placé pour savoir que certains prennent plaisir à priver les autres de tout ressort, mais les supplices que j'avais supportés dans les cachots de Royal m'avaient enfermé pour toujours dans un rôle de victime, et je partagerais tous les tourments que je pourrais infliger à mon prisonnier ; pire encore, je me verrais par ses yeux alors que je deviendrais pour lui ce que Pêne avait été pour moi. Je détournai le regard avant qu'il pût y lire ma faiblesse, mais cela n'améliora pas ma situation, car je découvris le fou debout près de moi, et toute l'horreur que jc m'efforçais de réprimer en moi s'affichait sur ses traits. A cette révulsion se mêlait une pitié qui me fut comme un coup de poignard : malgré les années, il voyait l'enfant battu qui se pelotonnait toujours au fond de moi ; quelque part, je me tapissais, à jamais terrifié, quelque part ce qu'on m'avait fait subir me laissait à jamais impuissant, et il était intolérable que quelqu'un le sût, même mon fou. Surtout lui, peut-être.

« Ne me dérangez pas, lui dis-je durement, d'une voix que je ne me connaissais pas. Allez soigner la grand'veneuse. »

On aurait cru que je venais de le frapper ; il ouvrit la bouche mais aucun son n'en sortit. Je serrai les dents, m'endurcis le cœur et resserrai lentement ma prise sur le col de mon prisonnier. Il avala péniblement sa salive, puis sa respiration devint sifflante. Son regard bleu papillonna sur ma balafre et mon nez cassé. Je n'avais pas le visage d'un homme sensible à la pitié ni civilisé. Traître, lui dis-je intérieurement sans le quitter des yeux ; tu trahis ton prince tout comme Royal a trahi Vérité. Combien de fois j'avais imaginé ce qu'aurait souffert Royal si j'avais eu l'occasion de me venger ! Ce garçon en méritait autant : il allait signer l'arrêt de mort de la lignée des Loinvoyant si je ne lui arrachais pas son secret. Je respirais lentement, le regard braqué sur lui, et je laissais ces réflexions monter au premier plan de mes pensées ; je sentis qu'elles modifiaient le pli de ma bouche et l'expression de mes yeux, et ma résolution s'affirma. Il était temps d'en finir, quel qu'en soit le moyen. « Dernière chance », déclarai-je âprement tout en dégainant mon poignard. J'observais mes mains comme si elles appartenaient à quelqu'un d'autre. Je plaçai la pointe de la lame en dessous de son œil gauche et l'enfonçai légèrement dans la peau. Le garçon plissa les paupières, mais il savait comme moi que cela ne le protégerait pas. « Où ?

— Arrêtez-le, fit Laurier d'un ton implorant, la voix tremblante. Je vous en prie, sire Doré, obligez-le à s'arrêter ! » A ces mots, je sentis mon prisonnier se mettre à grelotter. Il devait être terrifiant pour lui de se rendre compte que mes propres compagnons redoutaient le sort que je lui réservais ! Un sourire naquit sur mes lèvres et se figea en rictus.

« Tom Blaireau ! » dit sire Doré, impérieux. Je ne me retournai pas. Il était aussi responsable qu'Umbre et Kettricken de m'avoir entraîné dans cette affaire. Ce qui se passait était inévitable ; qu'il voie maintenant où menait la route sur laquelle il m'avait engagé. Si cela ne lui plaisait pas, il pouvait toujours regarder ailleurs ; pas moi. J'étais obligé de me salir les mains.

Non. Rien ne t'y force, et moi je le refuse. Je ne me lierai pas à ça. Je ne le permettrai pas !

Je sentis sa présence plus que je ne la vis. Peu après, la faible lumière du feu éclaira sa silhouette, puis mon loup entra d'une démarche mal assurée. Il dégoulinait de pluie, et le jarre de sa fourrure pendait en mèches pitoyables. Il s'avança de quelques pas dans la grotte, puis s'ébroua. Le contact de son esprit avec le mien me donna l'impression d'une main ferme posée sur mon épaule. Il tourna mes pensées vers lui, vers nous deux, et repoussa toute autre préoccupation. *Mon frère, Changeur, je suis très fatigué. J'ai froid et je suis trempé. J'ai besoin de toi.* Il s'approcha encore, puis s'appuya contre ma jambe et me demanda doucement : *A manger ?* Physiquement contre moi, il chassa une obscurité qui résidait au fond de mon esprit sans que j'en eusse conscience et m'emplit de sa nature de loup et de l'instant présent qui était sa seule réalité.

Je lâchai mon prisonnier qui recula en trébuchant ; il s'efforça de rester debout, mais ses genoux fléchirent et il se retrouva brutalement assis par terre ; sa tête tomba en avant et je crus entendre un sanglot étouffé. C'était sans importance à présent. J'écartai FitzChevalerie Loinvoyant pour devenir le compagnon du loup.

Je repris mon souffle ; le soulagement de revoir Œil-de-Nuit m'ôtait toute force. Je m'accrochai à sa présence et je la sentis me soutenir. *Je t'ai gardé un peu de pain.*

C'est mieux que rien. Tremblant, serré contre moi, il m'accompagna près du feu et de sa chaleur bienfaisante, puis il attendit patiemment que je retrouve le morceau de miche. Je m'assis contre lui sans m'arrêter à sa fourrure détrempée, et lui donnai le pain petit bout par petit bout. Quand il eut fini de manger, je passai ma main sur son échine pour chasser l'eau de ses poils. Elle n'avait pas pénétré jusqu'à la peau, mais je percevais qu'il avait mal et qu'il était épuisé ; pourtant, c'était son amour immense qui m'enveloppait et me rendait à moi-même.

Une pensée me vint. *Comment avance la guérison de tes blessures ?*

Lentement.

Je passai la main sous son ventre ; de la boue l'avait éclaboussé et s'était introduite dans ses plaies. Il avait froid, mais les entailles enflammées étaient brûlantes, gagnées par l'infection. Le pot d'onguent du seigneur Doré se trouvait toujours dans mon sac ; j'allai le chercher, et, à ma grande stupéfaction, Œil-de-Nuit me laissa sans rechigner enduire de baume ses longues entailles boursouflées. Je sentis soudain la présence du fou près de nous et levai les yeux. Il s'agenouilla et posa les deux mains sur la tête du loup comme pour le bénir, puis, regardant Œil-de-Nuit dans les yeux, il dit : « Tu ne peux savoir combien je suis soulagé de te revoir, mon vieil ami. » Il y avait une trace de larmes dans sa voix, mais c'est une ombre de méfiance que j'y perçus quand il me demanda : « Quand vous aurez terminé avec l'onguent, pourrez-vous me le donner pour l'épaule de Laurier ?

— Naturellement », répondis-je à mi-voix. J'étalai encore un peu de baume sur les blessures d'Œil-de-Nuit, puis tendis le pot au fou. Il se pencha pour le prendre et me glissa à l'oreille : « Je n'ai jamais eu aussi peur de ma vie, et je ne pouvais rien faire. Je crois que nul autre que lui n'aurait pu te ramener à toi. »

Comme il se relevait, le dos de sa main effleura ma joue, mais j'ignorais si c'était lui ou moi qu'il essayait de rassurer. Je m'apitoyai un instant sur nous deux : ce n'était pas fini ; nous avions seulement reculé pour mieux sauter.

Avec un soupir, Œil-de-Nuit s'étira près de moi, puis il posa sa tête sur ma cuisse, le regard tourné vers l'entrée de la grotte. *Non. C'est fini. Je l'interdis, Changeur.*

Je dois retrouver le prince, et cet homme sait où il est. Je n'ai pas le choix.

Ton choix, c'est moi. Aie foi en moi. Je pisterai le prince pour toi.

Après cet orage, ça m'étonnerait qu'il reste une piste à suivre.

Fais-moi confiance. Je te le retrouverai, je te le promets. Mais ne fais pas cette chose.

Œil-de-Nuit, je ne peux pas le laisser vivre. Il en sait trop.

Il dédaigna cette pensée, du moins apparemment, et déclara : *Avant de le tuer, pense à ce que tu lui voles. N'oublie pas ce que c'est d'être vivant.*

Et, sans me laisser le temps de répondre, il me prit dans les rets de ses sens et m'emporta dans son « maintenant » de loup, laissant à la porte FitzChevalerie et toutes ses préoccupations. Nous regardâmes la nuit ténébreuse par l'entrée de l'abri. La pluie avait éveillé toutes les odeurs des collines et il me les lut ; elle produisait sur le sol un son sifflant qui masquait tout autre bruit. A côté de nous, le feu baissait ; à la lisière de ma conscience, je percevais le fou qui l'alimentait de façon à le maintenir actif tout en préservant notre réserve de bois pour la longue nuit à venir. Je sentais la fumée, les chevaux, les autres humains...

Le loup avait eu l'intention de me dépouiller de ma nature d'homme, avec ses soucis d'homme, pour me faire redevenir loup, et le résultat avait dépassé ses prévisions. Peut-être était-il plus las qu'il ne l'avait cru, ou peut-être le chuintement hypnotique de la pluie nous poussa-t-il dans l'intimité de deux louveteaux que ne sépare nulle frontière ; quoi qu'il en fût, je m'enfonçai en lui, dans son esprit, dans son âme, puis dans son corps.

Là, j'étendis ma perception de sa chair et m'aperçus qu'il ne possédait plus de réserves. La fatigue qui le tenaillait ne laissait place à rien d'autre. Il s'éteignait ; comme le feu, il s'alimentait mais cela ne l'empêchait pas de se réduire peu à peu.

La vie est un équilibre. On tend à l'oublier alors qu'on vit, insouciant, chaque jour après l'autre. On mange, on boit, on dort et on croit qu'on se réveillera toujours le lendemain, qu'on sortira toujours revigoré d'un bon repas et de quelques heures de repos. Les plaies ne peuvent que guérir, la douleur s'estomper avec le temps, et, même quand les blessures cicatrisent moins vite, quand la douleur s'atténue le jour pour revenir dans toute son intensité la nuit, quand le sommeil n'est plus réparateur, on croit encore que, le lendemain, tout aura repris son équilibre et qu'on pourra continuer à vivre comme d'habitude. Mais, à un certain moment, le délicat équilibre s'est rompu, et, on peut bien faire tous les efforts du monde, on entame la lente chute, la transformation de l'organisme qui s'entretient seul en celui qui lutte bec et ongles pour demeurer ce qu'il était naguère.

Le regard perdu dans l'obscurité du dehors, j'eus soudain l'impression que chaque expiration du loup était plus longue que son inspiration précédente. Comme un bateau en train de sombrer, il s'enfonçait chaque jour davantage dans l'acceptation d'une douleur et d'une léthargie croissantes.

Il dormait à présent d'un sommeil lourd, toute prudence oubliée, sa large tête posée sur mes jambes. Je repris furtivement mon souffle, puis le caressai doucement entre les oreilles.

Adolescent, j'avais servi de source d'énergie à Vérité ; il avait posé sa main sur mon épaule et, par le biais de son Art, il avait puisé en moi la force qui lui manquait pour repousser les Pirates rouges. Je me rappelai aussi ce que j'avais fait au loup plus récemment au bord d'une rivière ; j'étais entré en contact avec lui grâce au Vif, mais je l'avais soigné à l'aide de l'Art. Je savais depuis quelque temps que les deux magies pouvaient s'associer, et j'avais même craint que mon emploi de l'Art fut définitivement entaché de Vif ; à présent, cette crainte se muait en l'espoir de pouvoir utiliser mes deux magies au profit du loup, car, si l'Art pouvait servir à prendre de la force, il pouvait aussi en donner.

Je fermai les yeux et m'efforçai de respirer régulièrement. Les barrières du loup étaient abaissées, mes préoccupations de Loinvoyant absentes de mon esprit ; seul comptait Œil-de-Nuit. Je m'ouvris et déversai en lui mon énergie, ma vitalité, les jours de mon existencc. C'était comme une longue exhalaison, un flot de vie qui sortait de mon corps et s'infiltrait dans le sien. La tête me tournait, mais je sentis le loup s'affermir, comme la flamme d'une mèche dont on remplit la réserve d'huile. J'envoyai une nouvelle exhalaison de vie en lui et je sentis la fatigue m'envahir. C'était sans importance. Ce que je lui avais donné l'avait stabilisé mais non réparé ; je devais lui transmettre davantage de ma force. Plus tard, je pourrais toujours manger et me reposer pour retrouver ma propre vitalité ; pour l'instant, le plus urgent était de subvenir à ses besoins.

Sa conscience flamboya soudain comme une torche. *NON !* Avec cette interdiction absolue, il eut un sursaut et s'écarta physiquement, puis il se sépara de moi en dressant brutalement des murs mentaux qui me jetèrent presque hors de son esprit. Ses pensées explosèrent dans ma tête. *Si tu recommences, je te quitte ! Je te quitte complètement et pour toujours ! Tu ne verras plus, tu ne toucheras plus ma conscience et tu ne sentiras même plus mon odeur près de tes pistes ! C'est bien compris ?*

J'avais l'impression d'être un chiot qui vient de se faire violemment secouer puis rejeter. La brusque rupture du contact entre nous me laissait désorienté ; le monde dansait autour de moi. « Pourquoi ? » demandai-je, tremblant de la tête aux pieds.

Pourquoi ? Il parut sidéré que je pose une telle question.

A cet instant, j'entendis un bruit de pas furtifs sur le sable. Je me tournai et vis mon prisonnier qui se précipitait hors de la grotte. Je me relevai d'un bond et me lançai à sa poursuite. Dans les ténèbres et la pluie, je me heurtai à lui et nous dégringolâmes le long de la pente caillouteuse. Il poussa un cri pendant notre chute ; je le saisis et ne le lâchai plus jusqu'à ce que nous nous arrêtions au milieu des buissons et des pierres du bas de la colline. Meurtris, nous restâmes un instant étourdis, haletants, tandis que des cailloux rebondissaient autour de nous. Je sentais la garde de mon poignard sous ma hanche ; je pris l'archer à la gorge.

« Je devrais te tuer sur-le-champ ! » grondai-je. Au-dessus de nous, dans l'obscurité, j'entendis des voix interrogatrices. « Taisez-vous ! » hurlai-je, et elles obéirent. « Lève-toi ! » dis-je durement à mon prisonnier.

« Je ne peux pas. » Il chevrotait.

« Debout ! » ordonnai-je. Je me redressai tant bien que mal tout en le tenant, puis je le remis sur pied. « En avant ! On retourne à la grotte. Si tu essayes encore de t'enfuir, je te réduis en bouillie ! »

Il me crut. En réalité, les efforts que j'avais fournis pour rendre la santé à Œil-de-Nuit m'avaient épuisé, et c'est avec peine que je restai à sa hauteur alors que nous remontions la pente glissante. Comme nous progressions avec force dérapages, une migraine d'Art se mit à peindre des éclairs sur mes paupières. Avant même de parvenir à la grotte, mon captif et moi étions couverts de boue ; à l'intérieur, je ne prêtai nulle attention à la mine angoissée du seigneur Doré ni aux questions de Laurier et m'occupai de lier solidement les poignets de l'archer derrière son dos et de lui ligoter les chevilles. Aiguillonné par la douleur qui martelait mes tempes, je le manipulais avec brutalité, tout en sentant sur moi le regard du fou et de Laurier qui ne faisait qu'exaspérer la colère et la honte que m'inspirait mon attitude. « Dors bien », dis-je au garçon d'un ton venimeux quand j'en eus terminé avec lui. Je me reculai d'un pas et dégainai mon poignard ; Laurier poussa un cri étouffé et le prisonnier laissa échapper un sanglot, mais je me contentai de me rendre au ruisselet pour nettoyer la gaine et le fourreau de mon arme, après quoi je me lavai les mains, puis me passai de l'eau fraîche sur le visage. Je m'étais froissé un muscle en dévalant la pente, et Œil-de-

Nuit émit un petit gémissement inquiet en percevant ma douleur ; je serrai les dents et m'efforçai de bloquer la sensation. Comme je me relevais, mon prisonnier déclara : « Vous êtes un traître à votre propre famille. » La peur de la mort donnait au garçon un courage artificiel. Il s'adressait à moi d'un ton provocant, mais il n'osait pas me regarder en face. Accusatrice, sa voix devint stridente. « Combien vous a-t-on payé pour nous livrer ? Quelle récompense vous a-t-on promise, à votre loup et à vous, si vous ramenez le prince ? A-t-on pris quelqu'un de votre entourage en otage ? Votre mère ? Votre sœur ? Ceux qui vous ont piégé vous ont-ils juré de vous laisser la vie sauve, à vous et à votre famille, si vous menez votre mission à bien ? Ils ont menti, croyez-moi. Ils mentent toujours. » Il chevrotait encore, mais il parlait plus fort. « Le Lignage traque le Lignage, et pour quoi ? Pour permettre aux Loinvoyant de nier que le sang du prince Pie coule dans leurs veines ? A moins que vous ne soyez à la solde des ennemis de la Reine et de son fils ? Voulez-vous vraiment le ramener pour le voir dénoncé comme membre du Lignage et les Loinvoyant renversés par ceux qui se croient capables de mieux gouverner ? »

J'aurais dû écouter ce qu'il disait sur les Loinvoyant, mais j'entendais seulement qu'il révélait ce que j'étais. Il s'exprimait avec assurance ; il savait tout. Je tentai de repousser ses affirmations. « Tes accusations n'ont ni queue ni tête. J'ai prêté serment d'allégeance aux Loinvoyant et je sers ma Reine, répondis-je en sachant que j'avais tort de mordre à l'hameçon. Je vais sauver le prince, peu importe l'identité de ceux qui le retiennent prisonnier ou le rapport qu'ils ont avec moi...

— Le sauver ? Ha ! Le remettre en esclavage, vous voulez dire ! » L'archer tourna les yeux vers Laurier comme s'il cherchait à la convaincre. « Là où il va, le garçon à la marguette sera en sécurité, et il nous accompagne, non en tant que captif, mais comme quelqu'un qui s'apprête à retrouver sa famille. Mieux vaut être un Pie libre qu'un prince en cage. Vous le trahissez donc à double titre, car c'est un Loinvoyant que vous avez prêté serment de servir et un de vos frères du Lignage. Allez-vous le traîner de force là où on le pendra, on le démembrera et on le brûlera comme c'est arrivé à tant d'entre nous ? Comme a fini mon frère il y a deux nuits ? » Sa voix s'étrangla sur ces derniers mots. « Arno n'avait que dix-sept ans, et il n'avait même pas le don ; mais il était apparenté à ceux du Lignage et il avait choisi de se rallier à nous, quitte à donner sa vie pour nous. Il s'était proclamé Pie et il s'était joint à nous, parce qu'il se savait des nôtres même si la magie n'opérait pas chez lui. » Il reporta son regard sur moi. « Et vous voici, du Lignage autant que moi, vous et votre loup de Vif, prêts à nous pourchasser jusqu'à la mort. Continuez de mentir, vous ne faites que vous humilier. Croyez-vous que je ne perçoive pas vos échanges ? »

Je ne le quittais pas des yeux tandis que j'essayais, malgré les pulsations de la migraine, d'estimer l'impact de ses paroles. En révélant mon secret devant Laurier, il n'avait pas seulement mis ma vie en danger ; il m'avait fermé de nouveau les portes de Castelcerf. Je ne pouvais plus y retourner à présent que la jeune femme savait ce que j'étais. Je lui jetai un coup d'œil ; sous le coup de l'horreur, son visage était devenu exsangue, et je vis dans son regard son opinion de moi se modifier. Le fou, lui, restait impassible, comme s'il tentait de dissimuler tant d'émotions à la fois qu'il ne pouvait plus afficher la moindre expression. Avait-il déjà entrevu toutes les conséquences ? C'était comme un poison qui contaminait tout ce qu'il touchait. Tous savaient à présent que j'avais le Vif ; j'étais donc condamné à tuer non seulement l'archer mais Laurier aussi, sinon je demeurerais toujours vulnérable.

Cependant, ce serait l'anéantissement de tout ce qui existait entre le fou et moi. En tant qu'assassin, je ne pouvais en tirer qu'une conclusion : je devais le tuer, lui aussi, afin qu'il ne puisse jamais me regarder avec ces morts dans les yeux.

Et tu pourrais aussi me tuer, et te tuer à ton tour ; ainsi personne ne saurait jamais tout ce que nous avons partagé. Ça resterait notre petit secret honteux que nous emporterions tous deux dans la tombe. Tue-nous donc tous plutôt que de reconnaître devant une seule personne ce que nous sommes !

Avec la froide précision d'un doigt accusateur, la pensée frappa juste sur le terrible dilemme qui me déchirait depuis la capture de l'archer... non, depuis l'instant où j'avais compris que, tenu par mon serment d'allégeance aux Loinvoyant, je devais me dresser contre le Lignage et aller à l'encontre des désirs propres du prince.

« Vous avez vraiment le Vif ? » me demanda Laurier d'une voix lente. Elle avait murmuré, mais sa question sonna comme une volée de cloches à mes oreilles.

Tous me regardaient. Le mensonge était sur le bout de ma langue, mais je ne pus le prononcer ; ç'aurait été renier le loup. Je m'étais éloigné du Lignage, mais le lien qui me rattachait à lui avait des racines plus profondes que mes émotions ou mes serments d'allégeance. Je ne vivais peut-être pas comme les autres membres du Lignage, mais les menaces qui planaient sur eux pesaient sur moi aussi.

Cependant, j'étais l'homme lige des Loinvoyant, et leur sang était aussi le mien.

Que dois-je faire ?

Ce qui est juste. Sois ce que tu es, à la fois des Loinvoyant et du Lignage, même si nous devons en mourir. Ce sera plus facile que ces reniements éternels. Je préfère périr fidèle à nous-mêmes.

J'avais l'impression que mon âme venait d'être arrachée à une fondrière.

La douleur de la migraine d'Art s'atténua soudainement, comme si le fait de prendre moi-même une décision m'avait délivré de je ne sais quoi, et je pus enfin parler. « Oui, j'ai le Vif, déclarai-je calmement ; et j'ai prêté serment d'allégeance aux Loinvoyant. Je sers ma Reine, ainsi que mon prince, même s'il ne le reconnaît pas encore. Je ferai tout ce que les circonstances exigeront de moi pour tenir ma promesse envers eux. » Je me tournai vers le garçon et le regardai comme l'aurait fait un loup, puis exprimai ce qu'il savait aussi bien que moi. « Ceux du Lignage ne l'ont pas poussé à s'enfuir par loyauté ni affection ; ils ne cherchent pas à le "libérer". Ils l'ont emmené dans l'espoir de le rallier à leur cause, après quoi ils se serviront de lui, et ils n'y mettront pas plus de sentiment qu'ils n'ont montré de pitié pour s'en emparer. Mais je ne les laisserai pas faire ; je suis prêt à tout pour lui épargner ce sort. Je découvrirai où ils le séquestrent et je le ramènerai chez lui, quoi qu'il doive m'en coûter. »

Je vis l'archer blêmir. « Je suis un fidèle du prince Pie, dit-il d'une voix hachée. Savez-vous ce que cela signifie ? Que je refuse d'avoir honte d'appartenir au Lignage ; que je déclare ouvertement ce que je suis et que j'affirme mon droit à utiliser ma magie. Je ne trahirai pas les miens, même si je dois pour cela affronter la mort. » Cette déclaration visait-elle à démontrer que sa résolution ne le cédait en rien à la mienne ? Dans ce cas, il s'était trompé ; il avait pris mes propos pour une menace. Un malentendu, encore... C'était sans importance, et je ne me donnai pas la peine de lui expliquer son erreur. Il ne mourrait pas de passer une nuit à trembler pour sa vie ; peut-être même, au matin, aurait-il décidé de me révéler où ses amis emmenaient le prince. Sinon, mon loup et moi retrouverions la piste.

« La ferme, lui dis-je. Profite du temps de sommeil qui te reste. » Je me tournai vers mes compagnons, qui n'avaient pas perdu une miette de notre échange. Laurier me regardait avec une expression de révulsion mêlée d'incrédulité, et le fou, les traits creusés, paraissait dix ans de plus. Ses lèvres étaient pincées, son silence accusateur. Je barricadai mon cœur. « Nous devrions tous nous reposer tant que nous en avons la possibilité. »

Tout à coup, la fatigue enfla en moi comme un raz de marée. Œil-de-Nuit s'était assis à côté de moi ; il s'appuya contre ma jambe, et je partageai soudain son immense épuisement. Trempé, couvert de boue, je me laissai tomber sur le sable de la grotte. J'avais froid, mais qu'espérer d'autre par une nuit pareille ? Et puis j'avais mon frère près de moi ; à nous deux, nous avions assez de chaleur à mettre en commun. Je m'allongeai, posai mon bras sur lui et poussai un grand soupir ; j'avais prévu de rester un moment étendu avant de prendre le premier tour de garde, mais le loup m'aspira dans son sommeil et m'y enveloppa.

7

DEVOIR

Il était une fois, à Chaquy, une vieille femme qui tissait merveilleusement. Elle était capable en un jour de réaliser un travail qui prenait une semaine à d'autres, et de la plus belle qualité. Jamais un seul de ses points n'était de travers, et le fil qu'elle fabriquait pour ses tapisseries les plus raffinées était si solide qu'on ne pouvait le couper d'un coup de dents, mais seulement à l'aide d'une lame aiguisée. Elle vivait seule, à l'écart, et, bien que son ouvrage lui rapportât beaucoup d'argent, dans la plus grande simplicité. Quand elle resta absente pour la deuxième semaine consécutive du marché hebdomadaire, une dame de la noblesse, qui attendait un manteau que lui avait promis la tisserande, se rendit à cheval jusqu'à sa chaumine pour voir si tout allait bien. La vieille était là, assise à son métier, penchée sur son ouvrage, mais ses mains ne bougeaient pas et elle ne réagit pas quand la femme toqua au chambranle. Le valet de la noble dame entra et tapota l'épaule de la tisserande qui avait dû s'endormir, mais elle tomba à la renverse et resta étendue à ses pieds, plus morte que pierre. Et de son corsage bondit une araignée aux pattes fines, grosse comme le poing, qui grimpa sur le métier en laissant derrière elle un fil épais. C'est ainsi que l'on comprit par quel tour elle obtenait des tissages aussi parfaits. On démembra son cadavre, on le brûla, puis on jeta au feu tous les tissus qu'elle avait fabriqués, et enfin on incendia sa maison et son métier.

Contes du Lignage, de Tom Blaireau

*

Je me réveillai avant l'aube avec l'affreuse impression d'avoir oublié quelque chose. Je demeurai un moment sans bouger dans le noir en m'efforçant de comprendre l'origine de mon malaise. A moitié endormi, je voulais me rappeler ce qui m'avait tiré de mon sommeil, et, au travers des lambeaux de ma migraine, j'obligeai les rouages de mon esprit à se remettre en route. Les fils enchevêtrés d'un cauchemar me revinrent peu à peu ; avec effroi, je me souvins d'avoir été un marguet, comme dans les vieilles histoires du Vif les plus sinistres, où le vifier se voit progressivement dominé par sa bête jusqu'au jour où il devient métamorphe, condamné à prendre la forme et à obéir pour toujours aux pires instincts de son animal. Dans mon rêve, j'étais un marguet mais sous apparence humaine ; il y avait aussi une femme qui partageait ma conscience avec le félin, tous deux si intimement mêlés que je n'aurais su dire où s'arrêtait l'un et où commençait l'autre. C'était très déconcertant. Le songe m'avait enserré dans ses griffes et maintenu dans un sommeil troublé. Pourtant une partie de moi-même avait entendu... quoi ? Des murmures ? Le cliquetis étouffé d'un harnais, des bottes et des sabots crissant sur le sable ?

Je me redressai sur mon séant et balayai l'obscurité du regard. Il ne restait plus du feu qu'une tache rougeâtre au sol. Je n'y voyais pratiquement rien, mais j'avais déjà la certitude que mon prisonnier avait disparu ; il avait réussi à se détacher et il était en route pour prévenir ses amis que nous les pourchassions. Je secouai la tête pour m'éclaircir les idées. Il avait sans doute pris Manoire, en plus ; cette fichue jument était la seule de toutes nos montures assez bête pour se laisser voler sans faire de bruit.

« Sire Doré ? dis-je. Réveillez-vous ! Notre prisonnier s'est échappé. »

J'entendis le fou se redresser à son tour à une longueur de bras de moi, puis se déplacer à quatre pattes dans le noir, et une poignée de petits morceaux de bois atterrit dans le feu. Elle brasilla, puis une minuscule flamme apparut. Son éclat fut bref, mais ce que je constatai pendant ce court instant me laissa confondu : ce n'était pas seulement notre captif qui avait disparu, mais aussi Laurier et Casqueblanc !

« Elle est partie à sa poursuite », fis-je stupidement.

Le fou répondit par une hypothèse beaucoup plus plausible. « Ils sont partis ensemble. » Seul avec moi, il avait complètement abandonné le ton et les manières de sire Doré. Dans la lueur mourante du feu, il se rassit sur sa couverture, les genoux repliés sous le menton, les bras autour des jambes, et il secoua la tête. « Quel sot je suis ! Quand tu t'es endormi, elle a insisté pour prendre le premier tour de garde, en promettant de te réveiller le moment venu. Si je n'avais pas été aussi troublé par ton comportement, je me serais peut-être rendu compte que son attitude était bizarre. » Il y avait presque du reproche dans le regard contrit qu'il m'adressa. « Elle l'a détaché, puis ils se sont enfuis discrètement, si discrètement qu'Œil-de-Nuit lui-même n'a rien entendu. »

Il y avait une interrogation, sinon dans son ton, du moins dans la tournure de sa phrase. « Il n'est pas bien », dis-je, et je me refusai à fournir davantage d'explications. Le loup m'avait-il maintenu exprès assoupi pendant que le garçon et la jeune femme prenaient la poudre d'escampette ? Il dormait toujours profondément, d'un sommeil lourd dû à l'épuisement et à sa santé déclinante. « Mais pourquoi l'aurait-elle accompagné ? »

Un silence interminable s'ensuivit, puis, comme à contrecœur, le fou me fit part de sa supposition. « Elle croyait peut-être que tu allais le tuer, et elle ne voulait pas qu'on en arrive là.

— Mais je ne l'aurais pas tué ! répliquai-je avec agacement.

— Ah ? Ma foi, il faut se réjouir, je pense, que l'un de nous au moins en soit convaincu, parce qu'en toute franchise cette crainte m'avait traversé l'esprit. » Il me jeta un regard perçant dans la pénombre, puis déclara avec une sincérité désarmante : « Tu m'as fait peur hier soir, Fitz. Non : tu m'as terrifié. J'en suis même venu à me demander si je te connaissais vraiment. »

Je n'avais nulle envie d'approfondir la question. « A ton avis, aurait-il pu se libérer tout seul et emmener Laurier de force ? »

Il se tut un moment, puis accepta le changement de conversation. « C'est possible, naturellement, mais très improbable. Laurier... n'a pas les deux pieds dans le même sabot ; elle aurait trouvé le moyen de faire du bruit. En outre, je ne vois pas quelle raison il aurait eu de l'emmener. » Il fronça les sourcils. « As-tu eu l'impression qu'ils se regardaient de façon singulière ? Comme s'ils partageaient un secret ? »

Avait-il remarqué un détail qui m'avait échappé ? Je réfléchis à son hypothèse, puis renonçai : cela ne nous menait nulle part. A regret, je repoussai ma couverture, et murmurai pour éviter de réveiller le loup : « Il faut nous mettre à leur recherche, et tout de suite. » Mes vêtements, mouillés et couverts de boue la veille, étaient à présent raides et collants. Bah, ainsi, au moins, j'étais déjà habillé. Je me levai, passai ma ceinture d'épée sur mes hanches et la serrai un cran plus près de ma taille d'autrefois, puis je me figeai, les yeux fixés sur la couverture.

« C'est moi qui te l'ai mise, dit le fou à mi-voix, et il ajouta : Laisse dormir Œil-de-Nuit, au moins jusqu'au point du jour. Il nous faut de la lumière pour repérer leurs traces. » Il se tut, puis demanda : « Selon toi, nous devons les suivre, mais pourquoi ? Tu crois qu'il va se rendre là où on a emmené le prince ? Tu penses qu'il y conduirait Laurier ? »

Je mordillai un bout de peau au coin de l'ongle de mon pouce. « Je ne sais pas ce que je pense », avouai-je.

Nous restâmes quelque temps perdus dans nos réflexions, puis je pris une profonde inspiration. « Il faut chercher le prince. Rien ne doit nous distraire de cet objectif. Retournons là où nous avons quitté sa piste hier et tentons de la retrouver, si la pluie n'a pas tout effacé. C'est le seul chemin dont nous sachions avec certitude qu'il nous mènera jusqu'à Devoir ; si nous n'aboutissons pas, il ne nous restera plus qu'à nous mettre en quête du Pie et de Laurier en espérant que cette piste-là aussi nous guidera jusqu'au prince.

— Entendu », dit le fou à mi-voix.

Avec un étrange remords, je me sentis soulagé, non tant qu'il fût d'accord avec moi, ni que le Pie se fût mis hors de ma portée, mais surtout qu'en l'absence de la grand'veneuse et du prisonnier nous puissions cesser de jouer la comédie et redevenir enfin nous-mêmes, tout simplement. « Tu m'as manqué, murmurai-je, sachant qu'il comprendrait.

— Toi aussi. » Sa voix ne me parvint pas de là où je l'attendais. Il se déplaçait dans le noir aussi discrètement et avec autant de grâce qu'un félin. Cette pensée me remit brusquement mon rêve en mémoire, et je m'efforçai d'en retenir les fragments friables. « Je crains que le prince ne soit en danger, dis-je.

— C'est seulement maintenant que tu arrives à cette conclusion ?

— Je parle d'un danger différent de celui que j'avais envisagé. Je pensais que les vifiers l'avaient éloigné par ruse de Kettricken et de la cour, qu'ils l'avaient corrompu à l'aide d'une marguette devenue sa compagne de Vif afin de pouvoir l'emmener et le rallier à leur camp ; mais, cette nuit, j'ai fait un rêve, et... c'était un véritable cauchemar, fou. Le prince n'était plus chez lui dans son propre esprit, la marguette exerçait une si grande influence sur leur lien qu'il ne savait pratiquement plus qui il était ni même s'il était humain ou félin.

— C'est possible, ça ?

— J'aimerais pouvoir te répondre avec certitude. Tout était très bizarre. Il s'agissait bien de sa marguette, et pourtant ce n'était pas elle ; il y avait une femme que je n'ai pas vue. Quand j'étais le prince, j'étais fou d'elle, et aussi de la marguette. Je crois que l'animal m'aimait, mais ce n'était pas clair. La femme se trouvait... comme entre nous.

— Quand... quand tu étais le prince ? » Manifestement, il ne savait comment formuler sa question.

L'entrée de la grotte apparaissait peu à peu comme une tache d'obscurité moins profonde que le reste. Le loup dormait toujours. Je tentai d'expliquer au fou ce que je voulais dire. « Parfois, la nuit... ce n'est pas complètement l'Art ni complètement le Vif. Je me demande si, même dans ma magie, je ne suis pas le croisement bâtard de deux lignées, fou. C'est peut-être pour ça qu'artiser me fait tant souffrir ; je n'ai peut-être jamais appris convenablement. Qui sait si Galen n'avait pas raison... »

Le fou m'interrompit d'un ton ferme.

« Parle-moi de ton rêve où tu étais le prince.

— Dans mes songes, je suis lui. Quelquefois, je me

rappelle ma véritable identité ; en d'autres occasions, je deviens lui, totalement, je sais où il se trouve et à quoi il est occupé. Je partage ses pensées mais il n'a pas conscience de ma présence, et je ne peux pas lui parler. Enfin, je crois ; je n'ai jamais essayé. C'est une idée qui ne me vient pas quand je rêve. Je deviens lui et je me laisse aller, tout bêtement. »

Le fou émit un son doux, comme un soupir pensif. L'aube s'était levée à la façon typique des changements de saison : le ciel était passé en un instant du noir profond au gris perle, et j'avais alors senti que l'été venait de s'achever, que l'orage l'avait noyé, effacé sous ses trombes, et que le temps de l'automne commençait. Il y avait une odeur de feuilles prêtes à tomber, de plantes qui abandonnaient leur verdure pour se retirer dans leurs racines, et même de graines portées par le vent qui cherchaient où se poser et s'enterrer avant de se laisser surprendre par les frimas de l'hiver.

Je détournai les yeux de l'entrée ; le fou avait enfilé des vêtements propres et mettait la dernière main à nos paquetages. « Il ne reste qu'un bout de pain et une pomme, me dit-il. Je ne crois pas que la pomme intéresse beaucoup Œil-de-Nuit. » Et il me lança le pain.

Comme la lumière du jour augmentait, le loup se réveilla enfin. Prenant grand soin de ne penser à rien, il se leva, s'étira précautionneusement, puis alla s'abreuver au petit trou d'eau du fond de la grotte. Quand il revint, il se recoucha près de moi et accepta les petits morceaux de pain que je lui tendais.

Depuis combien de temps sont-ils partis, à ton avis ? demandai-je.

Je les ai laissés s'en aller, tu le sais bien ; pourquoi me poser cette question ?

Je me tus un moment. *J'avais changé d'avis, tu ne l'avais pas senti ? J'avais décidé de ne pas le tuer, ni même de lui faire le moindre mal.*

Changeur, hier soir tu nous as menés trop près d'un lieu très dangereux. Nous n'étions ni l'un ni l'autre en mesure de savoir vraiment ce que tu allais faire, et j'ai préféré leur permettre de s'enfuir plutôt que de courir le risque. Ai-je mal choisi ?

Je l'ignorais, et c'était bien le plus effrayant. Le prier de m'aider à suivre le jeune homme et la grand'veneuse, je m'y refusais. Je lui demandai seulement : *Tu penses pouvoir retrouver la piste du prince ?*

Je te l'ai promis, non ? Faisons ce que nous avons à faire et rentrons chez nous.

J'inclinai la tête. Le programme me plaisait.

Pendant notre conversation, le fou s'était amusé à lancer la pomme en l'air et à la rattraper au vol. Quand Œil-de-Nuit eut fini de manger, il saisit le fruit à deux mains et lui imprima une brusque torsion ; la pomme s'ouvrit par le milieu et il m'en jeta une moitié. Je secouai la tête en souriant. « Quand je crois connaître tous tes trucs...

— Tu t'aperçois de ton erreur », dit-il, achevant ma phrase. Il dévora sa part et garda le trognon pour Malta ; j'en fis autant pour Manoire. Affamées, les juments abordaient la journée sans enthousiasme. Je lissai un peu leur robe ébouriffée avant de les seller puis d'attacher nos fontes sur Manoire, après quoi nous prîmes les montures par la bride et nous nous engageâmes dans la pente recouverte d'un mélange glissant de boue et de cailloux. Le loup nous suivit en claudiquant.

Comme cela se produit souvent à la suite d'un violent orage, le ciel était d'un bleu limpide. Le soleil chauffait la terre humide, exaltant les odeurs ; des oiseaux chantaient ;

un vol de canards filait vers le sud dans l'éclat du matin. Arrivés au bas de la colline, nous nous mîmes en selle. *Tu arriveras à suivre ?* demandai-je, soucieux, à Œil-de-Nuit.

C'est à espérer, parce que, sans moi, tu n'as pas une chance de trouver la piste du prince.

Les empreintes d'un cheval s'enfonçaient dans le chemin par lequel nous étions arrivés à la colline. Les traces étaient profondes : Casqueblanc, chargé de deux cavaliers, allait aussi vite que possible. Où se rendaient-ils, et pourquoi ? Mais je chassai la jeune femme et le Pie de mes pensées : c'était le prince que nous recherchions.

La piste de Casqueblanc prit la direction du bosquet où l'archer nous avait attaqués la veille ; nous la suivîmes, et je notai au passage qu'il avait récupéré son arme. Ils étaient donc retournés vers la route. Les empreintes du cheval étaient toujours aussi profondes dans le sol humide ; le jeune homme et Laurier avaient poursuivi leur chemin ensemble.

Leurs traces n'étaient pas les seules récentes sous l'arbre : deux autres cavaliers étaient passés par là, le premier dans un sens, le second dans l'autre, depuis que la pluie avait cessé. Leurs empreintes apparaissaient par-dessus celles de Casqueblanc, ce qui me fit froncer les sourcils ; ce n'étaient pas celles des villageois, qui n'avaient pas pu parvenir si loin, du moins pas encore : je nourrissais l'espoir que la découverte des cadavres ajoutée au temps épouvantable les avait décidés à faire demi-tour. Les marques fraîches arrivaient du nord-ouest, puis y repartaient. Je réfléchis un moment avant que l'évidence ne me frappe. « Mais bien sûr ! L'archer n'avait pas de monture, et les Pie ont envoyé un des leurs chercher leur sentinelle ! » J'eus un sourire gaillard. « Eh bien, ils nous ont fourni une belle piste bien nette ! »

Je me tournai vers le fou, mais son visage restait grave. Il ne partageait pas mon exultation.

« Qu'y a-t-il ? »

Il sourit jaune. « J'imagine ce que nous éprouverions à présent si tu avais tué ce garçon hier soir, après lui avoir arraché la destination de ses amis par la torture. »

Je n'avais nulle envie d'explorer davantage cette éventualité ; je me tus donc et me penchai pour examiner les traces. Œil-de-Nuit m'accompagnait et le fou nous suivait. Les juments avaient faim, et le caractère déjà naturellement rétif de Manoire s'en ressentait ; elle arrachait des feuilles jaunes de saule et des touffes d'herbe sèche dès qu'elle en avait l'occasion, et je la comprenais trop bien pour la corriger : si j'avais pu me rassasier de cette manière, j'aurais moi aussi fait ample récolte de feuilles.

Comme nous poursuivions notre route, je relevai des signes de la précipitation du cavalier à retourner prévenir ses compagnons que leur sentinelle avait disparu : les empreintes suivaient un trajet sans subtilité, coupant au plus facile pour gravir une colline, traversant des halliers par la voie la plus commode. Le jour n'était guère avancé quand nous découvrîmes les traces d'un bivouac sous un bouquet de chênes.

« Ils ont dû passer une nuit humide et agitée », dit le fou, et j'acquiesçai de la tête. Dans le feu, je trouvai les vestiges calcinés de morceaux de bois, éteints par la chute de pluie et qu'on n'avait pas tenté de rallumer ; une couverture avait laissé sa marque sur le sol détrempé : celui qui avait couché là avait dû dormir mouillé de la tête aux pieds. Partout on voyait des marques de sabots ; d'autres fidèles du prince Pie avaient-ils attendu là leurs camarades ? Les empreintes qui s'éloignaient du camp se chevauchaient, et je ne vis pas l'intérêt de chercher à les débrouiller.

« Si nous avions continué à suivre la piste après notre rencontre d'hier avec l'archer, nous les aurions rattrapés ici, dis-je d'un ton de regret. J'aurais dû le deviner. S'ils avaient laissé leur homme en sentinelle, c'est qu'ils savaient qu'ils ne s'éloigneraient guère, puisqu'il n'avait pas de monture. Ça saute aux yeux ! Sacré nom, fou, le prince était à notre portée hier !

— Alors, aujourd'hui aussi, sans doute. J'aime mieux ça, Fitz ; le destin nous sourit. Nous sommes tous les deux, libres de nos mouvements ; nous pouvons espérer les prendre par surprise. »

Les sourcils froncés, j'étudiai les empreintes. « Je ne vois aucun signe que Laurier et le gamin soient passés par ici. Les Pie ont donc envoyé un homme récupérer leur sentinelle, et il est revenu seul pour prévenir ses camarades que l'archer avait disparu. Il est difficile d'estimer quelle aura été leur réaction, mais ils ont visiblement déguerpi en toute hâte sans se préoccuper de sauver leur compagnon ; il faut donc partir du principe qu'ils seront désormais sur leurs gardes. » Je me tus un instant. « Ils ne nous laisseront pas nous emparer du prince sans combattre. » Je me mordis la lèvre, puis ajoutai : « Et nous ferions bien de supposer que le prince s'opposera à nous lui aussi ; même dans le cas contraire, il ne nous sera pas d'une grande utilité. Il paraissait complètement perdu cette nuit... » Je secouai la tête pour chasser mes appréhensions.

« Alors quel est notre plan ?

— Leur tomber dessus par surprise, frapper fort, prendre ce que nous sommes venus chercher et décamper au grand galop. Ensuite, regagner Castelcerf au plus vite, parce qu'il n'y a que là que nous serons à l'abri. »

Le fou poussa mon raisonnement jusqu'à une conclusion que j'avais préféré éviter. « Manoire est puissante et rapide ; tu risques d'être obligé de nous devancer, Malta et moi, une fois que tu auras le prince. N'hésite pas à nous laisser en arrière. »

Et moi aussi.

Le fou jeta un coup d'œil au loup comme s'il l'avait entendu.

« Je ne pourrai pas », dis-je d'une voix lente.

Ne crains rien. Je le protégerai.

Mon cœur se serra douloureusement, et je barrai impitoyablement le passage à la question qui m'était venue aussitôt : *Et toi, qui te protégera ?* Je me fis la promesse que nous n'en arriverions pas là ; je n'abandonnerais ni l'un ni l'autre. « J'ai faim », dit le fou. Ce n'était pas une plainte mais une simple observation, pourtant j'aurais préféré qu'il s'en abstînt. Certaines difficultés sont plus aisées à supporter si on les tait.

Nous poursuivîmes notre route, guidés par les traces parfaitement visibles dans la terre mouillée. Les Fidèles du prince Pie avaient fait la part du feu et continué leur chemin sans l'archer, tout comme ils avaient laissé un autre des leurs affronter la mort lorsqu'ils avaient fui le village. Une détermination aussi inflexible prouvait clairement à mes yeux la valeur qu'ils attachaient au prince ; ils seraient prêts à se battre jusqu'à la mort, voire à le tuer pour nous empêcher de nous emparer de lui. Le fait d'ignorer tout ou presque de leurs motivations m'obligerait pour ma part à me montrer totalement impitoyable, et je rejetai d'emblée l'idée de tenter d'abord de discuter avec eux ; je recevrais sans doute le même accueil que nous avait réservé l'archer la veille.

Je songeais avec nostalgie à une époque où j'aurais envoyé Œil-de-Nuit en éclaireur ; aujourd'hui, avec des traces parfaitement nettes à suivre, le loup à bout de souffle nous ralentissait. Je sus précisément à quel moment il s'en rendit compte, car il s'assit brusquement à côté de la piste. Je tirai les rênes et le fou m'imita.

Mon frère ?

Continuez sans moi. Il faut être rapide et agile pour cette chasse.

Tu veux donc que je continue sans mon nez ni mes yeux ?

Ni ta cervelle, malheureusement. Va, petit frère, et garde tes flatteries pour qui voudra les croire. Un chat, peut-être.
Il se leva et, malgré sa fatigue, il se fondit en quelques pas dans les broussailles avec une aisance trompeuse. Le fou me regarda d'un air interrogateur.

« Nous poursuivons sans lui », fis-je à mi-voix, et je détournai les yeux de son visage troublé. Je poussai Manoire en avant et nous repartîmes, mais à une allure plus soutenue désormais. A mesure que nous avancions, les traces devenaient de plus en plus fraîches. Au bord d'un ru, nous fîmes halte pour laisser les juments s'abreuver et pour remplir nos outres ; nous trouvâmes aussi des mûres, aigres et dures, qui avaient noirci à l'ombre, sans la chaleur directe du soleil pour les sucrer. Nous les dévorâmes néanmoins à pleines poignées, bien contents d'avoir quelque chose à nous mettre sous la dent ; puis, à regret parce qu'il restait encore des fruits sur les ronciers, nous nous remîmes en selle quand les montures eurent suffisamment étanché leur soif, et reprîmes notre route.

« Je distingue six séries d'empreintes », dit le fou au bout d'un moment.

J'acquiesçai. « Au moins. Il y avait aussi des traces de marguet près de l'eau, de deux tailles différentes.

— On nous a prévenus qu'un des hommes montait un cheval de bataille ; crois-tu qu'il faille compter avec la présence d'un guerrier parmi eux ? »

Je haussai les épaules. « Il faut s'attendre à tout, à mon avis, y compris à ce que nous ayons affaire à plus de six adversaires. Ils se dirigent vers un refuge, fou, peut-être un ancien village du Lignage, ou une place-forte des Pie. Et qui sait si on ne nous surveille pas en ce moment même ? » Je levai les yeux. Je n'avais pas remarqué d'oiseaux qui nous prêtaient une attention particulière, mais ce n'était pas pour cela qu'il n'y en avait pas. Etant donné le gibier que nous chassions, n'importe quel moineau ou renard pouvait être un espion ; il fallait nous méfier de tout.

« Ça dure depuis combien de temps ? demanda le fou alors que nous chevauchions côte à côte.

— Le fait que je partage les rêves du prince ? » Je n'avais pas le courage de feindre de n'avoir pas compris. « Oh, un moment déjà.

— Avant la nuit où tu l'as vu à Castelmyrte ? »

A contrecœur, je répondis : « J'avais fait quelques songes insolites auparavant, sans me rendre compte que c'étaient ceux du prince.

— Tu ne m'en avais jamais parlé ; tu m'avais seulement dit que tu avais rêvé de Molly, de Burrich et d'Ortie. » Il s'éclaircit la gorge avant d'ajouter : « Mais Umbre m'avait fait part de certains soupçons.

— Vraiment ? » Mon humeur s'assombrit ; l'idée du fou et d'Umbre parlant de moi dans mon dos ne me plaisait guère.

« Etais-tu toujours avec le prince, et avec lui seul, ou as-tu fait d'autres rêves ? » Le fou se donnait du mal pour dissimuler son intérêt, mais je le connaissais depuis trop longtemps.

« En dehors de ceux que je t'ai racontés ? » demandai-je, tout en délibérant rapidement, non si j'allais lui mentir, mais quelle mesure de vérité j'étais prêt à lui révéler. C'était peine perdue de mentir au fou ; il s'en apercevait immanquablement et parvenait toujours à déduire la vérité de mes mensonges. La meilleure tactique consistait à limiter ce qu'il savait, et je n'éprouvais aucun scrupule à l'utiliser car c'était le moyen qu'il employait lui-même le plus souvent contre moi. « Eh bien j'ai rêvé de toi, tu le sais, et, comme je te l'ai dit, une fois j'ai vu clairement Burrich, si clairement que j'ai failli aller lui parler. Je rangerais ces songes dans la même catégorie que ceux du prince.

— Tu ne rêves jamais de dragons, alors ? »

Je crus comprendre où il voulait en venir. « De Vérité-le-dragon ? Non. » Je détournai les yeux de son regard d'ambre perçant ; je n'étais pas encore remis de la disparition de mon roi. « Même quand j'ai posé la main sur la pierre qui le renferme, je n'ai rien perçu de lui, sinon ce bourdonnement de Vif dont je t'ai parlé autrefois, comme celui d'une ruche enfouie très loin sous terre. Non, même en rêve, je n'arrive pas à l'atteindre.

— Tu ne fais donc jamais de songes de dragon ? » fit-il, insistant.

Je poussai un soupir. « Pas davantage que toi, sans doute, ni que tous ceux qui ont vécu cet été d'il y a quinze ans et ont vu les dragons traverser le ciel des Six-Duchés. Qui aurait pu assister à ce spectacle sans jamais en rêver ensuite ? » Et quel bâtard intoxiqué par l'Art aurait pu regarder Vérité sculpter son dragon, puis y pénétrer sans rêver de connaître une fin semblable ? Se déverser dans la pierre, la prendre pour chair et s'envoler dans l'azur pour s'élever au-dessus du monde ? Bien sûr que je rêvais parfois d'être un dragon ! J'avais le pressentiment, non, la certitude que, quand la vieillesse me rattraperait, j'entreprendrais un vain trajet qui me ramènerait dans les

Montagnes, jusqu'à la carrière de pierre noire ; à l'instar de Vérité, je ne disposerais d'aucun clan pour m'aider à tailler mon dragon. Pourtant, il m'était indifférent de savoir que je courais à l'échec ; je n'imaginais pas d'autre façon de mourir qu'en passant mes derniers instants à tenter de sculpter un dragon.

Je laissais Manoire me porter, l'esprit ailleurs, en m'efforçant de ne pas remarquer les regards perplexes que le fou me lançait de temps en temps, si bien que le coup de chance qui m'advint était absolument immérité ; néanmoins, je ne fis pas la fine bouche. Comme nous allions descendre dans une petite vallée, la disposition du terrain me permit d'apercevoir ceux que nous poursuivions. Le vallon étroit était tapissé d'un bois coupé en deux par un ruisseau grondant, gonflé par la chute de pluie de la nuit précédente, qu'ils étaient en train de traverser. Il aurait fallu qu'ils se retournent et lèvent les yeux pour nous voir. Je tirai les rênes, fis signe au fou de m'imiter et observai en silence le groupe en contrebas. Sept chevaux, dont un sans cavalier ; deux femmes et trois hommes, dont un sur une monture exceptionnellement grande. Je comptai trois marguets, soit un de plus que prévu, mais, pour rendre justice à mes talents de pisteur, il faut signaler que deux d'entre eux étaient de taille similaire ; ils se tenaient couchés derrière la selle de leur maître, le plus petit du trio derrière un adolescent aux cheveux sombres, vêtu d'un volumineux manteau bleu de Cerf. Le prince, Devoir.

La répulsion de sa marguette pour l'eau qu'ils franchissaient se lisait clairement dans sa posture raide et la position de ses pattes, toutes griffes sorties. Je ne vis le groupe que l'espace d'un instant ; une étrange impression de vertige me saisit, puis les arbres dissimulèrent les hommes de tête. La monture du dernier de la troupe, une femme, sortit en trébuchant du ruisseau caillouteux et gravit la berge argileuse. Comme la cavalière disparaissait dans le sous-bois, je me demandai s'il s'agissait de la dame de cœur du prince.

« J'ai repéré un gaillard d'aspect solide sur le grand cheval, dit le fou comme à regret.

— En effet ; et ils se battront à l'unisson. Ces deux-là sont liés.

— Comment le sais-tu ? demanda-t-il avec curiosité.

— Je l'ignore, répondis-je franchement. C'est comme quand tu vois un couple de vieux mariés au marché ; tu sais qu'ils sont unis sans avoir besoin d'explications, à la façon dont leurs mouvements se complètent, dont ils s'adressent l'un à l'autre.

— Un cheval... Ma foi, voilà qui risque de soulever certaines difficultés que je n'avais pas prévues. » Ce fut mon tour de lui jeter un regard intrigué, mais il détourna les yeux.

Nous reprîmes notre poursuite, avec plus de circonspection toutefois ; nous souhaitions les apercevoir sans nous faire repérer. Comme nous n'avions aucune idée de leur destination, nous ne pouvions les devancer pour leur bloquer le passage, malgré les possibilités que nous offrait la contrée sauvage au terrain accidenté que nous traversions. « Le mieux serait peut-être d'attendre qu'ils établissent un camp pour la nuit, puis de nous infiltrer discrètement pour nous emparer du prince, suggéra le fou.

— Je vois deux défauts à ton plan, répondis-je. D'abord, d'ici la tombée de la nuit, ils risquent d'avoir atteint le but de leur voyage, et nous les trouverons retranchés dans une place fortifiée, ou entourés d'une petite armée ; ensuite, s'ils bivouaquent à nouveau, ils posteront des sentinelles comme les fois précédentes, et il faudra franchir cet obstacle.

— Eh bien, que proposes-tu ?

— D'attendre qu'ils dressent le camp ce soir, fis-je d'un ton lugubre, sauf si une meilleure occasion se présente d'ici là. »

Un pressentiment funeste grandit en moi à mesure que l'après-midi s'écoulait. Manifestement, daims et lièvres n'étaient pas seuls à fréquenter la piste que nous suivions ; d'autres humains l'empruntaient, et elle devait donc mener à une ville, un village ou au moins un lieu de rassemblement. Je finis par juger trop périlleux d'attendre le soir et l'installation d'un bivouac.

Nous réduisîmes la distance qui nous séparait du groupe plus que nous ne l'avions osé jusque-là, aidés en cela par la géographie de la région : dès que ceux que nous poursuivions passaient derrière une hauteur, nous en profitions pour nous rapprocher rapidement ; à plusieurs reprises, nous dûmes nous écarter du chemin pour rester cachés derrière le sommet d'une crête, mais les membres de la troupe semblaient certains de se trouver en territoire sûr et regardaient rarement en arrière. J'étudiai leur ordre de marche alors que les arbres les dissimulaient et les révélaient tour à tour : l'homme au grand cheval ouvrait la route, suivi à la queue leu leu par les deux femmes, dont la seconde tenait la bride de la monture sans cavalier. Notre prince venait en quatrième position, son brumier couché derrière sa selle, puis les deux autres hommes et leurs marguets. A leur allure, ils semblaient décidés à couvrir le plus de terrain possible avant la tombée de la nuit.

« C'est tout ton portrait quand tu avais son âge, déclara le fou alors que nous les regardions disparaître dans un tournant du chemin.

— Je trouve plutôt qu'il ressemble à Vérité », rétorquai-je, et c'était vrai ; le garçon avait beaucoup de mon roi. Pourtant, il m'évoquait encore davantage le portrait de mon père ; quant à savoir s'il ressemblait à l'adolescent que j'avais été, cela m'était impossible ; les miroirs ne m'attiraient guère à l'époque. Il avait une tignasse brune, épaisse et aussi rebelle que celle de Vérité et la mienne. Une question traversa mon esprit sans s'y attarder : mon père avait-il eu du mal lui aussi à se passer un peigne dans les cheveux ? Ma seule image de lui venait du tableau qui le représentait, et il y apparaissait impeccablement coiffé. Comme lui, le jeune prince avait de longs bras et de longues jambes, bref une silhouette élancée, à la différence de Vérité qui était plus râblé ; peut-être s'étofferait-il en vieillissant. Il se tenait bien dans sa selle, et, comme pour l'homme au cheval de bataille, je sentais parfaitement le lien qui l'unissait à la marguette installée derrière lui. Devoir chevauchait la tête légèrement rejetée en arrière, comme pour ne jamais perdre de vue l'animal dans son dos. Le félin était le plus petit des trois, mais d'une taille tout de même supérieure à ce que j'avais imaginé. Il avait de longues pattes et une robe fauve où alternaient les rayures claires et sombres ; il se tenait assis sur son coussin, solidement accroché par les griffes, et le sommet de sa tête arrivait à la hauteur de la nuque du prince. Son regard ne cessait de balayer les environs, et sa pose disait clairement qu'il en avait assez de voyager à dos de cheval et qu'il aurait préféré traverser la région par ses propres moyens.

Se débarrasser de la marguette risquait de se révéler la partie la plus délicate de notre opération de « sauvetage » ; pourtant, je n'envisageais pas un instant de la ramener à Castelcerf avec le prince. Pour son propre bien, il faudrait le couper définitivement de sa bête de Vif, comme Burrich nous avait séparés, Fouinot et moi.

« Leur attachement n'est pas sain. On ne dirait pas qu'il s'est lié, mais plutôt qu'il s'est laissé capturer, ou peut-être captiver. La marguette le domine. Et pourtant... ce n'est pas elle ; une des femmes est mêlée à l'affaire, peut-être un mentor comme Rolf le Noir l'a été pour moi, un maître de Vif qui le pousse à s'immerger dans le lien avec une ardeur excessive ; et le prince est si complètement sous le charme qu'il en a perdu tout discernement. C'est ça qui m'inquiète. »

Je regardai le fou. J'avais exprimé tout haut mes réflexions, sans préambule, mais, comme cela se produisait souvent entre nous, son esprit avait suivi la même voie que moi. « Alors, qu'est-ce qui sera le plus facile : déloger la marguette et s'emparer à la fois du prince et de son cheval, ou bien te saisir du prince et l'emporter avec toi sur Manoire ? »

Je secouai la tête. « Je te le dirai quand ce sera terminé. »

Je rongeai mon frein au cours des heures suivantes, à suivre discrètement le groupe dans l'attente d'une occasion qui pouvait ne jamais se présenter ; j'étais fatigué, j'avais faim et ma migraine de la nuit précédente ne s'était pas tout à fait calmée. J'espérais qu'Œil-de-Nuit avait réussi à attraper de quoi manger et se reposait ; je mourais d'envie de le contacter, mais je n'osais pas courir le risque que les Pie détectent mon Vif.

Notre filature nous avait entraînés dans des piémonts accidentés, et nous avions laissé loin derrière nous la plaine en pente douce de la Cerf. Comme la fin de l'après-midi dépouillait le soleil de son ardeur, je repérai ce qui pouvait bien se révéler notre unique chance : le groupe que nous suivions se découpait sur une ligne de crête, et son trajet le conduisait à un chemin qui descendait abruptement le long d'un escarpement rocheux. Dressé sur mes étriers, j'observai le sentier dans la lumière décroissante et j'estimai que les chevaux devraient l'emprunter l'un derrière l'autre ; je fis part de ma découverte au fou.

« Il faut les rattraper avant que le prince n'entame la descente », déclarai-je. Il allait s'en falloir d'un cheveu : nous avions laissé le groupe prendre de l'avance afin de mieux nous dissimuler. Je talonnai Manoire et elle s'élança vivement, la petite Malta sur ses traces.

Certains chevaux ne sont rapides qu'en ligne droite, sur un sol plan ; ma jument se révéla tout aussi capable sur terrain inégal. Les Pie avaient suivi le trajet le plus facile, le long des crêtes, et une ravine aux versants escarpés, encombrée d'arbres et de broussailles, nous séparait d'eux ; nous pouvions nous épargner un long détour en y plongeant pour atteindre directement la piste. Des genoux, j'encourageai Manoire et elle se rua dans la pente, traversant les buissons sans dévier d'un pouce, franchit à grandes éclaboussures le ruisseau qui coulait au fond de la dépression, puis gravit non sans mal le versant opposé dont le terreau moussu s'effritait sous ses sabots. Sans me retourner pour voir comment Malta et le fou se débrouillaient, je restai couché sur l'encolure de ma jument pour éviter les basses branches qui auraient pu me jeter à bas de ma selle.

Les Pie nous entendirent. Au bruit que nous faisions, ils ne devaient pas s'attendre à voir un seul homme à cheval débouler sur eux, mais un troupeau entier d'élans ou plutôt une escouade de gardes ; quoi qu'il en fût, ils s'enfuirent, et nous les rattrapâmes de justesse. Les trois de tête s'étaient déjà engagés sur l'étroit sentier qui entaillait l'escarpement, et la monture tenue en bride venait d'entamer la descente à son tour. Les trois dernières portaient non seulement des cavaliers mais aussi des marguets ; l'homme de queue fit volter la sienne et poussa un cri en me voyant foncer sur lui, tandis que l'avant-dernier s'élançait vers le prince comme pour l'inciter à s'avancer sur le raidillon.

Je percutai celui qui s'était retourné, plus par accident que par volonté stratégique. Le chemin, couvert de gravillons, était traître ; comme Manoire heurtait, épaule contre épaule, la monture de moindre taille de l'homme, le marguet bondit de son coussin avec un miaulement de menace, atterrit en contrebas de nous et s'écarta des coups de sabots en dérapant dans la pente.

J'avais dégainé mon épée. Je talonnai Manoire, et elle poussa sans effort l'autre cheval hors du sentier ; au passage, je plongeai mon arme dans la poitrine d'un des hommes qui s'efforçait de tirer du fourreau un poignard à la dentelure inquiétante. Il poussa un hurlement, auquel son marguet fit écho, puis se mit à tomber lentement de sa selle. L'heure n'était pas aux regrets ni aux scrupules : le second cavalier se tournait pour nous faire face. Des cris de femmes me parvenaient, et un corbeau décrivait des cercles dans le ciel au-dessus de nous en croassant follement. D'un côté de l'étroit chemin, la colline montait presque à pic, de l'autre c'était un pierrier en pente raide. L'homme au cheval de bataille rugissait des questions auxquelles nul ne répondait, entrecoupées d'ordres lancés à ses compagnons de remonter et de lui faire place afin qu'il pût se battre. L'espace manquait à sa grande monture pour faire demi-tour, et je l'aperçus en train de reculer sur le raidillon tandis que les femmes derrière lui, montées sur des chevaux plus petits, s'efforçaient, elles, d'avancer pour s'éloigner des combats. La monture sans cavalier se trouvait entre elles et le prince ; l'une d'elles lui cria de se dépêcher à l'instant où l'homme de tête exigeait qu'elles reculent toutes les deux et le laissent passer. Son cheval partageait manifestement son idée, et sa croupe massive repoussait son petit congénère derrière lui. A ce jeu de bras de fer, le perdant allait certainement dégringoler dans la pente.

« Prince Devoir ! » hurlai-je alors que Manoire heurtait du poitrail l'arrière-train du cheval devant elle. Comme Devoir se tournait vers moi, le marguet accroché sur la monture qui se trouvait entre nous poussa un miaulement grondant et donna un coup de griffes en direction de Manoire. A la fois effrayée et insultée, la jument se cabra, et j'évitai de justesse sa tête brusquement rejetée en arrière ; ses sabots retombèrent sur la croupe du cheval sans lui faire grand mal, mais le marguet, décontenancé, préféra sauter de son coussin. Le cavalier avait pivoté dans sa selle pour nous faire face, mais son épée trop courte ne lui permettait pas de m'atteindre. La monture du prince, bloquée, s'était arrêtée là où le chemin se rétrécissait en attaquant l'escarpement ; le cheval sans cavalier, devant lui, s'efforçait de reculer, mais il était impossible au prince de lui laisser le passage. La marguette de Devoir grondait furieusement, mais elle n'avait aucun adversaire à portée pour laisser libre cours à sa colère ; alors que je la regardais, j'éprouvai une étrange impression de dédoublement de la vision. L'homme au cheval de bataille continuait à tempêter et à ordonner d'un ton rageur qu'on lui cède le passage, alors que ses compagnons étaient incapables de lui obéir.

Le cavalier avec qui j'avais engagé le combat parvint à faire effectuer un demi-tour à son cheval sur l'espace exigu qui menait au chemin en surplomb, mais il faillit piétiner son marguet. L'animal cracha et tenta de griffer violemment Manoire, qui s'écarta d'un pas dansant. Il paraissait intimidé ; mon cheval et moi étions sans doute beaucoup plus grands que le gibier qu'il chassait normalement. Je profitai de son attitude hésitante pour faire avancer Manoire ; le marguet battit en retraite entre les sabots de la monture de son compagnon humain. A son tour, le cheval, craignant de blesser la créature qui lui était familière, recula, poussant le prince sur le chemin.

Plus loin, sur l'étroite corniche, une monture poussa un soudain hennissement de terreur, auquel fit écho le cri de sa cavalière alors qu'elle s'efforçait de mettre pied à terre pour éviter de tomber du chemin, écartée par le cheval de bataille qui continuait à reculer avec résolution. La jeune femme chut sur le sentier, se dégagea frénétiquement des étriers et se redressa tant bien que mal pour se plaquer contre la paroi rocheuse ; sa monture affolée essaya de reprendre son équilibre, puis perdit pied et se mit à glisser le long de la pente, lentement d'abord, puis de plus en plus vite, battant des quatre fers pour freiner sa chute et ne réussissant qu'à déstabiliser davantage le pierrier qui roulait avec elle. De jeunes arbres maigrelets qui avaient trouvé à s'installer sur de rares poches de terre et dans des fissures de rocher cassaient net sous sa masse, jusqu'au moment où elle poussa un hennissement horrible : elle venait de s'embrocher sur un baliveau plus solide que les autres. Sa chute s'arrêta brièvement avant que ses ruades spasmodiques ne la libèrent et qu'elle ne continue à dévaler le pierrier.

D'autres bruits s'élevèrent derrière moi ; je compris sans avoir à me retourner que le fou m'avait rejoint et que Malta et lui occupaient l'autre marguet, dont le compagnon se trouvait sans doute toujours à terre : mon épée s'était profondément enfoncée dans sa poitrine.

Je me sentis tout à coup impitoyable, prêt à tout pour remplir ma mission. Mon adversaire était hors d'atteinte de mon arme, mais son marguet feulant qui menaçait Manoire était à ma portée. Je me penchai et lui portai un coup de taille ; l'animal fit un bond de côté, mais j'avais tracé une longue estafilade sur son flanc, et j'en fus récompensé par des cris de colère et de douleur de sa part et de celle de son compagnon humain. L'homme chancela sous le choc, et je fis l'étrange expérience de percevoir un instant par le Vif les malédictions qu'ils me lançaient. Je leur fermai mon esprit, talonnai Manoire et me plaçai côte à côte avec mon adversaire, monture contre monture ; je lui envoyai un coup de pointe, et, en voulant esquiver ma lame, il vida ses étriers. Sans cavalier, terrorisé, son cheval ne fut que trop heureux de s'enfuir quand Manoire lui laissa le passage. Au même instant, la monture du prince, cherchant à s'éloigner du remue-ménage qui régnait devant elle, recula jusque sur le petit espace dégagé qui donnait sur le sentier à flanc de versant.

Sur sa croupe, la marguette du prince, tous les poils hérissés, me fit face avec un grondement furieux, et je perçus chez elle une anomalie, une difformité qui m'effraya. Alors que je m'efforçais de déterminer ce qui n'allait pas chez elle, le prince fit pivoter son cheval et je me trouvais nez à nez avec Devoir.

J'ai entendu des gens décrire des instants de leur vie où le temps paraissait s'être arrêté ; comme j'aurais aimé qu'il en fût de même pour moi ! Je faisais face tout à coup à un jeune homme qui, jusque-là, n'avait guère représenté pour moi qu'un nom associé à une vague idée.

C'était mon portrait vivant, à tel point que je reconnus

le petit pli sous le menton où les poils poussaient de travers et où il aurait plus tard du mal à se raser. Il avait ma forme de mâchoire, et le nez que j'avais adolescent, avant que Royal ne me le casse. Comme les miennes, ses dents étaient dénudées par le rictus du combat. L'âme de Vérité avait planté la semence dans sa jeune épouse pour concevoir cet enfant, mais c'était ma chair qui avait façonné sa chair. J'avais devant moi le fils que je n'avais jamais vu ni reconnu, et un lien se forma avec la brutalité de fers qui se referment sur des poignets.

Toutefois, si le temps s'était vraiment arrêté pour moi, j'aurais pu me préparer au grand coup d'épée qu'il me porta ; mais mon fils n'avait pas partagé avec moi cet instant de stupeur où je m'étais vu comme en un miroir, obscurément. Devoir m'attaqua avec la violence d'un démon et son cri de guerre était le miaulement ululant d'un chat en fureur. Je faillis tomber à bas de ma selle en me penchant en arrière pour éviter sa lame, qui entailla tout de même ma chemise et me laissa une ligne cuisante sur la poitrine. Comme je me redressais, sa marguette se jeta sur moi avec un hurlement de femme ; je me tournai et bloquai son saut à mi-course du coude et du bras, et poussai un cri d'horreur en sentant ses griffes s'enfoncer dans mon muscle. Sans lui laisser le temps de s'accrocher trop fermement à moi, je pivotai violemment et la projetai au visage de l'homme que j'avais fait choir de cheval. Elle le heurta avec un miaulement strident et ils roulèrent ensemble au sol. L'homme tomba sur elle, et elle émit un bref hurlement avant de s'extirper de sa masse à coups de griffes et de repartir à la charge en claudiquant ; mais elle dut battre en retraite devant les sabots de Manoire qui martelaient le sol. Le prince suivit sa marguette des yeux avec une expression d'épouvante. C'était l'ouverture que j'espérais, et je fis sauter son épée de sa main.

Il s'était attendu à ce que je ferraille avec lui, non que je m'empare de ses rênes et maîtrise son cheval. J'enfonçai les genoux dans les flancs de ma jument et, ô merveille, elle m'obéit ; elle volta, je la talonnai et elle s'élança au galop. La monture du prince suivit le mouvement sans se faire prier, pressée de s'éloigner de la fureur des combats. Je crois me rappeler avoir crié au fou de fuir lui aussi ; par un moyen qui m'échappa, il semblait tenir en respect le Pie au visage couvert de griffures. L'homme au cheval de bataille rugissait qu'on enlevait le prince, mais la masse désorganisée d'humains, de montures et de marguets était incapable de réagir. L'épée toujours à la main, je pris la clé des champs sans avoir le temps de vérifier que le fou en faisait autant. Manoire imposa un train qui obligeait l'autre cheval à galoper l'encolure tendue ; la monture du prince ne pouvait pas soutenir l'allure de ma jument au grand galop, mais je la forçais à courir aux limites de ses capacités. Je quittai la piste et entraînai Devoir à tombeau ouvert dans la descente d'un versant abrupt, puis, toujours tout droit, giflés par les buissons, nous franchîmes à toute allure plusieurs collines et nous engageâmes sans ralentir sur un terrain où un cavalier sain d'esprit aurait mis pied à terre et mené son cheval par la bride. Si Devoir avait sauté de sa selle, il se serait à coup sûr rompu le cou. Mon seul plan consistait à mettre le plus de distance possible entre ses compagnons et nous.

Quand je pris enfin le temps de jeter un regard derrière moi, je vis Devoir qui s'accrochait avec détermination à son pommeau, les lèvres figées en un rictus menaçant et le regard distant. Quelque part, je le sentais, une marguette en fureur nous pourchassait. Comme nous dévalions une pente escarpée dans une succession de bonds et de glissades, j'entendis des bruits de branches violemment rompues dans les buissons derrière nous, puis un cri d'encouragement, et je reconnus la voix du fou qui pressait Malta d'accélérer encore. Mon cœur bondit de soulagement : il avait réussi à nous suivre ! Au bas du versant, je tirai les rênes de Manoire. Le cheval du prince était déjà couvert d'écume et la bave dégoulinait de son mors. Le fou s'arrêta derrière lui.

« Vous êtes en un seul morceau, tous les deux ? demandai-je.

— On dirait », répondit-il. Il rajusta le col de sa chemise et le boutonna à la gorge. « Et le prince ? »

Nous nous tournâmes vers Devoir. Je m'attendais à lui voir une expression de colère et de défi, mais non : il vacillait dans sa selle, les yeux vagues ; il nous regarda tour à tour, puis il me dévisagea d'un œil embrumé, et son front se plissa comme s'il se trouvait devant une énigme. « Mon prince ? fit le fou d'un ton inquiet, qui était redevenu celui du seigneur Doré. Allez-vous bien ? »

L'espace d'un instant, le garçon resta sans répondre, l'air hébété, puis son visage s'anima et il s'écria brusquement : « Je dois rejoindre les autres ! » Il voulut dégager son pied de l'étrier, mais je donnai un coup de talon à Manoire et nous repartîmes à toute allure. J'entendis Devoir pousser un cri de désespoir et me retournai : accroché au pommeau de sa selle, il faisait des efforts frénétiques pour retrouver son assiette. Nous poursuivîmes notre fuite, le fou derrière nous.

8

DECISIONS

Les légendes sur le Catalyseur et le Prophète blanc ne sont pas originaires des Six-Duchés ; certes, quelques érudits du royaume connaissent les écrits et la littérature qui se rapportent à cette tradition, mais elle a ses racines dans les contrées qui s'étendent très loin au sud de Jamaillia et des îles aux Epices. Il ne s'agit pas à proprement parler d'une religion, mais plutôt d'un concept à la fois historique et philosophique ; selon ses tenants, le temps est une grande roue qui suit une piste jalonnée d'événements prédéterminés. Laissé à lui-même, le temps tourne ainsi à l'infini, et le monde est condamné à répéter le cycle des vicissitudes qui nous entraînent toujours plus bas dans les ténèbres et la dégradation. Ceux qui croient dans le Prophète blanc affirment que chaque époque voit la naissance d'un être qui possède le recul nécessaire pour détourner le temps et l'histoire et leur faire emprunter une voie plus bénéfique ; on reconnaît cet être à sa peau trop blanche et à ses yeux délavés, et l'on dit que le sang des anciennes lignées des Blancs s'exprime par lui. Pour chaque Prophète blanc, il existe un Catalyseur, et seul le Prophète d'une période donnée est capable de deviner qui il est ; il s'agit d'un personnage dont la naissance le met dans une position unique pour modifier, si légèrement que ce soit, les événements prédéterminés et engager le temps sur des voies nouvelles aux possibilités toujours plus étendues. Associé au Catalyseur, le Prophète blanc œuvre à orienter la roue du temps vers un meilleur chemin.

Philosophies, de TRAITEBUTTE

*

Naturellement, il n'était pas possible de soutenir éternellement pareille allure. Bien avant que je me sentisse en sécurité, l'état de nos montures nous contraignit à les laisser reprendre leur souffle. Plus aucun bruit de poursuite ne nous parvenait ; un cheval de combat n'est pas un coursier. Comme l'obscurité de la nuit remplaçait peu à peu le crépuscule, nous fîmes descendre nos juments au fond d'un vallon où serpentait un ruisseau. Celle du prince avait peine à tenir la tête droite ; dès qu'elle se serait rafraîchie en marchant un peu, il nous faudrait faire halte quelque temps. J'étais couché sur l'encolure de Manoire pour éviter les basses branches des saules qui bordaient le ru ; le prince me suivait, puis le fou. Quand nous avions ralenti, j'avais craint que Devoir ne tente de sauter de cheval pour s'échapper, mais non ; il gardait un silence maussade tandis que je menais sa monture par la bride.

« Attention à la branche », lui dis-je, ainsi qu'à sire Doré, quand un long rameau sous lequel Manoire était passée me barra le passage ; je m'efforçai de l'empêcher de claquer sur la figure du prince.

« Qui êtes-vous ? demanda soudain Devoir à voix basse.

— Vous ne me reconnaissez donc pas, monseigneur ? » répondit sire Doré d'un ton inquiet. Je savais qu'il tentait de détourner de moi l'attention du garçon.

« Pas vous ; lui. Qui est-ce ? Et pourquoi nous avoir ainsi attaqués, mes amis et moi ? » Je sentis une rancœur hors de proportion dans sa question. Tout à coup, il se redressa sur sa selle comme s'il venait de se rendre compte de l'étendue de sa colère.

« Baissez-vous », lui dis-je en laissant une autre branche se rabattre derrière moi. Il obéit.

« C'est mon valet, Tom Blaireau, expliqua sire Doré. Nous sommes là pour vous ramener à Castelcerf, mon prince. La Reine, votre mère, se ronge les sangs pour vous.

— Je ne souhaite pas revenir. » A chacune de ses phrases, le jeune homme se ressaisissait un peu plus, et c'est avec dignité qu'il prononça ces derniers mots. J'attendis une réponse du seigneur Doré, mais je n'entendis que le bruit des sabots dans le ruisseau, les sifflements et les claquements des branches que nous écartions. A notre droite, une prairie s'ouvrit soudain où pointaient ça et là des souches noircies, souvenirs d'un incendie qui avait ravagé la forêt dressée là bien des années auparavant. De hautes graminées aux épis brunis se disputaient l'espace avec des plantes à feu aux graines cotonneuses qui faisaient fléchir leurs tiges. Je fis sortir les chevaux du petit cours d'eau pour les mener dans l'herbe ; quand je levai les yeux, les premières étoiles apparaissaient dans le ciel assombri ; la lune décroissante ne se montrerait qu'une fois la nuit bien entamée. Déjà, l'obscurité dépouillait le jour de toute couleur et transformait les bois environnants en une masse ténébreuse et impénétrable.

Je ne m'arrêtai pas avant d'être parvenu au milieu de la prairie, loin de la lisière de la forêt ; si on nous attaquait, les assaillants devraient s'aventurer en terrain découvert pour arriver jusqu'à nous. « Reposons-nous en attendant le lever de la lune, dis-je à sire Doré. Nous aurons déjà bien assez de mal à voir où nous mettons les pieds à ce moment-là.

— N'est-il pas risqué de faire halte ? » me demanda-t-il.

Je haussai les épaules. « Risqué ou non, je crois que c'est nécessaire. Les montures sont au bord de l'épuisement et il commence à faire nuit. Nous avons pris une bonne avance, je pense ; le cheval de bataille est puissant, mais ni rapide ni agile, et le terrain que nous avons emprunté va le gêner. En outre, les Pie vont devoir abandonner leurs blessés, ce qui réduira leur nombre, ou bien les emmener, ce qui les ralentira. Nous avons de quoi souffler. »

Je me tournai vers le prince avant de mettre pied à terre. Il restait sans bouger, les épaules voûtées, mais la colère qui flamboyait dans ses yeux disait clairement qu'il était loin d'être vaincu. J'attendis pour lui parler que son regard sombre croise le mien. « C'est à vous de décider : nous pouvons vous traiter avec ménagement et vous raccompagner gentiment jusqu'à Castelcerf, ou bien vous pouvez vous conduire comme un gamin entêté et tenter de vous enfuir pour rejoindre vos amis vifiers, auquel cas je vous rattraperai et je vous ramènerai à Castelcerf les mains liées dans le dos. Choisissez. »

Il me regarda droit dans les yeux, attitude la plus grossière qu'un animal puisse adopter devant un autre, et ne répondit pas. Je me sentis agressé sur tant de plans différents que j'eus peine à contenir ma colère.

« Répondez ! » dis-je d'un ton cassant.

Il plissa les yeux. « Et qui êtes-vous ? » La répétition et le ton employé firent de sa question une insulte.

Au cours de toutes les années où je l'avais élevé, Heur ne m'avait jamais poussé dans l'état de fureur que ce garçon venait de susciter en un instant. Je fis pivoter Manoire. Non seulement j'étais plus grand que lui, mais la différence de taille entre nos montures me permettait de le dominer d'autant plus. Je fis avancer ma jument, puis me penchai sur lui comme un loup qui affirme son autorité sur un petit. « Je suis l'homme qui va vous ramener à Castelcerf quoi qu'il arrive. Mettez-vous cette idée dans le crâne. »

Sire Doré voulut intervenir. « Blair... », mais il était trop tard. Devoir eut un geste, une infime flexion des muscles qui m'avertit, et, sans réfléchir davantage, je me précipitai sur lui. Nous tombâmes dans de l'herbe épaisse, heureusement pour le prince, car j'atterris sur lui et le plaquai au sol exactement comme je l'avais espéré. Nos montures s'écartèrent en reniflant, mais elles étaient trop fatiguées pour s'enfuir. Manoire s'éloigna de quelques pas au trot, en levant haut les genoux, émit un second reniflement réprobateur à mon adresse, puis se mit à paître. La jument du prince, qui l'avait jusque-là suivie en tout, continua dans cette voie et entreprit de se restaurer à son tour.

Je me redressai, toujours assis sur la poitrine du garçon, en lui maintenant les deux bras à terre. J'entendis sire Doré descendre de cheval, mais ne tournai pas la tête ; je regardais Devoir dans les yeux. A le voir essayer de reprendre sa respiration, je savais que la chute lui avait coupé le souffle, et pourtant il se retenait d'émettre la moindre plainte ; il refusa aussi de croiser mon regard, même quand je lui arrachai son poignard et le jetai négligemment dans la forêt. Il contempla le ciel jusqu'au moment où je le saisis par le menton et le forçai à me regarder en face.

« Choisissez », répétai-je.

Ses yeux croisèrent les miens, se détournèrent puis revinrent sur moi. Quand il les détourna pour la seconde fois, je le sentis perdre un peu de sa combativité, puis la détresse se peignit soudain sur ses traits. « Mais je dois retourner auprès d'elle », dit-il dans une espèce de sanglot. Il prit une inspiration hachée, puis essaya de s'expliquer. « Vous ne me comprendrez sûrement pas ; vous n'êtes qu'un limier qu'on a envoyé me rattraper et ramener. Vous ne connaissez que votre devoir ; mais je dois absolument la retrouver. Elle est ma vie, le souffle qui m'anime... Sans elle, il me manque une partie de moi-même. Il faut que nous soyons ensemble. »

Eh bien, ce ne sera pas possible. J'avais ces mots sur le bout de la langue, mais je les retins et déclarai d'un ton sans émotion : « Je comprends, mais ça ne change rien à mon devoir ; ça ne change même rien au vôtre. »

Je le libérai de mon poids alors que sire Doré s'approchait. « Blaireau, je vous rappelle que ce jeune homme est le prince Devoir, héritier du trône Loinvoyant », fit-il d'un ton sec.

J'acceptai le rôle qu'il m'offrait. « Et c'est pour ça qu'il a encore toutes ses dents – monseigneur. Un gamin ordinaire qui dégaine son poignard contre moi peut s'estimer heureux s'il lui en reste une seule. » Je m'efforçais de prendre un ton à la fois maussade et hargneux ; le garçon croirait que le seigneur Doré me tenait fermement par la bride, mais il se demanderait également si mon maître m'avait complètement en main, et cela me donnerait de l'ascendant sur lui.

« Je vais m'occuper des chevaux », annonçai-je en m'éloignant à grands pas dans l'obscurité. Je conservai néanmoins un œil sur les silhouettes du fou et du prince et tendis l'oreille tandis que je descendais les selles, ôtais les mors et bouchonnais les chevaux à l'aide de poignées d'herbe. Devoir se releva lentement en dédaignant la main que lui tendait sire Doré. Il s'épousseta et, quand le fou lui demanda s'il s'était fait mal, il répondit avec une courtoisie glaciale qu'il allait aussi bien que possible étant donné les circonstances. Sire Doré s'écarta légèrement pour contempler la nuit et laisser au garçon le temps de reconstituer sa dignité écornée. Peu après, je lâchai les chevaux et ils se mirent à paître voracement comme s'ils n'avaient pas vu d'herbe de leur vie. Je tirai des couvertures du paquetage de Manoire et les étendis devant les selles disposées en rang ; si j'en avais le loisir, j'essaierais de m'octroyer une heure de sommeil. Le prince me regardait travailler ; au bout d'un moment, il me demanda : « Vous n'allez pas faire de feu ?

— Pour permettre à vos amis de nous repérer plus facilement ? Non.

— Mais...

— Il ne fait pas si froid que ça, et, de toute manière, nous n'avons rien à manger, ni, à plus forte raison, à faire cuire. » Je fis claquer la dernière couverture. « Avez-vous de quoi vous coucher, dans vos affaires ?

— Non », répondit-il d'un ton revêche. Je redistribuai les couvertures pour trois places au lieu de deux ; je vis qu'il réfléchissait, et il déclara : « Moi, j'ai à manger, et aussi du vin. » Il s'interrompit, puis il reprit : « Cela me semble un échange équitable contre une couverture. » D'un œil méfiant, je le regardai s'approcher de moi et ouvrir ses fontes.

« Mon prince, vous nous méjugez, protesta sire Doré d'un ton horrifié. Il ne nous viendrait jamais à l'idée de vous obliger à dormir à même la terre !

— Vous, peut-être pas, sire Doré. Mais lui, si. » Il m'adressa un regard venimeux et ajouta : « Il ne m'accorde même pas le respect d'une personne à une autre, et je ne parle pas de celui qu'un serviteur doit à son souverain.

— Il est rustique, mon prince, mais c'est néanmoins un bon valet. » Et sire Doré me lança un regard d'avertissement.

Je baissai docilement les yeux, mais ne pus me retenir de murmurer : « Respecter un souverain ? Peut-être, mais pas un gamin qui s'enfuit pour échapper à son devoir. »

Le garçon ouvrit la bouche comme s'il s'apprêtait à me faire une réponse cinglante, mais il relâcha sa respiration avec un soupir sifflant et maîtrisa sa colère. « Vous ignorez de quoi vous parlez, dit-il d'une voix glacée. Je ne me suis pas enfui. »

Le ton de sire Doré était beaucoup plus aimable que le mien. « Pardonnez-moi, monseigneur, mais nous ne pouvons percevoir la situation autrement. La Reine a d'abord craint qu'on ne vous eût enlevé, mais aucune demande de rançon ne lui est parvenue, et elle n'a pas souhaité inquiéter sa noblesse ni offenser la délégation outrîlienne qui doit bientôt se présenter pour votre accord de fiançailles. Vous n'avez pas oublié, je pense, que dans neuf nuits la nouvelle lune doit sceller vos accordailles ? Votre absence à ce moment-là dépasserait les limites de la simple impolitesse et apparaîtrait comme un affront. Ce n'était pas votre désir, selon votre mère, et elle n'a pas lancé la garde sur vos traces, comme elle aurait pu le faire ; elle a préféré la discrétion et m'a prié de vous retrouver, puis de vous ramener sain et sauf. C'est notre seul but.

— Je ne me suis pas enfui », répéta-t-il avec entêtement, et je m'aperçus que mon accusation l'avait piqué au vif plus que je ne l'avais cru. Il poursuivit d'un ton buté : « Mais je n'ai aucune intention de retourner à Castelcerf. » Il avait tiré une bouteille de vin de ses fontes, et il sortait à présent ses victuailles : des filets de poisson fumé enveloppés dans un linge fin, plusieurs tranches de gâteau de miel à la croûte épaisse et deux pommes. Ce n'étaient assurément pas des rations de voyage, mais plutôt le repas fin que des compagnons fidèles et attentionnés fourniraient à un prince. Il ouvrit le linge sur l'herbe et entreprit de partager ses vivres en trois portions, qu'il répartit ensuite avec la méticulosité d'un chat. J'admirai cette démonstration de savoir-vivre chez un garçon dans une situation aussi inconfortable. Il déboucha le vin et posa la bouteille au milieu des trois parts, puis il nous invita d'un geste ; nous ne nous fîmes pas prier. La chère était maigre mais bienvenue ; le gâteau de miel compact, onctueux et rempli de raisins secs ; d'un coup de dents, j'enfournai la moitié de ma tranche et me contraignis à la mâcher lentement malgré ma faim de loup. Alors que nous attaquions le repas, le prince, moins affamé que nous, prit la parole d'un ton grave.

« Si vous tentez de m'obliger à vous suivre, vous ne parviendrez qu'à vous attirer des ennuis. Mes amis viendront me secourir, croyez-moi ; elle ne renoncera pas à moi si facilement, ni moi à elle ; or je ne tiens pas à ce qu'il vous arrive du mal. Pas même à vous », ajouta-t-il en me regardant dans les yeux. J'avais pris ses paroles pour une menace, mais il expliqua d'un ton que je jugeai sincère : « Je dois la rejoindre. Je ne suis pas un gamin qui se sauve pour échapper à son devoir, ni même un homme qui cherche à éviter un mariage arrangé. Loin de fuir une perspective déplaisante, je cours là où est ma place... là où je suis chez moi par ma naissance. » Sa façon minutieuse de développer ses idées me fit penser à Vérité. Lentement, son regard allait de sire Doré à moi ; on eût dit qu'il cherchait un allié, ou au moins une oreille compréhensive. Il se passa la langue sur les lèvres comme s'il s'apprêtait à prendre un risque, puis il demanda à voix très basse : « Connaissez-vous l'histoire du prince Pie ? »

Le fou et moi nous tûmes, et la bouchée que j'avalais perdit toute saveur. Devoir avait-il perdu l'esprit ? Enfin, sire Doré acquiesça d'un hochement de tête prudent.

« Je suis de sa lignée. Comme cela se produit parfois chez les Loinvoyant, je suis né doué du Vif. »

J'ignorais si je devais louer sa franchise ou m'horrifier de sa naïveté : comment savait-il qu'il ne venait pas de signer son arrêt de mort ? Je restai impassible, le regard impénétrable, tout en me demandant avec épouvante s'il avait déjà fait cet aveu devant d'autres personnes à Castelcerf.

Je crois que notre absence de réaction le démonta davantage qu'aucune autre manifestation. Nous demeurâmes immobiles à le dévisager, et il se jeta à l'eau : « Vous comprenez maintenant pourquoi il vaut mieux pour tout le monde que vous me relâchiez. Les Six-Duchés n'accepteront pas l'autorité d'un roi vifier, et je ne puis renoncer à ma nature ; je refuse de renier ce que je suis ; ce serait lâcheté de ma part et félonie envers mes amis. Si je vous accompagnais de mon plein gré, en peu de temps mon Vif serait de notoriété publique ; si vous me rameniez de force, mon retour serait cause de frictions et de divisions parmi la noblesse. Laissez-moi partir et dites à ma mère que vous ne m'avez pas retrouvé. C'est le mieux. »

Je baissai les yeux sur le dernier morceau de poisson qui me restait, puis demandai à mi-voix : « Et si nous jugions que le mieux serait de vous tuer ? De vous pendre, puis de vous trancher les membres et la tête et de vous réduire en cendres près d'un cours d'eau, avant de raconter à la Reine que nous ne vous avons pas retrouvé ? » Je détournai le regard de la peur panique que je lus dans ses yeux, honteux de mes paroles mais convaincu de la nécessité de lui enseigner la prudence. Je repris après un silence : « Il faut connaître les hommes avant de partager avec eux ses secrets les plus intimes. »

Et son gibier. Œil-de-Nuit apparut à côté de moi sans plus de bruit qu'une ombre, sa pensée aussi légère que la brise sur ma peau. Il laissa tomber un lapin un peu abîmé devant moi ; il en avait déjà dévoré les entrailles. D'un air détaché, il saisit le morceau de poisson que je tenais dans les mains, l'avala tout rond et se coucha près de moi en poussant un profond soupir. Il posa le museau sur ses pattes de devant. *Le lapin a détalé sous mon nez. Je n'ai jamais attrapé une proie aussi facilement.*

Le prince avait écarquillé les yeux si grand qu'on voyait le blanc tout autour de l'iris. Son regard sautait sans cesse du loup à moi ; il n'avait sans doute pas saisi les pensées que nous avions échangées, mais il savait tout de même à quoi s'en tenir désormais. Il se dressa d'un bond avec un cri furieux. « Vous devriez comprendre ! Comment pouvez-vous m'arracher non seulement à ma bête de lien mais à la femme qui partage avec moi cette parenté du Lignage ? Comment pouvez-vous trahir l'un des vôtres ? »

J'avais pour ma part des questions beaucoup plus importantes à poser. *Comment as-tu réussi à franchir si rapidement une telle distance ?*

De la même façon que sa marguette va s'y prendre, et pour une raison très semblable. Un loup peut avancer tout droit là où un cheval doit effectuer un détour. Es-tu prêt à les recevoir ? La main posée sur son échine, je sentis la fatigue qui faisait comme un bourdonnement en lui. Il écarta mon inquiétude d'un frémissement du pelage, comme s'il chassait une mouche importune. *Je ne suis pas aussi décrépit que tu le penses. Je t'ai apporté de la viande.*

Tu aurais dû la manger toi-même.

Je perçus une ombre d'amusement. *C'est ce que j'ai fait du premier lapin. Tu ne me crois quand même pas assez stupide pour te suivre aussi loin le ventre vide ?*

Celui-ci est pour toi et le Sans-Odeur, et aussi pour ce petit humain, si tu le veux.

A mon avis, il refusera de le manger cru.

A mon avis, éviter de faire du feu ne rime à rien. Ils vous trouveront sans avoir besoin d'une lumière pour les guider. Le petit appelle sa marguette ; c'est comme une respiration incessante. Il miaule comme un chat en chaleur.

Je ne m'en rends pas compte.

Ton nez n'est pas le seul de tes organes qui soit moins sensible que le mien.

Je me levai, puis poussai du pied le lapin éviscéré. « Je vais faire un feu pour le rôtir. » Le prince me dévisageait en silence, parfaitement conscient que je venais d'avoir une conversation dont il avait été exclu.

« Vous ne craignez pas d'attirer des poursuivants ? » demanda sire Doré, Malgré sa question, je savais qu'il souhaitait ardemment le réconfort d'un peu de viande cuite et d'une bonne flambée.

« Il s'en charge déjà, répondis-je en désignant le prince du menton. Allumer un feu le temps de faire cuire un lapin n'empirera pas notre situation.

— Comment pouvez-vous trahir votre propre sang ? » demanda Devoir.

J'avais déjà préparé une réponse la veille. « Il existe différents niveaux de loyauté dans cette affaire, mon prince, et, en ce qui me concerne, c'est d'abord aux Loinvoyant que va la mienne. La vôtre aussi, normalement. » Il était davantage de mon sang que je n'avais le courage de le lui dire, et je souffrais pour lui ; pourtant, je ne considérais pas mon attitude envers lui comme une trahison, mais comme la mise en place autour de lui de limites de protection. Je songeai avec remords que Burrich en avait fait autant pour moi jadis.

« Qu'est-ce qui vous donne le droit de me dire où doit aller ma loyauté ? » fit-il d'un ton hautain. La colère qui sous-tendait sa question m'apprit que cette interrogation ne lui était pas étrangère et le tourmentait.

« Vous avez raison. Je n'en ai pas le droit, mon prince : j'en ai le devoir, celui de vous rappeler ce que vous paraissez avoir oublié. Je vais aller chercher du bois pour le feu. Profitez-en pour réfléchir à ce qu'il adviendra du trône des Loinvoyant si vous refusez votre devoir et disparaissez dans la nature. »

Malgré sa fatigue, le loup se redressa lourdement et m'emboîta le pas. Nous nous rendîmes au bord du ruisseau en quête de branches mortes déposées par les hautes eaux du printemps et séchées par le soleil de l'été. Nous commençâmes par nous désaltérer, puis je passai de l'eau sur l'estafilade que m'avait laissée l'épée du prince. Nouveau jour, nouvelle cicatrice. Mais peut-être que non, après tout : j'avais à peine saigné. Je me désintéressai du sujet, me mis à la recherche de bois sec, aidé par la vision nocturne d'Œil-de-Nuit, supérieure à la mienne, et j'eus bientôt assemblé une brassée de branches. *Il te ressemble beaucoup,* fit le loup alors que nous retournions au campement.

Il est de la famille. C'est l'héritier de Vérité.

Parce que tu as refusé ce rôle. Il est ton sang, petit frère, ton sang et le mien.

Je restai interdit un moment, puis déclarai : *Tu fais beaucoup plus attention aux préoccupations humaines qu'autrefois. Il fut un temps où tu n'en remarquais rien.*

C'est vrai ; Rolf le Noir nous a prévenus que nous nous étions unis trop étroitement, que je suis plus homme qu'il n'est normal pour un loup, et toi plus loup. Nous devrons le payer, petit frère ; nous n'aurions rien pu y changer, de toute façon, mais le fait demeure ; nous souffrirons d'avoir trop intimement entretissé nos natures.

Que veux-tu dire ?

Tu le sais très bien.

C'était exact. Comme moi, le prince avait grandi dans un milieu où l'on n'employait pas le Vif, et, comme moi, il était non seulement tombé dans cette magie, mais il s'y vautrait avec délices. Ignorant, il avait formé un lien excessivement profond. Pour ma part, je m'étais tout d'abord lié à un chien alors que nous étions tous deux très jeunes et loin de posséder la maturité nécessaire pour songer aux conséquences d'une telle fusion, et Burrich nous avait séparés de force. A l'époque, je lui avais voué une haine qui avait perduré des années. Mais à présent je regardais le prince obsédé par sa marguette et je m'estimais heureux que seul le chiot eût été impliqué dans mon premier lien, car, j'ignorais comment, l'attachement du prince pour sa marguette s'était étendu à une jeune femme du Lignage ; quand je le ramènerai à Castelcerf, il perdra non seulement sa bête de Vif, mais aussi la femme dont il se croyait amoureux.

Quelle femme ?

Il parle d'une femme qui appartiendrait au Lignage ; sans doute une de celles qui l'accompagnaient à cheval.

Il parle d'une femme, mais il ne porte pas l'odeur d'une femme. Tu ne trouves pas ça étrange ?

Je réfléchis à cette remarque en regagnant le bivouac. Je déposai mon fagot et, comme je dressais le feu puis écorçais un bâton sec pour obtenir des copeaux inflammables, j'observai le garçon du coin de l'œil. Il avait débarrassé la serviette des reliefs du repas, sauf de la bouteille de vin, et il était assis sur une couverture, l'air morose, les genoux remontés sous le menton, le regard perdu dans la nuit qui s'épaississait.

J'abaissai toutes mes protections et tendis mon esprit vers lui. Le loup ne s'était pas trompé : il appelait sa compagne de Vif, mais je n'étais pas sûr qu'il s'en rendît seulement compte. C'était une petite lamentation qu'il émettait comme un chiot égaré qui cherche sa mère en gémissant, et elle me porta rapidement sur les nerfs à partir du moment où j'en eus pris conscience. Mon agacement n'était pas uniquement dû au fait qu'elle attirait ses amis vers nous, mais aussi à son aspect pleurnichard, qui à la fois m'épouvantait et me donnait envie de lui flanquer une taloche. Mais je me contins et, alors que j'essayais d'allumer le feu, je lui lançai sans ménagement : « Alors, on rêve à sa donzelle ? »

Il tourna la tête vers moi, surpris, tandis que sire Doré, saisi par la brutalité de ma question, faisait la grimace. Je me penchai pour souffler doucement sur la minuscule braise que j'avais obtenue ; son éclat grandit et bientôt une flamme pâle apparut.

Le prince prit une expression digne. « Elle ne quitte pas mes pensées », répondit-il à mi-voix.

Je dressai plusieurs morceaux de bois fins en faisceau sur mon petit feu. « Eh bien, comment elle est ? » J'employais le ton cru d'un soldat, avec des inflexions que j'avais apprises lors d'innombrables repas dans la salle des gardes de Castelcerf. « Est-ce qu'elle est... (je fis un geste universel sur lequel on ne pouvait se tromper) bonne ?

— Taisez-vous ! » cria violemment le prince.

Je lançai une œillade égrillarde à sire Doré. « Ah, ça, on connaît ; ça veut dire qu'il n'en sait rien. Pas de première main, en tout cas ; ou alors il n'y a que sa main qui le sait ! » Je me laissai aller nonchalamment en arrière et souris d'un air provocateur.

« Blaireau ! » s'exclama le seigneur Doré d'un ton outré. Je crois que je l'avais vraiment choqué.

Je n'en poursuivis pas moins dans la même voie. « Bah, c'est toujours comme ça : il en a plein la tête, de sa gueuse, mais je parie qu'il ne l'a jamais embrassée, et je ne parle même pas de la... » Et je réitérai mon geste.

Mes sarcasmes eurent l'effet désiré. Comme je plaçais des bouts de bois un peu plus gros sur la flambée, le prince se dressa d'un air scandalisé. A la lumière du feu, je vis ses pommettes enflammées et ses narines pincées par la colère. « Vous n'y êtes pas du tout ! fit-il d'une voix rauque. Ce n'est pas une... Mais, en fait de femmes, vous ne connaissez évidemment que les putains ! Elle, il faut l'attendre, la mériter, et, quand nous serons enfin ensemble, notre union sera plus noble et plus belle que tout ce que vous pouvez imaginer ! Son amour, il faut le conquérir, et je prouverai que je suis digne d'elle ! »

J'avais mal pour lui. Ses paroles étaient celles d'un adolescent, tirées de ballades et d'épopées, et elles reflétaient sa représentation de ce dont il n'avait aucune expérience. L'innocence de sa passion flamboyait en lui, et ses espérances, sa vision idéalisée de l'avenir brillaient dans ses yeux. Je trouvai une expression crue et cinglante, bien dans le ton du rôle que j'avais endossé, mais je fus incapable de lui faire franchir mes lèvres, et c'est le fou qui me tira d'affaire.

« Blaireau ! fit-il d'un ton cassant. Assez ! Contentez-vous de faire cuire la viande !

— Oui, monseigneur », grommelai-je, et je lançai à Devoir un coup d'œil moqueur qu'il ne daigna pas relever. Alors que je prenais le lapin raidi d'une main et mon poignard de l'autre, le seigneur Doré s'adressa au prince avec douceur.

« A-t-elle un nom, cette dame que vous admirez tant ? L'ai-je croisée à la cour ? » On sentait dans ses questions une curiosité courtoise, à laquelle la chaleur de sa voix donnait une tournure flatteuse. Devoir tomba aussitôt sous le charme malgré l'irritation que j'avais suscitée chez lui, et peut-être à cause d'elle : l'occasion s'offrait à lui de démontrer qu'il était un gentilhomme de bonnes manières, de négliger mon indiscrétion grossière et de répondre aussi poliment que si je n'existais pas.

Il sourit en baissant les yeux sur ses mains, du sourire d'un adolescent qui vit un amour secret. « Non, vous ne l'aurez pas croisée à la cour, sire Doré ; ses pareilles ne fréquentent pas ce genre de lieux. C'est une dame des bois sauvages, une chasseresse et une habitante des forêts. Elle ne brode point de mouchoirs dans un jardin l'été, ni ne se pelotonne entre d'épaisses murailles près d'un âtre quand le vent se lève ; elle vagabonde librement par le vaste monde, les cheveux dans la brise, les yeux pleins des mystères de la nuit.

— Je comprends. » On percevait dans la voix du seigneur Doré toute l'indulgence d'un homme rassis pour la première histoire d'amour d'un jeune homme. Il s'installa sur sa selle, près du garçon mais légèrement plus haut que lui. « Et cette merveille des sylves a-t-elle un nom ? Une famille ? » demanda-t-il d'un ton paternel.

Devoir leva le regard vers lui, puis secoua la tête avec lassitude. « Là, vous voyez quelle question vous me posez ? C'est pourquoi je n'en puis plus de la cour. Comme s'il m'importait qu'elle fût noble ou fortunée ! C'est elle que j'aime.

— Mais elle porte certainement un nom, protesta sire Doré d'un ton tolérant tandis que je décollais la peau du lapin de la pointe de mon poignard. Sinon, que murmureriez-vous aux étoiles, la nuit, quand vous rêvez d'elle ? » J'écorchai le lapin cependant qu'il dépouillait l'aventure amoureuse du prince de ses secrets. « Allons, comment avez-vous fait sa connaissance ? » Il prit la bouteille de vin, but délicatement au goulot puis la tendit au prince.

Le garçon la fit tourner entre ses mains d'un air pensif, regarda le sourire engageant du seigneur Doré et but à son tour. Enfin, il s'assit, la bouteille appuyée sur ses mains jointes, le goulot pointé vers le petit feu qui dessinait ses traits en liséré sur le fond obscur de la forêt. « C'est ma marguette qui m'a conduite à elle », avoua-t-il finalement. Il prit une nouvelle gorgée de vin. « J'étais sorti une nuit, discrètement, pour chasser avec elle, j'ai besoin de solitude, de temps en temps. Vous savez ce qu'est la vie à la cour : si j'annonce que j'ai l'intention de faire un tour à cheval à l'aube, à mon lever je trouve six gentilshommes prêts à m'accompagner et une dizaine de dames venues nous dire au revoir ; si je laisse échapper que je vais me promener dans les jardins après le dîner, je ne peux pas faire un pas sans tomber au détour du chemin sur une dame en train d'écrire un poème sous un arbre ou un seigneur qui désire que je dise un mot à la Reine en sa faveur. C'est étouffant, sire Doré ; en vérité, j'ignore pourquoi tant de personnes décident de vivre à la cour alors que rien ne les y oblige. Si j'en avais la liberté, je la quitterais tout de suite. » Il se redressa soudain et balaya les alentours du regard. « Mais je l'ai quittée ! fit-il brusquement, comme s'il était lui-même surpris. Je suis ici, loin de toute cette hypocrisie et de toutes ces manœuvres, et je suis heureux. Ou du moins je l'étais avant que vous ne veniez m'y ramener. » Il m'adressa un coup d'œil furieux, comme si j'étais le seul fautif et sire Doré un innocent badaud.

Mon maître reprit adroitement le fil de la conversation

qui l'intéressait. « Vous êtes donc sorti chasser avec votre marguette, et cette dame...

— Je suis sorti chasser et... »

Le nom de la marguette ? intervint soudain Œil-de-Nuit d'un ton pressant.

J'eus un grognement ironique. « On dirait bien que la marguette et la dame ont le même nom : « Inconnue ». » J'embrochai le lapin sur mon épée ; je n'aimais pas utiliser ma lame de cette façon, car c'était mauvais pour sa trempe ; cependant, pour me procurer une branche verte, il m'aurait fallu me rendre à l'orée de la forêt, loin du prince, or je tenais à entendre ce qu'il avait à dire.

Devoir répondit d'un ton cinglant : « J'aurais cru que vous, un Pie, sauriez que les animaux ont un nom qui leur est propre, qu'ils ne révèlent à leur compagnon qu'au moment qu'ils jugent opportun. Ma marguette ne m'a pas encore donné le sien ; quand je serai digne de sa confiance, je l'apprendrai.

— Je ne suis pas un "Pie" », rétorquai-je d'un ton revêche.

Devoir ne me prêta aucune attention et reprit avec feu à l'adresse de sire Doré : « Il en va de même pour ma dame. Je n'ai nul besoin de connaître son identité alors que c'est son essence que j'aime.

— Naturellement, naturellement », répondit le seigneur Doré d'un ton apaisant. Il se rapprocha encore du prince et poursuivit : « Mais j'aimerais entendre le récit de votre première rencontre avec la belle, car, je le confesse, je suis au fond aussi sentimental qu'une dame de la cour qui pleure en écoutant un ménestrel. » Il ne s'était sans doute pas rendu compte de la portée des paroles du prince, mais, pour ma part, je m'étais senti envahi par une profonde impression d'anomalie ; en effet, Œil-de-Nuit ne m'avait pas révélé son vrai nom tout de suite, mais il y avait des mois que le lien entre la marguette et le prince s'était établi. Je fis tourner mon épée, mais le lapin ne suivit pas le mouvement ; sa cavité abdominale était trop large pour ma lame, et la partie déjà rôtie retomba du côté de la flamme. En grommelant, je retirai l'animal du feu et me brûlai les doigts en le fixant plus solidement sur mon arme, puis je le replaçai au-dessus de la flambée.

« Notre première rencontre... » fit Devoir d'un ton rêveur. Un sourire triste apparut sur ses lèvres. « Malheureusement, dans un sens, elle reste à venir ; mais, pour l'essentiel, j'ai déjà rencontré ma dame. La marguette me l'a montrée, ou plutôt elle s'est révélée à moi à travers la marguette. »

Sire Doré inclina la tête en regardant le garçon d'un air à la fois intéressé et perplexe. Le sourire de son interlocuteur s'élargit.

« C'est difficile à expliquer à quelqu'un qui n'a pas l'expérience du Vif, mais je vais essayer. Grâce à ma magie, je puis partager les pensées de la marguette, et ses perceptions accroissent les miennes. Parfois, alors que je me trouve dans mon lit la nuit, je lui abandonne mon esprit et je ne fais plus qu'un avec elle ; je vois ce qu'elle voit, je ressens ce qu'elle ressent. C'est merveilleux, sire Doré, et non avilissant ni bestial comme d'aucuns veulent le faire croire ! Le monde a pris vie autour de moi ; s'il était possible de vous faire partager cette expérience, je le ferais, simplement pour que vous compreniez ! »

Avec quelle ardeur il faisait l'éloge de sa magie ! J'aperçus une lueur d'amusement dans l'œil de sire Doré, mais le prince, lui, ne vit sûrement là que chaleur et compréhension, « Je vais devoir m'en remettre à mon imagination », murmura mon maître.

Devoir secoua la tête. « Non, vous n'arriverez à rien ; c'est inimaginable pour qui n'est pas né avec le don, et c'est pourquoi on nous persécute : ceux qui sont dépourvus de cette magie éprouvent une jalousie qui tourne bientôt à la haine.

— A mon avis, la peur joue aussi son rôle dans l'affaire », dis-je, mais le fou me jeta un regard qui m'ordonnait de me taire. Penaud, je me détournai d'eux et fis pivoter le lapin fumant au-dessus du feu.

« Je crois pouvoir me représenter votre communion avec la marguette. Quelle merveille ce doit être de partager les pensées d'une si noble créature ! Quelle expérience pleine d'enseignements de vivre la nuit et la chasse en compagnie d'un animal en accord si parfait avec la nature ! Cependant, je l'avoue, je ne saisis pas comment elle a pu vous révéler cette dame incomparable... à moins qu'elle ne vous ait conduit à elle ? »

Quel plaisir de sentir ses griffes immondes me déchirer le ventre !

Chut !

Les marguets, de nobles créatures ? Des sournois à l'haleine de charogne qui crachent et qui feulent, oui !

Non sans mal, je fis la sourde oreille aux apartés d'Œil-de-Nuit pour écouter la conversation, tout en ayant l'air uniquement préoccupé de la cuisson du lapin. Le prince secouait la tête en souriant béatement à sire Doré, heureux de parler de son amour. Avais-je un jour été jeune à ce point ?

« Cela ne s'est pas déroulé ainsi. Une nuit, alors que la marguette et moi traversions une forêt aux arbres noir argenté par l'éclat de la lune, j'ai senti que nous n'étions pas seuls. Ce n'était pas l'impression inquiétante qu'on éprouve lorsqu'on se sait observé. Cela ressemblait davantage à... Imaginez que le vent soit le souffle d'une femme sur votre nuque, l'odeur des bois son parfum, le gazouillis d'un ruisseau son rire amusé. Tout cela, je l'avais entendu ou senti cent fois déjà, mais cette nuit-là ces sensations semblaient multipliées. J'ai d'abord cru que mon esprit me jouait des tours, mais, peu à peu, par le biais de la marguette, j'ai appris à mieux la connaître. Je savais qu'elle assistait à notre chasse et que je lui plaisais. Quand j'ai partagé la viande fraîche de notre proie avec la marguette, j'ai perçu que la femme goûtait elle aussi sa saveur. Les sens de ma bête de Vif aiguisent les miens, je vous l'ai dit, sire Doré, mais cette nuit-là j'ai vu le monde, non comme mes yeux ou ceux de la marguette le perçoivent, mais tel que le voit ma dame ; j'ai vu le cadre parfait qu'un mur écroulé donnait à un jeune arbre qui s'efforçait de survivre, j'ai vu le motif, toujours répété et toujours différent, du reflet de la lune sur un ruisseau parmi les rochers, j'ai vu... j'ai vu la poésie de la nuit telle qu'elle la perçoit. »

Le prince Devoir soupira lentement, perdu dans sa passion amoureuse, tandis que, chez moi, un soupçon grandissait lentement et me glaçait peu à peu ; les oreilles dressées, les muscles tendus, le loup à mes côtés partageait mon mauvais pressentiment.

« C'est ainsi que tout a commencé, par quelques aperçus partagés de la beauté du monde. Mais que j'étais naïf ! J'ai cru tout d'abord qu'elle se trouvait tout près de nous et nous observait depuis quelque cachette. J'ai demandé à la marguette de me mener à elle, et, sur mon insistance, elle a fini par accepter, mais pas de la façon à laquelle je m'attendais. C'était comme s'approcher d'un château dissimulé dans le brouillard ; pan après pan, les voiles de la brume s'écartaient, et plus j'avançais vers elle plus il me tardait de la contempler en chair et en os. Cependant, elle m'a enseigné que la patience serait preuve de noblesse ; je dois achever au préalable mon apprentissage du Vif. Je dois apprendre à renoncer à mes limites et à ma personnalité d'homme, et laisser la marguette me posséder. Une fois que je l'aurai laissée entrer en moi et que je serai entièrement devenu elle, j'aurai établi le contact le plus intime avec ma dame, car nous sommes tous deux liés à la même créature. »

C'est possible, ça ? Le ton du loup était incrédule.

Je l'ignore, avouai-je. Puis j'ajoutai plus fermement : *Mais je ne le pense pas.*

« Ça ne marche pas comme ça », dis-je tout haut. Je m'étais efforcé de m'exprimer sans agressivité, car je cherchais seulement à prévenir le fou, mais cela n'empêcha pas le prince de se hérisser.

« J'affirme que si. Me traiteriez-vous de menteur ? »

Je repris mon rôle de rustre. « Si j'avais voulu vous traiter de menteur, fis-je d'un ton onctueux, j'aurais dit : « Vous êtes un menteur ». Mais j'ai dit : « Ça ne marche pas comme ça. » Un sourire découvrit mes dents. « Vous ne comprenez pas ? Vous ne savez pas de quoi vous parlez, voilà ce que je pense ! Vous répétez comme un perroquet ce que quelqu'un d'autre vous a enfoncé dans le crâne, c'est tout !

— Pour la dernière fois, Blaireau, taisez-vous ! Vous interrompez une histoire passionnante, et peu nous chaut, au prince et à moi-même, que vous la croyiez ou non. Je tiens à savoir comment elle finit. Reprenons, monseigneur ; quand avez-vous enfin rencontré cette dame ? » Au ton qu'il avait employé, on sentait sire Doré suspendu aux lèvres de son interlocuteur.

L'exaltation amoureuse de Devoir fit soudain place à un accablement poignant. « Je ne l'ai jamais vue, du moins pas encore. J'allais à sa rencontre quand vous m'avez rattrapé. Sur son appel, j'ai quitté Castelcerf ; elle m'a promis d'envoyer des gens m'aider à la rejoindre et elle a tenu parole. Elle m'a promis qu'à mesure que j'apprendrai à connaître ma magie, que mon lien avec ma marguette s'approfondira et deviendra plus ouvert, je la découvrirai de plus en plus. Naturellement, il faudra que je démontre que je suis digne d'elle ; mon amour sera mis à l'épreuve, ainsi que la sincérité de ma résolution à ne faire qu'un avec le Lignage ; il faudra que j'apprenne à éliminer toute barrière entre la marguette et moi. Elle m'a prévenu que ce serait ardu, que je serais obligé de modifier ma façon de penser ; mais, quand je serai prêt (et, malgré l'obscurité, je vis les pommettes du prince s'enflammer), elle a promis que nous nous joindrons dans une union plus solide et plus authentique que tout ce dont je puis rêver. » Sa jeune voix devint rauque sur ces derniers mots.

La colère montait lentement en moi. Je savais ce qu'il imaginait, et j'étais quasiment convaincu que ce que la femme lui offrait n'avait aucun rapport avec ses illusions : il croyait qu'ils allaient consommer leur relation ; je craignais, moi, qu'il ne se fasse consumer.

« Je comprends », dit sire Doré avec de la compassion dans la voix, mais j'avais pour ma part la certitude qu'il n'avait absolument rien compris.

L'espoir brilla dans les yeux du garçon. « Alors vous voyez pourquoi il faut me laisser partir ? Je dois continuer mon chemin. Je ne vous demande pas de me ramener auprès de mes guides : je sais que leur colère représenterait un danger pour vous. Non, rendez-moi simplement mon cheval et laissez-moi m'en aller. C'est facile ; retournez à Castelcerf et dites que vous ne m'avez pas retrouvé. Personne ne saura jamais la vérité.

— Si, moi, fis-je d'un ton mielleux en retirant le lapin du feu. C'est cuit », ajoutai-je.

Carbonisé.

Le prince me lança un regard haineux, et j'eus l'impression d'y lire la solution évidente qui s'était présentée à lui : tuer le valet, le réduire au silence. J'étais prêt à parier que le fils de Kettricken n'avait appris à se montrer impitoyable à ce point qu'au contact des Pie ; pourtant, c'était également une idée bien digne de ses ancêtres Loinvoyant. Je soutins son regard avec une petite moue provocatrice. Il inspira profondément, puis je le vis se dominer, et il détourna les yeux pour dissimuler son aversion. Il possédait une admirable maîtrise de lui-même. Allait-il tenter de m'assassiner pendant mon sommeil ?

Je ne le quittai pas de l'œil, le mettant au défi de croiser mon regard, tandis que je réduisais notre repas en portions fumantes. Les doigts couverts de graisse et noircis par les parties brûlées, je tendis un morceau de viande à sire Doré qui l'accepta d'un air de dégoût distingué. Comme il avait autant que moi souffert de la faim toute la journée, je savais que c'était pure comédie.

« Un peu de viande, mon prince ? demanda-t-il.

— Non, merci. » Le garçon s'exprimait d'un ton glacial. Je m'étais moqué de lui et il était trop fier pour accepter quoi que ce fût de moi.

Le loup refusa sa part, si bien que le seigneur Doré et moi-même dévorâmes le lapin et n'en laissâmes que la carcasse. Le prince était assis à l'écart, les yeux perdus dans l'obscurité ; au bout d'un moment il s'allongea sur sa couverture et je sentis son appel de Vif croître en volume.

Sire Doré cassa en deux l'os qu'il tenait, en aspira un peu de moelle, puis le jeta dans les braises. Dans la lueur mourante du feu, il me regarda avec les yeux du fou, mais son expression mêlait si intimement reproche et compassion que je ne sus comment y réagir. Nous nous tournâmes vers le garçon : il paraissait assoupi.

« Je vais voir comment vont les chevaux, dis-je.

— Je tiens à me rendre compte par moi-même de l'état de Malta », répondit le fou, et nous nous levâmes. Comme je me redressais, mon dos se bloqua un instant. J'avais perdu l'habitude de ce genre d'existence.

Je vais le surveiller, annonça le loup d'un ton las, et, avec un soupir, il quitta sa place et se dirigea d'une démarche raide vers les paquetages, les selles et le prince endormi. Sans hésiter, il prit entre ses dents la couverture que j'avais sortie à mon intention, la tira d'un côté puis de l'autre jusqu'à ce qu'elle fût étendue comme il le désirait et se coucha sur elle. Il me regarda, battit des paupières, puis braqua les yeux sur le garçon.

Malgré le traitement que nous leur avions infligé, les juments étaient relativement en bonne forme. Malta vint avec empressement à la rencontre du fou et frotta sa tête contre son épaule pendant qu'il la flattait de la main ; Manoire feignit de ne pas remarquer ma présence mais s'arrangea pour éviter mon contact chaque fois que je tentai de l'approcher ; la monture du prince resta neutre et ne manifesta ni enthousiasme ni rétivité quand je la touchai. Après que je l'eus caressée quelques instants, Manoire, derrière moi, me poussa du museau, et, quand je me retournai, se laissa caresser à son tour.

Le fou déclara, en s'adressant apparemment à Malta : « Ce doit être dur pour toi de faire sa connaissance dans de telles circonstances. »

Je n'avais pas l'intention de répondre car je ne voyais pas quoi dire, mais, à ma propre surprise, je m'entendis répliquer : « Ce n'est pas vraiment mon fils. C'est celui de

Kettricken et l'héritier de Vérité. Mon corps a participé à sa conception, mais pas moi ; c'est Vérité qui habitait ma chair. »

Je n'avais pas envie de me remémorer cet épisode. Quand Vérité m'avait révélé qu'il existait un moyen d'éveiller son dragon, que ma vie et ma passion en étaient la clé, j'avais cru que mon roi me demandait de me sacrifier pour lui, et, toujours loyal bien qu'à bout d'espoir, j'avais accepté de tout mon cœur. Mais il s'était servi de l'Art pour s'emparer de mon corps et m'avait laissé prisonnier dans l'épave décrépite du sien tandis qu'il allait retrouver sa jeune épouse et concevoir avec elle un héritier. Je ne gardais rien dans ma mémoire des heures qu'ils avaient partagées ; en revanche, je me rappelais parfaitement cette longue soirée passée dans la chair d'un vieillard. Même Kettricken ignorait le détail des événements d'alors ; seul le fou connaissait le secret de la conception de Devoir, et sa voix me tira brusquement de mes pénibles souvenirs.

« Il te ressemble tant lorsque tu avais son âge que j'en ai le cœur serré. »

Que répondre à cela ? Rien.

« Quand je le regarde, j'ai envie de le serrer contre moi pour le protéger, lui épargner les horreurs qu'on t'a infligées au nom de la survie des Loinvoyant. » Il se tut un instant. « Non, c'est faux, avoua-t-il. Je voudrais le protéger de toutes les horreurs qu'on t'a infligées parce que je t'avais désigné comme Catalyseur. »

La nuit était trop noire et nos ennemis trop proches pour que j'eusse envie d'en entendre davantage sur le sujet. « Tu devrais dormir près de lui, à côté du feu. Le loup sera là aussi. Garde ton épée à portée de main.

— Et toi ? » demanda-t-il après un moment de silence.

Etait-il déçu que j'eusse changé si résolument de conversation ?

De la tête, j'indiquai les arbres qui poussaient le long du ruisseau. « Je vais monter dans l'un d'eux pour surveiller les alentours. Essaye de dormir quelques heures. S'ils tentent de nous prendre par surprise, ils devront traverser toute la prairie, et je verrai leurs silhouettes se découper sur le feu ; nous aurons le temps de réagir.

— Réagir comment ? »

Je haussai les épaules. « S'ils ne sont que quelques-uns, en nous battant ; s'ils sont nombreux, en prenant la fuite.

— Puissamment étudié, comme stratégie. Umbre t'a bien formé.

— Repose-toi ; nous nous lèverons avec la lune. »

Nous nous séparâmes, et je m'éloignai avec l'impression que nous ne nous étions pas tout dit, qu'il restait un point important à évoquer. Bah ! Nous trouverions un moment propice plus tard.

Celui qui croit facile de repérer dans le noir un arbre pratique à escalader n'a jamais tenté l'expérience. C'est seulement à mon troisième essai que j'en découvris un qui m'offrait à la fois une branche assez large pour que je puisse m'y asseoir et une vue dégagée sur notre bivouac. Quand je me fus installé, au lieu de me laisser aller à songer aux caprices du destin qui avait fait de moi le géniteur de deux enfants et le père d'aucun, je préférai m'inquiéter du sort de Heur. Umbre tiendrait parole, j'en étais sûr, mais mon garçon lui-même saurait-il remplir sa part du marché ? Lui avais-je appris à travailler convenablement, se montrerait-il assez soigneux, écouterait-il attentivement et accepterait-il avec humilité qu'on corrige ses erreurs ?

L'obscurité était totale. J'écarquillais les yeux dans

l'espoir de voir se lever la lune décroissante, mais en vain, je le savais : sa maigre lumière n'apparaîtrait pas avant le milieu de la nuit. Sur le fond rougeâtre des braises de notre feu, je distinguais vaguement les contours du prince et de sire Doré enroulés dans leurs couvertures. Le temps passait. Aimablement, un moignon de branche m'aidait à résister au sommeil en s'enfonçant dans mes reins dès que je me laissais aller à une position trop confortable.

Descends.

Je m'étais assoupi. Je ne voyais pas le loup, mais je savais qu'il m'attendait dans les ténèbres au pied de mon perchoir. *Quelque chose ne va pas ?*

Descends. Pas de bruit.

J'obéis, mais pas aussi discrètement que je l'aurais souhaité. Je me suspendis à ma branche par les mains puis me laissai tomber ; je m'aperçus alors qu'il y avait une dépression dans le sol et ma chute fut plus longue que prévu. Le choc fit claquer mes mâchoires et choqua ma colonne vertébrale contre la base de mon crâne. *Je suis trop vieux pour ce genre d'exercices.*

Non, tu aimerais seulement que ce soit vrai. Viens.

Je le suivis, les dents serrées. Il me ramena en silence jusqu'au camp. Le fou se redressa sans bruit à notre approche. Malgré la nuit, je distinguai son expression interrogatrice et je lui fis signe de se taire.

Le loup se rendit près du prince qui dormait, roulé en boule comme un chaton dans ses couvertures. Il posa son museau contre l'oreille du garçon, et je lui indiquai à grands gestes de ne pas le réveiller, mais, sans me prêter attention, il glissa sa truffe sous la joue du prince et la releva. La tête de Devoir roula mollement comme celle d'un cadavre. Mon cœur manqua un battement, et puis j'entendis le léger ronflement de la respiration du prince endormi. Le loup lui donna un nouveau coup de museau, mais il ne se réveilla pas davantage.

Je me tournai vers le fou qui me rendit mon regard abasourdi, puis j'allai m'agenouiller près du garçon. Œil-de-Nuit leva les yeux vers moi.

Il tendait son Vif vers ses amis, il essayait de les contacter, et tout à coup il a disparu. Je ne le sens plus. Le loup était inquiet.

Il est très loin, presque hors d'atteinte. Je réfléchis un moment. *Ce n'est pas le Vif.*

« Veille sur nous », ordonnai-je au fou, puis je m'allongeai à côté du prince et fermai les yeux. Comme si je me préparais à plonger en eau profonde, je mesurai chacune de mes respirations en calquant leur rythme sur celles du garçon. *Vérité,* me dis-je, sans raison particulière, sinon qu'apparemment ce nom m'aidait à me concentrer. J'hésitai, puis, à tâtons, je saisis la main du garçon et j'éprouvai un plaisir irrationnel à y sentir les cals du travail. Je pris une ultime inspiration et me jetai dans le flot de l'Art. Peau contre peau, je trouvai Devoir aussitôt.

J'accrochai ma conscience à la sienne et me laissai emporter avec lui. Je compris soudain que c'était ainsi que le clan de Galen, bien des années plus tôt, espionnait le roi Subtil ; je n'avais alors eu que mépris pour cette méthode de sangsue, mais c'est sans états d'âme que je m'en servais à présent pour suivre mon prince.

J'avais ressenti un choc, l'impression d'un fort lien de parenté, quand j'avais vu le garçon de près, mais c'était sans commune mesure avec ce que j'éprouvais désormais. Je reconnaissais sa façon désordonnée d'essayer de s'orienter, son usage aveugle et sans grâce de l'Art ; j'avais agi de même autrefois, projetant mon esprit aux quatre vents sans savoir comment je m'y prenais ni à quels dangers je m'exposais. Il tendait son Vif en ignorant qu'il artisait en même temps. Je connus un instant d'accablement, car je venais de constater qu'à l'instar de mon Art, le sien se mêlait de Vif; maintenant qu'il avait appris à artiser de cette manière, pouvait-on encore le former à employer la magie de l'Art dans toute sa pureté ?

Et puis ces réflexions s'effacèrent de mon esprit car ma position me permettait d'observer son Vif et ce que je vis m'épouvanta.

Le prince Devoir était la marguette. Il n'était pas seulement lié à l'animal : il se fondait complètement en lui sans rien retenir de lui-même. Certes, le loup et moi avions entrelacé nos consciences à un niveau profond et périlleux, mais il restait extrêmement superficiel à côté de l'abdication totale à laquelle le prince se soumettait.

Et, pire encore, sa bête de Vif acceptait sans réserve cette soumission. Tout à coup, comme si j'avais battu des paupières, je perçus qu'il ne s'agissait nullement d'une marguette ; le félin constituait en réalité une couche infime de la créature. C'était une femme.

Je me sentis pris dans un tourbillon de confusion et je faillis perdre ma prise sur le prince. Le Vif n'agissait pas entre humains ; cela, c'était le domaine de l'Art. Le prince artisait-il la femme, alors ? Non, leur lien n'était pas celui de l'Art. Je m'efforçai de débrouiller mes perceptions mais en vain : j'étais incapable de distinguer la femme de la marguette, et Devoir était immergé dans les deux. Cela n'avait aucun sens. La femme examinait l'esprit du garçon sur toutes ses coutures... Non, elle était là et emplissait son corps comme un liquide lourd et froid. Je la sentais se déplacer en lui, explorant la forme de sa chair autour d'elle ; c'était un monde qui lui restait étranger. Pourtant, ce contact glacé de l'intérieur avait quelque chose d'étrangement érotique. Leur union dans la marguette n'était pas encore suffisante, mais bientôt, bientôt, elle le lui promettait, bientôt il la connaîtrait complètement. Ses amis venaient à sa rescousse et elle savait où il se trouvait. Devoir lui montra sans retenue tout ce qu'il avait appris sur le seigneur Doré et moi, l'état de nos montures, la force qu'elles avaient encore, le loup qui m'accompagnait, et je sentis la fureur et la révulsion de la femme envers un membre du Lignage qui trahissait les siens.

Ils approchaient. Par les yeux de la marguette qui les menait en claudiquant, je reconnus les Pie que nous avions combattus dans la journée ; l'homme à la grande carrure avançait lentement, à pied, conduisant son énorme monture à travers la forêt ténébreuse. Les deux femmes le suivaient à cheval, et l'homme au visage griffé fermait la marche, son marguet blessé en croupe. Ils avaient à présent deux chevaux sans cavalier, ce qui signifiait que nous avions tué ou gravement blessé un de leurs membres. *Nous arrivons, mon amour. Un oiseau est parti chercher des secours supplémentaires ; tu seras bientôt de nouveau parmi nous,* promit la femme. *Nous ne laisserons rien au hasard et nous ne courrons pas le risque de te perdre encore une fois ; quand les autres seront là, le piège se refermera et nous te délivrerons.*

Allez-vous tuer sire Doré et son valet ? demanda Devoir avec appréhension.

Oui.

J'aimerais qu'on ne touche pas à sire Doré.

C'est nécessaire. Je le regrette, mais il le faut, car il s'est aventuré trop loin sur notre territoire ; il a vu le visage des nôtres et il a emprunté nos chemins. Il doit mourir.

Ne peut-on le laisser s'en aller ? Il a de la sympathie pour notre cause. Si nous lui démontrions notre force, peut-être regagnerait-il simplement Castelcerf en disant ne pas m'avoir retrouvé...

A qui es-tu fidèle ? Comment peux-tu lui faire confiance si vite ? As-tu oublié combien des nôtres se sont fait assassiner sous les Loinvoyant ? Tiens-tu à nous voir mourir, moi et tout notre peuple ?

On aurait dit un fouet qui claquait et j'eus mal pour Devoir en le sentant courber l'échine. *Mon cœur t'appartient, mon amour ; il est tout à toi,* affirma-t-il.

Tant mieux. Dans ce cas, ne te fie qu'à moi et laisse-moi agir comme je le dois. Rien ne t'oblige à t'y arrêter, à te croire responsable des malheurs que les gens attirent sur eux-mêmes ; tu n'y es pour rien. Tu as tenté de t'en aller discrètement, et ce sont eux qui se sont lancés à tes trousses et t'ont attaqué. N'y pense plus.

Et elle l'enveloppa d'amour, d'une chaude vague d'affection qui noya toute pensée personnelle qu'il aurait pu concevoir ; pourtant elle semblait demeurer presque extérieure à cette déferlante, et je compris : cet amour, c'était celui de la marguette, l'amour farouche, à griffes et à crocs, d'un félin. L'émotion me submergea moi aussi, et, malgré ma circonspection, je faillis y succomber. Je sentis le prince accepter le fait qu'elle fît ce qui était nécessaire : leur union était le seul but qu'elle poursuivait. Existait-il un prix trop élevé à payer pour cela ?

Elle est morte.

La pensée du loup résonna comme une voix dans la chambre d'un dormeur. L'espace d'un instant, je l'intégrai à mes rêves, puis sa signification me frappa comme un coup de poing à l'estomac. *Evidemment ! Elle est morte et elle s'est emparée de la marguette !*

J'avais stupidement répondu au loup et la femme perçut aussitôt ma présence.

Qu'est-ce que c'est ? Je sentis de la peur et de l'indignation, mais surtout un ébahissement absolu. Une telle situation lui était complètement étrangère, ne faisait pas partie de sa magie, et, dans la nudité de sa stupéfaction, elle dévoila une grande part d'elle-même.

Je rompis brutalement tout contact ; elle savait que quelqu'un s'était trouvé là, à l'observer, et je ne voulais pas qu'elle en apprît davantage. J'eus tout de même le temps de la sentir affermir son emprise sur Devoir, et il me vint l'image d'un fauve saisissant une souris entre ses griffes et lui brisant la nuque d'un coup de mâchoires ; c'était une semblable impression de possession et de voracité à la fois. L'espace d'un instant, j'espérai que le prince voyait sa bien-aimée avec la même lucidité que moi ; pour elle, il était un jouet, un objet qui lui appartenait, un instrument. Elle n'éprouvait nul amour pour lui.

Mais la marguette, si, remarqua Œil-de-Nuit.

Et, sur le constat de cette disparité, je revins en moi.

Je ressentis le même choc que lorsque je m'étais laissé tomber de l'arbre. Violemment réincarné, je me redressai sur mon séant en suffoquant, essayant de retrouver mon souffle et de reconnaître mon espace personnel. A côté de moi, le prince demeura inerte, mais Œil-de-Nuit apparut aussitôt près de moi et fourra sa grande tête sous mon bras. *Vas-tu bien, petit frère ? T'a-t-elle fait du mal ?*

Je voulus répondre, mais, au lieu de cela, je me penchai brusquement en avant avec un cri étouffé alors que la migraine d'Art explosait dans ma tête. Littéralement aveuglé, je me retrouvai isolé au milieu d'une nuit déchirée par des éclairs d'une blancheur éblouissante. Je battis des paupières, puis me frottai les yeux dans l'espoir d'en chasser les lumières douloureuses, mais elles éclatèrent alors de couleurs qui m'étourdirent et me mirent le cœur au bord des lèvres. Je courbai le dos et me recroquevillai sous la souffrance.

Un peu plus tard, je sentis qu'on appliquait un linge froid sur ma nuque, et je perçus à mes côtés la présence du fou, qui conservait un silence dont je lui rendis grâce. J'avalai ma salive, respirai à fond plusieurs fois et dis, le visage dans les mains : « Ils arrivent, les Pie que nous avons combattus aujourd'hui, et d'autres encore. Ils savent où nous sommes grâce au prince. C'est comme une balise pour eux ; nous ne pouvons pas nous cacher et ils sont trop nombreux pour leur résister. La fuite est notre seul espoir. Nous n'avons pas le temps d'attendre le lever de la lune ; Œil-de-Nuit nous guidera. »

D'une voix très douce, comme s'il devinait ma souffrance, le fou demanda : « Dois-je réveiller le prince ?

— Inutile de te fatiguer. Il est très loin d'ici et je ne pense pas que la femme soit prête à lui permettre de regagner tout de suite son corps. Il faut l'emporter comme un poids mort. Selle les chevaux, veux-tu ?

— Bien sûr. Fitz, es-tu capable de tenir à cheval dans ton état ? »

J'ouvris les yeux. Des zébrures flottantes de lumière morcelaient encore ma vision, mais je distinguais à présent derrière elles la prairie enténébrée. J'eus un sourire forcé. « Il faudra bien, comme il faudra bien que mon loup fasse l'effort de courir ; toi-même, tu seras peut-être obligé de te battre. Aucun d'entre nous n'en a envie, mais nous sommes au pied du mur. Œil-de-Nuit, mets-toi en route sans attendre ; trouve-nous un chemin et prends autant d'avance que tu le peux. J'ignore de quelle direction les renforts arrivent ; va te renseigner. »

Tu essayes de m'éloigner du danger. Il y avait presque du reproche dans sa pensée.

C'est ce que je ferais si c'était possible, mon frère, mais, en vérité, je t'envoie peut-être là où le péril est le plus grand. Va, pars en éclaireur.

Avec raideur, il se leva, s'étira, puis il s'ébroua et se lança, non à longues foulées, mais au pas trottant qui lui permettait de dévorer les distances ; presque aussitôt, il disparut à mes yeux, loup gris fondu dans la prairie grise. *Sois prudent, mon cœur,* lui transmis-je, mais doucement, doucement, afin qu'il ne perçoive pas combien j'avais peur pour lui.

Je me levai à mon tour avec un luxe de précautions, comme si ma tête était un verre rempli à ras bord ; naturellement, je savais que mon cerveau ne déborderait pas de mon crâne, mais je l'espérais presque. J'ôtai de ma nuque le mouchoir humide du fou et l'appliquai un moment sur mon front et mes yeux. Quand je regardai le prince, il ne me parut pas avoir bougé, sinon peut-être qu'il s'était encore davantage recroquevillé sur lui-même. J'entendis le fou s'approcher dans mon dos, les chevaux à la bride, et je me retournai avec des mouvements prudents.

« Peux-tu m'expliquer ce qui se passe ? » demanda-t-il à mi-voix, et je pris conscience alors du peu qu'il savait ; il était d'autant plus admirable qu'il eût obéi à mes ordres sans discuter.

« Il se sert à la fois de l'Art et du Vif, répondis-je ; or, comme il n'a été formé ni à l'un ni à l'autre, il est extrêmement vulnérable. Il est trop jeune pour mesurer le danger qu'il court. Pour le moment, son esprit se trouve dans la marguette ; on peut pratiquement dire qu'il est la marguette.

— Mais va-t-il se réveiller et regagner son corps ? »

Je haussai les épaules. « Je l'ignore ; je l'espère. Mais ce n'est pas tout, fou ; quelqu'un d'autre est uni à la marguette. Je pense – enfin, nous pensons, Œil-de-Nuit et moi – qu'il s'agit de son ancienne compagne humaine.

— Son ancienne compagne ? Je croyais que les vifiers se liaient pour la vie à leur animal.

— C'est exact, mais la femme doit être morte ; sa conscience habite la marguette et elle se sert d'elle.

— Mais n'as-tu pas dit que le prince...

— Si. Le prince s'y trouve avec elle. A mon avis, il ne se rend pas compte que sa bien-aimée n'existe plus en tant que femme. Ce qui est sûr, c'est qu'il n'a aucune idée de l'emprise qu'elle a sur lui et sur la marguette.

— Que peut-on faire ? »

La migraine me martelait le crâne à m'en donner des nausées, et je répondis plus durement que je n'en avais l'intention. « Séparer le garçon de la marguette. Abattre l'animal en espérant que le prince survivra.

— Oh, Fitz ! » Le fou était épouvanté.

Je n'avais pas le temps de m'occuper de ses états d'âme.

« Selle deux des chevaux seulement, Malta et Manoire. Je prendrai le gosse devant moi, puis nous nous mettrons en route. »

Je laissai le fou préparer les chevaux, je ne rangeai même pas nos paquetages car j'avais décidé que nous n'emporterions rien. Je m'assis et m'efforçai de persuader ma migraine de se calmer, tâche que ne facilitait pas le fait que je restais relié par l'Art au garçon. Je sentais son absence davantage que sa présence ; je percevais aussi comme une pression sur lui, mais exercée par le biais du Vif : la femme cherchait-elle à se renseigner sur moi ou bien tentait-elle de posséder le corps du prince ? Je l'ignorais et je ne tenais pas à répondre à ses tentatives de contact : elle en avait déjà bien assez appris lorsque nos esprits s'étaient effleurés. Je demeurai donc assis, les mains sur les tempes, et je regardai le fils de Kettricken. Comme Vérité me l'avait enseigné de longues années auparavant, je dressai prudemment mes murailles d'Art, mais, cette fois, je les étendis de façon à inclure le garçon couché à mes pieds. Sans chercher à savoir de quoi je le protégeais, je me préoccupai uniquement de maintenir ouvert l'espace de son esprit afin qu'il pût y revenir.

« Prêt », annonça le fou à mi-voix, et je me relevai. Je montai sur Manoire, qui se montra exceptionnellement docile tandis que le fou me passait le garçon toujours inerte. Comme toujours, je m'étonnai de la force que recelait la mince carrure de mon compagnon. Je disposai le prince de façon à pouvoir le tenir d'un bras tout en gardant une main libre pour les rênes ; c'était malcommode mais je devrais m'en arranger. Un instant plus tard, le fou monta en selle à son tour. « Quelle direction ? » me demanda-t-il.

Œil-de-Nuit ? Je lançai mon appel aussi bas et discrètement que possible ; nos ennemis percevaient notre Vif, mais je doutai qu'ils pussent s'en servir pour nous suivre.

Mon frère, répondit-il dans un murmure. Je donnai un petit coup de genoux à Manoire et nous nous mîmes en route. Si on me l'avait demandé, j'aurais été bien en peine de dire où se trouvait Œil-de-Nuit, et pourtant je savais que nous nous dirigions vers lui. Le prince se balançait lourdement dans mes bras, et son poids me gênait déjà ; sa masse inerte et encombrante ajoutée à la souffrance que me causait la migraine m'exaspéra soudain au plus haut point et je le secouai brutalement. Il émit un petit gémissement de protestation qui aurait aussi bien pu être produit par un souffle brusquement expulsé de ses poumons. Pendant quelque temps, nous avançâmes dans la forêt en évitant les branches basses et en nous frayant un chemin dans les broussailles, suivis par la jument du prince dépouillée de son harnais. Nous progressions lentement : les arbres étaient serrés, et le terrain traître pour les montures fatiguées. La présence invisible du loup nous conduisit dans une ravine, où les chevaux s'engagèrent dans le lit d'un ruisseau tumultueux, les sabots claquant sur les cailloux glissants. L'encaissement se transforma en une vallée qui s'élargit peu à peu, et nous finîmes par nous retrouver dans une prairie éclairée par la lune. Sur notre passage, des daims effarouchés s'enfuirent à grands bonds. Nous replongeâmes dans des bois où d'épaisses couches de feuilles mortes étouffèrent les pas de nos chevaux, et nous arrivâmes au pied d'une pente ; le paysage ne me rappelait rien mais, quand nous parvînmes non sans mal au sommet, la nuit s'ouvrit sur la route. Le trajet du loup avait coupé au travers des vallonnements de la région pour nous ramener sur la piste que nous avions suivie pendant la matinée. Je tirai les rênes de Manoire pour la laisser souffler. Plus loin en avant de nous, sur l'éminence suivante, la maigre lumière de la lune à son dernier quartier me montra la silhouette d'un loup en attente ; dès qu'il nous aperçut, il repartit au trot et disparut derrière la colline. *Le chemin est dégagé. Venez vite.*

« Au galop, maintenant », dis-je au fou à mi-voix, puis je me penchai pour murmurer quelques mots à l'oreille de ma jument tout en enfonçant mes genoux dans ses flancs. Devant son manque d'empressement, je lui transmis à l'aide du Vif, en prenant des accents de prédateur : *Les chasseurs sont sur nos talons. Ils fondent sur nous.*

Elle agita les oreilles. Elle était un peu sceptique, je pense, mais elle rassembla toute son énergie et, comme Malta menaçait de nous dépasser, je sentis sa puissante musculature se gonfler, elle tendit le cou et s'élança au galop ; mais, alourdie par sa double charge et fatiguée de sa longue journée, elle peinait sous l'effort. Malta soutenait l'allure courageusement et sa présence aiguillonnait Manoire. La monture du prince se laissa rapidement distancer. Le loup courait devant nous et je ne le quittais pas des yeux, accroché à lui comme à mon ultime espoir ; on eût dit qu'il avait rejeté son manteau de vieillesse ; il filait à longues foulées élastiques comme un louveteau de l'année.

Sur notre gauche, l'horizon apparut alors que l'aube commençait sa timide reptation vers le jour. Je rendis grâce à la lumière de nous permettre d'avancer d'un pied plus sûr tout en la maudissant de faciliter la tâche de nos ennemis. Nous poursuivîmes notre course dans le matin grandissant en faisant varier l'allure de nos montures afin de préserver leur endurance. Les deux derniers jours avaient été durs pour elles et les crever à la course n'arrangerait pas notre situation.

« Quand pourrons-nous nous arrêter sans risque ? demanda le fou alors que nous avions ralenti pour les laisser reprendre leur souffle.

— Quand nous arriverons à Castelcerf, et encore... » Je me retins d'ajouter que le prince ne serait en sécurité qu'une fois la marguette éliminée. Nous n'avions que son enveloppe charnelle ; les Pie détenaient toujours son âme.

En milieu de matinée, nous passâmes devant l'arbre où l'archer nous avait attaqués) et je pris soudain conscience de la confiance aveugle que j'avais en mon loup ; il avait jugé le chemin sûr et je l'y avais suivi sans discuter.

Ne sommes-nous pas de la même meute ? Tu dois obéir à ton chef, c'est normal. Le ton taquin de ses pensées ne parvenait pas à camoufler complètement sa fatigue.

Nous étions tous à bout de forces, hommes, loup et chevaux, et je n'arrivais plus désormais à tirer de Manoire davantage qu'un trot soutenu. Devoir se balançait lourdement dans mes bras au rythme des cahots de notre chevauchée, et la douleur de mon dos et de mes épaules crispées pour le tenir en place rivalisait avec le martèlement de ma migraine. Le fou conservait une assiette impeccable sur sa jument mais ne faisait aucun effort pour bavarder ; il m'avait proposé de prendre le prince sur Malta, mais j'avais refusé. J'étais persuadé que sa jument et lui avaient la force nécessaire, mais je me sentais le devoir de garder le corps du prince, j'ignorais pourquoi. Sa longue inconscience m'inquiétait. Je savais que son esprit fonctionnait, qu'il voyait par les yeux de la marguette, qu'il partageait ses perceptions ; tôt ou tard, ils se rendraient compte...

Le prince remua entre mes bras. Je ne dis rien. Il lui fallut quelque temps pour reprendre connaissance, et, alors que ses sens lui revenaient, il fut agité de tressaillements brusques qui me rappelèrent désagréablement mes propres crises. Enfin, il se redressa soudain avec un hoquet rauque et se mit à respirer à grandes goulées avides, en tournant éperdument la tête de tous côtés pour essayer de comprendre ce qui lui arrivait. Je l'entendis avaler sa salive, puis, d'une voix râpeuse et mal posée, il demanda :
« Où sommes-nous ? »

Il était inutile de lui mentir : en haut de la colline que nous longions, les mystérieuses pierres dressées dont Laurier nous avait parlé jetaient leur ombre, et il allait sûrement les reconnaître. Je ne me donnai même pas la peine de répondre. Sire Doré vint se placer à côté de nous.

« Mon prince, allez-vous bien ? Vous êtes resté longtemps inconscient.

— Je... oui, je vais bien. Où m'emmenez-vous ? »

Les voilà !

En un clin d'œil, tout bascula. Je vis le loup revenir vers nous à toute allure ; derrière lui, sur la route, des cavaliers étaient brusquement apparus. D'un rapide coup d'œil, j'en comptai cinq, accompagnés de deux molosses, eux aussi bêtes de Vif. Je me tournai dans ma selle. Deux collines en arrière, d'autres cavaliers surgissaient à leur tour, et j'en vis un lever le bras pour saluer d'un geste triomphant ses camarades à l'autre bout de la route.

« Ils nous ont rattrapés », dis-je au fou d'un ton calme.

Il blêmit.

« Vite, en haut de la colline ! Nous nous adosserons à l'un des tertres. » Je fis quitter la route à Manoire, et mon compagnon m'imita.

« Lâchez-moi ! » s'écria mon prince, et il se débattit entre mes bras, mais sa longue insensibilité l'avait laissé sans force. Le tenir d'une seule main n'était pas tâche facile, mais nous n'allions pas loin ; comme nous parvenions au pied du tumulus et de la colonne voisine, je tirai les rênes, puis mis pied à terre, sans grâce mais en traînant le prince derrière moi. Manoire s'éloigna de nous, épuisée, puis se retourna pour me jeter un regard de reproche. Un instant plus tard, le fou nous rejoignit. J'esquivai sans mal un coup de poing de Devoir ; je saisis son poignet au passage et me plaçai derrière lui, agrippai fermement son épaule d'une main et de l'autre lui tordis le bras dans le dos. Je ne faisais pas preuve d'une brutalité excessive et il ne renonça pas facilement à me résister. « Si je vous fracture le bras ou que je vous luxe l'épaule, vous n'en mourrez pas, lui dis-je d'un ton âpre, mais ça vous empêchera de me casser les pieds pendant un moment. »

Il se calma avec un grognement de douleur. Le loup montait vers nous si vite qu'on ne voyait qu'une traînée grise lancée à l'assaut de la colline. « Et maintenant ? demanda le fou en observant les environs avec de grands yeux.

— Maintenant, nous nous battons », répondis-je. En contrebas, les cavaliers se déployaient déjà. Le tertre n'offrirait qu'une piètre protection contre une attaque à revers, car il bloquait notre vue autant qu'il nous abritait. Le loup nous avait rejoints et il haletait.

« Vous allez mourir », fit le prince, les dents serrées. Je le tenais toujours.

Je le reconnus volontiers. « Ça paraît très probable, en effet.

— Vous allez mourir et moi je vais repartir avec eux. » La douleur déformait sa voix. « Faites preuve d'intelligence. Laissez-moi aller les retrouver. Vous pourrez vous enfuir ; je vous promets de leur demander de ne pas vous poursuivre. »

Je croisai le regard du fou par-dessus la tête du garçon. La proposition était sensée, mais je savais quel sort attendait le prince si je l'acceptais ; elle nous permettrait peut-être de gagner du temps et d'essayer de récupérer le prince plus tard, mais j'en doutais fort. La femme-marguette nous ferait traquer et éliminer sans pitié. Alors, périr sur place ou bien périr en nous enfuyant ? Je n'avais aucune envie de choisir comment mes amis allaient mourir.

Je suis trop fatigué pour me sauver. Je mourrai ici.

Le fou regarda le loup d'un air hésitant. Avait-il capté sa brève pensée ou bien avait-il simplement remarqué son épuisement ? « Nous combattrons », dit-il d'une voix défaillante.

Il tira son épée du fourreau. Il ne s'était jamais battu de sa vie, je le savais, et il leva son arme d'un geste mal assuré. Soudain, il prit une grande inspiration et plaqua sur ses traits le masque du seigneur Doré ; il redressa les épaules et une expression de froide efficacité apparut dans ses yeux.

Il ne sait pas se battre ! Ne sois pas bête !

Les cavaliers progressaient vers nous. Ils laissaient leurs montures aller au pas, sans hâte, pour nous laisser le temps de voir notre mort approcher. *Tu as une autre solution ?*

« Vous ne pourrez pas à la fois me tenir et manier l'épée ! » Devoir jubilait ; il croyait manifestement que ses amis avaient déjà partie gagnée. « Dès que vous me lâcherez, je m'enfuirai ! Vous mourrez pour rien ! Laissez-moi partir, laissez-moi leur parler ; j'arriverai peut-être à les convaincre de ne pas vous abattre ! »

Empêche-les de le prendre. Tue-le avant qu'ils ne s'emparent de lui.

Malgré le sentiment de lâcheté que j'éprouvais, je répondis : *J'ignore si j'en suis capable.*

Il le faut. Tu sais comme moi quelles sont leurs intentions. Si tu ne peux pas le tuer, alors... alors emmène-le dans le pilier. Il sait artiser, et tu as été lié au Sans-Odeur autrefois ; ça suffira peut-être. Entre dans le pilier et entraîne-les avec toi.

Les cavaliers s'entretinrent brièvement, puis se déployèrent pour nous prendre en tenaille. Comme l'avait dit la femme, ils ne voulaient rien laisser au hasard. Souriant jusqu'aux oreilles, ils échangeaient des plaisanteries, convaincus comme le prince que nous ne pouvions leur échapper.

Ça ne marchera pas. As-tu oublié la dernière fois ? Il m'a fallu toute mon énergie lors du passage pour t'empêcher de te dissoudre, alors que nous étions étroitement liés. J'arriverais peut-être à conserver l'intégrité du garçon pendant le voyage, ou la tienne, mais pas les deux.

Quant au fou, j'ignore même s'il parviendrait à me suivre ; notre lien d'Art date de nombreuses années et il est mince. Je risque de tous vous perdre.

Tu n'as pas à choisir entre le garçon et moi : je ne peux pas t'accompagner. Je suis trop fatigué, mon frère. Mais je les retiendrai aussi longtemps que possible pendant que vous vous échapperez.

« Non », fis-je d'un ton gémissant.

Au même instant, le fou déclara : « Le pilier ! Tu as dit que le garçon savait artiser ; ne pourrais-tu pas...

— Non ! criai-je. Je refuse de laisser Œil-de-Nuit mourir seul ! Comment peux-tu seulement y songer ?

— Seul ? » Le fou parut perplexe, puis un étrange sourire étira ses lèvres. « Mais il ne sera pas seul. Je resterai là, avec lui. Et (il redressa le torse et se carra) je mourrai avant de les laisser le tuer. »

Ah, ce serait beaucoup mieux. Tous les poils hérissés, le loup regardait approcher la ligne des cavaliers, mais il y avait une lueur de joie dans le coup d'œil qu'il m'adressa.

« Envoyez-nous le garçon ! » lança un homme de grande taille. Nous ne lui prêtâmes aucune attention.

« Et tu crois que ça va me consoler ? » demandai-je au fou. Ils avaient perdu l'esprit l'un comme l'autre, ma parole ! « Il est possible que je réussisse à traverser le pilier ; il est même concevable que j'arrive à emmener le garçon, bien que rien ne m'assure que son esprit en ressortira intact. Mais je ne pense pas pouvoir t'y faire passer, fou, et Œil-de-Nuit refuse de m'accompagner.

— De vous accompagner où ? » fit Devoir. Il essaya de m'échapper et je lui tordis davantage le bras ; il se calma.

« Pour la dernière fois, allez-vous nous rendre le garçon ? brailla le cavalier.

— Je m'efforce de le raisonner ! répondit sire Doré.

Laissez-moi un peu de temps ! » Il avait glissé une nuance d'affolement dans sa voix.

« Mon ami... » Le fou posa sa main sur mon épaule et il me poussa doucement en arrière, vers la pierre dressée. Je reculai sans lâcher Devoir. Les yeux dans les miens, le fou me parla calmement, posément, comme si nous étions seuls et avions tout notre temps. « Je sais que je ne peux pas te suivre, et il me peine que le loup ne le veuille pas ; mais, je te le dis, tu dois tout de même t'en aller avec le garçon. Ne comprends-tu donc pas ? C'est à cela que te destinait ta naissance, pour cela que tu as survécu en dépit de tous les obstacles qui se sont dressés devant toi toute ta vie ; c'est pour cela que je t'ai obligé à demeurer en vie malgré tout ce qu'on t'infligeait. Il doit y avoir un héritier Loinvoyant. Si tu protèges son existence et le ramènes à Castelcerf, nous maintenons l'avenir sur la route que je lui ai ouverte, même s'il doit se dérouler sans moi, et c'est tout ce qui compte. Toutefois, si nous échouons, s'il périt...

— Mais enfin, de quoi parlez-vous ? » s'exclama le prince d'un ton furieux.

Le fou se tut. Il baissa les yeux sur les cavaliers qui approchaient lentement, mais son regard parut se perdre beaucoup plus loin. Mon dos touchait presque le monolithe. Devoir cessa brusquement de se débattre contre ma poigne, comme envoûté par la voix douche du fou qui avait repris : « Si nous mourons tous ici... tout s'arrête – pour nous. Mais l'existence du garçon n'est pas le seul changement que nous avons opéré... Le temps cherche à s'écouler comme il l'a toujours fait, en écartant les écueils sous la puissance de son flot. Alors... le destin la trouve. Dans tous les temps possibles, le destin est en guerre contre les Loinvoyant. Ici et maintenant, nous protégeons Devoir. Mais si nous nous laissons terrasser, si Ortie devient le seul nœud de cette guerre... » Il battit plusieurs fois des paupières, puis, la respiration hachée, il se retourna vers moi. On eût dit qu'il revenait d'un lointain voyage. D'une voix douce, il m'annonça les désastres dont il avait eu la vision. « Je ne vois aucun avenir où Ortie survit après la mort de Devoir. » Son teint devint cireux, son regard parut soudain celui d'un vieillard et il ajouta : « Il n'y a même pas de fin rapide et miséricordieuse pour elle. » Il inspira longuement. « Si tu m'aimes un tant soit peu, fais-le ; emmène le garçon ; empêche-le de mourir. »

Je frémissais d'horreur. « Mais... » fis-je d'une voix étranglée. Tous les sacrifices pour préserver Ortie, les avais-je consentis en vain ? Mon esprit acheva le tableau du fou : Burrich, Molly et leurs fils se trouveraient avec elle et périraient avec elle. Je n'arrivais pas à reprendre mon souffle.

« Par pitié, va-t'en », me dit le fou d'un ton implorant.

J'ignorais ce que le garçon avait compris à notre échange. C'était une simple charge que je tenais fermement tandis que je réfléchissais furieusement. Il n'existait pas d'issue à ce labyrinthe dans lequel le destin nous avait enfermés, je le savais, et le loup formula ma pensée à ma place. *Si tu restes, nous mourrons quand même. Si le garçon ne meurt pas, les vifiers le prendront et l'utiliseront pour leurs propres fins. Il serait plus charitable de le tuer. Tu ne peux pas nous sauver, mais tu peux sauver le garçon.*

Je ne peux pas t'abandonner ! Ça ne peut pas se terminer ainsi, toit et moi ! Ce n'est pas possible ! Les larmes brouillaient ma vue au moment où il m'était le plus nécessaire d'y voir clair.

Non seulement c'est possible, mais c'est indispensable. La meute ne meurt pas si le louveteau survit. Sois un loup, mon frère. Tout est plus limpide ainsi. Laisse-nous nous battre pendant que tu sauves le petit. Sauve Ortie aussi. Vis bien pour nous deux, et, un jour, raconte à Ortie des histoires sur moi.

Le temps nous fit soudain défaut. « Il est trop tard ! » nous cria un des cavaliers. Leur front s'était incurvé pour nous encercler. « Envoyez-nous le garçon et nous vous tuerons rapidement. Sinon... » Il éclata de rire.

Ne tremble pas pour nous. Je les obligerai à nous achever vite.

Le fou roula des épaules, puis leva son épée en la tenant à deux mains. Il lui fit décrire un arc de cercle, puis la tint la pointe en l'air. « Va vite, Bien-Aimé. » Sa position évoquait plus celle d'un danseur que celle d'un guerrier.

Pour dégainer mon épée, il m'aurait fallu lâcher le prince. La colonne se dressait juste derrière moi ; je lui jetai un bref coup d'œil par-dessus mon épaule, mais ne pus identifier le symbole érodé qui apparaissait sur sa face. Où qu'il m'emmène, je devrais m'en satisfaire. D'une voix que je ne reconnus pas, je demandai au monde qui m'entourait : « Comment se peut-il que l'acte le plus difficile que je doive accomplir de toute ma vie soit aussi le plus lâche ?

— Que faites-vous ? » fit le garçon d'un ton inquiet. Il sentait qu'un événement se préparait et, bien qu'il ne pût en deviner la nature, il se mit à se débattre violemment. « A l'aide ! cria-t-il aux Pie qui nous entouraient. Délivrez-moi, dépêchez-vous ! »

Le tonnerre des chevaux qui chargeaient lui répondit.

Une inspiration me vint soudain. Comme j'affermissais ma prise sur le garçon, je lançai au fou : « Je vais revenir ! Je le fais traverser et je reviens !

— Ne risque pas la vie du prince ! » Le fou était horrifié. « Reste avec lui et protège-le ! Si tu reviens et que tu te fais tuer, il va se retrouver seul... El sait où ! Vas-y, hâte-toi ! » Je reconnus mon fou dans son dernier sourire, à la fois tremblant et moqueur, comme s'il mettait l'univers au défi de le tuer. Ses yeux d'or brillaient d'un éclat étrange, dû non à la peur de la mort mais à son acceptation, que je ne pus supporter. Le cercle des cavaliers se referma sur nous. Le fou leva son arme et elle décrivit un arc scintillant dans le bleu du ciel, et puis un Pie s'interposa brusquement entre nous en hurlant, l'épée tournoyante. Je reculai sans lâcher le prince.

J'eus une dernière vision du fou debout à côté du loup, les mains crispées sur son arme. C'était la première fois que je le voyais tenir une épée avec l'intention manifeste de s'en servir. J'entendis le tintement du métal contre le métal, puis le grondement du loup qui s'élançait, les crocs découverts, vers la jambe d'un cavalier.

Le prince se mit à pousser des hurlements de fureur qui évoquaient plus un félin qu'un humain. Un homme à cheval fonça droit sur nous, l'épée, mais j'étais adossé au pilier de pierre noire. « Je reviendrai ! » criai-je, et puis je serrai d'un bras Devoir contre ma poitrine. « Accrochez-vous ! N'oubliez pas qui vous êtes ! » lui dis-je à l'oreille. Je ne voyais pas quel autre conseil lui donner. Puis je pivotai et plaquai ma main sur le symbole gravé dans la pierre.

9

LA PLAGE

L'Art est infiniment grand et pourtant infiniment petit. Il est grand comme le monde et le ciel, et aussi petit que le plus profond du cœur d'un homme. La façon dont il s'écoule signifie qu'on peut s'y laisser emporter, éprouver le passage de son courant ou le contenir tout entier en soi. Ce sentiment d'une relation directe est partout et en tout.

C'est pourquoi, pour maîtriser l'Art, il faut maîtriser le soi.

GRELEFEU, maître d'art de la reine Frugale

*

Comme je m'y attendais, je me retrouvai plongé dans les ténèbres et la désorientation, tiraillé par l'Art, bataillant pour maintenir mon intégrité et celle du prince. Par pure volonté, je restai conscient de nous deux et gardai le garçon intact, bien que le protéger derrière mes murailles d'Art s'assimilât à retenir du sel dans son poing sous un déluge de pluie : j'avais l'impression que, si j'ouvrais la main si peu que ce soit, il allait s'écouler entre mes doigts. A cela s'ajoutait la sensation illogique de tomber vers le haut. Je serrai Devoir contre moi en me répétant que tout serait bientôt fini, mais rien ne m'avait préparé à surgir dans une mer glacée.

L'eau salée pénétra dans ma bouche et mon nez alors que, saisi, j'inspirais brutalement. Le prince et moi nous enfonçâmes ensemble sous la surface et je sentis un choc contre mon épaule, tandis que Devoir se débattait si violemment que je faillis le lâcher. Un courant nous entraîna, puis, comme je distinguais de la lumière à travers un épais voile glauque et en déduisais dans quelle direction se trouvait le haut, une vague s'empara de nous et nous jeta sur une plage rocailleuse.

L'impact libéra le prince de ma poigne. La vague nous roula sur la grève rocheuse sans nous laisser l'occasion de respirer, et les pierres encroûtées de moules et de bernacles m'arrachèrent la peau ; et puis l'eau se retira en m'emportant avec elle, mais ma ceinture se prit dans une concrétion et je restai échoué, enfin immobile. Je levai la tête, suffocant, expectorant un mélange d'eau et de sable, puis je battis des paupières et cherchai Devoir des yeux : il était toujours dans l'eau, à plat ventre sur la grève, et il essayait désespérément de s'accrocher aux rochers tandis que la vague l'entraînait en se retirant. Il atteignit à reculons une zone plus profonde, mais réussit à trouver une prise solide et il s'arrêta, toussant et hoquetant. Je retrouvai mon souffle.

« Debout ! hurlai-je d'une voix rauque. Relevez-vous avant la vague suivante ! »

Il me regarda d'un air de totale incompréhension. Je me redressai et me précipitai vers lui d'un pas mal assuré ; je le saisis par le col et le traînai sur les bernacles raboteuses vers la plus haute marque de marée. Une vague nous rattrapa et me jeta à genoux, mais elle n'avait plus assez de puissance pour nous aspirer dans sa retraite ; Devoir réussit à se mettre debout et, nous soutenant mutuellement, nous franchîmes l'étendue de pierres saillantes pour pénétrer sur une bande de sable noir festonnée de varech qui s'écrasait mollement sous nos pas. Quand nous parvînmes sur du sable sec, je lâchai le prince Devoir. Il fit encore trois pas et s'effondra. Il resta un moment allongé sur le flanc à reprendre sa respiration, puis il se redressa, cracha et s'essuya le nez de sa manche trempée. Il parcourut des yeux le paysage avec un air ahuri, et, quand son regard revint sur moi, il avait une expression enfantine d'égarement.

« Que s'est-il passé ? »

Du sable crissait sous mes dents. Je crachai. « Nous avons traversé un pilier d'Art. » Je crachai de nouveau.

« Un quoi ?

— Un pilier d'Art », répétai-je, et je me tournai pour lui désigner l'objet.

Il n'y avait rien, rien que l'océan. Une nouvelle vague déferla et s'élança plus haut que les précédentes sur la grève, laissant une dentelle d'écume blanche quand elle redescendit. Je me levai maladroitement et contemplai la marée montante. De l'eau, des vagues et, au-dessus, des mouettes qui criaillaient. Nul pilier d'Art en pierre noire ne crevait la surface verte et mouvante. Aucun signe n'indiquait où il nous avait rejetés.

Je ne pouvais pas rebrousser chemin.

Mes amis étaient condamnés à mourir seuls. Malgré les exhortations du fou, j'avais résolu de retraverser aussitôt le pilier, sans quoi je n'aurais jamais accepté de partir. Je serais resté si j'avais su ne pas pouvoir revenir. Mais j'avais beau me le répéter, je ne m'en sentais pas moins lâche.

Œil-de-Nuit ! criai-je de toutes mes forces, éperdument.

Aucune réponse ne me parvint.

« Fou ! » Mon hurlement futile m'arracha la gorge, mélange de Vif, d'Art et d'exclamation gutturale. Au loin, les mouettes parurent y faire un écho moqueur, et l'espoir mourut en moi comme leurs cris au-dessus des flots balayés par le vent.

Pétrifié, je restai le regard perdu sur l'horizon jusqu'à ce qu'une vague vînt clapoter contre mes bottes. Le prince n'avait pas bougé, sinon pour retomber sur le flanc dans le sable humide. Il frissonnait, les yeux vides. Je me détournai lentement du ressac et observai le décor. Des falaises noires se dressaient derrière nous, et la marée montait ; au bout d'un moment, un déclic se fit dans mon esprit.

« Debout. Il faut nous en aller avant d'être pris au piège. »

Au sud, le tombant rocheux laissait place à une étendue de sable noir en demi-lune adossée à un plateau herbu. Je me penchai pour saisir le prince par le bras. « Debout, répétai-je, à moins que vous ne préfériez mourir noyé. »

Le garçon se leva maladroitement mais sans protester. A pas lourds, nous longeâmes la grève cependant que les vagues se rapprochaient de nous. Le chagrin pesait comme une masse lourde et froide dans ma poitrine. Je n'osais pas songer à ce que j'avais fait ; c'était trop monstrueux. Tandis que je marchais sur la plage, le sang de mes amis rougissait-il des épées ? Je bloquai mon esprit. Comme si je dressais des remparts contre un intrus, je barrai le passage à toutes mes émotions, j'arrêtai toutes mes pensées et devins un loup seulement préoccupé par l'instant présent.

« Qu'est-ce que c'était ? demanda soudain Devoir. Ce... cette sensation, cette attraction, ce... » Les mots lui firent défaut. « Etait-ce l'Art ?

— Un de ses aspects », répondis-je d'un ton revêche. Je le trouvais beaucoup trop intéressé par ce qu'il venait de vivre ; avait-il donc ressenti un appel si puissant ? La séduction de l'Art constitue le pire piège tendu à l'imprudent.

« Je... il essayait de m'y former, mais il était incapable

de me dire à quoi ça ressemblait. J'ignorais si je pratiquais l'Art ou non, et lui aussi. Mais si je m'attendais à ça ! »

Il espérait une réaction à la hauteur de son enthousiasme, mais il fut déçu ; je n'avais aucune envie de parler de l'Art pour le moment ; d'ailleurs, je n'avais aucune envie de parler tout court. Je ne voulais pas rompre l'état d'insensibilité dans lequel je m'étais réfugié.

Nous arrivâmes à la plage en demi-lune, mais je continuai à marcher. Les vêtements mouillés du prince battaient dans le vent et il tenait ses bras serrés sur sa poitrine pour se protéger du froid, la respiration tremblante. Un scintillement verdâtre dans le sable se révéla être un ruisseau d'eau douce qui se jetait dans la mer ; je le suivis vers l'amont à travers une étendue de joncs épais jusqu'à ce que se présente une dépression dans son lit ; j'y prélevai de l'eau dans mes mains en coupe. Je me rinçai plusieurs fois la bouche, puis me désaltérai ; je m'éclaboussais le visage pour laver mes yeux et mes oreilles du sable qui s'y était logé quand le prince m'interrogea de nouveau.

« Et sire Doré et le loup ? Où sont-ils ? Que leur est-il arrivé ? » Il parcourut l'horizon du regard comme s'il pensait les apercevoir.

« Ils ne pouvaient pas nous accompagner. A l'heure qu'il est, j'imagine que vos amis les ont tués. »

Je restai stupéfait de mon absence d'émotion. Ni sanglots, ni boule suffocante dans la gorge. L'idée de leur mort était trop atroce pour être vraie. Aussi, plutôt que de l'envisager, j'avais jeté ma réponse au prince dans l'espoir de le voir broncher ; mais il se contenta de secouer la tête comme s'il n'avait pas compris, puis il demanda d'un air hébété : « Où sommes-nous ?

— Ici », répondis-je, et j'éclatai de rire. J'ignorais que la colère et le désespoir pouvaient provoquer une telle réaction ; c'était affreux à entendre et le prince eut un mouvement de recul. Soudain, il se redressa de toute sa taille et pointa un index accusateur vers moi. « Qui êtes-vous ? » demanda-t-il d'un ton autoritaire, comme s'il venait de découvrir le mystère sous-jacent à toutes ses interrogations.

Accroupi au bord du ruisseau, je levai le regard vers lui, puis bus encore avant de répondre. « Tom Blaireau. » Les mains mouillées, je plaquai mes cheveux en arrière. « A cause de ça ; je suis né avec une mèche blanche à la tempe, et c'est pour ça que mes parents m'ont appelé ainsi.

— Menteur ! dit-il avec un mépris non dissimulé. Vous êtes un Loinvoyant. Vous n'en avez peut-être pas les traits, mais vous en possédez l'Art. Qui êtes-vous ? Un cousin éloigné ? Un enfant naturel ? »

J'avais souvent été traité de bâtard dans mon existence, mais jamais par quelqu'un d'aussi proche que mon propre fils. Je dévisageai Devoir, héritier de Kettricken et de Vérité par ma semence. Si je suis un bâtard, me dis-je, qu'es-tu, dans ce cas ? Mais je déclarai simplement : « Est-ce important ? »

Pendant qu'il cherchait une réponse, j'étudiai les environs. J'étais coincé dans cette région inconnue avec le prince, du moins jusqu'à ce que la marée redescende ; si j'avais de la chance, elle découvrirait le pilier qui nous avait amenés et je pourrais m'en servir pour retourner à notre point de départ ; si je n'avais pas de chance, l'eau ne se retirerait pas assez loin et il ne me resterait plus qu'à déterminer où nous nous trouvions et comment regagner Castelcerf à partir de là.

« Nous n'avons pas dû aller bien loin ! » Le prince cherchait manifestement à masquer par la colère sa soudaine inquiétude. « Il ne nous a fallu qu'un instant pour arriver !

— Les distances ne comptent pas pour la magie que nous avons utilisée. Il se peut même que nous ayons quitté les Six-Duchés. » Je me tus, jugeant qu'il n'avait pas besoin d'en savoir davantage : il répéterait sans doute à la femme-marguette tout ce que je lui apprendrais. Donc, moins j'en dirais, mieux cela vaudrait.

Il s'assit lentement. « Mais... », fit-il, puis il s'interrompit. Son expression était celle d'un enfant apeuré qui s'évertue à chercher autour de lui un élément familier ; pourtant, je n'éprouvai pour lui aucun élan de pitié. Au contraire, je dus me retenir de lui assener une solide taloche. Pour ce petit égoïste pleurnichard, j'avais donné la vie de mon loup et de mon ami, et j'avais l'impression de n'avoir jamais fait si mauvais marché. Ortie, me dis-je ; si j'arrive à le garder en vie, elle restera peut-être en sécurité. C'était la seule valeur que je lui voyais pour l'instant, héritier du trône des Loinvoyant ou non.

Mais, avec un effort de volonté, je révisai mon attitude et me répétai que Devoir n'était pas mon fils ; n'ayant pas pris la responsabilité de son éducation, je n'avais aucun droit de me sentir déçu ou satisfait de lui. Je m'éloignai de lui, et le loup en moi me signala que je devais m'occuper de nos besoins physiques immédiats. Le vent glacé qui soufflait sans cesse sur la grève faisait claquer mes vêtements trempés. Il fallait que je trouve du bois et que j'allume un feu si c'était possible, puis que je me sèche tout en cherchant de quoi manger. Me ronger les sangs pour Œil-de-Nuit et le fou ne menait nulle part. La marée montait toujours ; par conséquent, elle serait basse vers le milieu de la nuit, puis de nouveau dans la matinée du lendemain. Je devais me résigner à l'idée que je ne pourrais pas retourner auprès de mes amis avant une journée presque complète.

J'observai la forêt par-delà l'étendue de joncs. Les arbres arboraient encore le feuillage vert de l'été, et pourtant j'eus l'impression d'un environnement sans vie, voire hostile, et je ne vis pas l'intérêt de traverser le plateau pour me mettre en quête de gibier dans le sous-bois ; je n'avais pas le cœur à la chasse. Les petites créatures de la grève feraient l'affaire.

Ce n'était pas la meilleure décision à prendre alors que la marée montait. Il y avait du bois flotté en quantité, rejeté très haut sur la plage par une tempête et hors d'atteinte des vagues, mais les moules bleues et autres coquillages se trouvaient déjà submergés. Je choisis un emplacement le long de la déclivité que formait la falaise en s'abaissant jusqu'au niveau du plateau ; le vent n'y soufflait pas trop fort et je parvins à allumer un petit feu. Une fois qu'il eut bien pris, j'ôtai mes bottes, mes chaussettes et ma chemise et les tordis autant que je le pus pour en exprimer le plus d'eau possible, puis je suspendis mes vêtements à des bouts de bois près de la flambée, enfilai mes bottes à l'envers sur deux bâtons plantés dans le sable pour les laisser s'égoutter, et enfin m'assis devant le feu, les bras serrés sur la poitrine pour me protéger du froid du jour qui mourait. Sans espoir, je tendis à nouveau mon esprit : *Œil-de-Nuit !*

Il n'y eut pas de réponse. J'essayai de me rassurer en songeant que cela ne voulait rien dire : si le fou et lui avaient réussi à se sauver, il éviterait de me contacter de crainte de se faire repérer par les Pie. Son silence indiquait peut-être qu'il préférait se taire, tout simplement – ou bien qu'il était mort. Je resserrai encore mes bras autour de mon torse. Non, je ne devais pas entretenir de telles pensées, sans quoi la douleur allait me terrasser. Le fou m'avait demandé de garder le prince Devoir en vie ; c'était ma mission et je la remplirais. Quant aux Pie, ils n'oseraient pas tuer mes amis ; ils voudraient savoir où était passé leur otage, comment il avait pu disparaître sous leurs yeux.

Qu'allaient-ils faire au fou pour lui arracher des réponses ?

Non, ne pense pas à ça !

A contrecœur, je me levai pour aller chercher le prince.

Allongé sur le flanc, dos à moi, il n'avait pas bougé. Il ne se retourna pas à mon approche et je le poussai sans douceur du bout du pied. « J'ai fait du feu », dis-je d'un ton sec.

Il ne réagit pas.

« Prince Devoir ? » Je n'avais pu m'empêcher de prendre un ton sarcastique, mais il n'eut pas un mouvement.

Je m'accroupis et posai la main sur son épaule. « Devoir ? » Je me penchai pour voir son visage.

Il n'était plus là.

Son expression était vide, son regard terne et sa bouche entrouverte et flasque. Je me saisis de l'infime lien d'Art qui nous unissait pour le rattraper, mais ce fut comme si je tirais sur un fil de pêche cassé : je ne sentis aucune résistance, aucune impression qu'il y eût jamais eu quelqu'un à l'autre bout.

J'entendis soudain l'écho effrayant d'une leçon de mon passé : « Si tu t'abandonnes à l'Art, si tu ne résistes pas fermement à son attraction, il est capable de te réduire en charpie et tu ne seras plus alors qu'un nourrisson géant, un filet de bave aux lèvres, qui ne voit plus rien, qui n'entend plus rien... » J'en eus la chair de poule. Je secouai le prince, mais sa tête roula mollement sur ses épaules. « Fou que je suis ! » hurlai-je à la face du ciel. J'aurais dû me douter qu'il tenterait de contacter la marguette ; j'aurais dû prévoir le risque qu'il courait.

Je me dominai, recouvrai mon sang-froid, puis je me baissai, saisis le bras du garçon et le passai autour de mon cou ; cela fait, je le pris par la taille, le redressai et le traînai sur la plage, ses pieds laissant deux sillons parallèles dans le sable. Arrivé près du feu, je le déposai au sol et il resta sur le flanc, inerte.

Je passai ensuite plusieurs minutes à rajouter du bois à la flambée jusqu'à obtenir un haut brasier qui repoussait efficacement le froid. Je ne me souciais pas des prédateurs, humains ou animaux, que son éclat risquait d'attirer, et je ne pensais plus à ma faim ni à ma fatigue. Je retirai ses bottes au prince, vidai l'eau qu'elles contenaient et les mis à sécher à l'envers ; l'évaporation faisait déjà fumer ma propre chemise. J'ôtai celle de Devoir et la suspendis ; je lui parlais sans arrêt, et mon ton de reproche et de sarcasme fit bientôt place à des accents implorants, mais il ne réagissait toujours pas. Il était glacé. Tant bien que mal, je lui enfilai ma chemise tiédie par le feu, puis lui frictionnai les bras, mais on eût dit que son immobilité invitait le froid à l'envahir ; d'instant en instant, la vie semblait abandonner sa chair. Il ne respirait pas difficilement, son cœur ne ralentissait pas, mais sa présence que je percevais par le Vif s'estompait comme s'il s'éloignait physiquement de moi.

Pour finir, je m'assis derrière lui, l'attirai contre moi et le serrai dans mes bras dans un futile effort pour le réchauffer. « Devoir, lui dis-je à l'oreille, reviens, petit. Reviens. Tu as un trône à prendre et un royaume à gouverner. Tu ne peux pas t'en aller comme ça. Reviens, mon gars. Il ne faut pas que tout ait été inutile ; il ne faut pas que le fou et Œil-de-Nuit soient morts pour rien. Qu'est-ce que je vais dire à Kettricken, moi ? Et Umbre, que va-t-il me dire ? Dieux, dieux, que me dirait de faire Vérité ? »

La question n'était pas tant ce que Vérité m'aurait conseillé que ce qu'il aurait fait à ma place. Je serrai son fils contre moi et plaquai mon visage contre sa joue lisse ; je pris une grande inspiration et abaissai tous mes remparts, puis je fermai les yeux et me glissai dans l'Art pour me mettre à sa recherche.

Et je faillis me perdre.

En certaines occasions, il m'est arrivé de rester pratiquement incapable d'accéder au flot de l'Art, et, en d'autres temps et lieux, je me suis retrouvé immergé dans cette magie comme dans un fleuve de pouvoir extraordinairement rapide et puissant. Adolescent, j'avais évité de justesse de m'y dissoudre grâce au soutien et au secours de Vérité. J'avais acquis de la résistance et de la maîtrise depuis lors – ou du moins je le croyais : la sensation que j'éprouvai en partant en quête du prince fut celle d'un plongeon dans un torrent d'Art en crue ; jamais je ne lui avais connu une telle force ni une telle puissance d'attraction. Dans l'état d'esprit où je me trouvais, il me semblait être en présence de la réponse parfaite à ce que j'étais ; il me suffisait de lâcher prise, de cesser d'être l'individu Fitz pris au piège de sa chair meurtrie par les combats, de cesser de pleurer des larmes de sang sur la mort de mes amis les plus proches ; je n'avais qu'à me laisser aller. L'Art m'offrait l'existence sans la pensée. Il ne s'agissait pas de la tentation de mourir et de faire disparaître le monde pour soi, mais d'une sollicitation beaucoup plus séduisante : celle de changer la forme de son être et de se délester de toutes préoccupations. La fusion.

Si je n'avais eu qu'à penser à moi, je m'y serais abandonné, je le sais. Mais le fou m'avait chargé de veiller à ce qu'il ne mourût pas en vain, et mon loup m'avait demandé de vivre et de parler de lui à Ortie ; Kettricken m'avait donné pour mission de lui ramener son fils ; Umbre comptait sur moi, et Heur dépendait de moi. Aussi, dans ce courant bouillonnant de sensations, je luttai pour rassembler mon identité. J'ignore combien de temps il me fallut pour cela : heures et minutes n'ont pas de sens dans ce monde-là, ce qui en soi constitue un des plus grands périls de l'Art. Une partie de mon esprit savait que je consumais les réserves de mon corps mais, quand on est immergé dans l'Art, il est difficile de se soucier des détails matériels.

Quand je fus assuré de mon individualité, je me mis prudemment en quête de Devoir.

Je m'étais imaginé que le retrouver serait une simple formalité, car, la veille, je n'y avais eu aucun mal ; je le tenais seulement par la main alors, et je l'avais immédiatement repéré. Ce soir, j'avais beau savoir quelque part que j'étreignais son corps glacé, je n'arrivais pas à le voir. Il est malaisé de décrire ma méthode de recherche, car l'Art n'est ni un lieu ni un temps à proprement parler ; parfois, il me semble qu'on peut le définir comme l'état de l'être débarrassé des limites du soi, mais, en d'autres occasions, cette vision me paraît trop étriquée, car les limites du « soi » ne sont pas les seules que nous imposons à notre expérience de l'être.

Je m'ouvris à l'Art et le laissai me traverser comme l'eau traverse un crible, mais je ne perçus nulle trace du prince. Je m'étendis sous son flot comme un versant de colline recouvert d'herbes rases sous le soleil et le laissai effleurer chacun de mes brins, mais je ne captai toujours rien. Je m'infiltrai en lui et m'enroulai autour de lui comme du lierre, mais je restai incapable de distinguer le garçon du fleuve de magie.

Le prince avait laissé une impression de lui dans l'Art mais, comme une empreinte de pas dans une fine poussière par un jour de vent, cette trace se résolvait rapidement en fragments pulvérulents et dépourvus de signification, emportés par le flot. J'en recueillis ce que je pus, mais ce n'était pas plus le prince Devoir que le parfum de la fleur n'est la fleur elle-même. Néanmoins, je m'accrochai farouchement aux particules que je reconnaissais. Il me devenait de plus en plus difficile de me rappeler précisément l'essence du prince ; je ne le connaissais pas bien, et la chair que mes bras enserraient était en train de perdre rapidement tout lien avec lui.

A bout de ressources, je me plongeai complètement dans le courant de l'Art. Je ne lui abandonnai pas mon individualité, mais je me dégageai de tous les points d'ancrage qui avaient assuré ma sécurité jusque-là. L'impression fut à la fois effrayante et hors de toute expérience ; j'étais un cerf-volant dont on a coupé la ficelle en plein vol, un frêle esquif sans personne à la barre. Je n'avais pas oublié qui j'étais, mais j'avais renoncé à la certitude absolue de pouvoir regagner mon corps ; malheureusement, je n'y gagnai pas de retrouver Devoir. J'acquis seulement une conscience accrue de l'immensité dans laquelle je baignais et de la vanité de mes efforts. Il aurait été plus facile de prendre au filet la fumée d'un feu éteint que de rassembler l'esprit épars du garçon.

Et pendant ce temps l'Art m'invitait sans relâche et me murmurait des promesses. Il ne m'apparaissait froid et violent qu'à cause de ma résistance ; si je cédais, il deviendrait aussitôt chaleureux, confortable et inconditionnellement accueillant, je le savais ; si je rendais les armes, je m'enfoncerais dans une existence paisible sans conscience individuelle. Et qu'y aurait-il de si terrible à cela ? Œil-de-

Nuit et le fou n'étaient plus ; j'avais échoué à ramener Devoir à Kettricken ; Molly ne m'attendait plus : elle avait trouvé une nouvelle vie et un nouvel amour. Et Heur ? me dis-je en m'efforçant de réveiller en moi quelque sentiment de responsabilité. Que deviendrait-il ? Eh bien, Umbre subviendrait à ses besoins, d'abord par devoir envers moi, et bientôt par affection pour le garçon lui-même.

Mais Ortie ? Qu'adviendrait-il d'Ortie ?

La réponse était là, insupportable : je l'avais déjà trahie. Il était impossible de retrouver Devoir et, sans lui, elle était condamnée. Souhaitais-je revenir parmi les hommes pour assister à la fin qui l'attendait ? Pourrais-je savoir le sort auquel elle était promise sans perdre la raison ? Une pensée plus atroce encore me vint : en ce lieu où le temps n'existait pas, tout cela s'était déjà produit. Elle était déjà morte.

Ma décision fut prise aussitôt : je lâchai les fragments de Devoir que j'avais rassemblés et le courant les emporta. Comment décrire ce que je ressentis ? Peut-être comme l'impression de me tenir sur une colline ensoleillée et de libérer un arc-en-ciel emprisonné dans ma main. Alors qu'il s'écoulait dans le flot de l'Art, je me rendis compte que ces quelques traces de lui s'étaient fondues à ma propre essence et que mon être s'en allait avec le sien. C'était sans importance. FitzChevalerie Loinvoyant s'enfuyait de moi en longs rubans, l'écheveau de ce que j'étais se dévidait dans le fleuve de l'Art.

Autrefois, j'avais déversé mes souvenirs dans un dragon de pierre ; je m'étais débarrassé avec bonheur de la souffrance, de l'amour sans espoir et de nombre d'autres expériences. J'avais donné cette part de mon existence afin de fournir assez d'être au dragon pour qu'il s'éveille à la vie. Ce que j'éprouvai cette fois-ci était différent ; qu'on imagine une blessure où l'on se vide de son sang, non pas douloureuse mais au contraire agréable, et néanmoins mortelle. Je regardais passivement ma vie m'abandonner.

Allons, ça suffit maintenant. Il y avait un amusement chaleureux dans la voix féminine qui emplit ma tête, et, impuissant, je sentis la présence enrouler le fil de mon être autour de moi comme si elle rembobinait une quenouille. *J'avais oublié l'amour extravagant des humains pour le tragique quand ils touchent le fond de leur bêtise. Rien d'étonnant à ce que vous nous ayez tant amusés ; quels petits animaux passionnés vous faites !*

Qui ? Je ne pus élaborer davantage ma question. La présence féminine m'emplissait d'une béatitude qui m'ôtait toute force.

Et ceci aussi est à toi, je suppose. Ah non, c'en est un autre. Deux d'entre vous ici, en même temps, et en train de vous désintégrer ! Vous seriez-vous égarés ?

Egarés. Je répétai le mot, incapable de donner forme à un concept par moi-même. J'étais un tout petit enfant choyé, adoré pour ma seule existence, et mon ravissement me privait de tous mes moyens. L'amour de la présence m'emplissait d'une douce chaleur. Jamais jusque-là je n'avais pu imaginer un tel état : être aimé, reconnu exactement selon mes besoins, et me satisfaire de ce que j'avais déjà. Cette satiété me comblait davantage que l'abondance et elle m'était une plus grande richesse que les trésors d'un roi. Jamais de ma vie je n'avais éprouvé pareille sensation.

Allons, repars d'où tu viens, et fais plus attention la prochaine fois. La plupart des autres ne remarqueraient même pas qu'ils t'ont attiré.

Elle va se débarrasser de moi comme on chasse une poussière de sa manche, songeai-je, atterré; mais elle me tenait en son sein et j'étais trop étourdi de plaisir pour résister alors qu'elle s'apprêtait, je le savais, à commettre l'inconcevable. *Attendez, attendez, attendez!* criai-je en faisant un violent effort, mais ma pensée n'avait aucun poids et la présence n'y prit pas garde. Le temps d'un clin d'œil, voire moins, je sentis Devoir à côté de moi, tout près.

Puis je me retrouvai dans les horribles limites de mon pitoyable petit corps. Il avait mal, il avait froid et il était abîmé, plein de lésions anciennes et nouvelles; de toute manière, il n'avait jamais très bien fonctionné, et, pire encore, tout en lui était insuffisant. Il était criblé d'envies et de grands besoins béants. Dans cette chair, je n'avais jamais reçu et je ne recevrais jamais assez d'amour, assez de considération ni...

Je me ruai hors d'elle.

Mais le seul résultat fut que mon corps fut pris d'une violente convulsion et s'effondra sur le sable. Je ne pouvais pas en sortir. A l'étroit, suffoquant dans cette enveloppe mal taillée qui m'entravait, je n'arrivais pas à trouver la moindre issue. Je ressentais un inconfort aigu et inquiétant, proche de celui qu'on éprouve quand on se fait tordre le bras dans le dos ou étrangler, et, plus je me débattais, plus je m'enfonçais dans mes membres agités de mouvements violents, jusqu'au moment où je me retrouvai définitivement noyé dans ma chair suante et parcourue de tremblements spasmodiques. Je cessai de lutter, accablé par les sensations d'un corps physique : le froid, le sable sous la ceinture de mes chausses, au coin d'un de mes yeux et dans mon nez, la soif, la faim, les meurtrissures et les entailles.

Le manque d'amour.

Je me redressai lentement sur un coude. Le feu était presque éteint ; j'étais resté absent un long moment. Je me levai à mouvements raides et jetai le dernier morceau de bois sur les braises, puis le monde retrouva brusquement sa perspective habituelle et tout ce que j'avais perdu me revint à l'esprit, me submergeant aussi complètement que la nuit. Pétrifié, je pleurai, terrassé par la mort du fou et d'Œil-de-Nuit, mais encore plus anéanti par le sentiment d'avoir été abandonné par... par la présence. Ce n'était pas comme si je m'éveillais d'un rêve ; c'était même plutôt le contraire. En elle, j'avais trouvé la vérité, l'absence de toute barrière, la simplicité de l'être ; replongé dans le monde ordinaire, je voyais mon univers comme un enchevêtrement d'éléments désordonnés, de gênes, d'illusions et d'artifices. J'avais froid, mon épaule m'élançait, le feu mourait, et chacun de ces petits ennuis tiraillait mon attention ; au-dessus d'eux planait le problème du prince Devoir, de la façon dont nous allions regagner Castelcerf et du sort d'Œil-de-Nuit et du fou. Pourtant, même ces questions-là m'apparaissaient comme des diversions présentées à mon esprit pour détourner mes pensées de l'immense réalité qui se cachait derrière elles. Toute l'existence se composait de maux insignifiants et de souffrances atroces, et chacun d'eux ajoutait un masque qui dissimulait davantage le visage de l'éternité.

Cependant, cette superposition de masques avait repris sa place, et je devais l'accepter. Mon corps frissonna. La mer descendait ; je ne distinguais rien en dehors du cercle de lumière de notre feu, mais son retrait était perceptible au rythme des vagues. La brise apportait l'odeur caractéristique de la marée basse, des algues et des coquillages à l'air libre.

Le prince était allongé sur le dos, les yeux ouverts. Je l'observai et crus tout d'abord qu'il était inconscient : dans la maigre lueur des flammes déclinantes, ses orbites m'apparaissaient comme deux trous noirs ; mais il déclara soudain : « J'ai fait un rêve. » Il s'exprimait d'un ton à la fois hésitant et stupéfait.

« Quelle chance ! » Mon ironie était étrangement neutre : j'éprouvais un soulagement immense à constater qu'il avait réintégré son corps et qu'il était capable de parler, mais je ressentais également une horreur sans nom à l'idée de me trouver à nouveau prisonnier de ma chair et d'être obligé de l'écouter.

Mon ton hargneux ne parut pas l'affecter, et c'est d'une voix douce qu'il reprit : « Je n'ai jamais fait un songe pareil. Je sentais... tout. J'ai rêvé que mon père m'empêchait de partir en morceaux et qu'il me répétait que j'allais m'en sortir. C'est tout. Mais le plus étrange, c'est que cela me suffisait ; je n'avais besoin de rien d'autre. » Et Devoir me sourit. C'était un sourire lumineux, à la fois juvénile et plein de sagesse, qui le fit ressembler à Kettricken.

« Il faut que j'aille chercher du bois », dis-je au bout d'un moment. Je tournai le dos à la lumière, au feu et au garçon souriant pour m'enfoncer dans les ténèbres.

Je ne me mis pas en quête de combustible. La marée descendante avait laissé le sable humide et dur sous mes pieds nus, et un mince croissant de lune s'était levé. Je le regardai, puis j'étudiai le reste du firmament et je sentis mon estomac se nouer : d'après les étoiles, nous nous étions déplacés vers le sud, à une distance considérable des Six-Duchés. Grâce à mon expérience des piliers d'Art, je savais qu'ils permettaient d'éviter quelques jours de voyage, mais je n'avais pas imaginé qu'ils eussent un tel pouvoir. Si, le lendemain, la basse mer ne découvrait pas la pierre, c'était un long voyage qui nous attendait, pour lequel nous n'étions pas préparés. L'astre des nuits me rappela aussi que nous n'avions plus guère de temps devant nous : dans huit jours, la nouvelle lune devait annoncer la cérémonie de fiançailles du prince Devoir ; se tiendrait-il aux côtés de la narcheska ? J'éprouvais quelque difficulté à prêter de l'importance à la question.

Il est des moments dans la vie où, pour ne pas penser, on doit faire appel à toute sa concentration ; j'ignore donc quelle distance j'avais parcourue quand je sentis un objet bouger sous mon pied dans le sable mouillé. Je crus d'abord qu'il s'agissait d'une lame d'acier posée à plat ; je me baissai et, dans le noir, la localisai au toucher. Elle avait la longueur voulue pour un couteau de boucher, la forme également, et elle était froide et dure comme de la pierre ou du métal ; rnais ce n'était pas une lame. Je parcourus l'objet du bout des doigts avec précaution : les bords n'étaient pas aiguisés et il était partagé sur toute sa longueur par une nervure centrale de part et d'autre de laquelle partait une multitude de fines stries obliques. Il se terminait à l'une de ses extrémités par une sorte de tube, et il était lourd, bien que pas autant que son volume l'eût laissé présumer. Je restai immobile dans l'obscurité, certain de connaître sa nature mais incapable de me la rappeler. L'objet m'était bizarrement familier, comme s'il m'avait appartenu très longtemps auparavant.

Cette énigme constituait une distraction bienvenue qui me permettait d'oublier un moment mes tristes réflexions. Je repris ma promenade, l'objet à la main, et je n'avais pas fait dix pas que j'en sentis un autre sous mon pied ; je le ramassai et, au toucher, le comparai au premier ; ils n'étaient pas tout à fait identiques : l'un était un peu plus long que l'autre. Je les gardai tous les deux et continuai mon chemin.

Quand je posai le pied sur le troisième, je fus à peine surpris. Je le saisis et le débarrassai du sable collant d'humidité, puis je restai immobile, envahi par l'étrange impression d'une présence qui m'attendait; elle flottait, indécise, incapable de prendre forme sans le concours de ma volonté. J'avais la sensation extrêmement singulière de me trouver au bord d'une falaise; il me suffisait d'avancer d'un pas pour découvrir si j'allais m'écraser après une chute effrayante ou bien si je savais voler.

Je m'écartai du vide. Je fis demi-tour et repartis vers le feu mourant; j'aperçus la silhouette de Devoir qui passait devant les flammes, puis une nuée d'étincelles qui montaient dans le ciel, soulevées par le bois qu'il avait rajouté à la flambée. Il avait au moins une certaine notion de ce qui était bon pour lui.

Il m'en coûtait de retourner dans ce cercle de lumière. Je n'avais pas envie de me trouver face au garçon, de supporter ses questions ni ses accusations, bref je n'avais nulle envie de reprendre les rênes de ma vie. Mais, quand j'arrivai près du feu, Devoir était étendu et feignait de dormir; il portait sa chemise, et je vis la mienne étendue à sécher sur les bâtons que j'avais plantés. Je l'enfilai sans rien dire, et, alors que j'ajustais mon col, je sentis sous mes doigts l'amulette de Jinna. Ah! Voilà qui expliquait son sourire et son ton amène. Je m'allongeai de l'autre côté du feu.

Avant de fermer les yeux, j'examinai les objets que j'avais rapportés. C'étaient des plumes, de pierre ou de métal, je ne parvenais toujours pas à me prononcer; à la lueur trompeuse des flammes, elles paraissaient gris sombre. Dès que je les vis, je sus quelle était leur place; je doutais néanmoins qu'elles y parviennent un jour. Je les posai près de moi et fermai les paupières pour m'enfuir dans le sommeil.

10

CONFRONTATIONS

Et Jack s'avança vers l'Autre et se campa devant lui en se balançant d'avant en arrière dans une posture avantageuse. « Oh, oh! fit-il en levant le sac de cailloux rouges qu'il avait ramassés. Comme ça, tout ce qu'il y a sur la plage est à toi ? Eh bien, moi, je dis que tout ce que j'ai trouvé est à moi, et celui qui voudra me le reprendre devra me donner un bout de sa chair en échange. » Et Jack montra à l'Autre toutes ses dents, des blanches du devant aux noires du fond, et aussi son poing, serré comme un nœud de bois. « Je vais te le coller sur la figure, reprit-il, et puis je vais t'arracher les oreilles. » Et il se serait certainement exécuté sur-le-champ, n'eût été que les Autres n'ont pas plus d'oreilles qu'un crapaud, comme tous les enfants le savent.

Mais l'Autre comprit qu'il ne s'emparerait pas du sac de cailloux rouges sans se battre. Alors, tout soudain, il se mit à trembloter et à miroiter; il perdit son odeur de poisson crevé et il émana de lui le parfum de toutes les fleurs qui s'épanouissent au plus fort de l'été. Il frissonna pour faire scintiller sa peau, et devant Jack se tint tout à coup une jeune fille, nue comme une feuille nouvelle née, qui se passait la langue sur les lèvres comme si elles avaient goût de miel.

Dix voyages de Jack, quatrième voyage

*

Pendant quelque temps, je sombrai dans un sommeil que ne troubla aucun rêve, je pense ; en tout cas, j'étais assez fatigué pour cela. J'avais vécu trop d'événements trop rapidement, et dormir me procurait non seulement le repos physique dont j'avais besoin, mais aussi un répit face aux pensées qui tournoyaient dans mon esprit. Toutefois, au bout d'un moment, les songes s'emparèrent de moi et me bousculèrent en tous sens. Je gravissais les marches de la tour de Vérité. Il était assis à sa fenêtre et il artisait. Mon cœur bondit de joie à sa vue mais, quand il se tourna vers moi, ses traits étaient empreints de chagrin. « Tu n'as rien enseigné à mon fils, Fitz ; je vais devoir prendre ta fille. » Ortie et Devoir étaient des cailloux sur un damier en tissu, et d'un seul geste de la main, il échangea leurs positions. « C'est à toi de jouer », dit-il, mais, avant que j'eusse pu esquisser un mouvement, Jinna s'empara de tous les cailloux du jeu. « Je vais en faire une amulette, déclara-t-elle, une amulette qui protégera les Six-Duchés tout entiers.

— Cachez-la », lui demandai-je d'un ton suppliant, car j'étais le loup et le charme était destiné à repousser les prédateurs ; sa seule vue suffisait à me faire trembler et à me donner envie de vomir. Il était puissant, beaucoup plus puissant que tous ceux qu'elle m'avait montrés jusque-là ; c'était de la magie réduite à son plus cru, dépouillée de tout sentiment humain, une magie de temps et de lieux anciens, une magie pour laquelle les gens ne comptaient pas, implacable comme l'Art, tranchante comme l'acier et brûlante comme le poison. « Cachez-la ! »

Il ne m'entendait pas. Il ne m'avait jamais entendu. Le Sans-Odeur portait l'amulette à son cou et il avait largement ouvert sa chemise pour la découvrir. Je devais me tenir à quatre pour rester immobile derrière lui et protéger ses arrières. Même dans son dos, je captais le violent rayonnement du charme, je percevais l'odeur du sang, le sien et le mien ; je sentais le long de mon flanc le lent écoulement rouge qui emportait peu à peu mes forces.

Un homme accompagné d'un chien gémissant nous gardait, l'air furieux. Derrière lui, un feu brûlait, et des Pie dormaient tout autour. Au fond apparaissait, affreusement loin, l'entrée de la grotte, où l'aube commençait à éclaircir imperceptiblement le noir du ciel. Les traits de notre garde étaient déformés non seulement par la colère, mais aussi par la peur et l'impuissance. Il avait envie de nous faire mal, mais n'osait pas s'approcher. Ce n'était pas un rêve ; c'était le Vif, j'étais en compagnie d'Œil-de-Nuit et il était vivant. L'élan de joie qui me transporta ne l'amusa qu'un instant. *Ta présence ne facilitera les choses ni pour toi ni pour moi. Tu aurais dû rester à l'écart.*

« Cache cette saleté ! gronda le garde.

— Essayez de m'y obliger, pour voir ! » rétorqua le Sans-Odeur. J'entendis la réponse enjouée du fou par les oreilles du loup, et j'y retrouvai son mordant et son ironie d'autrefois ; il s'amusait de sa propre attitude provocatrice. On lui avait pris son épée quand il s'était fait capturer avec le loup, mais il se tenait assis, le dos parfaitement droit, la gorge dégagée pour exposer l'amulette qui brûlait d'une magie glacée ; il s'était placé entre le loup et ceux qui voulaient le torturer.

Œil-de-Nuit me montra une salle aux parois rocheuses et au sol de terre, une caverne peut-être. Le fou et lui se trouvaient dans un coin ; du sang avait ruisselé sur le côté du visage ambré du fou, puis il avait séché et s'était craquelé comme un émail de mauvaise qualité. Œil-de-Nuit et le fou avaient été faits prisonniers ; on les avait traités sans ménagement mais on leur avait laissé la vie sauve, le fou parce qu'il savait peut-être où et comment le prince avait disparu, le loup à cause de son lien avec moi.

Ils ont réussi à découvrir que nous étions liés ?

Je crois que c'était évident, malheureusement.

La marguette sortit des ombres et s'approcha de nous d'une démarche à la fois raide et circonspecte. Ses moustaches s'agitèrent et son regard ardent se braqua sur Œil-de-Nuit. Quand le chien du garde se tourna vers elle, elle cracha et lui décocha un coup de griffe ; il fit un bond en arrière en poussant un glapissement et la mine de l'homme s'assombrit encore, mais ils s'écartèrent l'un et l'autre. Elle se mit à effectuer des allers et retours en claudiquant et en lançant au fou des coups d'œil obliques, un grondement menaçant au fond de la gorge. Sa queue serpentait derrière elle.

L'amulette la tient en respect ?

Oui, mais pas pour longtemps, je pense. La pensée suivante du loup me surprit. *C'est une créature pitoyable, complètement parasitée par la femme comme un daim malade couvert de vermine. Elle erre de-ci de-là au gré d'une humaine qui voit par ses yeux ; elle ne se déplace même plus comme un véritable marguet.*

L'animal s'arrêta brusquement et entrouvrit la gueule comme pour analyser notre odeur, puis elle se détourna et s'éloigna d'un pas décidé.

Tu n'aurais pas dû venir. Elle a senti que tu es avec moi et elle est allée chercher le grand homme. Lui est lié à un cheval, et l'amulette ne gêne pas les proies ni ceux qui sont liés à elles.

La pensée du loup vibrait de mépris pour les mangeurs d'herbe, mais il s'y cachait aussi une note d'angoisse. Je réfléchis : le charme du fou protégeait des prédateurs ; il était logique qu'il laisse indifférent l'homme au cheval de bataille.

Avant que je puisse étudier davantage la question, la marguette revint, l'intéressé derrière elle. Elle s'assit à côté de lui avec une suffisance exaspérante et posa sur nous un regard qui n'avait rien de celui d'un félin. L'homme de haute taille négligea le fou et ses yeux se braquèrent derrière lui, sur le loup.

« Te voici enfin ; nous t'attendions », dit-il calmement.

Œil-de-Nuit refusait de croiser son regard, mais il ne pouvait se boucher les oreilles et les paroles me parvinrent. « Je tiens tes amis, espèce de poltron et de traître. Vas-tu les trahir comme tu as trahi ton Lignage ? Je sais que le prince est avec toi. J'ignore comment tu as fait pour disparaître, et ça m'est égal ; je veux seulement te dire ceci : ramène-le ou ils mourront lentement. »

Le fou se dressa entre l'homme et mon loup, et je compris qu'il s'adressait à moi en déclarant : « Ne l'écoute pas. Reste loin d'ici ; garde-le en sécurité. »

Je ne voyais que son dos, mais l'ombre de l'homme s'agrandit soudain. « Votre amulette de sorcière des haies n'a pas d'effet sur moi, seigneur Doré. »

Le fou partit en vol plané et heurta mon vieux loup déjà mal en point ; le lien de Vif se rompit entre nous.

Je m'éveillai en sursaut. Je me levai d'un bond, mais je ne vis que la grisaille de l'aube et la plage déserte, et je n'entendis que les cris des oiseaux marins qui tournoyaient dans le ciel. Je m'étais roulé en boule dans mon sommeil pour conserver ma chaleur, mais ce n'était pas le froid qui me faisait trembler à présent. J'étais couvert de sueur et je haletais, toute envie de dormir disparue. Je regardai la mer sans la voir, les yeux pleins des images de mon rêve ; la réalité de ce dont j'avais été témoin ne faisait aucun doute. Je pris une longue inspiration saccadée. La marée montait à nouveau, mais n'avait pas encore atteint son plus haut niveau, et je cherchai une indication de la présence du pilier d'Art, sans succès ; j'allais devoir attendre l'après-midi, quand la mer serait au plus bas. Je n'osais pas imaginer ce qui allait arriver au fou et à Œil-de-Nuit entre-temps. Si la chance me souriait, le recul des vagues découvrirait le pilier et je retournerais auprès d'eux ; le prince devrait se débrouiller seul en attendant que je revienne le chercher.

Mais si la marée descendante ne révélait pas la colonne de pierre... non, je ne voulais pas songer aux implications. Je préférais me pencher sur des problèmes que je pouvais résoudre sur l'instant : trouver de quoi manger, conserver mes forces, et rompre l'emprise de la femme sur le prince. Je me tournai vers le garçon toujours endormi et le poussai fermement du bout du pied. « Debout ! » fis-je d'une voix hargneuse.

Le tirer de son assoupissement ne briserait pas obligatoirement son lien avec sa marguette, je le savais, mais il aurait plus de mal à se concentrer exclusivement sur lui. Quand j'étais adolescent, j'avais passé mes heures de sommeil à « rêver » que je chassais avec Œil-de-Nuit, et, une fois réveillé, même si je restais conscient du loup, c'était d'une façon plus diffuse. Devoir grogna et s'écarta de moi en s'accrochant avec opiniâtreté à ses rêves de Vif ; je le saisis au col et le relevai sans douceur. « Réveillez-vous !

— Fichez-moi la paix, sale bâtard ! » s'exclama-t-il d'une voix rauque. A la façon d'un chat, il me regarda d'un air furieux, la tête légèrement détournée, la bouche entrouverte ; on eût dit qu'il allait feuler et me décocher un coup de griffes. La rage m'envahit soudain ; je l'agrippai par le devant de sa chemise, le secouai violemment puis le rejetai loin de moi ; il perdit l'équilibre et manqua de peu de tomber dans les braises du feu.

« Ne m'appelez pas comme ça ! grondai-je. Ne vous avisez plus jamais de m'appeler comme ça ! »

Assis par terre, il me regarda d'un air ahuri. Personne n'avait jamais dû s'adresser ainsi à lui, et encore moins le rudoyer. Honteux d'avoir été le premier, je lui tournai le dos et lançai pardessus mon épaule : « Rallumez le feu ; je vais voir si la marée nous a laissé de quoi nous restaurer, avant qu'elle ne remonte. » Et je m'éloignai à grandes enjambées sans un coup d'œil en arrière ; au bout de trois pas, je regrettai de n'avoir pas pris mes bottes, mais je refusai de faire demi-tour : je ne tenais pas à me trouver face au prince. Ma rancœur contre lui était encore trop fraîche, ma fureur impuissante contre les Pie trop forte.

La mer n'avait pas encore atteint le sable de la grève ; pieds nus sur les rochers noirs, j'avançai avec précaution en tâchant d'éviter les bernacles et ramassai des moules ainsi que des algues pour les cuire à l'étuvée. Je découvris coincé sous un affleurement de pierre un gros crabe vert qui tenta de se défendre en me pinçant l'index ; le doigt meurtri, je m'emparai néanmoins de la créature et la fourrai dans ma chemise en compagnie des moules. Ma quête de nourriture m'entraîna sur la plage, et la fraîcheur de l'air associée à la simplicité de ma tâche apaisa ma colère contre le prince. Il n'était qu'un instrument entre les mains de personnages qui savaient très bien, eux, ce qu'ils faisaient ; les agissements ignobles de la femme démontraient que les conspirateurs n'obéissaient à aucune morale. Il ne fallait pas en vouloir au petit ; il était jeune, mais ni stupide ni mauvais – enfin, jeune et stupide, peut-être, mais après tout n'étais-je pas passé par là moi aussi ?

Je revenais au camp quand je découvris la quatrième plume, et, en me baissant pour la ramasser, je vis la cinquième scintiller au soleil à une dizaine de pas de là. Elle semblait étinceler de couleurs extraordinaires, presque éblouissantes, et pourtant, quand je m'en approchai, je songeai que j'avais dû être le jouet d'une illusion, car elle était d'un gris aussi terne que ses sœurs.

Le prince avait quitté le bivouac lorsque j'y parvins, mais il avait alimenté le feu avant de s'en aller. J'ajoutai les deux nouvelles plumes aux trois premières, puis je cherchai le garçon des yeux et le vis qui revenait ; il s'était manifestement rendu au ruisseau, car son visage était humide et ses cheveux mouillés et rabattus en arrière. Arrivé au feu, il resta un moment debout à m'observer tandis que je tuais le crabe, puis l'enveloppais en compagnie des moules dans les frondes plates des algues ; à l'aide d'un bâton, j'écartai quelques brandons, puis déposai avec précaution sur les braises notre repas qui se mit à siffler et à crachoter. Devoir attendit que j'eusse rassemblé d'autres braises autour du paquet d'algues pour déclarer d'un ton dégagé, comme s'il parlait de la pluie et du beau temps : « J'ai un message pour vous. Si vous ne me ramenez pas avant le coucher du soleil, ils les tueront tous les deux, l'homme et le loup. »

Rien dans mon attitude ne révéla que je l'eusse entendu ; je ne quittai pas le crabe des yeux et continuai à entasser de la cendre chaude autour de lui. Quand je répondis, ce fut d'un ton aussi détaché que le sien. « S'ils ne relâchent pas l'homme et le loup avant midi, c'est peut-être moi qui vous tuerai. » Et je levai un regard assassin vers lui. Il recula d'un pas.

« Mais je suis le prince ! » s'exclama-t-il. L'instant d'après, je lus sur ses traits le mépris que lui inspiraient ses propres paroles, mais il était trop tard pour les rattraper et elles demeurèrent suspendues en l'air entre nous, frémissantes.

« Cela n'aurait d'importance que si vous vous conduisiez en prince, rétorquai-je avec rudesse. Mais ce n'est pas le cas. On se sert de vous et vous ne vous en rendez même pas compte ; pire encore, on se sert de vous non seulement contre votre mère, mais aussi contre le royaume des Six-Duchés tout entier. » Je détournai les yeux et poursuivis, car il le fallait : « Vous ne vous rendez même pas compte que la femme que vous adorez n'existe pas, du moins en tant que femme. Elle est morte, prince Devoir ; mais, à sa mort, au lieu d'accepter de disparaître, elle s'est introduite de force dans l'esprit de sa marguette, et elle la possède désormais ; c'est un des actes les plus vils que puisse commettre un membre du Lignage. Elle s'est servie de la marguette pour vous attirer dans son esprit et elle vous a enjôlé avec des mots d'amour ; j'ignore quel but elle poursuit, mais il n'est bon ni pour vous ni pour elle, et il va coûter la vie à mes amis. »

J'aurais dû me douter qu'elle serait avec lui, et qu'elle ne lui permettrait pas d'entendre ce que je venais de lui dire. Juste avant de se ruer sur moi, il émit un feulement de félin qui m'avertit, et je me penchai de côté alors qu'il bondissait. Je pivotai sur son passage, le saisis par le dos de sa chemise et le ramenai brutalement à moi ; comme je le bloquais entre mes bras, il rejeta la tête en arrière pour me frapper le visage, mais il n'atteignit que le côté de ma mâchoire : je connaissais ce truc de longue date, car c'était un de mes préférés.

Notre lutte, si l'on peut employer ce terme, ne dura pas ;

dégingandé, Devoir en était encore au stade de la croissance où le développement de la musculature n'a pas rattrapé celui de la charpente, et il se battait avec la frénésie aveugle de la jeunesse. Pour ma part, il y avait longtemps que j'étais à l'aise dans ma peau d'adulte et j'avais l'avantage du poids et des années d'expérience. Les bras emprisonnés dans mon étreinte, il ne pouvait guère qu'agiter la tête en tous sens et ruer dans mes tibias. Je songeai soudain que nul n'avait jamais dû porter ainsi la main sur lui ; naturellement : un prince s'entraînait à combattre à l'épée, pas avec les poings ; en outre, il n'avait jamais connu les jeux brutaux qu'on partage avec un père ou des frères. Il ignorait comment réagir dans une telle situation. Il essaya de me *repousser* à l'aide du Vif, mais, comme Burrich l'avait fait avec moi bien des années plus tôt, je lui renvoyai son impulsion mentale ; il resta un instant pris de court, et puis il se débattit avec une violence renouvelée. Je sentais la fureur qui le possédait, et j'avais l'impression de me combattre moi-même ; je savais qu'il ne reculerait devant rien pour me faire mal et que seule son inexpérience limitait sa férocité déchaînée. Il tenta de nous jeter tous les deux au sol, mais je me tenais trop bien campé sur mes jambes, et ses efforts pour m'échapper en se tortillant comme un ver coupé n'aboutirent qu'à me faire resserrer mon étreinte. Il avait le visage écarlate quand sa tête tomba enfin en avant ; il resta un moment avachi entre mes bras, la respiration haletante, avant de déclarer d'un ton maussade : « Ça suffit. Vous avez gagné. »

Je le lâchai, pensant qu'il allait s'effondrer, mais non : il se retourna d'un bloc, mon poignard à la main, et me le plongea dans le ventre. C'était du moins son intention ; heureusement, la boucle de ma ceinture d'épée dévia le coup, la pointe de la lame courut sur le cuir puis s'empêtra dans le tissu de ma chemise. Voir l'arme si près de ma chair réveilla ma colère ; je saisis son poignet, le rabattis brutalement en arrière et le poignard s'envola ; je lui assenai ensuite sur la nuque un coup de poing qui le jeta à genoux. Le hurlement de fureur qu'il poussa me fit dresser les cheveux sur la tête, et, dans le regard haineux qu'il leva vers moi, je ne vis pas le prince, mais un monstrueux mélange d'une marguette, d'un garçon et d'une femme qui voulait les dominer tous les deux, et c'est par sa seule volonté qu'il se redressa brusquement et se jeta de nouveau sur moi.

Je m'efforçai d'encaisser le choc et de maîtriser le garçon, mais il se battait comme une bête enragée, crachant, griffant l'air de ses ongles et m'arrachant les cheveux. Je lui donnai un violent coup de poing dans la poitrine qui aurait dû au moins le ralentir, mais ne fît que décupler sa rage. Je compris alors que la femme le possédait totalement et qu'elle ne se souciait pas de la souffrance que je pouvais lui infliger ; j'allais devoir le blesser pour l'arrêter ; pourtant, malgré mon emportement, je ne pus m'y résoudre. Je me ruai à sa rencontre, le pris dans mes bras et me servis de mon poids pour le terrasser. Nous tombâmes trop près du feu à mon goût, mais je me trouvais sur le garçon et je résolus d'y rester. Nos visages se touchaient presque tandis que j'assurais ma prise sur lui ; sa tête roula follement d'un côté et de l'autre, et puis il tenta de me frapper du front. Le regard qui me défiait n'était pas celui du prince. La femme cracha et m'injuria. Je soulevai le garçon par le devant de sa chemise puis le plaquai brutalement au sol, et son crâne heurta durement le sable compact. Le choc aurait dû l'assommer à demi, mais il releva aussitôt la tête, les dents découvertes comme pour me mordre. Je sentis jaillir en moi une colère dont l'origine était si profonde qu'elle se situait en dehors de moi.

« Devoir ! tonnai-je. Ne me résistez pas ! »

Son corps soudain devint flasque. La femme-marguette m'adressa un regard rageur qui s'effaça peu à peu des yeux du garçon, et le prince Devoir me dévisagea d'un air terrifié. Mais cette expression aussi disparut et son regard devint fixe comme celui d'un cadavre. Du sang soulignait le pourtour de ses dents ; c'était le sien, qui coulait de son nez dans sa bouche. Allongé par terre, il ne bougeait plus ; j'avais envie de vomir. Je desserrai lentement mes doigts de sa chemise et me relevai en haletant. « Eda et El, ayez pitié de moi », dis-je ; il m'arrivait rarement de prier, mais les dieux n'avaient pas envie de réparer ma faute.

Je savais ce que j'avais fait. J'avais déjà commis cet acte » de sang-froid, en toute conscience ; je m'étais servi de l'Art pour implanter de force dans l'esprit de mon oncle, le prince Royal, une fidélité absolue à la reine Kettricken et à l'enfant qu'elle portait. J'avais voulu cette empreinte indélébile et j'avais réussi, bien que la mort prématurée de Royal, quelques mois plus tard, m'eût empêché d'étudier combien de temps un ordre ainsi imposé restait effectif.

Cette fois-ci, j'avais agi sous le coup de la colère, sans me préoccuper des conséquences. Le commandement furieux que j'avais donné à Devoir s'était gravé dans son esprit avec tout le poids de mon Art. Il n'avait pas décidé de son propre chef de cesser de me résister, et une part de lui-même souhaitait sans doute toujours me tuer. Son expression hébétée indiquait qu'il n'avait aucune idée de ce que je lui avais infligé – moi non plus, d'ailleurs, à vrai dire.

« Pouvez-vous vous lever ? demandai-je d'un ton circonspect.

— Puis-je me lever ? » Sa façon de répéter ma question me donna la chair de poule. Il s'exprimait d'une voix pâteuse et il jetait des regards affolés autour de lui comme s'il cherchait une réponse en lui-même. Enfin, ses yeux revinrent sur moi.

« Vous pouvez vous lever », dis-je, l'angoisse au cœur.

Et il obéit.

Il se redressa en chancelant, comme à demi assommé. La puissance de mon ordre d'Art avait apparemment rompu l'emprise de la femme sur lui, mais je ne considérais pas comme une victoire d'avoir remplacé sa volonté par la mienne. Il resta immobile, les épaules légèrement voûtées, comme s'il examinait prudemment quelque douleur en lui-même, puis, au bout d'un moment, il me regarda. « Je vous hais, dit-il d'une voix dénuée de rancœur.

— C'est compréhensible », répondis-je. Ces mots m'étaient venus spontanément : je partageais parfois ce sentiment.

Incapable de soutenir son regard, je ramassai mon poignard et le rengainai. Le prince contourna le feu d'un pas mal assuré pour s'asseoir le plus loin possible de moi. Je l'observai subrepticement ; il s'essuya les lèvres et regarda sa paume maculée de sang, puis, la bouche entrouverte, il passa sa langue sur ses dents. Je redoutais qu'il n'en crachât une, mais ma crainte était vaine. Il ne se plaignait pas ; il avait plutôt l'air de quelqu'un qui essaye sans succès d'évoquer un souvenir oublié. Humilié, les idées embrouillées, il contemplait fixement le feu, et je me demandais à quoi il songeait.

Je restai assis quelque temps à passer en revue les nouvelles petites douleurs qu'il m'avait infligées ; beaucoup d'entre elles n'étaient pas physiques, et, à mon avis, aucune n'égalait ce que je lui avais fait subir. Je ne voyais pas quoi lui dire, aussi m'occupai-je à retourner le crabe dans les braises à l'aide d'un bâton ; les algues dont je l'avais enveloppé s'étaient desséchées et racornies à la chaleur, et elles commençaient à brûler. Je retirai l'ensemble du feu et l'ouvris ; les moules bâillaient et, de translucide, la chair du crabe était devenue blanche. La cuisson était suffisante ou peu s'en fallait.

« Le repas est prêt, annonçai-je.

— Je n'ai pas faim, répondit le prince, la voix et le regard distants.

— Mangez quand même tant que vous avez quelque chose à vous mettre sous la dent. » Sans le vouloir, j'avais pris un ton autoritaire et brusque.

Réagit-il à mon empreinte d'Art ou bien au simple bon sens ? Je l'ignore, mais, lorsque je me fus servi, il fit le tour du feu d'un pas circonspect pour venir prendre sa part. Par certains côtés, il me rappelait Œil-de-Nuit la première fois qu'il était venu à moi, c'était un jeune loup méfiant, mais qui avait assez de jugeote pour se rendre compte qu'il devait s'en remettre à moi pour subvenir à ses besoins. Peut-être le prince savait-il que, sans moi, tout espoir de regagner Cerf sans d'insurmontables difficultés était vain.

A moins que je n'eusse implanté mon ordre d'Art si profondément qu'il devait obéir à la moindre de mes injonctions.

Le silence dura le temps que nous nous restaurions, et encore un peu après ; je décidai de le rompre. « J'ai observé les étoiles hier soir. »

Il hocha la tête, puis il répondit au bout d'un moment d'un ton maussade : « Nous sommes loin de chez nous.

— C'est peut-être un long voyage qui nous attend, et nous sommes fort dépourvus. Savez-vous vous débrouiller pour survivre en pays inconnu ? »

A nouveau, le silence. Il n'avait aucune envie de me

parler, mais je détenais des renseignements dont il avait absolument besoin, et c'est à contrecœur qu'il demanda : « Comment sommes-nous arrivés ici ? Ne pouvons-nous pas repartir par le même moyen ? » Un pli vertical barra son front. « Comment avez-vous appris à pratiquer cette magie ? S'agit-il de l'Art ? »

Je lui livrai une parcelle de ce que je savais. « C'est le roi Vérité qui m'a enseigné l'Art, il y a longtemps. » Puis, avant qu'il pût formuler une autre question, je poursuivis : « Je vais escalader cette falaise, là-bas, au bout de la plage ; nous ne sommes peut-être pas loin d'un village. » S'il me fallait retraverser le pilier en laissant le garçon sur place, je devais me débrouiller pour lui trouver un abri sûr ; et, si la colonne d'Art n'apparaissait pas à marée basse, je voulais me tenir prêt à un long trajet à pied. Ma volonté était inébranlable sur ce point : je retournerais en Cerf, à plat ventre s'il le fallait, et, une fois là, je traquerais tous les Pie et les tuerais à petit feu. Ce serment au cœur, je me sentis plein d'une détermination nouvelle, et j'enfilai mes chaussettes et mes bottes. Je glissai discrètement les plumes dans ma manche en me promettant de leur trouver une meilleure cachette ; je n'avais aucune envie de parler de ces objets avec le prince. Sans un mot, il me suivit quand je me levai et m'éloignai du feu. Je m'arrêtai au bord du ruisseau pour me laver les mains et le visage et me désaltérer ; le prince m'observa et, quand j'eus fini, il se déplaça en amont pour boire à son tour. Je profitai de ce qu'il était occupé pour déchirer une lanière de ma chemise et attacher les plumes à mon avant-bras, et ma manche les cachait de nouveau quand il acheva de nettoyer le sang qui maculait son visage. Nous reprîmes notre route ; le silence était comme une masse pesante que nous portions ensemble. Je sentais qu'il ruminait ce que je lui avais dit sur la femme, et j'avais envie de le sermonner, de lui enfoncer dans le crâne ce que je savais jusqu'à ce qu'il eût compris le but qu'elle poursuivait ; j'aurais voulu aussi lui demander si elle se trouvait encore dans son esprit, mais je mordis ma langue et me tus. Il n'était pas stupide ; je lui avais dit la vérité, à lui de décider ce qu'il devait en faire. Nous poursuivîmes notre chemin.

A mon grand soulagement, nous ne découvrîmes pas d'autres plumes dans le sable. Nous ne trouvâmes d'ailleurs rien de très utile, bien que la plage fût couverte d'une quantité étonnante d'objets rejetés par la mer : morceaux de cordages pourrissants, fragments vermoulus de membres de navire, vestiges d'une moque gisant non loin d'un tolet. La falaise noire grandissait à mesure que nous avancions et elle nous écrasait de toute sa hauteur avant même que nous ne parvenions à son pied ; du sommet, on devait jouir d'un excellent point de vue sur les environs. Comme nous approchions de la base, je remarquai qu'elle était grêlée de trous. Dans une falaise de grès, j'aurais pensé qu'il s'agissait de nids d'hirondelles, mais certainement pas dans cette pierre noire ; les cavités paraissaient trop régulières et séparées par des intervalles trop égaux pour être le résultat du travail de forces naturelles. Le soleil qui les éclairait semblait éveiller des scintillements dans certaines d'entre elles, soulevant ma curiosité.

La réalité dépassait en étrangeté tout ce que j'aurais pu imaginer. Quand nous atteignîmes le bas de l'à-pic, nous nous rendîmes compte que nous avions affaire à des niches de différentes tailles, dont beaucoup contenaient un objet. Muets d'étonnement, le prince et moi longeâmes la muraille de pierre en examinant les plus basses rangées d'alcôves. La diversité de leur contenu m'évoqua le trésor d'un roi frappé de démence ; l'une renfermait un hanap incrusté de pierres précieuses, la suivante une tasse en porcelaine d'une finesse à couper le souffle ; dans un grand renfoncement, je vis une sorte de casque en bois apparemment conçu pour un cheval, à ceci près que les yeux des chevaux se trouvent sur les côtés de la tête et non sur le devant ; une résille en fine chaînette d'or ponctuée de minuscules pierres bleues drapait une pierre à peu près de la taille d'une tête de femme ; un petit coffret en bois luisant décoré d'un motif floral, une lampe sculptée dans une roche verte à l'aspect satiné, une feuille de métal couverte de caractères étranges, une délicate fleur de pierre dans un vase... C'était une extraordinaire accumulation d'objets précieux.

J'étais plongé dans la plus complète stupéfaction. Qui donc pouvait bien exposer de tels trésors au flanc d'une falaise loin de tout, battue par le vent et les vagues ? Chacun brillait comme un diamant qu'on nettoie chaque jour ; nulle ternissure n'altérait l'éclat du métal, nul dépôt de sel ne maculait le bois. A qui tous ces objets appartenaient, comment et pourquoi étaient-ils arrivés là ? Je jetai un coup d'œil à la plage par-dessus mon épaule, mais je ne décelai aucun signe d'une présence autre que la nôtre. Toutes ces merveilles restaient donc sans protection ? Saisi d'une tentation irrésistible, je tendis l'index pour toucher la fleur de pierre, mais je sentis une résistance comme si l'ouverture de l'alcôve était bouchée par une vitre molle. Avec une curiosité puérile, j'essayai d'enfoncer de la paume la surface souple, mais plus j'appuyais, plus la barrière invisible devenait solide. Je réussis pourtant à frôler la fleur du doigt ; ses pétales bougèrent en émettant un son de carillon délicat et à peine audible. Toutefois, il aurait fallu plus de force que je n'en avais pour enfoncer assez la main afin de s'emparer de la fleur ; je ramenai la mienne en arrière, et, alors qu'elle ressortait de la niche, je sentis un picotement désagréable parcourir mes doigts, comme lorsqu'on effleure une ortie, mais en moins durable.

Le prince ne m'avait pas quitté des yeux. « Voleur », dit-il calmement.

J'eus le sentiment d'être un gamin pris en faute. « Je n'avais pas l'intention de la prendre ; je voulais seulement la toucher.

— Evidemment, fit-il d'un ton ironique.

— Croyez ce qui vous plaît », répondis-je. Je me détournai des trésors pour observer la falaise ; je me rendis compte alors qu'un des alignements verticaux de trous, que j'avais pris tout d'abord pour une série d'alcôves parmi d'autres, constituait en réalité une sorte d'échelle. Sans un mot à Devoir, je m'en approchai ; elle avait été taillée pour un homme plus grand que moi, mais je parviendrais sans doute à la gravir.

Le prince me regardait avec curiosité, mais je ne jugeai pas nécessaire de lui fournir d'explication et entamai mon ascension. A chaque prise, je devais étirer le bras, puis lever inconfortablement la jambe pour atteindre la suivante ; pourtant, c'est seulement au tiers de la hauteur de la falaise que je me rendis compte de l'effort qu'allait représenter l'escalade jusqu'au sommet. Les meurtrissures et griffures que m'avait infligées le prince m'élançaient sourdement, et, si j'avais été seul, j'aurais probablement rebroussé chemin.

Je continuai à monter, malgré les cris stridents de protestation que ma vieille blessure dans le dos se mit à pousser chaque fois que je tendais la main vers une prise. Quand je parvins au sommet, ma chemise collait à ma peau, trempée de sueur. Je me hissai par-dessus le bord de l'à-pic et restai allongé à plat ventre le temps de reprendre mon souffle. A cette altitude, le vent était plus frais et soufflait plus régulièrement. Je me redressai lentement et parcourus les environs du regard.

De l'eau, beaucoup d'eau. De part et d'autre du point où je me tenais, la terre s'achevait par des versants abrupts qui plongeaient dans la mer ; il n'y avait aucune plage en dehors de celle où nous étions arrivés ; en me retournant, je vis une forêt, et une autre derrière le plateau bas auquel s'adossait notre grève. Nous nous trouvions sur une île ou une presqu'île. Je n'aperçus aucun signe de présence humaine, ni bateau sur la mer, ni même une volute de fumée. Si nous étions obligés de quitter notre plage à pied, il nous faudrait traverser les bois, et j'éprouvai une inquiétude sourde à cette perspective.

Au bout d'un moment, j'entendis un faible son. Je m'approchai du bord de la falaise : au pied, le prince Devoir me cria une question dont je ne captai que l'inflexion. Je lui répondis par un geste vague, agacé ; s'il tenait tant à savoir ce que je voyais, il n'avait qu'à monter lui-même ; pour ma part, j'avais d'autres soucis. Les niches ne s'étaient pas creusées toutes seules et les objets précieux qu'elles renfermaient n'y étaient pas arrivés par miracle ; la logique exigeait que j'aperçoive quelque trace d'occupation humaine. Enfin, je distinguai ce qui pouvait être un sentier loin au bout de notre plage ; apparemment peu fréquenté, il traversait le plateau de joncs en direction de la forêt. Ce n'était peut-être qu'une piste de gibier, mais je conservai son emplacement en mémoire au cas où nous en aurions besoin.

Je m'intéressai ensuite à la marée qui descendait et cherchai des yeux un ouvrage de pierre. Rien n'était visible encore, mais une zone attira mon attention : à chaque creux de vague, il me semblait apercevoir plusieurs grandes pierres noires aux arêtes rectilignes. Elles se trouvaient encore sous une mince couche d'eau, et j'espérais qu'il ne s'agissait pas de quelque facétie de la nature. Je remarquai un tas de bois flotté sur la plage, dont une longue branche festonnée d'algues pointait vers les rochers en question, et je m'en servis comme repère. J'ignorais si les pierres taillées seraient complètement découvertes à marée basse, mais, quoi qu'il en fût, j'avais la ferme intention de les examiner du plus près possible.

Finalement, je poussai un soupir, me couchai à plat ventre, laissai pendre mes jambes dans le vide et tâtonnai du bout du pied pour trouver la première prise. La descente fut presque plus ardue que la montée, car je devais chercher chaque anfractuosité à l'aveuglette. Quand j'arrivai en bas, j'avais les jambes faibles et tremblantes. Je sautai les deux derniers trous et faillis tomber à genoux en atterrissant sur le sable.

« Eh bien, qu'avez-vous vu ? » demanda le prince d'un ton autoritaire.

Je pris le temps de récupérer ma respiration. « De l'eau, des rochers et des arbres.

— Pas de village, aucune route ?

— Non.

— Qu'allons-nous faire alors ? » Il s'exprimait d'un ton de reproche, comme si tout était ma faute.

Je savais ce que j'allais faire : j'allais retraverser le pilier d'Art, même s'il me fallait plonger pour le retrouver ; mais je répondis au prince : « Elle entend tout ce que je vous dis, non ? »

Il resta un moment interdit à me regarder fixement. Quand je repartis en sens inverse sur nos traces, il m'emboîta le pas sans se rendre compte de toute l'autorité qu'il venait de me céder.

Il ne faisait pas chaud, mais marcher sur le sable exige plus d'efforts que se déplacer sur un sol dur ; en outre, mon ascension m'avait fatigué et mes propres soucis occupaient mes pensées ; je ne fis donc rien pour lancer la conversation et ce fut Devoir qui finit par rompre le silence. « Vous prétendez qu'elle est morte, dit-il brusquement d'un ton accusateur. C'est impossible. Si elle était morte, comment pourrait-elle me parler ? »

Je m'apprêtai à répondre, me ravisai, puis déclarai : « Quand on a le Vif, on se lie à un animal, et on ne partage pas seulement ses pensées, mais aussi son être ; au bout d'un certain temps, on arrive à voir par ses yeux, à ressentir la vie comme lui, à percevoir le monde comme lui. Ce n'est pas simplement...

— Je sais tout cela ! Je suis un Pie, ne l'oubliez pas. » Et il eut un grognement de mépris.

Jamais, je crois, me faire couper la parole ne m'avait à ce point exaspéré. « Vous êtes du Lignage ! rétorquai-je d'un ton cassant. Répétez encore une fois que vous faites partie des Pie et je serai obligé de vous rosser jusqu'à ce que vous vous débarrassiez de cette idée ! Je n'ai aucun respect pour la façon dont ces gens emploient leur magie. » Je me tus, puis demandai à brûle-pourpoint : « Et maintenant, dites-moi depuis combien de temps vous savez que vous avez le Vif.

— Je... mais... » Il s'efforçait d'écarter de son esprit la menace que je venais de proférer ; je ne plaisantais pas et il le savait. Il se ressaisit enfin. « Depuis cinq mois environ ; depuis qu'on m'a offert la marguette. A l'instant où on m'a remis sa laisse, j'ai senti...

— Vous avez senti un piège se refermer sur vous, un

piège que vous avez été trop stupide pour reconnaître. On vous a donné la marguette parce que certains se sont aperçus que vous aviez le Vif avant que vous le sachiez vous-même ; sans même en avoir conscience, vous avez donc manifesté des signes que vous possédiez cette magie. Des gens les ont remarqués, eux, ils ont décidé de vous utiliser, et ils vous ont fait cadeau d'un animal avec lequel vous ne manqueriez pas de vous lier. Cela ne se passe pas ainsi, normalement, sachez-le. Les parents vifiers ne donnent pas un animal à leur enfant en lui disant : "Tiens, ce sera ton compagnon pour la vie." Non ; d'habitude, on fournit à l'enfant un solide enseignement sur le Vif et ses conséquences avant qu'il ne se lie, après quoi il se lance dans une sorte de quête pour trouver un animal dont la forme d'esprit corresponde à la sienne. Quand tout se déroule comme il faut, on aboutit à un équivalent du mariage. Dans votre cas, aucune de ces règles n'a été observée ; vous n'avez pas été instruit dans le Vif par des gens qui se préoccupaient de votre bonheur. Un groupe de vifiers a repéré une ouverture et en a profité. La marguette ne vous a pas choisi, ce qui n'est déjà pas bon, mais, pire encore, je ne crois pas non plus qu'elle ait eu son mot à dire quant à sa première compagne ; la femme l'a arrachée à la tanière maternelle quand elle n'était encore qu'un margueton et s'est liée de force avec elle. La femme est morte par la suite, mais son esprit a survécu en investissant la marguette. »

Le prince me regardait, les yeux noirs et écarquillés. Il les détourna soudain légèrement, et je sentis le Vif à l'œuvre.

« Je ne vous crois pas. Elle dit qu'elle peut tout expliquer, que vous cherchez à m'embrouiller les idées. » Les mots se bousculaient dans sa bouche, comme s'il les poussait en avant pour se cacher derrière eux.

J'étudiai son visage. Ses traits fermés n'exprimaient que scepticisme et indécision.

J'inspirai profondément afin de conserver mon calme. « Ecoutez, mon garçon, je ne connais pas tous les détails de l'affaire, mais je puis émettre des hypothèses. Peut-être savait-elle qu'elle était en train de mourir, et c'est peut-être pourquoi elle a choisi une créature sans défense pour imposer son lien. Quand une union est déséquilibrée, comme celle-là devait l'être, le membre le plus fort peut dominer le plus faible ; c'était le cas, et elle pouvait posséder le corps du margueton quand bon lui semblait. Quand elle est morte, au lieu de s'éteindre avec son propre organisme, elle a transvasé son esprit dans celui de la marguette. »

J'interrompis ma marche et j'attendis que Devoir croise mon regard. « Vous êtes le suivant, dis-je posément.

— Vous êtes fou ! Elle m'aime ! »

Je secouai la tête. « Je perçois une grande ambition en elle. Elle veut retrouver une apparence humaine ; elle ne souhaite pas rester une marguette ni surtout mourir quand les jours de l'animal seront révolus. Il lui faut quelqu'un qui possède le Vif, mais qui en même temps ignore tout du Vif. Et pourquoi pas quelqu'un de bien placé ? Pourquoi pas un prince ? »

L'expression de Devoir refléta le conflit d'émotions qui faisait rage en lui. Une partie de lui savait que je disais la vérité, mais, comme il se sentait humilié de s'être laissé abuser, il s'efforçait désespérément de ne pas me croire. Je tentai d'adoucir son sentiment de ridicule.

« A mon avis, elle a jeté son dévolu sur vous sans que vous ayez davantage le choix en la matière que la marguette. C'est à la fusion de la femme et de l'animal que vous êtes lié, pas à l'animal lui-même ; et elle ne l'a pas fait par amour pour vous, pas plus qu'elle n'éprouvait d'affection pour la marguette. Quelque part, quelqu'un a conçu un plan extrêmement minutieux, et vous n'êtes qu'un instrument dans sa réalisation. Un instrument des Pie.

— Je ne vous crois pas ! cria-t-il. Vous n'êtes qu'un menteur ! » Sur ces derniers mots, sa voix se brisa.

Ses épaules montèrent et descendirent alors qu'il inspirait profondément, et j'eus l'impression de sentir mon ordre d'Art restreindre son envie de me sauter à la gorge. Je gardai un silence prudent pendant quelques minutes, puis, quand je jugeai qu'il avait repris son sang-froid, je dis calmement : « Vous m'avez traité de bâtard, de voleur et, à l'instant, de menteur. Un prince doit faire plus attention aux invectives qu'il distribue, sauf s'il croit que son titre suffit à le protéger. Voici donc une insulte et un avertissement à la fois : abritez-vous encore derrière votre statut de prince alors que vous me donnez des noms d'oiseau et je vous traiterai, moi, de lâche. La prochaine fois que vous m'offenserez, votre sang royal n'arrêtera pas mon poing. »

Et je soutins son regard jusqu'à ce qu'il détourne les yeux, comme un louveteau soumis par un adulte. Je baissai la voix afin de l'obliger à m'écouter attentivement pour m'entendre. « Vous n'êtes pas stupide, Devoir ; vous savez que je ne mens pas : elle est morte et on se sert de vous. Vous voudriez que ce ne soit pas vrai, mais ce n'est pas la même chose que ne pas me croire. Vous allez sans doute entretenir l'espoir qu'un événement se produira qui démontrera mon erreur, mais rien de ce genre n'arrivera. » Je repris mon souffle. « La seule consolation que je puis vous offrir aujourd'hui, c'est que vous n'êtes pas vraiment responsable. Il aurait fallu vous protéger d'une telle mésaventure ; il aurait fallu vous enseigner le Lignage dès votre enfance. »

Il m'était impossible de lui avouer, pas plus qu'à moi-même d'ailleurs, que c'est moi qui aurais dû m'en charger, moi qui lui avais fait connaître le Vif et son univers par le biais de rêves d'Art alors qu'il n'avait que quatre ans.

Nous marchâmes longtemps sans rien dire. Je ne quittais pas des yeux la branche décorée d'algues. Une fois que j'aurais traversé le pilier, j'ignorais combien de temps je resterais absent ; le prince saurait-il subvenir à ses propres besoins ? Les trésors de la falaise me troublaient et m'inquiétaient ; de telles richesses devaient bien appartenir à quelqu'un, et ce quelqu'un risquait de ne pas apprécier la présence d'un intrus sur sa plage. Pourtant, je ne pouvais emmener Devoir avec moi : il ne ferait que m'encombrer ; en outre, rester seul quelque temps et s'occuper de sa propre survie lui ferait peut-être du bien. Et si je mourais en tentant de sauver le fou et Œil-de-Nuit ? Eh bien, au moins les Pie ne remettraient pas la main sur le prince.

Les dents serrées, je continuai d'avancer en gardant pour moi mes sinistres réflexions, et nous avions presque atteint la branche qui me servait de repère quand Devoir dit d'une voix très basse : « Vous avez déclaré que mon père vous avait enseigné l'Art. Vous a-t-il appris... »

Il trébucha ; alors qu'il tombait à plat ventre, le bout de son pied délogea du sable une chaîne d'argent. Il s'assit en jurant, puis tendit la main pour dégager sa botte, et je restai bouche bée devant l'objet qu'il récupéra ; c'était un fil épais dont chaque toron de métal avait la finesse d'un crin de cheval ; la longueur d'un collier s'en nichait déjà au creux de sa main quand il donna une dernière secousse pour terminer de l'extraire du sable, et c'est alors qu'une figurine apparut soudain. Accrochée au fil comme une amulette, elle avait la taille du petit doigt de Devoir et elle était émaillée de couleurs vives.

Elle représentait une femme. Nous observâmes son visage altier; l'artiste lui avait donné des yeux noirs et avait laissé le métal or sombre de la statuette luire dans son teint. Ses cheveux peints en noir étaient couronnés d'une sorte de tiare bleue. Son vêtement drapé dénudait un de ses seins et laissait apparaître deux pieds nus.

« Elle est magnifique ! » dis-je. Devoir ne répondit pas.

Presque hypnotisé, il retourna la figurine pour suivre du doigt sa chevelure qui tombait dans son dos.

« J'ignore quel est ce matériau. Il ne pèse quasiment rien. »

Nous levâmes la tête en même temps. Ce fut peut-être notre Vif qui nous avertit de la présence d'un être vivant, mais je ne le crois pas. J'avais capté une bouffée de pestilence indescriptible; pourtant, alors que je me tournais à la recherche de la source de cette puanteur, je me sentis presque convaincu que je respirais un parfum suave.

Il y a des expériences qui ne s'effacent jamais de la mémoire, et l'infiltration insidieuse d'un autre esprit dans le sien en est une. Un spasme de terreur me convulsa et je dressai brutalement mes murailles d'Art par un réflexe que je pensais oublié; du coup, je perçus à nouveau les immondes remugles dans toute leur force alors que je découvrais derrière moi une créature de cauchemar.

Elle était aussi grande que moi, du moins en ce qui concernait la partie de son corps qu'elle tenait dressée. Je n'arrivais pas à savoir si elle m'évoquait un reptile ou un mammifère marin; ses yeux plats de carrelet placés sur le devant de sa tête paraissaient bizarrement orientés, et son crâne semblait excessivement gros, comme tumescent. Alors qu'elle nous regardait fixement, sa mâchoire inférieure s'ouvrit comme une trappe, révélant une gueule capable d'engloutir un lapin entier, et une langue rigide en pointa brièvement. Elle rentra brusquement et la bouche se referma avec un claquement sec.

Je constatai avec épouvante que le prince, cloué sur place, souriait à la créature d'un air de béatitude imbécile. Il fit un pas trébuchant vers elle ; je l'agrippai par l'épaule et m'efforçai d'éveiller l'ordre d'Art que je lui avais imposé tout en conservant mes murailles intactes. « Venez avec moi », lui dis-je à mi-voix mais avec fermeté. Je le tirai en arrière, et, bien qu'il ne m'obéît pas activement, au moins il ne me résista pas.

Le monstre se dressa davantage pour nous dominer. Des poches disposées de part et d'autre de son cou s'agitèrent comme des soufflets alors qu'il levait ses membres semblables à des nageoires, et il ouvrit tout à coup de grandes et larges mains palmées terminées par des griffes aussi longues que des épines de vive. Alors il parla, dans un mélange de sifflements et d'éructations, et, sous le choc, j'eus l'impression de recevoir une grêle de pierres. « Vous n'êtes pas venus par le chemin. Comment êtes-vous venus ?

— Par un... »

J'interrompis le prince en le secouant rudement. « Silence ! » Je reculais, entraînant le garçon avec moi, mais la créature nous suivait avec force contorsions de son corps difforme. D'où sortait-elle ? Je jetai des regards affolés autour de moi, craignant d'apercevoir d'autres de ses congénères, mais elle était seule. Elle se rua soudain en avant et s'interposa, énorme, entre le plateau de joncs et nous ; je réagis en me dirigeant à reculons vers la mer, ce qui répondait à mon désir, de toute façon, car c'était là que se trouvait notre unique voie d'évasion, à ma connaissance. Je formai le vœu que la marée descendante découvrît le pilier d'Art.

« Vous devez partir, éructa la créature. Tout ce que l'océan dépose sur la plage aux trésors doit y rester. Lâchez ce que vous avez trouvé. »

Le prince ouvrit la main et la figurine tomba, mais le cordon se prit dans ses doigts à demi repliés et la statuette y demeura suspendue comme une marionnette.

« Lâchez ça ! » répéta le monstre d'un ton plus pressant.

Je jugeai que l'heure n'était plus à la subtilité. Je tirai mon épée maladroitement, de la main gauche pour conserver ma prise sur l'épaule du prince. « N'avancez pas ! » dis-je, menaçant. Mes bottes crissaient sur les rochers couverts de bernacles ; je risquai un coup d'œil derrière moi. J'aperçus les pierres noires équarries, mais elles dépassaient à peine le niveau de l'eau. La créature se méprit sur mon geste.

« Votre bateau vous a abandonnés ! Il n'y a que l'océan derrière vous. Lâchez cet objet ! » Elle s'exprimait avec un chuintement effrayant ; elle n'avait pas plus de lèvres qu'un lézard, mais sa gueule ouverte révélait quantité de dents acérées. « Les trésors de cette plage ne sont pas destinés aux humains ! Ce que la mer apporte ici est perdu pour l'humanité parce qu'elle n'en est pas digne ! »

J'entendis des algues s'écraser sous nos pas. Le prince glissa et faillit tomber ; je le retins par l'épaule et l'aidai à se redresser. Nous reculâmes encore de trois enjambées et de l'eau vint lécher nos bottes.

« Vous n'irez pas loin à la nage ! nous prévint la créature. La mer gardera vos ossements ! »

Je perçus comme un coup de vent lointain la bouffée d'angoisse qu'elle projeta sur nous. Le prince n'était pas mentalement protégé comme moi, et il poussa un cri d'épouvante. « Je ne veux pas me noyer ! s'exclama-t-il. Non, par pitié, je ne veux pas me noyer ! » Il se tourna vers moi, les yeux agrandis d'effroi. Il ne me vint pas à l'idée de mépriser sa lâcheté apparente ; je savais trop bien l'effet que pouvait avoir la terreur imposée de l'extérieur sur un esprit sans défense.

« Devoir, il faut me faire confiance. Faites-moi confiance !

— Je ne peux pas ! » hurla-t-il, et je le savais sincère ; il était déchiré entre mon ordre d'Art qui l'obligeait à m'obéir et les ondes de peur que la créature lançait sur lui. Je resserrai ma poigne sur son épaule et l'entraînai dans ma retraite. Nous avions de l'eau jusqu'aux genoux et chaque vague nous faisait vaciller. En se contorsionnant, le monstre n'hésita pas à nous suivre ; il se sentait sûrement plus à l'aise dans l'eau que sur la terre ferme. Je risquai un nouveau coup d'œil derrière moi : le pilier se dressait tout près ; mes pensées s'embrouillaient d'ailleurs légèrement, comme toujours lorsque je m'approchais de la pierre noire, et je songeai qu'il était étrange de chercher la désorientation dans l'espoir d'y trouver le salut.

« Donnez-moi l'objet ! » cria la créature d'un ton autoritaire ; des gouttelettes d'un vert inquiétant apparurent à la pointe de ses griffes qu'elle leva d'un air menaçant.

D'un seul mouvement, je rengainai mon épée, passai mon bras autour de Devoir et me jetai en arrière dans la mer en l'entraînant avec moi. Le monstre plongea derrière nous, et il me sembla voir dans son regard inhumain une brusque compréhension, mais il était trop tard : à tâtons, je trouvai la surface inclinée du pilier renversé, et il nous aspira sans que j'eusse le temps de prévenir le prince.

Nous surgîmes sous un soleil d'après-midi presque chaud. Le prince glissa mollement entre mes doigts et s'effondra sur le pavé d'une rue, au milieu de la cataracte d'eau de mer qui était apparue avec nous. Je repris mon souffle et balayai les environs du regard. « Ce n'était pas la bonne face ! » J'avais songé à cette éventualité mais, trop occupé à échapper à la créature, je n'avais pas eu le temps d'y réfléchir. Chaque face d'un pilier d'Art portait une rune gravée qui indiquait sa destination ; c'était un système merveilleux, à condition de savoir à quoi correspondaient ces signes. Avec un tressaillement d'effroi, je me rendis compte soudain du risque que j'avais couru : et si le pilier d'arrivée s'était trouvé enseveli, ou réduit en morceaux ? Je n'osais pas imaginer notre sort. Tremblant de tous mes membres, j'observai le paysage inconnu. Nous étions arrivés dans les ruines battues par le vent d'une cité abandonnée des Anciens ; elle me sembla vaguement familière et je me demandai s'il ne s'agissait pas de celle où j'avais été transporté autrefois. Toutefois, je n'avais pas de temps à perdre en explorations ni en spéculations. Tout était allé de travers ; à l'origine, mon plan consistait à repartir par le pilier sans m'encombrer du prince afin de me porter au secours de mes amis ; mais je ne pouvais pas davantage laisser Devoir seul et frappé d'hébétude dans cette ville déserte que le planter sur la plage hostile. Je devais l'emmener. « Il faut repartir dans l'autre sens, lui dis-je. Il faut regagner Cerf par le chemin qui nous a menés ici.

— C'était affreux ! » Sa voix tremblait, et mon intuition m'apprit qu'il ne parlait pas de la créature. Passer par un pilier était une expérience éprouvante pour un esprit non formé. Royal s'était servi allègrement de ce système pour transporter ses jeunes artiseurs, sans se soucier du nombre d'entre eux qui y perdaient la raison. Je n'avais nulle envie de traiter mon prince avec aussi peu d'égards ; malheureusement, je n'avais pas le choix et le temps me faisait défaut.

« Je sais, répondis-je avec douceur ; mais il faut retraverser tout de suite, avant que la marée remonte. » Il leva vers moi un regard empreint d'incompréhension. J'essayai de peser le pour et le contre : si je préservais sa santé mentale, la femme risquait d'en apprendre long par son biais. Finalement, je chassai cette préoccupation de mon esprit : il fallait qu'il comprenne ce qui lui arrivait, du moins dans une certaine mesure, sans quoi je sortirais du pilier accompagné d'un légume. « Nous devons retourner au pilier près de la plage, car une de ses faces nous ramènera en Cerf. Il faut découvrir laquelle. »

Le garçon eut un haut-le-cœur, puis il s'accroupit sur le pavé, les mains sur les tempes. « Je ne crois pas que j'en serai capable », dit-il d'une voix mourante.

Mon cœur se serra. « Perdre du temps n'arrangera rien, répondis-je. Je vous protégerai du mieux possible, mais il faut partir tout de suite, mon prince.

— Mais la créature nous attend peut-être ! » s'écria-t-il, éperdu ; toutefois, je pense qu'il redoutait davantage le passage dans le pilier que le monstre.

Je me baissai, le pris dans mes bras et, malgré ses efforts violents pour se dégager, je l'entraînai dans la colonne de pierre.

Jamais je n'avais effectué deux traversées à intervalles si proches, et la brutale sensation de chaleur me prit par surprise. Comme nous émergions du pilier, j'inspirai accidentellement de l'eau par le nez : elle était chaude. Je me dressai en tenant la tête de Devoir au-dessus des vagues ; sous l'effet de l'élévation de température de la colonne de pierre, l'eau bouillait à son contact. Et le prince avait eu raison ; comme je soulevais son corps inerte en m'ébrouant, j'entendis des grognements étonnés en provenance de la plage : ce n'était plus une seule mais quatre créatures qui se trouvaient là. A peine nous eurent-elles aperçus qu'elles foncèrent sur nous. Je n'avais plus le temps de réfléchir, d'explorer ni de choisir. Entre mes bras, le prince restait inconscient, bras et jambes ballants ; je le serrai contre moi et pris le risque d'abaisser mes murailles d'Art pour tenter de protéger son esprit. Alors qu'une vague me jetait à genoux, je plaquai une main sur la surface fumante du pilier qui m'aspira aussitôt.

Cette fois, le passage me parut insupportable. Je sentis une étrange odeur, curieusement familière mais répugnante. *Devoir ! Prince Devoir ! Héritier du trône Loinvoyant ! Fils de Kettricken !* J'enveloppai son esprit qui partait en lambeaux dans le mien et l'appelai par tous les noms qui me venaient à l'idée.

Enfin il me répondit. *Je vous connais.* Ce fut tout ce que je captai de lui mais, après cela, il s'accrocha à lui-même et à moi. Une bizarre passivité imprégnait notre lien, et, quand nous émergeâmes finalement dans un flot d'eau tiède sur une herbe verte, sous un ciel aux nuages bas, je me demandai si l'esprit du prince avait survécu à notre évasion de la plage aux trésors.

11

RANÇON

Aux signes suivants on peut reconnaître l'enfant qui présente une prédisposition à l'Art :

s'il descend de parents eux-mêmes artiseurs ;

s'il gagne souvent aux jeux d'adresse physique alors que ses adversaires commettent des erreurs, perdent courage ou jouent mal ;

s'il possède des souvenirs qui ne peuvent lui appartenir ;

s'il rêve, que ses rêves sont précis et qu'ils renferment des connaissances qui dépassent son expérience.

D'un Fidaiguille, maître d'art du roi Manieur

*

Le tertre s'étendait sur le versant de la colline, au-dessus de nous. Il tombait une bruine fine comme de la brume mais opiniâtre, et l'herbe épaisse était gorgée d'eau. Mes forces m'abandonnèrent soudain et je me sentis incapable de rester debout, encore plus de soutenir le prince. Je me laissai tomber à genoux et allongeai Devoir par terre. Ses yeux étaient ouverts mais ne voyaient rien ; seule sa respiration un peu rauque m'indiquait qu'il n'était pas mort. Nous avions regagné Cerf, mais notre situation ne s'était qu'à peine améliorée par rapport à notre départ.

Nous étions tous les deux trempés de la tête aux pieds. Au bout d'un moment, je pris conscience d'une odeur étrange, et je me rendis compte que le pilier, derrière nous, irradiait de la chaleur ; l'odeur provenait de l'évaporation qui se produisait à sa surface ; néanmoins, je jugeai préférable d'affronter le froid plutôt que nous rapprocher trop de la colonne. La figurine pendait toujours au bout du cordon emmêlé dans les doigts du garçon. Je la dégageai, enroulai le fil et fourrai le tout dans ma besace. Le prince ne réagit pas. « Devoir ? » Je me penchai pour me placer dans l'axe de son regard, mais il n'accommoda pas sur mon visage. La bruine tombait sur sa figure et dans ses yeux. Je lui tapotai doucement la joue. « Prince Devoir ? Vous m'entendez ? »

Il cligna lentement les paupières. Ce n'était pas grand-chose, mais cela valait mieux que rien.

« Ne bougez pas, reposez-vous. Vous allez vous remettre dans un petit moment. » Je n'étais pas sûr que ce fût la vérité, mais je le laissai sur l'herbe mouillée et gravis le tertre ; du sommet, j'observai les environs sans repérer aucune présence humaine. Il n'y avait d'ailleurs guère à voir, à part des collines à perte de vue et quelques bosquets d'arbres clairsemés. Des étourneaux virèrent dans le ciel à l'unisson et se posèrent pour se nourrir avec force criailleries. Une forêt se dressait au bout de la prairie ; rien ne paraissait présenter de menace immédiate, mais rien non plus ne laissait espérer que nous puissions trouver à manger, à boire et à nous abriter à proximité. Pourtant, Devoir en aurait sans doute eu fort besoin, et je craignais que, sans cela, il ne sombre davantage dans son insensibilité. Mais ce que je voulais, moi, était encore plus simple : je voulais savoir si mes amis étaient vivants, et, hors de toute raison, j'avais envie de tendre mon esprit vers mon loup, de l'appeler à plein Vif en y mettant tout mon cœur. Je savais toutefois que je ne pourrais agir de façon plus stupide et plus irresponsable, car non seulement j'avertirais tous les vifiers de la région de ma présence, mais je les préviendrais aussi que j'allais au secours de mes compagnons.

Par un effort de volonté, je mis de l'ordre dans mes pensées. Il me fallait un refuge, et d'urgence. La femme et la marguette devaient chercher constamment le prince à l'aide du Vif ; peut-être même étaient-elles déjà en route pour s'emparer de lui. L'après-midi glissait doucement vers le soir. Devoir m'avait annoncé que, si je ne l'avais pas rendu aux Pie au coucher du soleil, ils exécuteraient Œil-de-Nuit et le fou ; par conséquent, je devais mettre Devoir en sûreté avant que la femme ne nous repère, puis découvrir seul où ils détenaient mes amis et les délivrer, le tout avant le coucher du soleil. Je réfléchissais furieusement ; l'auberge la plus proche que je connaissais était celle du Prince-Pie, et on n'y ferait sûrement pas bon accueil au garçon, mais, d'un autre côté, il y avait un long chemin à parcourir avant d'atteindre Castelcerf, dont la traversée d'un fleuve en bac. J'avais beau me creuser la cervelle, je ne voyais pas d'autre possibilité que ces deux refuges-là ; dans l'état où Devoir se trouvait, je ne pouvais pas l'abandonner sur place, et un nouveau passage dans le pilier détruirait définitivement son esprit, même si nous en sortions physiquement indemnes. Encore une fois, je balayai du regard le paysage sauvage, acculé à l'évidence : j'avais certes le choix entre plusieurs solutions, mais toutes étaient mauvaises. Je pris impulsivement une décision : nous allions nous mettre en route et j'essaierais, chemin faisant, de trouver une idée.

Je jetai un dernier regard aux alentours avant de descendre du tertre et j'aperçus alors du coin de l'œil, moins qu'une silhouette, un mouvement derrière un bouquet d'arbres. Je me tapis au sol, les yeux fixés sur le bosquet, et un animal en sortit quelques instants plus tard. C'était un cheval, grand et noir. Manoire ! Elle tourna la tête vers moi. Je me redressai lentement ; elle était trop loin pour que je me donne la peine de tenter de la rattraper. Elle avait dû s'enfuir quand les Pie avaient capturé Œil-de-Nuit et le fou ; et Malta, qu'était-elle devenue ? Je restai encore un moment à observer la jument, mais elle se contenta de me rendre mon regard sans faire mine de me rejoindre. Pour finir, je me détournai et redescendis auprès du prince.

Il était toujours plongé dans l'hébétude, mais, au moins, il avait réagi à la pluie froide en se roulant en boule, tout frissonnant. L'inquiétude que je ressentais pour lui se mêlait d'un espoir coupable : peut-être, dans son état, était-il incapable de se servir du Vif pour indiquer notre position aux Pie. Je posai une main sur son épaule et dis d'une voix la plus douce possible : « Levez-vous et marchons. Ça va nous réchauffer. »

J'ignore s'il comprit mes paroles. Il conserva un regard vide pendant que je l'aidais à se redresser, et, une fois debout, il courba le dos, les bras croisés sur la poitrine ; il continuait à trembler. « Allons, en route », fis-je, mais il ne bougea pas ; je dus passer mon bras autour de sa taille et ordonner : « Accompagnez-moi. » Il obéit alors, mais d'une démarche titubante, maladroite, et c'est à une allure d'escargot que nous descendîmes la colline.

Je mis du temps à me rendre compte que j'entendais des bruits de sabots derrière nous. Quand j'en pris enfin conscience, je jetai un coup d'œil en arrière et vis Manoire, mais, quand je fis halte, elle s'arrêta elle aussi. Je lâchai le prince qui commença aussitôt à s'effondrer lentement sur lui-même, et la jument adopta une attitude méfiante. Je redressai Devoir et, comme nous reprenions notre lent cheminement, je perçus à nouveau le son syncopé du pas de Manoire qui nous suivait.

Je ne lui prêtai aucune attention jusqu'à ce qu'elle nous eût pratiquement rattrapés ; alors je m'assis, Devoir appuyé contre moi, et attendis que la curiosité de la jument l'emporte sur sa nature soupçonneuse. Même quand je sentis son haleine sur ma nuque, je feignis de ne rien remarquer, mais je glissai une main subreptice dans mon dos et saisis ses rênes.

Ce fut presque un soulagement pour elle, je crois. Je me levai lentement et caressai son encolure ; sa robe était striée de bave à demi séchée et le cuir de son équipement était humide ; elle avait réussi à brouter malgré son mors, et elle avait dû essayer de se rouler par terre, car de la boue maculait tout un côté de sa selle. Le cercle que je lui fis parcourir lentement confirma mes craintes : elle boitait. Un animal, peut-être un des molosses au Vif, avait tenté de la poursuivre, mais sa rapidité l'avait sauvée ; j'étais d'ailleurs stupéfait qu'elle fût demeurée dans la région et encore plus qu'elle fût venue à moi en me voyant. Malheureusement, elle ne pourrait pas nous emporter dans un galop effréné vers un lieu sûr ; notre progression se ferait au mieux d'un pas claudicant.

J'essayai de convaincre par la douceur le prince de se lever et de monter à cheval, mais c'est seulement quand je perdis patience et lui ordonnai d'un ton exaspéré de grimper sur ce fichu canasson qu'il obéit. Il ne réagissait pas à la conversation, mais il se pliait aux ordres simples que je lui donnais ; je mesurai alors la profondeur de l'empreinte d'Art que je lui avais imposée et la solidité du lien qui nous unissait. « Ne me résistez pas », avais-je commandé, et une partie de lui-même interprétait ces mots comme « Ne me désobéissez pas ». Pourtant, malgré sa coopération, sa mise en selle se révéla une manœuvre délicate, et, une fois que je l'eus hissé en place, je craignis qu'il ne tombât de l'autre côté. Je ne tentai même pas de monter derrière lui : Manoire ne l'aurait probablement pas accepté. Je pris donc la jument par la bride et la menai à pied. Le prince se balançait mollement au rythme irrégulier de la monture, mais il restait en selle. Il avait une mine épouvantable : toute maturité enfuie, ses traits laissaient voir un enfant malade aux grands yeux fixes cernés de noir et à la bouche avachie ; on l'eût cru à l'agonie. Cette éventualité me frappa comme un coup de masse et je sentis une poigne glacée enserrer mon cœur. Le prince mort ! La fin de la lignée des Loinvoyant et l'éclatement des Six-Duchés ! Une mort ignoble et atroce pour Ortie ! Non, cela ne se pouvait pas, je ne devais pas le permettre !

En pénétrant dans un petit bois aux arbres clairsemés, nous dérangeâmes un corbeau qui s'envola en croassant comme un prophète de malheur. On eût dit un signe de mauvais augure.

Au bout de quelque temps, je me surpris à parler au prince et à la jument ; j'avais retrouvé inconsciemment la cadence apaisante et les mots rassurants que Burrich employait dans mon enfance. « Allons, tout ira bien, là, là, le pire est passé, ça va, ça va. »

Je me mis ensuite à fredonner, et je m'aperçus là encore que j'avais repris un air que Burrich chantait souvent tout bas quand il soignait des chevaux blessés ou s'occupait de juments en train de pouliner ; la mélodie familière me calma et me rasséréna davantage, je crois, que Manoire ou le prince, et bientôt, je parlai tout haut en m'adressant autant à moi qu'à eux. « On dirait qu'Umbre avait raison : vous artiserez quoi qu'il arrive, qu'on vous forme ou non, et j'ai bien peur qu'il en aille de même pour le Vif. Vous l'avez dans le sang et, au contraire de certains, on n'arrivera pas à vous en faire passer le goût en vous rouant de coups ; je ne crois d'ailleurs pas que ce soit souhaitable. En revanche, il ne faut pas vous y jeter à corps perdu comme vous le faites ; ce n'est pas très différent de l'Art, à tout prendre : chacun doit s'imposer des limites, à soi-même et à sa magie. Etablir ses propres bornes participe du fait d'être un homme. Alors, si nous nous tirons de cette affaire vivants et indemnes, je deviendrai votre professeur, et le mien aussi, je pense, par la même occasion. Il est sans doute temps que je me plonge dans tous ces vieux manuscrits sur l'Art pour découvrir ce qu'ils recèlent. Je ne vous cacherai pas que ça m'effraie ; depuis deux ans, l'Art réapparaît en moi comme une espèce d'ulcère qui s'étend peu à peu, et j'ignore où il m'emmène. Or j'ai peur de ce que je ne sais pas ; c'est le loup en moi qui réagit ainsi, je suppose. Par le souffle d'Eda, pourvu qu'il soit sain et sauf, et mon fou aussi ! Pourvu qu'ils ne souffrent pas ou qu'ils ne soient pas en train de mourir simplement parce qu'ils me connaissaient... C'est curieux, je trouve : on ne se rend compte de l'importance de quelqu'un dans sa vie que quand il est en danger de mort ; on se dit qu'on ne pourra pas continuer à vivre s'il lui arrive malheur, mais le plus effrayant, c'est qu'en réalité on va continuer à vivre, on ne peut pas faire autrement, avec ou sans lui. La seule question, c'est ce qu'on va devenir. Que va-t-il advenir de moi si Œil-de-Nuit est mort ? Je songe souvent à Petit-Furet que j'ai croisé il y a bien des années ; il poursuivait aveuglément son existence, alors qu'il ne restait plus dans son esprit minuscule que l'idée de tuer...

— Et ma marguette ? »

Le prince avait parlé à mi-voix. Je ressentis un immense soulagement : sa conscience était suffisamment intacte pour lui permettre de s'exprimer ; en même temps, je me repassai rapidement mon monologue sans queue ni tête et formai le vœu qu'il n'y eût pas prêté trop d'attention.

« Comment allez-vous, mon prince ?

— Je ne sens plus ma marguette. »

Il y eut un long silence, puis je déclarai : « Je ne sens plus mon loup non plus. Il éprouve parfois le besoin de se couper de moi. »

Il se tut si longtemps que je craignis une rechute dans sa stupeur. Mais enfin il répondit : « Non, ce n'est pas l'impression que j'ai. Elle nous maintient à l'écart l'un de l'autre. J'ai le sentiment d'une punition.

— D'une punition pour quoi ? » J'avais pris un ton uni et léger, comme si nous parlions du temps qu'il faisait.

« Parce que je ne vous ai pas tué ; parce que je n'ai même pas essayé. Elle ne comprend pas ce qui m'en empêche, et je ne peux pas le lui expliquer. Mais cela la met en colère contre moi. » Il s'exprimait du fond du cœur, avec simplicité, comme si j'avais devant moi la personne qui se cachait jusque-là derrière les manières et les artifices de la bonne société. Notre passage dans le pilier d'Art l'avait dépouillé de nombreuses enveloppes protectrices, et il était à présent à nu. Il parlait et raisonnait comme le font les soldats quand ils endurent de grandes souffrances ou les malades quand ils cherchent à écarter le voile de la fièvre ; toutes ses défenses étaient tombées, et, à l'entendre, on aurait pu croire qu'il me faisait confiance ; je jugeai pourtant préférable de ne pas trop l'espérer. C'était seulement à cause des épreuves qu'il venait de traverser qu'il s'ouvrait ainsi à moi, et rien de plus. Je choisis mes mots avec soin.

« Elle est avec vous en ce moment ? La femme ? »

Il hocha lentement la tête. « Elle est toujours avec moi désormais. Elle ne me laisse pas seul à mes réflexions. » Il avala sa salive et poursuivit d'un ton hésitant : « Elle ne veut pas que je vous parle, ni que je vous écoute. C'est dur. Elle me harcèle sans cesse.

— Avez-vous envie de me tuer ? »

Il se tut à nouveau avant de répondre, comme s'il devait digérer mes propos après les avoir entendus, et, quand il parla enfin, il négligea ma question.

« Vous avez affirmé qu'elle était morte. Cela l'a mise très en colère.

— Parce que c'est la vérité.

— Elle a dit qu'elle m'expliquerait plus tard, que cela

devait me suffire. » Il ne me regardait pas, et, quand je me penchai vers lui, il détourna le visage comme pour éviter de me voir. « Et puis elle... elle est devenue moi, et elle vous a attaqué avec le poignard, parce que je ne... je ne l'avais pas fait. » Je n'arrivais pas à savoir s'il avait du mal à débrouiller ses pensées ou bien s'il avait honte.

« N'était-ce pas plutôt parce que vous n'aviez pas voulu le faire ? demandai-je.

— Oui, je n'avais pas voulu », dit-il, et je restai stupéfait du soulagement que me procura ce petit aveu. Il avait refusé de me tuer ; ce n'était donc pas mon ordre d'Art qui l'avait retenu, comme je le croyais. « Je n'avais pas voulu lui obéir. Il m'est déjà arrivé de la décevoir, mais cette fois elle est vraiment en colère contre moi.

— Et la marguette et elle vous punissent de cette désobéissance en se coupant de vous. »

Lentement, gravement, il secoua la tête. « Non, pas la marguette ; que je vous tue ou non lui est égal ; si cela ne tenait qu'à elle, elle resterait toujours avec moi. Mais la femme... elle est déçue que je ne lui sois pas plus fidèle ; alors elle... elle nous sépare, la marguette et moi. Elle considère que j'aurais dû tout faire pour prouver que j'étais digne d'elle. Comment peuvent-ils me faire confiance si je refuse de faire la démonstration de ma loyauté ?

— Et cette démonstration consiste à tuer quand on vous en donne l'ordre ? »

Il se tut un long moment, ce qui me laissa le temps de réfléchir. Moi-même, j'avais tué quand on m'en avait donné l'ordre ; c'était compris dans mon allégeance à mon roi, dans le marché que j'avais passé avec mon grand-père : il prenait en charge mon éducation à condition que je lui jure fidélité.

Je pris alors conscience que je ne voulais pas voir le fils de Kettricken lié par un serment aussi contraignant.

Il soupira. « Cela... cela va encore plus loin. Elle veut décider seule de tout, d'absolument tout, et tout le temps, comme quand elle dit à la marguette quel gibier chasser, à quel moment, et qu'elle lui prend ses proies. Lorsqu'elle nous tient contre elle, on dirait de l'amour ; mais elle peut aussi nous garder à distance sans pour autant nous lâcher... » Il vit que je ne comprenais pas, et, au bout d'un moment, il déclara : « Je n'ai pas aimé qu'elle se serve de moi contre vous. Même si elle n'avait pas tenté de vous tuer, cela ne m'aurait pas plu. Elle m'a écarté, et j'ai eu la même impression que lorsque... renâclait à l'avouer, et j'admirai qu'il s'y forçât. « ... que lorsqu'elle écarte la marguette, quand elle n'a pas envie d'agir en félin, quand elle en a assez de faire sa toilette ou ne veut pas jouer. La marguette non plus n'aime pas ça, mais elle ne sait pas comment résister. Moi, j'ai réussi ; je l'ai repoussée et ça ne lui a pas plu ; elle n'a pas apprécié non plus que la marguette en soit témoin. Je pense que ma résistance est la raison principale de ma punition. » Il secoua la tête, stupéfait de sa propre hardiesse, puis me demanda : « Je la perçois comme parfaitement réelle. Comment pouvez-vous être sûr qu'elle est morte ? »

L'eussé-je désiré, je n'aurais pu lui mentir, « Je... je le sens, et Œil-de-Nuit aussi. Il dit que la marguette est complètement parasitée par elle, comme si son organisme était rongé de vermine. Il éprouve de la peine pour elle.

— Ah ! » fit-il très bas. Je lui jetai un coup d'œil et lui trouvai le teint plus grisâtre que pâle. Son regard devint lointain et il se plongea dans ses souvenirs. « Quand je l'ai reçue en cadeau, elle adorait que je la brosse, et sa fourrure était comme de la soie ; mais, après notre départ de

Castelcerf... elle avait parfois envie que je m'occupe d'elle, et la femme répondait toujours que ce n'était pas le moment ; Chatte a perdu du poids et sa robe est devenue rêche ; je m'inquiétais, mais la femme repoussait mes soucis en prétendant que c'était une question de saison, que cela passerait. Et je la croyais, alors même que la marguette exprimait le désir de se faire brosser. » Il avait l'air bouleversé.

« Je n'ai pris aucun plaisir à vous en avertir, dis-je.

— Ça n'a plus d'importance, je crois. »

Je me tus un long moment, pendant que, la jument à la bride, je m'efforçais de comprendre la signification de sa dernière réponse. Etaient-ce mes regrets qui n'avaient pas d'importance, ou bien le fait que la femme fût morte ?

« Elle a réussi à me convaincre sur de nombreuses questions, mais je savais déjà que... Ça y est, ils arrivent ! C'est le corbeau qui les a prévenus. » Je sentis du remords dans sa voix quand il déclara d'un ton hésitant : « En se fondant sur les anciennes légendes, ils ont compris qu'ils devaient surveiller la pierre dressée ; mais la femme m'a interdit de vous le révéler – jusqu'à présent, et il ne vous sert plus à rien de le savoir. Elle trouve même cela plutôt amusant. » Il se redressa soudain sur la selle et son visage s'anima. « Oh, Chatte ! » fit-il dans un souffle.

Je sentis l'affolement me gagner, et je tentai de le maîtriser. Un rapide tour d'horizon ne me montra ni homme ni animal, mais le prince avait affirmé qu'ils arrivaient et j'avais la conviction qu'il n'avait pas menti ; tant qu'il restait à la fois auprès de moi et lié à sa marguette, je n'avais aucune chance de les semer. Même si je montais derrière Devoir sur Manoire et que je la crevais à la course, nous n'arriverions pas à leur échapper ; nous nous trouvions trop loin de Castelcerf, et je n'avais pas d'autre refuge ni aucun allié. Eux, ils avaient en plus un corbeau qui montait la garde ! J'aurais dû m'en douter.

Sans plus chercher à me cacher, je tendis mon esprit vers mon loup ; au moins, je saurais s'il était vivant.

Je le touchai, mais la vague de douleur qui me submergea était atroce, et ce que je découvris alors était encore pire que l'ignorance de son sort : il était vivant, il souffrait, et il m'excluait pourtant de ses pensées. Je me jetai contre ses murailles, mais elles restèrent inébranlables, si farouchement solides que je me demandai s'il avait seulement conscience de ma présence ; l'image me vint d'un soldat qui refuse de lâcher son épée alors qu'il n'est plus capable de s'en servir – ou de deux loups qui se broient mutuellement la gorge entre leurs mâchoires et agonisent ensemble.

Dans ce fugitif instant, durant cette respiration déchirante, les Pie apparurent. Certains surgirent au sommet de la colline que nous longions, d'autres sortirent de la forêt sur notre gauche et une demi-douzaine arriva derrière nous sur la prairie ; je reconnus parmi eux l'homme de grande taille au cheval de combat. Le corbeau passa au-dessus de nous en poussant un croassement moqueur. Je cherchai une faille dans le cercle qui se refermait sur nous, mais en vain : le temps que je monte sur Manoire et fonce vers une ouverture, ils l'auraient bloquée. La mort s'approchait de moi de toutes les directions. Je m'arrêtai pour dégainer mon épée, et il me vint l'idée saugrenue que j'aurais préféré mourir avec celle de Vérité plutôt qu'avec cette arme de simple garde.

Les Pie ne se précipitaient pas ; non, ils convergeaient vers moi au pas, comme un nœud coulant qui se resserre lentement. Peut-être s'amusaient-ils de me voir impuissant, obligé de les regarder s'approcher sans rien pouvoir faire, mais cela me laissa le temps de réfléchir. Je rengainai mon épée, puis sortis mon poignard. « Pied à terre », dis-je à mi-voix. Devoir me regarda, un peu interloqué. « Descendez de cheval », ordonnai-je, et il obéit ; je dus le retenir pour l'empêcher de tomber avant qu'il pose son deuxième pied au sol. Je passai un bras autour de lui et posai délicatement la lame de mon arme sur sa gorge. « Je regrette, dis-je avec sincérité, mais une sincérité qui me glaçait les sangs. Il vaut mieux que vous mouriez plutôt que de subir le sort que la femme vous réserve. »

Il demeura parfaitement immobile. Etait-ce la peur qui l'empêchait de résister ou bien le désespoir ? « Comment savez-vous ce qu'elle projette ? me demanda-t-il d'un ton uni.

— Je sais ce que je ferais à sa place. »

Ce n'était pas tout à fait exact : jamais je ne m'emparerais du corps et de l'esprit d'autrui dans le seul but de prolonger mon existence. J'avais l'âme trop noble pour cela, si noble que j'étais prêt à tuer mon prince pour éviter qu'on l'utilise ainsi, si noble que j'étais prêt à le tuer en sachant que je signerais du même coup l'arrêt de mort de ma fille. Préférant ne pas pousser trop loin ce raisonnement, mon poignard sur la gorge du seul héritier de Vérité, je regardais les Pie approcher. Quand j'estimai qu'ils pouvaient m'entendre, je criai : « Arrêtez-vous ou je le tue ! »

L'homme au cheval de bataille était le chef. Il leva la main pour signaler à ses compagnons de faire halte, mais continua lui-même d'avancer, comme s'il voulait mettre ma détermination à l'épreuve. Sans le quitter des yeux, je resserrai ma prise sur le garçon. « Un seul geste de ma part et le prince est mort ! fis-je.

— Allons, ne dîtes pas de bêtises », répondit l'homme en continuant de s'approcher. Manoire émit un reniflement interrogateur à l'intention de sa monture. « Que comptez-vous faire si nous obéissons bien gentiment ? Rester au milieu de nous en attendant de mourir de faim ? »

Je modifiai ma menace. « Laissez-nous partir ou je le tue.

— C'est idiot, ça aussi. Où est le profit pour nous ? Si nous ne pouvons pas le récupérer, autant qu'il meure. » Sa voix grave et sonore portait bien ; c'était un bel homme au visage hâlé qui se tenait à cheval comme un guerrier, et, en d'autres circonstances, je l'aurais jugé digne de mon amitié. Mais ses compagnons s'esclaffaient de mes efforts pitoyables pour le tenir en échec. Il s'avançait toujours vers moi ; son grand cheval levait haut les pattes et ses yeux brillaient du lien de Vif qu'il partageait avec son cavalier. « Songez aussi à ce qui se passera si vous le tuez devant nous : nous serons tous extrêmement contrariés, et vous n'aurez toujours pas une chance de vous en tirer ; vous n'arriverez sans doute même pas à nous forcer à vous abattre rapidement. Voici donc ma contre-proposition : vous nous rendez le garçon et nous vous accordons une mort prompte. Vous avez ma parole. »

Quelle générosité ! Pourtant, son attitude solennelle et ses paroles soigneusement pesées me convainquaient qu'il tiendrait son serment, et mourir vite me paraissait une perspective séduisante quand je la comparais aux autres possibilités. Mais l'idée de périr sans avoir le dernier mot me faisait horreur.

« Très bien, dis-je, mais il vous en coûtera plus que ma vie. Relâchez le loup et l'homme doré ; alors je vous remettrai le prince et vous pourrez me tuer. »

Dans le cercle que formaient mon bras et mon poignard, Devoir ne bougeait pas ; c'était à peine si je le sentais respirer. Pourtant, je percevais l'attention avec laquelle il écoutait mes propos, comme s'il les absorbait à l'instar d'une terre desséchée qui absorbe la pluie. Le fil arachnéen du Vif qui nous reliait m'avertit qu'il se passait quelque chose : il cherchait à contacter quelqu'un à l'aide de son mélange contre nature d'Art et de Vif. Je bandai les muscles, prêt à lutter si la femme prenait la maîtrise de son corps.

« Est-ce un mensonge ? » me demanda-t-il d'une voix si basse que j'eus peine à l'entendre. Mais était-ce le prince qui me posait cette question ou bien la femme ?

« Non, c'est la vérité, répondis-je en mentant avec sincérité. S'ils relâchent le loup et le seigneur Doré, je vous rendrai la liberté. » En vous donnant la mort ; et la deuxième gorge que je trancherai sera la mienne.

L'homme au grand cheval émit une sorte de petit rire. « C'est trop tard, malheureusement. Ils sont déjà morts.

— Non, c'est faux.

— C'est faux ? » Il fit encore avancer sa monture.

« Si le loup était mort, je le saurais. »

Il n'était plus obligé de crier pour se faire entendre de moi, et c'est d'un ton confidentiel qu'il dit : « Et c'est pourquoi il est tout à fait anormal que vous vous opposiez à nous. Je l'avoue, je suis prêt à repousser le moment de votre mort rien que pour entendre votre réponse à une question. » Son regard était devenu chaleureux et sa voix vibrait d'une curiosité non feinte. « Pourquoi, au nom d'Eda et d'El qui embrassent à la fois la vie et la mort, vous dressez-vous ainsi contre vos semblables ? Vous réjouissez-vous de ce que nous subissons, des flagellations, des pendaisons, des démembrements et des incinérations ? Pourquoi soutenir cet état de fait ? »

Je répondis d'une voix assez forte pour être audible de

tous : « Parce que ce que vous voulez infliger à ce garçon est ignoble ! Ce que la femme a fait subir à la marguette est ignoble ! Vous vous donnez le nom de Pie et vous vous enorgueillissez de votre parentage, mais vous agissez à l'encontre de tous les enseignements du Lignage ! Comment pouvez-vous excuser ce qu'elle a fait à la marguette, et, pire encore, le sort qu'elle réserve au prince ? »

Le regard de l'homme devint glacé. « C'est un Loinvoyant. Tout ce qu'il peut subir, ne l'a-t-il pas mille fois mérité ? »

A ces mots, Devoir se raidit. « Laudevin, est-ce vraiment le fond de votre pensée ? » Sa voix d'enfant qui ne veut pas croire ce qu'il a entendu était déchirante. « Mais tous les discours si nobles que vous m'avez tenus pendant que nous chevauchions ensemble ? Vous disiez que j'allais devenir le roi qui unirait tous ses sujets sous une justice égale ; vous disiez... »

Laudevin secoua la tête avec mépris devant la crédulité du prince. « J'aurais dit n'importe quoi pour vous convaincre de nous suivre. J'ai gagné du temps en vous abreuvant de belles paroles jusqu'à ce que le lien soit assez solide, et ce que j'ai observé chez la marguette m'indique que la tâche est achevée ; Péladine peut désormais s'emparer de vous quand elle le veut. Ce serait déjà fait si vous n'aviez pas un couteau sur la gorge, mais elle n'a pas envie de mourir une deuxième fois ; la première lui a amplement suffi. Elle est morte lentement, en toussant et en suffoquant, chaque jour un peu plus faible ; même la mort de ma mère a été plus rapide. Pourtant, bien qu'on l'ait pendue, elle était encore vivante lorsque la hache l'a découpée en morceaux qu'on a jetés au feu. Quant à mon père, ma foi, je suis convaincu que le temps que les soldats de Royal Loinvoyant ont mis à exécuter ma mère sous ses yeux a dû lui sembler durer des années. » Il sourit à Devoir d'un air sinistre. « Comme vous le constatez, les relations de ma famille avec les Loinvoyant ne datent pas d'hier. Votre dette est ancienne, prince Devoir, et je crois que les seuls moments agréables de la dernière année de Péladine ont été ceux où nous avons tiré nos plans pour vous. Il n'est que justice qu'un Loinvoyant rende une vie en échange de celles qu'on m'a volées. »

Telle était donc la semence de haine d'où tout avait germé. Une fois de plus, les Loinvoyant portaient mal leur nom : ils n'avaient pas à regarder loin pour voir d'où provenait leur mauvaise fortune ; le piège qui s'était refermé sur le prince avait été construit par la morgue et la barbarie de son oncle. Moi aussi j'étais le légataire du ressentiment que Royal avait suscité contre sa famille, mais je fermai mon cœur à la sympathie que je sentis monter en moi pour ces gens qui m'entouraient : les Pie restaient mes ennemis. Quelles que fussent les horreurs qu'ils avaient subies, ils n'avaient aucun droit de s'en prendre au petit. « Et qu'était Péladine pour vous, Laudevin ? » demandai-je posément. Je croyais connaître la réponse, mais une surprise m'attendait.

« C'était ma sœur jumelle, et elle me ressemblait autant qu'une femme peut ressembler à un homme. Elle disparue, je reste le dernier de ma lignée. Cette raison vous suffit-elle ?

— Non. Mais à vous, si vous êtes prêt à tout pour la voir revivre dans une enveloppe humaine, vous êtes prêt à l'aider à voler la chair de ce garçon pour y abriter son esprit, même si cela va à l'encontre des enseignements les plus sacrés du Lignage. » Je m'étais exprimé avec la ferveur du juste, mais, si mes propos émurent certains des hommes présents, ils n'en manifestèrent rien.

Laudevin tira les rênes à une longueur d'épée du prince et de moi, et il se pencha pour planter ses yeux dans les miens. « Il ne s'agit pas seulement du chagrin d'un frère pour sa sœur. Brisez les liens de servitude qui vous attachent aux Loinvoyant et réfléchissez par vous-même ; réfléchissez comme vos semblables. Oubliez nos vieilles coutumes qui nous obligent à nous limiter. Le Lignage est un présent d'Eda et nous devons l'employer ! Nous avons une occasion inespérée, nous avons la possibilité de nous faire entendre. Que les Loinvoyant reconnaissent enfin la vérité des légendes : leur sang charrie le Vif au même titre que l'Art ! Ce garçon deviendra roi un jour ; nous pouvons en faire l'un des nôtres, et, quand il montera sur le trône, il mettra fin aux persécutions que nous endurons depuis trop longtemps. »

Je me mordis la lèvre d'un air pensif, mais Laudevin était loin de se douter de la décision dont je pesais les termes. Si je lui livrais le prince, la lignée des Loinvoyant aurait encore un héritier, du moins en apparence ; Ortie pourrait vivre sa vie, libre des rets du destin ; et peut-être même résulterait-il du bien de cette solution, pour le Lignage et les Six-Duchés. Il me suffisait pour cela d'abandonner Devoir à une existence de tourment. Le fou et mon loup retrouveraient la liberté, Ortie resterait en vie et les souffrances du Lignage cesseraient peut-être enfin. Et qui sait si je ne parviendrais pas à sauver ma propre vie ? Pour tout cela, je n'avais qu'à me débarrasser d'un gamin que je connaissais à peine. Une seule existence en échange de plusieurs autres.

Je pris ma décision.

« Si je pensais que vous dites la vérité... fis-je, puis je m'interrompis et regardai Laudevin dans les yeux.

— Vous vous rallieriez peut-être à nous ? »

Il voyait en moi un homme qui n'avait plus le choix qu'entre la mort et le compromis. J'affichai une expression hésitante, puis hochai imperceptiblement la tête. D'une main, j'entrouvris mon col afin d'exposer l'amulette de Jinna. Silencieusement, j'implorai mon interlocuteur : aime-moi, crois ce que je te dis, souhaite que je devienne ton ami ! Puis je débitai mon discours de poltron : « Je pourrais vous être utile, Laudevin. La Reine a envoyé sire Doré lui ramener le prince Devoir, si vous le tuez et que le prince revienne seul, on va se demander ce qui est arrivé à Doré. En revanche, si vous nous laissez la vie sauve et que nous revenions à Castelcerf avec le prince, je trouverai sans mal une explication aux changements de comportement du gamin, et on l'acceptera sans poser de questions. »

Il me parcourut lentement du regard, et je sentis qu'il se laissait persuader. « Et sire Doré confirmerait vos propos ? »

J'eus un petit rire de dérision. « Il n'a pas le Vif ; il verra seulement que nous avons récupéré le prince sain et sauf, et il ne pensera qu'à son retour triomphal à la cour. Il croira que j'ai négocié la liberté du prince, et il ne sera que trop heureux de s'en attribuer le mérite. D'ailleurs, il sera témoin de la négociation ; emmenez-moi là où vous le retenez, jouons-lui une petite comédie, puis relâchez-le en compagnie de mon loup en l'assurant que le prince et moi le rattraperons sous peu. » Je hochai la tête d'un air avisé, comme pour confirmer mon idée. « Il vaudrait même mieux attendre qu'il se soit assez éloigné ; il ne faut pas qu'il assiste à la prise de possession du garçon par la femme ; il risquerait de se demander ce qui arrive au prince. Qu'il parte le premier.

— Vous vous inquiétez beaucoup de sa sécurité, on dirait », dit Laudevin d'un ton légèrement soupçonneux.

Je haussai les épaules. « Il me paye grassement pour un travail minime, et il tolère la présence de mon loup, qui ne rajeunit pas, tout comme moi. Un poste comme celui-là, on y tient. »

Laudevin me fit un sourire de connivence, mais je lus dans ses yeux le secret mépris que lui inspirait mon attitude de larbin. J'ouvris davantage mon col.

L'homme regarda Devoir. Le garçon ne le quittait pas des yeux. « Il y a un hic, fit Laudevin à mi-voix. Le garçon n'a rien à gagner dans notre marché ; il risque de nous trahir auprès de sire Doré. »

Je sentis Devoir prendre son souffle pour répondre. Je resserrai mon étreinte sur lui pour lui intimer le silence pendant que je réfléchissais, mais il n'en tint pas compte. « Mon intérêt, c'est de rester en vie, dit-il d'une voix nette. C'est peut-être une piètre existence qui m'attend, mais je veux la passer dans ma marguette ; elle m'est fidèle, elle, même si votre sœur nous a trahis tous les deux. Je refuse de lui abandonner mon amie. Et, si on me dépouille de mon corps, c'est peut-être le prix que je dois payer pour m'être laissé berner par des Pie et leurs promesses d'amitié – et d'amour. » Il parlait d'une voix ferme qui portait. Derrière Laudevin, je vis deux cavaliers détourner le regard, comme mortifiés par ses paroles, mais aucun n'intervint.

Un mince sourire étira les lèvres de Laudevin. « Alors notre accord est conclu. » Il tendit vers moi sa main libre comme s'il voulait toper ; mais il dit d'un air désarmant d'ingénuité : « Ecartez votre poignard de la gorge du gamin. »

Je lui répondis par un sourire carnassier. « Non, pas tout de suite. Si j'ai bien compris, cette Péladine peut s'emparer de lui à tout instant, n'est-ce pas ? Si cela se produit, vous risquez de considérer que vous n'avez plus besoin de moi, auquel cas vous pourrez m'éliminer et, le garçon une fois possédé, le rendre à sire Doré pour qu'il le ramène à la cour. Non, on va faire ça à ma façon ; en outre, il est possible que le gamin change d'avis sur ce que nous projetons. Le poignard lui rappellera que c'est ma volonté qui prime. » Devoir allait-il percevoir la promesse qui se dissimulait dans mes propos ? Je ne quittai pas Laudevin des yeux et conservai le même ton. « Je veux qu'on rende sa monture à sire Doré, puis qu'on le libère ainsi que mon loup, et je veux en être témoin. Alors, une fois que je me serai assuré que vous tenez parole, vous ferez ce qu'il vous plaira du garçon et de moi. »

C'était bien faible, comme plan ; ma stratégie consistait à obliger les Pie à nous amener auprès du fou et d'Œil-de-Nuit, mais elle n'allait pas plus loin. Je continuai à sourire sans quitter Laudevin du regard, mais j'aperçus du coin de l'œil ses compagnons qui se rapprochaient discrètement de moi. Je tenais mon arme d'une main ferme. Plus tôt pendant les négociations, le prince avait agrippé mon poignet ; je m'en étais à peine rendu compte, car, bien qu'il parût chercher à repousser ma lame, il n'en était rien ; j'avais même presque l'impression qu'il la retenait exprès contre sa gorge.

« Très bien ; nous ferons comme vous voudrez », déclara enfin Laudevin.

Monter sur Manoire sans cesser de menacer le prince fut une affaire délicate, mais nous en vînmes à bout. Devoir faisait une victime presque trop coopérative, et je craignais que Laudevin n'eût des soupçons. J'aurais donné cher pour que le garçon eût été formé à l'Art ; mais le lien que nous partagions était trop mince pour me permettre de lire ses pensées, et Devoir ignorait comment concentrer son esprit sur le mien. Je percevais seulement son angoisse et sa détermination – mais détermination à quoi faire, je n'en avais aucune idée. Manoire n'appréciait pas de porter double charge, et l'inquiétude me rongeait : non seulement je risquais d'aggraver sa blessure, voire de l'estropier définitivement, mais, si, plus tard, il se révélait nécessaire de prendre la fuite, elle serait déjà fatiguée et endolorie. Je ressentais chaque secousse de sa claudication comme un reproche ; malheureusement je n'avais pas le choix. Nous suivions Laudevin, encerclés par ses comparses qui me jetaient des regards venimeux. Je reconnus une femme que j'avais aperçue lors de notre brève échauffourée, mais je ne vis aucun des deux hommes avec lesquels je m'étais battu. Les anciens compagnons du prince ne manifestaient au garçon ni compassion ni amitié ; lui, sans paraître les voir, regardait droit devant lui, la pointe de mon arme sur les côtes.

Nous fîmes demi-tour, coupâmes par les collines et dépassâmes le tertre pour prendre la direction de la forêt. Le terrain que nous traversions était couvert de monticules aux formes étranges, et je finis par conclure qu'une ville avait dû s'étendre là d'innombrables années plus tôt. Prairies et bois avaient reconquis l'espace, mais sans aplanir le sol comme le fait le passage répété de la charrue. Les murs de séparation des pâtures s'étaient écroulés, la mousse les avait enveloppés et l'herbe s'y était installée, en même temps que les chardons et les ronces qui apprécient les terres caillouteuses. « Nul ne vit éternellement, semblaient proclamer ces murs. Quatre pierres empilées dureront plus longtemps que tes rêves et se dresseront encore quand tes descendants auront oublié que tu vivais ici. »

Devoir se taisait ; mon poignard restait pressé contre

son flanc, et je pense que je n'aurais pas hésité à l'enfoncer si j'avais senti la femme s'emparer de lui. Il paraissait perdu dans ses pensées, et j'en profitai pour évaluer nos adversaires ; ils étaient douze, en comptant Laudevin.

Nous arrivâmes enfin devant une caverne qui s'ouvrait dans le versant d'une colline ; longtemps auparavant, une enceinte de pierre avait été ajoutée pour créer une avancée, et les restes d'une porte de bois pendaient de guingois à l'ouverture. Je songeai aussitôt à une bergerie : l'aménagement était idéal pour garder des moutons la nuit, avec la cavité qui fournissait un abri en cas de trop fortes chutes de pluie ou de neige. Manoire leva la tête et salua d'un hennissement Malta et les trois autres chevaux attachés dans le refuge ; les Pie étaient donc quinze en tout, ce qui représentait un nombre considérable d'adversaires, même si je n'avais pas été seul.

Je mis pied à terre en même temps que notre escorte et fis descendre le prince à ma suite. Il trébucha en touchant le sol et je dus le retenir ; ses lèvres bougeaient comme s'il se parlait tout bas, mais je n'entendais pas un mot, et son regard était lointain et vitreux. D'un geste ferme, je plaçai de nouveau le poignard sur sa gorge. « Si la femme tente de s'emparer de lui avant que mes compagnons aient été relâchés, déclarai-je, je le tue. » Laudevin parut surpris de cette menace, puis il cria : « Péladine ! » Aussitôt, une marguette sortit d'un bond de la caverne, s'arrêta et, les yeux pleins de haine, s'avança lentement vers moi ; sa démarche était celle, non d'un félin, mais d'une femme furieuse d'avoir été contrariée.

Le prince observait l'animal. Il ne dit rien mais je sentis le soupir haché qui lui échappa. Laudevin s'approcha de la marguette, mit un genou en terre et lui murmura : « J'ai passé un marché : si nous libérons ses amis, il nous livre le prince indemne ; mieux encore, il t'escorte jusqu'à Castelcerf et s'arrange pour t'y faire accepter. »

J'ignore si la créature lui fit un signe d'acceptation ou bien si Laudevin supposa simplement qu'elle acquiesçait à ses propos ; quoi qu'il en fût, il se releva et déclara : « Entrez. Vos amis sont à l'intérieur. »

J'éprouvais une effrayante réticence à le suivre : au-dehors, il nous restait une petite chance de parvenir à nous échapper ; dans la grotte, nous serions coincés. La seule promesse que je pouvais me faire était qu'ils n'auraient pas Devoir, lui trancher la gorge serait l'affaire d'un instant. Je n'étais pas convaincu de pouvoir me donner une mort aussi rapide, et encore moins à Œil-de-Nuit ou au fou.

Dans l'abri, un petit feu flambait et l'odeur de la viande rôtie fit gronder mon estomac. Un bivouac avait été dressé mais, à mes yeux, l'installation évoquait davantage un repaire de brigands qu'un campement militaire, et cette pensée suscita ma méfiance : Laudevin n'exerçait peut-être pas une autorité absolue sur ses hommes, et il fallait en tenir compte. Ils lui obéissaient, mais il n'en découlait pas obligatoirement qu'ils lui étaient entièrement soumis. Cette idée inquiétante à l'esprit, je scrutai les ombres de la caverne pendant que Laudevin s'entretenait à mi-voix avec les gardes postés à l'intérieur. Tous les regards étaient tournés vers lui et nul ne s'occupait de moi ; accompagné du prince, j'en profitai pour m'écarter discrètement du gros de la troupe. Quelques hommes remarquèrent mon mouvement, mais aucun ne réagit : le col ouvert de ma chemise laissait toujours voir l'amulette de Jinna et j'affichais un sourire innocent ; en outre, je me dirigeais vers l'arrière de la cavité, non vers l'extérieur. Je vis néanmoins dans cette absence de discipline une nouvelle preuve de l'autorité toute relative de Laudevin, et ma crainte que les Pie ne soient organisés en une sorte d'armée se mua en une effrayante angoisse : celle qu'ils ne constituent une masse de vifiers aux déchaînements imprévisibles et aveugles.

C'est mon cœur qui trouva mes amis avant mes yeux, et je distinguai deux formes serrées l'une contre l'autre au fond de la grotte. Sans demander la permission, je me dirigeai vers elles, mon poignard toujours posé sur la gorge de Devoir.

Au plus profond de l'antre, le plafond s'abaissait et les parois se rapprochaient, créant une sorte de renfoncement ; c'est là que mes amis dormaient sur le manteau du fou, ou du moins ce qui en restait. Œil-de-Nuit était couché sur le flanc, abandonné au sommeil de l'épuisement, et le fou, en chien de fusil, le tenait contre lui dans une attitude protectrice. Tous deux étaient affreusement crottés ; le front du fou était ceint d'un bandage, sa peau dorée avait une teinte plombée et tout un côté de son visage portait des ecchymoses ; on lui avait pris ses bottes et ses pieds nus, étroits et pâles, paraissaient meurtris et vulnérables. Du sang et de la bave séchés encroûtaient la fourrure du loup au niveau de la gorge, et il sifflait en respirant.

J'aurais voulu me laisser tomber à genoux près d'eux, mais je n'osais pas lâcher le prince.

« Réveillez-vous ! fis-je à mi-voix. Réveillez-vous, tous les deux ! Je suis revenu vous chercher. »

Le loup battit des oreilles, puis il souleva une paupière et me vit. Il changea de position pour redresser la tête, et le mouvement dérangea le sommeil du fou qui ouvrit les yeux et me regarda d'un air abasourdi. Le désespoir se peignit sur ses traits.

« Il faut vous lever ! repris-je toujours à voix basse. J'ai passé un marché avec les Pie, mais vous devez vous tenir prêts à vous enfuir. Pouvez-vous marcher, tous les deux ? »

Le fou avait le regard ahuri d'un enfant qu'on a tiré de son lit en pleine nuit. Il s'assit à mouvements raides. « Je... quel genre de marché ? » Il avisa l'amulette à mon cou, fit un petit bruit de gorge et détourna les yeux. Je refermai rapidement mon col : ce n'était pas le moment qu'un charme lui embrouille l'esprit, qu'une affection artificielle le retienne de se sauver quand il en avait l'occasion.

Laudevin se dirigeait vers nous, la marguette de Devoir à ses côtés ; il paraissait mécontent que j'aie pu m'entretenir avec ses prisonniers pendant qu'il avait le dos tourné. Je déclarai à haute et intelligible voix : « On vous libère tous les deux, sans quoi je tue le prince ; mais, dès qu'on vous aura relâchés, le prince et moi vous suivrons. Faites-moi confiance. »

Il n'était plus temps de parler avec eux seul à seul. Le loup se redressa lourdement en dépliant ses pattes avec difficulté ; quand il fut debout, il vacilla de l'arrière-train et dut faire quelques pas en crabe pour reprendre son équilibre. Il puait la sanie, l'urine et l'infection. J'aurais voulu avoir une main libre pour le toucher, mais j'étais trop occupé à menacer Devoir. Il s'approcha de moi, appuya sa tête encroûtée de sang contre ma jambe, et nos esprits se joignirent grâce à ce contact. *Oh, Œil-de-Nuit !*

Petit frère, tu mens.

Oui. Je leur mens à tous. Peux-tu ramener seul le Sans-Odeur à Castelcerf ?

Je ne pense pas.

Tu me rassures. J'avais peur de t'entendre répondre : « Nous allons tous mourir ici. »

Je préférerais rester pour mourir auprès de toi.

Et moi je préférerais ne pas assister à ça. Ça me distrairait de ce que je dois faire.

Et Ortie, alors ?

Il me fallut faire un effort pour formuler ma réponse. *Je ne puis prendre la vie de l'un pour sauver l'autre. Je n'en ai pas le droit. Si nous devons tous périr, ma foi...* Ma pensée s'arrêta en cahotant. Il m'était revenu en mémoire les étranges instants que j'avais passés dans le flot de l'Art en compagnie de la grande présence inconnue, et je tentai d'y puiser quelque réconfort. *Et si le fou se trompait ? Il est peut-être impossible de faire dévier le temps ; le cours de notre vie est peut-être déterminé avant même notre naissance. Ou bien il faut peut-être que le prochain Prophète blanc choisisse un meilleur Catalyseur.*

Je le sentis écarter mes réflexions philosophiques. *Dans ce cas, procure-lui une mort propre.*

J'essaierai.

Notre échange mental n'était qu'un mince filet de Vif rétréci par la douleur et la prudence du loup, mais pour moi c'était comme une ondée après une longue sécheresse, et je me reprochai amèrement les années où j'avais partagé ce contact sans en profiter pleinement, tant j'avais permis à mon âme de se laisser aller à sa soif de l'Art. Cet échange arrivait à son terme, et c'était seulement à cet instant que je percevais le bonheur de tout ce que nous avions connu. Mon loup se trouvait à un pas de la tombe, et j'allais sans doute me suicider ou me faire tuer avant la fin de l'après-midi ; la réalité répondait à la question déchirante de savoir ce que l'un allait devenir quand l'autre mourrait : nous ne poursuivrions notre existence ni l'un ni l'autre.

Le fou avait réussi à se relever. L'air d'une bête aux abois, il m'interrogeait de ses yeux dorés, mais je restais impassible. Il redressa le dos et redevint sire Doré alors que Laudevin s'adressait à lui. Le chef des Pie avait une voix ample et bien timbrée, et sa force de persuasion évoquait un manteau chaud et moelleux. Derrière lui, ses compagnons se déployèrent pour assister à l'entretien.

« Votre ami vous a résumé la situation ; je l'ai convaincu, preuves à l'appui, que nous ne voulions pas de mal au prince et que nous n'avions qu'un seul désir : lui montrer que ceux que vous appelez vifiers ne sont pas des êtres maléfiques qu'il faut réduire en pièces, mais de simples mortels à qui Eda a fait un don particulier. C'était notre unique souhait. Nous regrettons les extrémités auxquelles nous a menés le malentendu qui nous a opposés, et les blessures qui en ont résulté pour vous ; vous pouvez à présent reprendre votre monture et partir librement, ainsi que le loup. Votre ami et le prince vous rejoindront dans peu de temps, et vous retournerez tous à Castelcerf, où nous formons le vœu fervent que le prince Devoir parle en notre faveur. »

Le regard de sire Doré se porta sur moi avant de revenir sur Laudevin. « Et quelle est la raison de ce poignard ? »

L'homme eut un sourire ironique. « Votre serviteur ne se fie guère à nous, malheureusement ; malgré toutes nos assurances de bonne foi, il se croit obligé de menacer le prince en attendant d'être certain de votre libération. Je vous félicite de son dévouement. »

On aurait pu faire passer un troupeau entier par la faille de sa logique, et le seigneur Doré eut un infime tressaillement des pupilles qui me fit comprendre qu'il avait des doutes ; mais je hochai discrètement la tête et il acquiesça aux propos du Pie. Il ignorait les règles du jeu et s'en remettait à moi ; avant la fin du jour, il se reprocherait amèrement cette confiance, mais je barricadai mon cœur contre cette pensée. Il n'y avait pas meilleure solution que le triste maquignonnage auquel je m'étais livré, et c'est seulement par un effort de volonté que je persistai dans ma trahison. « Monseigneur, si vous voulez bien partir avec mon bon chien, je vous rejoindrai bientôt en compagnie du prince.

— Je doute que nous fassions beaucoup de chemin aujourd'hui. Comme vous le voyez, votre chien est gravement blessé.

— Inutile de vous presser. Je vous rattraperai bientôt et nous pourrons rentrer tous ensemble. »

L'expression du fou demeura soucieuse mais calme. J'étais peut-être le seul à savoir à quel dilemme il était en proie. La situation lui restait incompréhensible, mais je souhaitais manifestement qu'il s'en aille avec le loup, et il prit finalement sa décision. Il se baissa pour ramasser son manteau, naguère magnifique et à présent maculé de sang et de terre ; il le secoua, puis le jeta sur ses épaules d'un geste plein d'élégance comme s'il n'avait rien perdu de sa beauté. « Naturellement, je présume qu'on va me rendre mes bottes et mon cheval. » Il était redevenu l'aristocrate conscient de sa supériorité innée.

« Naturellement », répondit Laudevin, mais je vis plusieurs visages se renfrogner derrière lui. La qualité de Malta en faisait un superbe butin pour ceux qui avaient capturé sire Doré.

« Dans ce cas, mettons-nous en route. Tom, vous nous suivez rapidement, n'est-ce pas ?

— Bien sûr, maître, mentis-je avec humilité.

— En compagnie du prince.

— Je ne partirai que s'il me précède, répondis-je avec une sincérité non feinte.

— Parfait. » Sire Doré hocha la tête, mais le fou me lança un regard troublé. Puis il se tourna vers Laudevin avec une expression glaciale. « Vous ne m'avez pas mieux traité que ne l'auraient fait de vulgaires bandits de grand chemin, et il me sera impossible de dissimuler mon état à la Reine et à sa garde. Vous avez beaucoup de chance que Tom Blaireau et moi-même acceptions d'affirmer à Sa Majesté que vous avez reconnu vos erreurs, sans quoi elle aurait assurément envoyé ses troupes pour vous exterminer comme des animaux nuisibles. »

Il était parfait dans son rôle de gentilhomme indigné, mais je dus me retenir de lui hurler de se taire et de filer tant qu'il en avait l'occasion. Durant ces échanges, la marguette avait couvé Devoir du regard comme un chat surveille un trou de souris, et il me semblait presque sentir l'envie dévorante de la femme de le posséder complètement. Pas plus qu'aux comparses de Laudevin, je ne lui faisais confiance pour honorer la parole donnée par le chef des Pie ; si elle faisait mine de s'emparer du prince, s'il manifestait le moindre signe qu'elle l'investissait, je serais obligé de le tuer, que le fou soit parti ou non. Il fallait absolument que mes amis s'en aillent. Je plaquai un sourire sur mes lèvres en espérant qu'il n'évoquait pas trop un rictus de fauve tandis que sire Doré défiait Laudevin des yeux, puis poussait l'audace jusqu'à parcourir de son regard ambré les hommes assemblés. J'ignore ce qu'ils en pensèrent, mais je fus convaincu que le fou avait gravé chaque visage dans sa mémoire. Plusieurs eurent une réaction de colère devant le mépris qu'il affichait.

Pendant ce temps, rançon de la vie de mes amis, mon poignard sur la gorge, le prince conservait une immobilité parfaite, comme si rien ne troublait son esprit. Il soutenait calmement le regard de la marguette, et je préférais ne pas imaginer ce qui se passait entre eux, même quand l'animal détourna les yeux et fit comme s'il n'existait plus.

Sous l'affront que lui avait infligé sire Doré, les traits de Laudevin se durcirent un instant, puis il se domina. « Vous devez rendre compte à la Reine, c'est évident; mais, lorsqu'elle aura entendu de la bouche de son propre fils le récit de ses expériences, peut-être montrera-t-elle plus de compréhension pour notre position. » Il fit un petit geste de la main et, après une seconde d'hésitation, ses hommes s'écartèrent pour laisser un passage entre eux. Je n'enviai pas à sire Doré sa traversée de ce couloir d'animosité.

Je baissai les yeux vers Œil-de-Nuit. Il se plaça contre ma jambe et s'y appuya longuement. Je me concentrai pour réduire mes pensées à la taille d'une tête d'épingle. *Terrez-vous le plus vite possible. Emmène le Sans-Odeur à l'écart de la route et cachez-vous du mieux que vous pourrez.*

Il me répondit par un regard insupportablement douloureux, et puis nos esprits se séparèrent. Il partit à la suite du fou, la démarche raide mais digne. J'ignorais quelle distance il parviendrait à couvrir, mais au moins il ne mourrait pas dans cette grotte au milieu de chiens et de marguets qui le haïssaient, et le fou serait auprès de lui. Maigre consolation, mais je n'avais pas trouvé mieux.

Dans la lumière de l'entrée voussée de l'abri, je vis Malta qu'on amenait à son maître. Il prit les rênes, mais ne monta pas en selle et se mit en route à pas lents afin de permettre à Œil-de-Nuit de le suivre. Je regardai l'homme, la jument et le loup s'en aller. Leurs silhouettes diminuèrent, et je repris brusquement conscience de Devoir que j'étreignais toujours et qui respirait au même rythme que moi. La vie s'éloignait de moi et j'enserrais la mort. « Si vous saviez combien je regrette, chuchotai-je à l'oreille du garçon. Ce sera rapide, je vous le promets. »

Il avait déjà compris, et c'est à peine si la réponse de mon fils agita l'air, « Pas tout de suite. Une petite partie de moi-même m'appartient encore. Je pense pouvoir la tenir en respect quelque temps. Laissons-les couvrir le plus de distance possible. »

12

SACRIFICE

On emploie généralement pour désigner ce pays l'expression « royaume des Montagnes », mais ses habitants et ceux qui le gouvernent ne se conforment pas du tout à la définition d'un authentique royaume, selon la conception qu'on en a dans les Six-Duchés. On imagine ordinairement un royaume comme un territoire unique, occupé par un peuple unique, sous l'autorité d'un monarque. Les Montagnes ne se plient à aucun de ces trois caractères ; ce n'est pas un peuple monolithique qui les habite, mais une mosaïque de chasseurs errants, de bergers nomades, de marchands ambulants, de voyageurs qui suivent chacun des trajets définis, et de familles qui tirent une maigre subsistance de petites fermes dispersées dans le pays. On comprend aisément que tous ces groupes aient peu d'intérêts communs.

Il est donc naturel que le « souverain » de ces gens ne soit pas un roi au sens traditionnel du terme. La lignée est née d'un médiateur, un homme sage qui avait démontré un grand talent pour arbitrer les différends, inévitables entre des groupes aussi disparates. Il existe foison de légendes sur les « rois » chyurdas, et, parmi elles, nombre de récits sur des souverains prêts à offrir leur propre personne à titre de rançon, à risquer non seulement leur fortune mais aussi leur vie pour leur peuple. C'est de cette tradition que vient le titre honorifique donné à leur dirigeant par les Montagnards ; ils appellent leur monarque, non pas roi ou reine, mais oblat.

Du royaume des Montagnes,
de CHEVALERIE LOINVOYANT

*

Le passage se referma, fluctuant comme de la boue, et la masse des acolytes de Laudevin s'interposa entre la lumière et moi. Je parcourus du regard le cercle de mes ennemis qui me dévisageaient. L'éclat du jour derrière eux m'empêchait de distinguer clairement leurs traits dans la pénombre de la grotte, mais, comme ma vision s'adaptait à la semi-obscurité, je pus étudier leurs visages ; ils avaient pour la plupart une vingtaine d'années, et quatre étaient des femmes ; aucun ne paraissait plus âgé que Laudevin. Pas un seul doyen du Lignage : la cause défendue par les Fidèles du prince Pie ne comptait que des jeunes. Quatre des hommes avaient les mêmes dents, larges et carrées ; sans doute des frères ou au moins des cousins. Certains dans la foule affichaient une expression presque neutre, mais personne ne paraissait bien disposé à mon égard, et les seuls sourires que j'apercevais exprimaient une jubilation mauvaise. Je rouvris mon col mais, si l'amulette de Jinna eut un effet, il me resta imperceptible. Certains de ces gens avaient-ils un lien de parenté avec l'homme que j'avais tué sur la piste ? Il y avait des animaux au milieu des Pie, mais moins que je ne m'y serais attendu ; je comptai deux chiens de chasse, un marguet, ainsi qu'un corbeau posé sur l'épaule d'un homme.

Je gardais le silence en attendant la suite, sans avoir la moindre idée de ce qu'elle serait. La marguette du prince, couchée devant nous, n'avait pas bougé ; à plusieurs reprises, je l'avais vue détourner le regard, mais ses yeux étaient toujours revenus sur le garçon, avec une fixité anormale qui leur donnait une expression presque humaine. Laudevin s'était rendu à l'entrée de la grotte jouer sa comédie des adieux à sire Doré, et il s'en retournait à présent vers nous avec un sourire empreint d'assurance.

« Je crois que votre poignard n'est plus utile, fit-il d'un ton uni. J'ai rempli ma part du marché.

— Ce ne serait peut-être pas très avisé, répondis-je, et j'inventai un mensonge au vol : le garçon a tenté de m'échapper il y a une minute, et, sans mon arme sur la gorge, il y serait arrivé. Mieux vaut que je le tienne jusqu'à ce qu'elle... (Je cherchai mes mots, mais j'étais en panne d'idées)... jusqu'à ce qu'elle soit complètement entrée. » Je vis un ou deux visages faire une grimace gênée, aussi ajoutai-je : « Jusqu'à ce que Péladine l'ait complètement dépossédé de son corps. » Une femme avala péniblement sa salive.

Laudevin ne parut pas se rendre compte du malaise de certains de ses comparses et ses manières restèrent parfaitement courtoises. « Je ne partage pas ce point de vue, et il me chagrine de vous voir menacer une gorge qui sera bientôt celle de ma propre chair. Votre poignard, monsieur. Vous êtes parmi les vôtres ici, ne l'oubliez pas ; vous n'avez rien à craindre. » Et il tendit la main.

L'expérience m'a enseigné que les gens qui me ressemblent le plus sont ceux qui présentent le plus grand danger pour moi ; aussi, je laissai un sourire apparaître lentement sur mes lèvres, puis écartai ma lame de la gorge du prince et, au lieu de remettre l'arme à Laudevin, je la rengainai. Je gardai une main sur l'épaule de Devoir pour le retenir près de moi. Nous nous trouvions au fond de la grotte, là où elle se rétrécissait, et je pouvais le placer rapidement derrière moi le cas échéant ; toutefois, je doutais que le besoin s'en fît sentir, car je comptais le tuer moi-même. Vingt ans plus tôt, avec force exercices, Umbre m'avait formé à toutes les manières d'assassiner un homme à mains nues ; j'avais appris les méthodes discrètes, les rapides et les lentes, et j'espérais aujourd'hui avoir conservé ma vivacité et ma précision d'autrefois. La tactique la plus efficace consisterait à attendre que la femme se soit complètement emparée du garçon, puis de tuer Devoir si vite qu'elle mourrait avec lui sans avoir le temps de retourner se réfugier dans sa marguette. Aurais-je celui de me suicider avant que les Pie ne me maîtrisent ? J'en doutais. Mieux valait ne pas m'appesantir sur la question.

Le prince prit soudain la parole. « Je ne me débattrai pas. » D'un haussement d'épaules, il écarta ma main, puis il se redressa autant que le permettait le plafond bas. « J'ai été insensé, et c'est peut-être ainsi que je dois en payer le prix. Pourtant je croyais... » Il parcourait du regard les visages qui l'entouraient en s'arrêtant sur certains ; parmi ceux-là, quelques-uns exprimèrent une vague indécision. « Je croyais que vous me considériez comme l'un des vôtres ; votre accueil, votre soutien paraissaient sincères ; et mon lien avec la marguette... je n'avais jamais rien ressenti de semblable. Puis, quand la femme s'est présentée à mon esprit et m'a dit qu'elle... qu'elle m'aimait (il hésita sur ces mots puis fit un effort sur lui-même), j'ai cru avoir affaire à une réalité tangible, une réalité dont la valeur dépassait celle de ma couronne, de ma famille ou même de mon devoir envers mon peuple. Fou que j'étais ! Elle s'appelait donc Péladine ? Elle ne m'a jamais révélé son nom, et je n'ai jamais vu son visage, naturellement. Enfin... » Il croisa les jambes et s'assit en tailleur. « Viens, Chatte. Toi, au moins, tu m'aimais pour moi-même. Je sais que cette situation ne te plaît pas plus qu'à moi ; finissons-en donc rapidement. »

Il leva la tête vers moi et m'adressa un regard empreint d'une signification que je ne sus déchiffrer, mais qui me glaça jusqu'aux os. « Ne me méprisez pas trop, je ne suis pas complètement stupide. La marguette m'aime et je l'aime aussi ; cela, du moins, est toujours resté vrai. » Je savais que, quand la créature viendrait se nicher contre lui, le contact physique renforcerait leur lien, et la femme s'introduirait en lui sans difficulté. Ses yeux sombres ne quittaient pas les miens, et c'est Kettricken que je vis soudain dans ses traits, dans sa calme acceptation de son sort ; je sus alors que ses paroles m'étaient destinées. « Si mon sacrifice pouvait libérer ma marguette de la femme, je me réjouirais ; mais je vais seulement partager le piège dans lequel elle est enfermée. Péladine s'est liée à nous deux uniquement pour avoir l'usage de nos corps ; jamais elle ne s'est intéressée à ce que renfermaient nos cœurs, sauf pour s'en servir contre nous. »

Devoir Loinvoyant reporta son regard vers la marguette, puis il ferma les yeux et se pencha vers l'animal qui s'approchait de lui. Il régnait dans la grotte un silence absolu que ne rompait même pas le bruit d'une respiration. Tous observaient la scène, tous attendaient le dénouement. Plusieurs visages étaient pâles et crispés. Un jeune homme se détourna avec un frisson d'horreur tandis que la créature s'arrêtait devant le prince. Elle pressa son front rayé contre celui du garçon, marquant sa propriété à la manière des félins ; comme elle se frottait contre lui, ses yeux verts croisèrent les miens.

Tue-moi vite.

Le contact mental, clair et net, était tellement inattendu que je restai pétrifié, incapable de réagir.

Que m'avait dit Jinna ? Que tous les félins savent parler, mais qu'ils ne le font qu'au moment et avec la personne de leur choix. L'esprit qui avait touché le mien était celui d'un félin, non celui d'une humaine. Sans bouger, je regardai fixement la petite marguette ; elle ouvrit grand la gueule, mais sans émettre de son, comme si elle avait été traversée par un élancement si violent qu'il en était inexprimable, puis elle secoua la tête.

Stupide frère-de-chien ! Tu es en train de laisser passer notre chance ! Tue-moi vite !

Ces paroles me frappèrent avec la force d'un coup de poing. « Non ! » cria Devoir, et je me rendis alors compte qu'il n'avait pas entendu la première exhortation de la marguette. Il tenta de la retenir mais elle bondit sur son épaule et de là s'élança sur moi, sans se soucier des lacérations qu'elle lui infligeait au passage. Je la vis venir vers moi, toutes griffes dehors, la gueule ouverte. Qu'y a-t-il de plus blanc que les crocs d'un fauve sur le fond rouge de sa gueule ? Je voulus tirer mon poignard, mais elle fut plus rapide que moi ; elle atterrit sur ma poitrine, et ses griffes de devant se plantèrent fermement dans ma chair tandis que ses pattes postérieures labouraient mon ventre. Elle tourna la tête et je ne vis plus que des dents blanches qui s'approchaient de mon visage alors que je tombais en arrière dans le renfoncement de la grotte.

Des cris s'élevèrent autour de moi. « Péladine ! » rugit

Laudevin, et j'entendis le prince hurler d'un ton déchirant : « Non, non ! » Pour ma part, je m'efforçais de protéger mes yeux ; d'une main, j'essayai de repousser la marguette tout en cherchant mon poignard de l'autre, mais la bête était trop bien crochée sur ma poitrine et je ne parvins pas à la déloger. Je détournai le visage pendant ma chute, laissant involontairement ma gorge exposée, et l'animal profita de l'occasion : je sentis ses crocs percer ma chair, et seule l'amulette de Jinna l'empêcha de refermer ses mâchoires. Je réussis enfin à dégainer mon arme. J'ignorais si c'était avec la femme ou la marguette que je me battais, mais je savais que la créature avait l'intention de me tuer. C'était important, certes, mais insuffisant pour empêcher ma main de trembler, et c'est avec maladresse que je frappai l'animal ; ma lame ripa d'abord sur ses côtes, puis sur sa colonne vertébrale, et ce n'est qu'à ma troisième tentative que je parvins à l'enfoncer jusqu'à la garde. La marguette lâcha ma gorge pour pousser un hurlement d'agonie, mais ses griffes restèrent fermement plantées dans ma poitrine ; ses pattes de derrière avaient réduit ma chemise en lambeaux et des zébrures de feu striaient mon ventre. Je décrochai le cadavre et voulus le jeter au loin, mais Devoir l'arracha de mes mains.

« Chatte ! Oh, Chatte ! s'écria-t-il en serrant le corps sans vie contre lui comme si c'était celui de son enfant. Vous l'avez tuée ! me lança-t-il d'un ton horrifié.

— Péladine ? fit Laudevin, l'air éperdu. Péladine ? »

Peut-être, s'il ne venait pas de perdre son animal de lien, le prince aurait-il eu assez de présence d'esprit pour jouer la comédie et feindre d'être possédé par la femme ; mais il n'en fit rien et, avant que j'eusse fini de me redresser, je vis la botte de Laudevin s'abattre sur moi. Je roulai de côté, puis me relevai d'un bond avec une agilité digne du fou dans son jeune temps. J'avais laissé mon poignard dans le cadavre de la marguette, mais mon épée ne m'avait pas quitté ; je la tirai du fourreau et me précipitai vers Laudevin.

« Fuyez ! hurlai-je au prince. Sauvez-vous ! Elle a donné sa vie pour votre liberté ! Que ce ne soit pas en vain ! »

Laudevin était plus grand que moi et l'épée qu'il dégainait allait lui donner une allonge nettement supérieure à la mienne. Je saisis mon arme à deux mains et lui tranchai l'avant-bras avant que sa lame fût complètement sortie. Il s'écroula sur le dos avec un hurlement suraigu, en agrippant son moignon d'où le sang jaillissait par saccades, comme s'il levait une coupe en l'honneur de quelqu'un. La foule qui m'entourait resta un instant pétrifiée d'horreur, ce qui me laissa juste le temps de faire deux pas et de ramener Devoir derrière moi dans le renfoncement. Il n'avait pas fui et il était trop tard désormais ; peut-être était-il trop tard depuis le début, d'ailleurs. Il tomba à genoux, sa marguette dans les bras. D'un geste violent, je fis décrire un grand arc de cercle à ma lame pour repousser nos adversaires. « Debout ! criai-je au prince. Prenez le poignard ! »

D'un coup d'œil derrière moi, je le vis se relever, mais j'ignorais s'il avait retiré l'arme du cadavre de l'animal ; une question traversa mon esprit : allait-il me la planter dans le dos ? Mais à cet instant les Pie se précipitèrent sur nous, certains, au premier rang, simplement propulsés en avant par les hommes derrière eux. Deux d'entre eux s'emparèrent de Laudevin, qui gisait au sol roulé en boule, et le tirèrent hors d'atteinte de mon épée. Un assaillant les contourna pour m'affronter, mais l'exiguïté de la grotte ne permettait qu'un massacre et non un combat dans les règles ; mon premier coup de taille éventra l'homme et pourfendit le visage d'un second. Cela ralentit l'attaque des autres, mais ils se ressaisirent et se regroupèrent pour me faire front ; ils se gênaient mutuellement, mais je dus reculer devant le nombre, et je sentis alors le prince s'écarter derrière moi. La paroi rocheuse arrêta notre retraite ; Devoir se jeta en avant pour poignarder un homme qui avait réussi à franchir ma garde, puis il se tourna vers la droite pour se défendre lui-même. Il frappa un assaillant en poussant un cri de chat sauvage, auquel son adversaire répondit par un hurlement de souffrance.

Nous n'avions pas une chance de nous en tirer, je le savais ; aussi, quand une flèche siffla près de mon oreille avant de se fracasser contre la muraille dans mon dos, je ne m'inquiétai pas outre mesure. Un sombre imbécile gaspillait son souffle à sonner du cor ; je ne lui prêtai pas plus d'attention qu'aux exclamations de douleur des hommes qui tombaient sous mes coups. L'un d'eux agonisait et j'en achevai un autre alors que je ramenais mon épée en arrière. Je fis décrire à mon arme un nouveau cercle et, stupéfait, je vis l'ennemi reculer. Je poussai un rugissement de triomphe et j'avançai d'un pas pour faire à Devoir un bouclier de mon corps. « Allons, venez donc mourir ! » lançai-je aux Pie d'une voix grondante, en les invitant de la main à s'approcher.

« Bas les armes ! » cria une voix.

Je fis tournoyer ma lame encore une fois, mais mes adversaires battaient en retraite en déposant leurs épées au sol ; ils ouvrirent un passage dans leurs rangs, et un jeune homme s'avança vers moi, un arc à la main. D'autres archers venaient derrière lui, prêts à tirer, mais sa flèche à lui visait le centre de ma poitrine. « Jetez votre arme ! » me lança-t-il. C'était le garçon qui nous avait tendu une embuscade, celui qui avait blessé Laurier puis s'était enfui avec elle. Comme je ne réagissais pas à l'injonction et restais haletant à me demander si je devais l'obliger à m'abattre, j'entendis derrière lui la grand'veneuse s'adresser à moi. Elle s'efforçait de prendre un ton apaisant, mais sa voix tremblait.

« Posez votre arme, Tom Blaireau. Vous êtes avec des amis. »

Quand on se bat, le monde, la vie se réduisent à l'allonge de son épée. Il me fallait du temps pour redevenir moi-même, et j'eus de la chance qu'on me laissât ce temps. Les yeux écarquillés, je regardai autour de moi en essayant de comprendre ce que je voyais, l'archer, Laurier, les gens qui se tenaient derrière elle, arcs tendus. Je ne connaissais pas leurs visages ; plus âgés que les acolytes de Laudevin, ils étaient huit, six hommes et deux femmes ; la plupart étaient armés d'un arc mais quelques-uns n'avaient qu'un long bâton à la main. Certaines flèches étaient pointées sur mes récents adversaires qui avaient lâché leurs épées, acculés comme moi. Laudevin se roulait au sol, sa main valide crispée autour de son moignon. Je n'avais qu'à faire deux pas et je pourrais enfin l'achever ; à cet instant, je sentis la main de Devoir se poser sur mon bras et appuyer fermement pour m'obliger à le baisser. « Bas les armes, Tom », dit-il d'un ton calme, et je crus entendre la voix apaisante de Vérité. Toute force m'abandonna et la pointe de mon épée tomba sur le sol. A chacune de mes respirations, c'était un flot de souffrance qui passait par ma gorge desséchée.

« Lâchez votre épée ! » ordonna l'archer. Je fis un pas dans sa direction et je perçus le son d'un arc qui se tendait. Mon cœur se remit à battre furieusement, et je calculai la distance qu'il me fallait couvrir.

« Attendez ! intervint soudain sire Doré. Laissez-lui un moment pour se reprendre ! Il est possédé par la fureur du combat et il n'est pas dans son état normal. » Il se fraya un chemin parmi les archers et se planta entre eux et moi avec un mépris superbe pour les flèches qui visaient à présent son dos. Il n'avait pas eu un regard pour les Pie qui s'étaient écartés à contrecœur devant lui. « Du calme, Tom. » Il s'adressait à moi comme à un cheval affolé. « C'est fini, tout est terminé. »

Il s'approcha encore et posa la main sur mon bras, et j'entendis un murmure stupéfait parcourir la foule, comme s'il venait d'accomplir un geste d'une bravoure extraordinaire. A son contact, je sentis l'épée glisser de mes doigts. Près de moi, Devoir se laissa tomber à genoux ; je baissai les yeux vers lui. Ses mains et le devant de sa chemise étaient couverts de sang, mais ce n'était pas le sien, apparemment. Il lâcha mon poignard, prit dans ses bras le corps sans vie de la marguette et le serra sur son cœur comme un enfant, en se balançant d'avant en arrière et en répétant en une litanie douloureuse : « Ma Chatte, mon amie. »

Une expression d'indicible angoisse se peignit sur les traits de sire Doré. « Mon prince... », fit-il, la gorge nouée. Il se pencha pour toucher le garçon, mais je le saisis par le bras.

« Laissez-le, dis-je à mi-voix. Donnez-lui le temps de pleurer sa compagne. »

A cet instant, traversant la foule d'une démarche raide et mal assurée, arriva mon loup. Quand il s'arrêta près de moi, je tombai à genoux à mon tour.

Après cela, on ne prêta plus guère attention à Tom Blaireau et son compagnon. Les nouveaux venus nous laissèrent serrés l'un contre l'autre pour refouler les acolytes de Laudevin loin du prince, ce qui nous convenait parfaitement : nous avions besoin d'intimité, et cela nous permit d'observer ce qui nous entourait. Notre intérêt se porta principalement sur le prince. Le jeune archer, dénommé Fradecerf, s'était fait accompagner d'une vieille guérisseuse ; elle posa son arc et s'approcha du prince ; elle s'assit près de lui en se gardant bien de le toucher et se contenta de le regarder pleurer sa marguette. Œil-de-Nuit et moi partageâmes sa veille de l'autre côté du garçon. Nos regards se croisèrent une fois, et je lus dans le sien la fatigue qu'induisent la vieillesse et l'excès de tristesse. Je crains qu'on pût en lire autant dans le mien.

On tira au-dehors les cadavres des Pie que j'avais tués et on les attacha sur leurs chevaux ; j'entendis des claquements de sabots qui s'éloignaient et je compris trop tard qu'on avait laissé fuir les survivants. Je serrai les dents : je n'aurais pu l'empêcher, de toute façon. Laudevin était parti le dernier, dépouillé de son statut de chef, chancelant sur la selle de son cheval de bataille à la bouche écumante, maintenu en place par un jeune cavalier en croupe. Plus que tout, le voir s'en aller libre m'avait inquiété : non seulement je lui avais repris le prince, mais j'avais abattu l'animal qui renfermait l'âme de sa sœur et je l'avais lui-même mutilé. J'avais déjà bien assez d'ennemis sans lui, mais la situation m'avait échappé. Il était parti libre, et je formai le vœu de ne pas avoir à le regretter un jour.

La guérisseuse laissa le prince pleurer sa compagne jusqu'au moment où le soleil effleura l'horizon ; alors elle me regarda. « Enlevez-lui le corps de la marguette », me dit-elle à mi-voix.

Je n'en avais nulle envie, mais j'obéis.

Le persuader de lâcher le cadavre déjà froid de l'animal ne fut pas tâche facile, et je choisis mes mots avec soin. En cette occasion, mon ordre d'Art ne devait pas intervenir pour le forcer à une renonciation à laquelle il n'aurait pas été prêt. Quand il me laissa enfin prendre le brumier, je fus étonné du peu de poids de l'animal. D'ordinaire, une bête morte paraît plus lourde que de son vivant mais, à présent que la vie l'avait quittée, la petite marguette apparaissait clairement dans un état pitoyable. « Comme si elle était rongée de vermine », avait dit Œil-de-Nuit, et il n'était pas loin du compte, en effet ; la petite créature n'avait plus que la peau sur les os, sa fourrure jadis luisante de santé était sèche, ses poils cassants, et son épine dorsale bosselait son dos. Les puces abandonnaient son cadavre en nombre beaucoup trop élevé pour un animal en bonne santé. Comme je le remettais à la guérisseuse, je vis une expression de colère passer sur le visage de la vieille femme ; j'ignore si Devoir perçut ce qu'elle murmura, mais je l'entendis nettement : « Elle ne lui permettait même pas de s'occuper d'elle-même comme le fait un vrai marguet. Elle la possédait trop complètement et se voulait une femme dans la peau d'un animal. »

Péladine avait imposé ses manières d'humaine au brumier, elle lui avait refusé les longues siestes, les repas à satiété et les séances de toilette qui sont le droit naturel d'un petit félin en bonne forme ; de même, le jeu et la chasse lui avaient été interdits. C'était la façon des Pie d'employer le Vif à leur seul profit, et elle me révoltait.

La guérisseuse emporta le cadavre de la marguette hors de la grotte, et Devoir et moi la suivîmes, Œil-de-Nuit entre nous. Un tumulus de pierre à demi bâti attendait la petite dépouille, et tous les compagnons de Fradecerf sortirent pour assister à l'enterrement. Ils avaient le regard triste, mais aussi empreint de respect.

Ce fut la guérisseuse qui prononça les mots d'adieu, car Devoir étouffait de chagrin. « Elle s'en va sans toi. Elle est morte pour vous deux, pour vous libérer l'un et l'autre. Garde en toi les traces de marguette qu'elle a laissées sur ton âme, et laisse partir avec elle l'humanité que vous avez partagée. Vous êtes désormais séparés. »

Le prince vacilla quand on déposa les dernières pierres et que disparut sous elles le rictus d'agonie de la petite créature. Je posai ma main sur son épaule pour le retenir, mais il l'écarta d'un haussement brusque, comme si j'allais le souiller. Je ne lui en voulais pas ; la marguette m'avait ordonné de la tuer, elle avait tout fait pour m'y obliger, mais je n'espérais pas qu'il me pardonnerait de lui avoir obéi. A peine l'inhumation achevée, la guérisseuse du Lignage lui tendit une potion. « Votre part de mort », dit-elle, et il l'avala d'une seule lampée avant que sire Doré ou moi-même pussions intervenir. La vieille femme me fit alors signe de le ramener dans la grotte ; il s'allongea là où avait péri sa marguette et sa peine éclata de nouveau.

J'ignore ce que contenait le breuvage, mais les sanglots déchirants du garçon se turent peu à peu, remplacés par la respiration lourde du sommeil profond ; pourtant, son immobilité et son inertie n'évoquaient pas le repos. « Une petite mort, m'avait confié la guérisseuse en me jetant dans le plus grand effroi. Je lui procure une petite mort, une période de néant ; il a péri lui aussi, comprenez-vous, quand la marguette s'est fait tuer ; il a besoin de ce temps de vide et de mort. Ne cherchez pas à l'en priver. »

De fait, le produit le plongea dans un assoupissement proche du sommeil éternel. La vieille femme l'installa sur une paillasse et le disposa comme s'il s'agissait d'un cadavre ; tout en travaillant, elle marmonnait d'un ton acerbe : « Quelles meurtrissures au cou et dans le dos ! Comment a-t-on pu ainsi rouer de coups un simple gosse ? »

La honte m'interdit de lui révéler que j'étais l'auteur de ces marques ; bouche close, je la regardai tirer soigneusement une couverture sur le prince en secouant la tête d'un air désolé, Soudain, elle se tourna vers moi et me fit signe de m'approcher. « Faites aussi venir votre loup. J'ai le temps de m'occuper de vous, maintenant que j'ai soigné le petit. Ce dont il souffrait était beaucoup plus grave qu'une plaie ouverte. »

Elle nettoya nos blessures à l'eau tiède, puis y appliqua un onguent épais. Œil-de-Nuit se laissa faire ; il s'était si bien fermé à la douleur que c'est à peine si je percevais sa présence. Quand elle se mit à l'ouvrage sur mes entailles au ventre et à la poitrine, elle me tint des propos sévères, et je portai au crédit de l'amulette de Jinna qu'elle daignât seulement adresser la parole à un renégat comme moi.

Pourtant, son seul commentaire sur le collier fut qu'il m'avait sans doute sauvé la vie, « La marguette a essayé de vous tuer, c'est évident, mais je suis convaincue que ce n'était pas de sa propre volonté ; ce n'était pas non plus de la faute du petit. Regardez-le : selon nos critères, c'est encore un enfant beaucoup trop jeune pour se lier. » Elle me sermonnait comme si j'étais responsable de ce qui était arrivé au prince. « Il ignore tout de notre enseignement, et voyez le mal que cela lui a fait. Je ne vous mentirai pas : il risque d'en mourir, ou bien d'être victime d'une folie mélancolique qui le tourmentera jusqu'à la fin de ses jours. » D'un petit coup sec, elle resserra le bandage qui me prenait le ventre. « Il faut que quelqu'un lui apprenne la tradition du Lignage, les bonnes façons d'employer sa magie. » Elle me jeta un regard noir et scrutateur, mais je me tus et renfilai ma chemise en haillons ; la vieille femme s'éloigna de moi avec un grognement de mépris.

Œil-de-Nuit leva péniblement la tête et la posa sur mon

genou, qu'il macula d'onguent et de sang coagulé. Il regarda le garçon endormi. *Vas-tu lui donner cet enseignement ?*

Ça m'étonnerait qu'il ait envie d'apprendre quoi que ce soit de ma part. J'ai tué sa marguette.

Qui, alors ?

Je laissai la question en suspens et m'allongeai dans l'obscurité près du loup, entre l'héritier des Loinvoyant et le monde extérieur.

Non loin de nous, au milieu de la grotte, Fradecerf tenait conseil avec sire Doré ; Laurier était assise entre eux. La guérisseuse s'était jointe à eux, ainsi que deux aînés qui s'étaient installés près du feu. Je les observais les yeux mi-clos. Autour d'eux, les autres membres du Lignage vaquaient tranquillement aux corvées ordinaires d'un bivouac à la nuit tombée ; derrière Fradecerf, plusieurs hommes se reposaient sur leurs couvertures, apparemment satisfaits de laisser le jeune vifier parler en leur nom. Pourtant, j'avais le sentiment que c'était peut-être eux qui détenaient le vrai pouvoir dans le groupe ; l'un d'eux fumait une pipe à long tuyau, tandis qu'un autre, barbu, aiguisait soigneusement son poignard ; le bruit faisait un contrepoint sourd et monotone à la conversation. Malgré leur pose détendue, je sentais la vive attention qu'ils prêtaient aux propos échangés ; Fradecerf s'exprimait peut-être en leur nom, mais ils tendaient l'oreille pour s'assurer que ses paroles répondaient à leurs désirs.

Ce n'était pas à Tom Blaireau que ces hommes et femmes du Lignage s'adressaient, mais à sire Doré. Tom Blaireau n'était qu'un traître à sa race, un valet de la Couronne ; il était bien plus méprisable que Laurier, car, bien qu'elle fût née dans une famille du Lignage, comme chacun le savait, le talent n'existait pas chez elle, et il était normal qu'elle dût se débrouiller selon ses maigres moyens pour faire son chemin dans le monde, à demi insensible à la vie qui fleurissait, bourdonnait et brûlait autour d'elle. Qu'elle fut devenue grand'veneuse de la Reine n'avait rien de honteux, et je percevais même une certaine fierté chez ceux du Lignage à l'idée que quelqu'un d'aussi diminué eût atteint une position aussi élevée. Moi, en revanche, j'avais choisi la trahison en toute conscience, et l'on faisait un détour quand on passait près de moi. Un homme apporta des quartiers de viande sur des broches et les mit à cuire ; l'odeur qui parvint à mes narines éveilla un vague appétit en moi.

Tu as faim ? demandai-je à Œil-de-Nuit.

Trop fatigué pour manger, répondit-il ; je partageais son avis, d'autant plus que j'éprouvais une grande réticence à demander l'aumône à des gens qui ne voulaient pas de moi. Nous restâmes donc couchés dans notre coin obscur sans que nul nous accordât le moindre intérêt. Je m'efforçais de ne pas en vouloir au fou d'avoir si peu parlé avec moi : sire Doré ne pouvait s'inquiéter des blessures d'un domestique, pas davantage que Tom Blaireau ne pouvait manifester de souci excessif pour la santé de son maître. Nous devions tenir nos rôles respectifs. Je fis donc semblant de dormir, mais j'observai les parlementaires entre mes paupières mi-closes et tendis l'oreille à leurs propos.

L'entretien resta d'abord général, et je n'en compris le sujet qu'en grappillant des détails au détour des phrases et en les assemblant à l'aide de conjectures ; Fradecerf donnait à Laurier des nouvelles d'un oncle commun, des nouvelles qui remontaient à plusieurs années déjà, où il était question de fils qui avaient grandi et s'étaient mariés. Le jeune archer et la grand'veneuse étaient donc cousins et ils s'étaient perdus de vue depuis longtemps. Oui, cela se tenait : elle avait déclaré avoir des parents dans la région et m'avait quasiment avoué qu'ils possédaient le Vif. Pour le reste des explications, Fradecerf s'adressa à sire Doré ; Arno et lui ne s'étaient joints aux Pie de Laudevin que depuis le début de l'été, furieux et révoltés des traitements que subissaient les membres du Lignage, Quand Laudevin avait perdu sa sœur, il s'était consacré à la cause de ses semblables, dont il n'avait pas tardé à prendre la tête. Il n'avait plus rien à perdre que sa propre vie, leur avait-il dit, et, pour changer le monde, il fallait être prêt à se sacrifier ; il était temps que le Lignage impose la paix à laquelle il avait droit. Il avait insufflé force et intrépidité dans le cœur de ces jeunes vifiers qui se dressaient sans peur pour s'emparer de ce que leurs parents craignaient de demander. Ils allaient bouleverser la société. L'heure était venue de vivre à nouveau unis dans les communautés du Lignage, de permettre à leurs enfants d'affirmer leur magie au grand jour. L'heure du changement avait sonné. « A l'entendre, cela paraissait logique et très noble. Certes, il faudrait recourir à des mesures extrêmes, mais nous ne poursuivions pas d'autre but qu'obtenir ce qui nous revenait de droit : vivre en paix et acceptés de tous, rien d'autre. Est-ce trop exiger ?

— L'objectif est noble, murmura sire Doré, qui l'avait écouté attentivement, mais les moyens me paraissent... » Il laissa sa phrase en suspens et ses auditeurs libres de l'achever à leur gré. Répugnants ? Cruels ? Immoraux ? L'absence même de description permettait de les contempler dans toute leur bassesse,

Après une courte pause, Fradecerf déclara, sur la défensive : « J'ignorais que Péladine possédait la marguette. » Un silence dubitatif accueillit ces mots, et le jeune homme parcourut ses aînés d'un regard presque courroucé. « Vous

vous dites que j'aurais dû le sentir, je le sais, mais je ne me suis aperçu de rien. L'enseignement que j'ai reçu n'était peut-être pas de première qualité, ou bien elle savait mieux se dissimuler que vous ne l'imaginez ; en tout cas, je ne savais rien, je le jure. Arno et moi avons porté la marguette aux Brésinga ; ils savaient qu'il s'agissait d'un présent que le Lignage faisait au prince Devoir pour l'influencer en notre faveur, mais, j'en fais le serment par mon sang, ils n'étaient au courant de rien d'autre, et moi non plus. Autrement, j'aurais refusé de participer à cette action. »

La vieille guérisseuse secoua la tête. « C'est ce qu'on dit souvent une fois que le mal est fait, affirma-t-elle durement. Mais un détail m'intrigue : tu sais qu'un brumier doit être pris tout petit, à la tanière, et qu'ensuite il ne chasse que pour celui qui l'a attrapé. Ça ne t'a pas mis la puce à l'oreille ? »

Fradecerf rougit violemment, mais insista : « J'ignorais que Péladine possédait la marguette. Oui, je savais qu'elle avait été liée avec elle, mais elle était morte depuis. Je croyais la marguette seule et je mettais son comportement étrange sur le compte de son deuil. Et puis que faire d'autre d'elle ? On ne pouvait pas la relâcher dans les collines, elle n'avait jamais connu la vie sauvage. Je l'ai donc amenée chez les Brésinga comme présent à offrir au prince. Je pensais possible (ici, il se trahit par une cassure dans la voix) qu'elle veuille se lier à nouveau. Elle en avait le droit, si tel était son choix ; et, quand le prince est venu nous rejoindre, j'ai fait confiance à ce que nous a dit Laudevin : qu'il était là de son plein gré pour apprendre nos enseignements. Croyez-vous que j'aurais prêté la main à une telle entreprise autrement ? Croyez-vous qu'Arno aurait donné sa vie ? »

Certains, je pense, nourrissaient les mêmes doutes que moi sur la véracité de son histoire, mais le temps manquait pour porter des accusations ; nul ne dit mot et Fradecerf poursuivit son récit.

« Arno et moi escortions le prince avec Laudevin et les autres Pie ; il était prévu de l'emmener à Sèfrebois, où, selon Laudevin, il vivrait parmi nous et apprendrait nos traditions. Mais, quand Arno s'est fait capturer à Hallerbie devant l'auberge du prince Pie, nous avons compris que nos vies étaient en danger et qu'il fallait fuir. Devoir abandonner mon frère m'a déchiré le cœur, mais chacun de nous devait être prêt à se sacrifier pour les autres, nous en avions fait serment. J'étais ivre de rage quand nous avons tendu l'embuscade pour les lâches qui nous pourchassaient, et je n'ai de remords pour la mort d'aucun de ceux qui sont tombés là. Arno était mon frère ! Nous avons ensuite repris notre route et, quand nous avons trouvé un nouvel emplacement favorable, Laudevin m'a laissé pour surveiller la piste. "Arrête-les, m'a-t-il dit ; et si ça doit te coûter la vie, qu'il en soit ainsi." Et j'étais d'accord avec lui. »

Il s'interrompit et ses yeux se portèrent sur Laurier. « Je ne vous ai pas reconnue, cousine, je vous le jure, même pas quand ma flèche s'est fichée dans votre épaule. Je n'avais qu'une idée en tête : abattre tous ceux qui avaient participé à la mort d'Arno. C'est seulement quand Blaireau m'a fait tomber de l'arbre et que je vous ai vraiment regardée que j'ai compris ce que j'avais fait : j'avais fait couler encore davantage mon propre sang. » Il avala sa salive et se tut soudain.

« Je vous pardonne. » La voix de Laurier était basse mais parfaitement audible. La jeune femme parcourut du regard les membres assemblés du Lignage. « Soyez-en tous témoins : Fradecerf m'a blessée en toute ignorance, et je lui pardonne. Il n'existe aucune dette de vengeance ni de réparation entre nous. A l'époque, je ne savais rien des dessous de l'affaire, et j'ai cru que, parce que j'étais dépourvue de la magie que vous possédiez, vous vous considériez en droit de me tuer. » Un éclat de rire rauque lui échappa. « C'est seulement en voyant Blaireau vous brutaliser que je me suis rendu compte que... ça n'avait pas d'importance. » Elle se tourna tout à coup vers Fradecerf ; l'air honteux, il se força néanmoins à soutenir son regard. « Vous êtes mon cousin, vous êtes de mon sang, déclara-t-elle d'une voix douce. Ce qui nous rapproche l'emporte largement sur ce qui nous différencie. J'ai eu peur qu'il ne vous tue à vouloir vous faire parler, et, malgré ce que vous aviez fait, en dépit même de ma fidélité à la Reine, je devais l'empêcher. Aussi, la nuit venue, j'ai profité de ce que sire Doré et son serviteur dormaient pour prendre la fuite avec mon cousin. » Elle regarda le fou. « Vous m'aviez dit plus tôt que je devais vous faire confiance quand vous me teniez à l'écart de vos conciliabules avec Blaireau ; j'ai estimé être en droit d'en exiger autant de votre part, et je vous ai donc laissé dormir pendant que j'agissais au mieux, selon mes convictions, pour sauver mon prince. »

Sire Doré baissa la tête un moment, puis il la hocha solennellement.

Fradecerf se passa une main sur les yeux et déclara, comme s'il n'avait pas entendu ce que la jeune femme avait dit au gentilhomme : « Vous faites erreur, Laurier : j'ai une dette envers vous, et je ne l'oublierai jamais. Quand nous étions enfants, nous ne vous manifestions jamais la moindre gentillesse quand vous veniez voir votre famille maternelle, nous vous rejetions toujours ; votre propre frère vous surnommait la taupe parce que vous avanciez en aveugle dans un monde noir et froid alors que nous courions librement, les yeux grands ouverts. Et puis je vous ai tiré dessus. Je n'avais aucune aide à espérer de votre part, et pourtant vous m'avez sauvé la vie. »

Elle répondit d'un ton contraint : « C'est pour Arno que je l'ai fait. Il était aussi aveugle et sourd que moi à cette magie « familiale » qui nous excluait, et lui seul acceptait de jouer avec moi lors de mes visites. Mais il vous a toujours aimé, et, à la fin, il a jugé que votre sauvegarde valait qu'il donne sa vie pour elle. » La grand'veneuse secoua la tête. « Je ne voulais pas qu'il soit mon pour rien. »

Ensemble, Fradecerf et elle avaient discrètement quitté l'abri sous roche où nous dormions, le fou et moi. Elle avait convaincu son cousin que l'enlèvement du prince n'entraînerait qu'un durcissement des persécutions contre le Lignage, et elle lui avait demandé de trouver des doyens dotés d'une autorité suffisante pour obliger Laudevin à rendre son captif. Elle lui avait rappelé que la reine Kettricken s'était déjà élevée contre ceux qui massacraient les vifiers ; tenait-il à retourner contre les siens la première souveraine à prendre leur parti depuis des générations ? Laurier avait réussi à le persuader que, des Pie s'étant emparés du prince, c'était le Lignage qui devait le rendre à sa mère ; c'était la seule réparation possible.

Elle s'adressa au seigneur Doré. « Nous sommes revenus vous aider le plus vite possible, mais, et ce n'est pas leur faute, les gens du Lignage vivent éloignés les uns des autres et se montrent très discrets. Nous avons chevauché de ferme en chaumière pour réunir des personnages influents prêts à essayer de ramener Laudevin à la raison ; ç'a été difficile, car cela va à l'encontre des traditions du Lignage. Chacun est son propre maître et doit savoir se dominer seul, chaque famille a ses propres règles de conduite, et bien peu ont accepté de faire front à Laudevin pour exiger qu'il revienne dans le droit chemin. » Son regard parcourut les visages qui l'entouraient. « A vous qui êtes venus, j'exprime mes plus profonds remerciements ; et, si vous me le permettez, j'aimerais donner vos noms à Sa Majesté, afin qu'elle sache à qui va sa dette.

— Et où envoyer la corde et l'épée ? fit la guérisseuse à mi-voix. L'époque où nous vivons n'est pas encore assez clémente pour révéler nos noms. Laurier. Nous connaissons le vôtre ; si nous avons besoin de l'attention de la Reine, nous la demanderons par votre entremise. »

Les gens que Fradecerf et la jeune femme avaient réunis appartenaient au Lignage, mais ils ne se donnaient pas l'appellation de Fidèles du prince Pie, groupuscule dont ils ne partageaient pas les idées ; ils adhéraient aux enseignements traditionnels, comme l'expliqua avec ferveur le jeune archer au seigneur Doré, en se déclarant honteux d'avoir compté parmi les partisans de Laudevin. Il assurait que c'était la colère qui l'y avait poussé, non le désir de dominer les animaux ni de les utiliser à ses propres fins comme le faisaient les Pie : il avait simplement vu trop de ses semblables pendus et démembrés au cours des deux années précédentes. Cela aurait suffi à faire perdre la tête à n'importe qui, mais il s'était aperçu de son erreur à temps, grâce à Eda, et grâce à Laurier aussi ; il espérait que sa cousine lui pardonnerait la cruauté de son enfance.

La conversation clapotait contre moi comme un ressac. J'essayais de rester éveillé et de comprendre les propos échangés, mais nous étions trop fatigués, le loup et moi ; Œil-de-Nuit était étendu à côté de moi et j'étais incapable de distinguer la limite entre sa douleur et la mienne. Cela m'était égal : même si nous n'avions plus pu partager que la souffrance, c'est avec bonheur que j'aurais accepté la sienne. Nous étions toujours ensemble.

Le prince n'avait pas cette chance. Je tournai la tête vers lui : il continuait à dormir et il respirait à grands soupirs comme si le chagrin le poursuivait jusque dans ses rêves.

Je me sentais vaciller moi-même au bord de l'assoupissement, insidieusement attiré par le profond sommeil du loup. Dormir est le meilleur des remèdes, disait toujours Burrich, et je formais le vœu qu'il eût raison. Comme des notes de musique indistinctes, je percevais les rêves de chasse d'Œil-de-Nuit, mais je m'interdis de me laisser aller à mon envie de le rejoindre : le fou avait peut-être confiance en Laurier, Fradecerf et leurs compagnons, mais pas moi, et je me promis de monter la garde. Il fallait veiller au grain.

Dans mon sommeil feint, je trouvai une position qui me permettait de les observer. Notant au passage que Laurier, assise entre sire Doré et Fradecerf, se tenait plus près du gentilhomme que de son cousin, je constatai que les échanges avaient pris une tournure plus proche de la négociation que de l'explication, et je prêtai une oreille attentive aux propos raisonnables et mesurés du seigneur Doré.

« Je crains que vous ne saisissiez pas bien la position de la reine Kettricken. Je ne saurais avoir la présomption de parler à sa place, naturellement ; je ne suis que l'hôte de la cour des Loinvoyant, un nouveau venu et un étranger de surcroît. Cependant, ces restrictions mêmes me donnent peut-être le recul nécessaire pour voir ce qui vous aveugle par trop d'évidence. La couronne et le nom des Loinvoyant n'empêcheront pas qu'on persécute le prince Devoir comme vifier, et ils agiront même plutôt comme de l'huile sur le feu ; son immolation n'en sera que plus certaine. Vous reconnaissez que la reine Kettricken a plus fait que tous ses prédécesseurs réunis pour mettre hors la loi les cruautés dont sont victimes vos semblables, mais, si elle révèle que son fils a le Vif, non seulement elle et Devoir risquent d'être jetés à bas du trône, mais on soupçonnera ses efforts pour défendre votre peuple de ne viser qu'à protéger sa propre chair.

— La reine Kettricken a interdit qu'on nous mette à mort au simple motif de « pratique du Vif », c'est exact, répondit Fradecerf, mais ce n'est pas pour autant qu'on a cessé de nous tuer. La réalité est là : ceux qui cherchent notre perte inventent de toutes pièces des torts et des préjudices que nous leur aurions causés ; l'un profère un mensonge, l'autre jure qu'il dit la vérité, et un père ou une fille du Lignage se fait pendre, démembrer et brûler. Si la Reine voit peser sur son fils la même menace que ma mère sur le sien, peut-être prendra-t-elle des mesures plus énergiques en notre faveur. »

Derrière lui, un homme hocha gravement la tête.

Sire Doré écarta les mains d'un geste plein de grâce. « Je ferai mon possible, je vous l'assure. La Reine entendra le récit complet de tous vos efforts pour sauver la vie de son fils. Laurier est plus que la grand'veneuse de Sa Majesté ; c'est son amie et sa confidente, et elle lui expliquera les risques que vous avez courus pour récupérer Devoir. Je ne puis pas davantage ; je ne saurais faire de promesses à la place de la reine Kettricken. »

L'homme qui avait hoché la tête se pencha et, du bout des doigts, poussa légèrement Fradecerf à l'épaule pour lui signifier de poursuivre. Le jeune archer parut un instant mal à l'aise, puis il s'éclaircit la gorge. « Nous observerons la Reine et surveillerons attentivement ce qu'elle dira à ses nobles. Mieux que personne, nous savons le péril qui pèserait sur le prince s'il venait à se savoir que le sang du Lignage coule dans ses veines, car c'est celui qu'affrontent quotidiennement nos frères et nos sœurs. Nous voulons qu'il cesse. Si la Reine juge à propos d'étendre la main et de protéger les nôtres des persécutions, le Lignage conservera le secret de son fils ; mais, si elle se désintéresse de notre situation, si elle reste indifférente aux massacres dont nous sommes victimes... eh bien...

— Je vous ai compris », fit vivement sire Doré. Son ton était froid mais pas hostile. « Dans les circonstances présentes, nous ne pouvons pas vous en demander davantage, je crois. Vous nous avez déjà rendu l'héritier des Loinvoyant, et cela l'inclinera à se pencher avec bienveillance sur votre situation.

— C'est bien ce que nous espérons », répondit gravement Fradecerf, et les hommes assis derrière lui hochèrent la tête avec solennité.

Le sommeil m'aspirait irrésistiblement. Œil-de-Nuit était déjà profondément endormi. Sa fourrure était collante d'onguent, tout comme ma poitrine et mon ventre ; nous avions mal à peu près partout, mais j'appuyai mon front contre sa nuque et passai doucement un bras sur lui. Ses poils étaient gluants sous ma peau. Les propos échangés autour du feu me devinrent inaudibles et perdirent toute signification alors que je m'ouvrais à lui ; ma conscience franchit la barrière rouge de douleur qui l'enfermait et je retrouvai la chaleur et l'humour de son âme.

Les marguets... une engeance encore pire que les porcs-épics.

Bien pire.

Mais le garçon aimait la marguette.

La marguette aimait le garçon. Le pauvre.

Pauvre marguette. La femme était égoïste.

Plus qu'égoïste. Monstrueuse. Sa propre vie ne lui avait pas suffi.

C'était une petite marguette courageuse. Elle a tenu bon et elle a entraîné la femme avec elle.

Oui, une vaillante marguette. Un silence. *Crois-tu qu'un jour viendra où ceux qui ont le Vif pourront affirmer ouvertement leur magie ?*

Je n'en sais rien. Ce serait un bien, du moins je crois. Songe au tour qu'ont pris nos vies à cause du secret qui l'entoure et de sa mauvaise réputation. Mais... elles ont été bonnes quand même, nos vies, la tienne comme la mienne.

Oui. Dormons, à présent.

Dormons.

J'aurais été bien incapable de dire quelles pensées étaient les siennes et lesquelles m'appartenaient, et ce n'était pas nécessaire. Je me laissai sombrer dans son sommeil et nous rêvâmes bien ensemble. C'est peut-être le malheur de Devoir qui nous poussa à songer à ce que nous avions partagé et à ce que nous possédions toujours : il y eut d'abord un louveteau en train de chasser des souris sous le plancher pourri d'un vieux bâtiment, puis un homme et un loup terrassant ensemble un grand sanglier ; nous nous vîmes en train de nous tendre mutuellement des embuscades dans une neige profonde, puis de nous bagarrer à grand renfort de cris et de jappements ; nous sentîmes la chaleur du sang d'un cerf dans notre bouche et nous nous disputâmes son foie onctueux et succulent ; et puis nous laissâmes ces vieux souvenirs derrière nous pour nous enfoncer dans un sommeil et un bien-être parfaits. C'est dans ce profond assoupissement que la guérison commence.

Il se réveilla le premier. Je faillis ouvrir les yeux quand il se leva, s'ébroua prudemment, puis s'étira plus hardiment. Son flair aiguisé m'apprit que le jour approchait ; le soleil pâle effleurait à peine l'herbe humide de rosée et revivifiait les odeurs de la terre. Le gibier devait sortir du sommeil lui aussi. La chasse serait bonne.

Je suis éreinté, fis-je d'un ton plaintif. *Pourquoi te lèves-tu ? Dormons encore un peu, nous chasserons plus tard.*

Tu es fatigué ? Moi, je suis tellement épuisé que le sommeil ne m'apporte plus de repos. Seule la chasse peut me revigorer. Il me donna un coup de museau dans la joue. Sa truffe était humide et froide. *Tu ne viens pas ? J'aurais parié que tu voudrais m'accompagner.*

J'ai envie de t'accompagner, mais pas tout de suite. Laisse-moi un peu de temps.

Très bien, petit frère. Un peu de temps. Suis-moi quand tu te décideras.

Mon esprit partit avec lui, comme bien souvent. Nous quittâmes la grotte à l'atmosphère alourdie de la puanteur des hommes et passâmes devant le tumulus funéraire de la marguette ; nous sentîmes l'odeur de sa mort et celle, musquée, d'un renard attiré par son effluve, mais repoussé par la fumée du feu de camp. Nous nous éloignâmes rapidement du bivouac, et Œil-de-Nuit choisit de gravir à l'oblique le flanc de la colline plutôt que de descendre dans le vallon boisé. Une dernière étoile s'éteignait dans le ciel d'un bleu profond. La nuit avait été plus froide que je ne m'en étais rendu compte, et les pointes des herbes étaient couvertes d'un givre qui disparaissait dans une petite bouffée de vapeur quand le soleil les touchait. L'air demeurait vif et chaque fragrance était aussi nette et claire que le tintement d'une lame neuve ; grâce à l'odorat du loup, aucune ne m'échappait et je les reconnaissais toutes. Le monde nous appartenait. *Le temps du changement,* dis-je à Œil-de-Nuit.

En effet. Il est temps de changer, Changeur.

Des souris bien en chair récoltaient des graines sur les graminées, mais nous les laissâmes tranquilles. Au sommet de la colline, nous fîmes une courte halte, puis nous suivîmes la crête en nous imprégnant du parfum du matin et en savourant l'orée du jour qui se levait. Il devait y avoir des chevreuils dans le fond des combes où couraient des rus, des bêtes en bonne santé, solides et bien nourries, véritable défi pour une meute et encore plus pour un loup isolé. Il aurait besoin de moi pour les chasser, et il allait donc devoir revenir plus tard en ma compagnie ; mais il s'arrêta en haut de l'éminence, les poils agités par la brise matinale, les oreilles dressées, et il regarda le vallon où l'attendait le gibier.

Bonne chasse. J'y vais, mon frère. Il s'exprimait d'un ton résolu.

Tout seul ? Mais tu ne peux pas tuer un chevreuil tout seul ! Je poussai un soupir résigné. *Bon, attends-moi, je me lève et je te rejoins.*

T'attendre ? Sûrement pas ! J'ai toujours dû te devancer pour te montrer le chemin.

Et, vif comme la pensée, il m'échappa, dévalant la pente comme l'ombre d'un nuage quand le vent souffle. Avec l'éloignement, mon lien avec lui s'effilocha, se rompit et resta en suspens comme du duvet de pissenlit dans la brise ; naguère secret et intime, il s'ouvrit, s'épanouit comme si le loup avait invité toutes les créatures du monde douées du Vif à partager notre union. Toute la trame de vie du versant grandit tout à coup dans mon cœur, et chacun de ses brins était relié et entretissé avec tous les autres. C'était trop magnifique pour que je garde cette sensation pour moi ; il fallait que je rattrape le loup, je devais partager avec lui une matinée aussi merveilleuse.

« Attends-moi ! » criai-je, et mon propre cri me tira du sommeil. Non loin de là, le fou se redressa, les cheveux en bataille. Je clignai les paupières. Ma bouche était pleine d'onguent et de poils du loup, et mes doigts étaient enfoncés dans sa fourrure. Je le serrai contre moi, et, sous mon étreinte, ses poumons laissèrent échapper le dernier soupir qui y restait prisonnier. Œil-de-Nuit était mort. Une pluie glacée tombait en cataracte devant l'entrée de la grotte.

13

LEÇONS

Avant de former quelqu'un à l'Art, il faut éliminer sa résistance à l'enseignement. Certains maîtres d'Art tiennent qu'ils doivent apprendre à connaître chaque élève pendant un an et un jour avant de pouvoir seulement commencer leur éducation ; à la fin de cette période, le professeur sait quels candidats sont prêts à recevoir son instruction. Les autres, aussi doués qu'ils aient pu paraître, sont alors rendus à leur existence précédente.

D'autres maîtres affirment que cette technique est une perte de talent et de temps précieux, et ils choisissent une voie plus directe pour se débarrasser de la résistance des élèves, une voie qui s'appuie moins sur la confiance que sur l'obéissance à la volonté du formateur. Elle se fonde sur une austérité stricte qui doit inciter le disciple à satisfaire son maître ; les moyens employés pour parvenir à cette attitude de totale humilité sont le jeûne, l'inconfort, l'insuffisance de sommeil et la discipline. Cette méthode est recommandée en temps d'urgence, lorsqu'il faut composer et former des clans rapidement et en quantité. La qualité des artiseurs ainsi créés n'est peut-être pas exceptionnelle, mais on réussit de cette façon à utiliser presque tous les élèves qui possèdent un tant soit peu de talent.

Observations, de WEMDEL,
compagnon du maître d'Art Quilo

*

Un jour et une nuit encore, la guérisseuse du Lignage maintint le prince Devoir dans sa léthargie. Sire Doré se rongeait les sangs, malgré les efforts de Laurier pour le rassurer en lui affirmant qu'elle avait déjà été témoin de ce procédé et que la vieille femme agissait uniquement dans l'intérêt du garçon. Pour ma part, j'enviais Devoir : on ne me prodiguait nul réconfort, et c'est à peine si on m'adressait la parole. L'ostracisme dont j'étais frappé en était peut-être en partie responsable : quand on n'accorde plus son soutien à une communauté, on perd soi-même le soutien de cette communauté ; mais ce n'était pas seulement de la cruauté due à la rancœur : j'étais un paria, certes, mais aussi un adulte, et, aux yeux des gens du Lignage, je devais être capable d'affronter seul ma peine. Comme ils ne me connaissaient pas, ils n'avaient pas grand-chose à me dire et absolument rien à faire qui pût m'aider.

Je sentais que le fou partageait ma douleur, mais seulement de façon diffuse : en tant que sire Doré, il ne pouvait avoir avec moi que des échanges limités. La mort de mon loup me plongeait dans l'isolement et une sorte de torpeur, d'engourdissement : la disparition d'Œil-de-Nuit était un atroce déchirement, mais elle me privait en plus de l'accès à ses sens supérieurs ; les sons me paraissaient étouffés, la nuit ténébreuse, les odeurs et les goûts éteints. J'avais l'impression que le jour avait perdu tout éclat. Il m'avait abandonné dans un monde obscur et fade.

Je bâtis un bûcher funéraire et brûlai le corps de mon loup. Les membres du Lignage en furent manifestement choqués, mais c'était ma façon de prendre le deuil et je m'y tins. A l'aide de mon poignard, je me coupai les cheveux et les jetai dans le feu en épaisses poignées noires et blanches ; une longue mèche aérienne, couleur d'or ambré, les accompagna. Comme Burrich l'avait fait autrefois pour Renarde, je demeurai toute la journée devant le brasier et combattis la pluie qui s'efforçait de l'éteindre en rajoutant du bois chaque fois qu'il menaçait de mourir, jusqu'à ce que même les os du loup ne fussent plus que cendres.

Le deuxième matin, la guérisseuse laissa le prince se réveiller. Assise près de lui, elle le surveilla pendant qu'il émergeait de sa stupeur. Je me tenais à l'écart mais ne perdis pas une miette de la scène ; je vis la conscience lui revenir peu à peu, d'abord dans son regard, puis dans ses traits. Ses mains commencèrent à être agitées de petits mouvements nerveux, comme ceux d'un chat qui pelote, et la guérisseuse posa la sienne sur elles pour les calmer. « Vous n'êtes pas la marguette. La marguette est morte. Vous êtes un homme, et vous devez continuer à vivre. Le bonheur du Lignage, c'est que les animaux partagent leur existence avec nous ; son malheur, c'est que ces existences sont rarement aussi longues que les nôtres. »

Là-dessus, elle se leva et s'éloigna sans un mot de plus.

Peu après, Fradecerf et ses compagnons montèrent en selle et s'en allèrent. Je remarquai que Laurier et lui prirent un moment pour s'entretenir en privé avant son départ, afin de réparer un lien familial rompu, peut-être. Umbre voudrait savoir ce qu'ils s'étaient dit, mais j'étais trop accablé pour chercher à écouter leur conversation.

Dans leur fuite, les Pie avaient laissé plusieurs montures au bivouac, et les membres du Lignage nous en donnèrent une pour le prince. C'était un petit cheval gris louvet au tempérament aussi morne que sa robe, ce qui convenait parfaitement à l'état d'esprit du prince, tout comme la bruine qui tombait. Avant midi, nous nous mîmes en selle à notre tour et reprîmes le chemin de Castelcerf.

Je chevauchais aux côtés du prince, sur Manoire qui s'était en grande partie remise de sa claudication. La grand'veneuse et sire Doré nous précédaient ; ils discutaient entre eux et je n'arrivais pas à suivre leur conversation. Ils ne parlaient pourtant pas à voix basse ; je crois plutôt que mon incapacité provenait de ma propre insensibilité. Je me sentais hébété, l'esprit embrumé, à demi aveugle. Je me savais vivant à cause de mes blessures qui me faisaient mal et de la pluie qui me glaçait, mais le reste du monde, toute sensation et tout sentiment étaient morts. Je ne marchais plus sans peur dans les ténèbres, la brise ne me parlait plus d'un lapin sur le flanc d'une colline ni d'un chevreuil qui avait traversé la piste un peu plus tôt. Les aliments avaient perdu toute saveur.

Le prince ne valait guère mieux que moi. Il supportait sa peine avec autant de grâce que moi, muet et la mine revêche. Un mur de reproche se dressait entre nous sans que nous eussions eu à prononcer une seule parole : sans lui, mon loup aurait été encore vivant, ou du moins il serait mort dans de meilleures conditions ; quant à moi, j'avais tué sa marguette sous ses yeux. Le pire, je ne saurais dire pourquoi, était qu'un fil d'Art arachnéen nous unissait encore, et je ne pouvais le regarder sans percevoir aussitôt le terrible chagrin qui le terrassait, de son côté, il captait sans doute ma rancœur inexprimée. Je savais mon ressentiment injuste, mais j'étais trop immergé dans ma douleur pour faire preuve d'équité. Si le prince était resté fidèle à son nom et à son devoir, s'il était demeuré à Castelcerf, sa marguette serait toujours en vie et mon loup aussi ; ainsi raisonnais-je, mais sans jamais énoncer mes réflexions tout haut. C'était inutile.

Le voyage de retour à Castelcerf fut sinistre pour chacun de nous. Revenus à la route, nous l'empruntâmes vers le Nord ; aucun d'entre nous n'avait envie de revoir Hallerbie ni l'auberge du Prince-Pie, et, malgré les assurances de Fradecerf que dame Brésinga et sa famille n'avaient en rien trempé dans le complot contre le prince, nous restâmes à l'écart de leurs terres et de leur résidence. La pluie tombait sans discontinuer. Les gens du Lignage nous avaient laissé autant de vivres qu'ils pouvaient, mais ce n'était guère ; dans la première bourgade que nous rencontrâmes, nous passâmes la nuit dans une auberge lugubre, où sire Doré paya une somme plus que généreuse pour qu'un messager porte un manuscrit le plus vite possible à son « cousin » de Bourg-de-Castelcerf. Après cela, nous prîmes les chemins de traverse en direction du hameau le plus proche qui offrait un bac pour franchir la Cerf, et les détours auxquels nous obligea la géographie de la région nous firent perdre deux jours où nous campâmes sous la pluie, mangeâmes nos maigres rations et dormîmes dans le froid et l'humidité. Je le savais, le fou suivait avec angoisse le décompte des jours qui nous séparaient de la pleine lune et de la cérémonie de fiançailles du prince ; pourtant, nous progressions avec lenteur, et je soupçonnais sire Doré de vouloir donner le temps à son messager d'atteindre Castelcerf et d'annoncer à la Reine les conditions de notre retour ; peut-être aussi essayait-il de nous laisser un délai, au prince et à moi, pour effectuer notre deuil avant de retrouver le bruit et les lumières de la cour.

Si l'on ne meurt pas d'une blessure, on guérit d'une façon ou d'une autre, et il en va de même pour le chagrin. De la terrible douleur de l'instant de la séparation, nous passâmes tous deux dans les jours grisâtres de la stupeur et de l'attente hébétées ; c'est toujours ainsi que m'est apparu le chagrin, comme un temps où l'on attend, non que la souffrance s'efface, mais que l'on s'y habitue.

Pour ne rien arranger à mon humeur, sire Doré et Laurier ne partageaient manifestement pas l'impression de solitude et de monotonie que nous éprouvions, le prince et moi. Ils chevauchaient devant nous, étrier contre étrier, et, sans aller jusqu'à éclater de rire ou entonner de joyeuses chansons de route, ils bavardaient presque sans arrêt et paraissaient prendre grand plaisir à leur compagnie mutuelle. Je me répétais que je n'avais nul besoin d'une bonne d'enfants et qu'il y avait d'excellentes raisons pour que le fou et moi ne trahissions pas notre profonde amitié devant Laurier ni Devoir ; n'empêche que, dans ma tourmente de solitude et de douleur, je n'arrivais pas à éprouver un sentiment moins violent que la rancœur.

Trois jours avant la nouvelle lune, nous arrivâmes à Gué-Neuf. Comme le nom l'indiquait, on y trouvait un gué, ainsi qu'un bac qui n'existait pas la dernière fois que j'étais passé dans la région. Un grand chantier naval s'était ouvert, qui abritait toute une flottille de péniches à fond plat. La petite ville dont il dépendait était nouvelle elle aussi, et d'apparence mal dégrossie avec ses maisons et ses entrepôts en bois tout juste équarri. Sans nous attarder à la visiter, nous nous rendîmes directement à l'appontement et attendîmes sous la pluie le bac du soir où nous embarquâmes enfin.

Les rênes de sa terne monture entre les mains, le prince regardait le fleuve sans le voir. Les pluies récentes avaient gonflé les eaux limoneuses, et pourtant j'étais incapable de trouver en moi assez d'amour de la vie pour avoir peur de la mort ; les embardées qui ralentissaient les bateliers dans leurs efforts pour lutter contre le courant ne réapparaissaient que comme de simples sources de retard. Retard ? me dis-je soudain avec ironie. Et qu'est-ce qui m'attendait donc pour que je me précipite avec tant de hâte ? Une maison, un foyer ? Une épouse, des enfants ? Il te reste Heur, me dis-je, et, aussitôt après, je songeai que c'était faux : Heur était désormais un jeune homme qui volait de ses propres ailes. Me raccrocher à lui, centrer ma vie sur lui aurait été me conduire comme une sangsue. Mais alors qui étais-je donc, à présent que j'étais seul, privé de tous ? Difficile question.

Le bac eut un brusque sursaut en raclant le gravier, et puis des hommes le tirèrent pour le rapprocher de la rive. Nous avions franchi le fleuve, et Castelcerf ne se trouvait plus qu'à une journée de cheval. Quelque part au-dessus des épais nuages brillait encore le mince croissant de la lune ; nous atteindrions Castelcerf avant la cérémonie de fiançailles du prince. Nous avions réussi. Pourtant je n'éprouvais aucun sentiment d'exaltation ; je n'avais même pas l'impression réconfortante d'avoir mené une tâche à bien. J'avais seulement envie que ce voyage s'achève.

Il pleuvait à torrents quand nous touchâmes l'appontement, et sire Doré décréta que nous n'irions pas plus loin ce soir-là. L'auberge où nous nous arrêtâmes était plus vieille que la ville de l'autre berge ; la pluie qui tombait en cataracte masquait les autres bâtiments du hameau, mais il me sembla distinguer une petite écurie de chevaux de louage et, derrière elle, un semis d'habitations. L'établissement avait pour enseigne un ancien gouvernail sur lequel on avait peint un aviron, et la charpente de ses murs apparaissait grisée par les intempéries là où la chaux s'était effacée. Le temps épouvantable l'avait remplie de voyageurs et elle était quasiment complète ; en outre, sire Doré et ses compagnons avaient un aspect trop dépenaillé pour invoquer les prétentions de l'aristocratie. Heureusement, le gentilhomme avait assez d'argent dans sa bourse pour acheter le respect et l'humilité du propriétaire ; il se présenta comme Kestrel, Marchand de son titre, et réussit à nous obtenir deux chambres, quoique l'une d'elles se trouvât dans les combles ; sa « sœur » déclara élégamment qu'elle lui conviendrait admirablement et qu'elle laissait l'autre au Marchand et à ses deux serviteurs. Si le prince éprouvait quelque gêne à voyager sous une fausse identité, il n'en manifesta rien. Le capuchon de son manteau rabattu sur le visage, il resta sous l'auvent en ma compagnie, dégouttant de pluie, en attendant qu'un employé de l'auberge vienne nous avertir que la chambre de notre maître était prête.

En franchissant l'entrée, j'entendis une femme qui chantait d'une voix limpide dans la salle commune. Evidemment ! me dis-je. Evidemment. Qui d'autre qu'une ménestrelle pouvait mieux monter la garde dans une hostellerie ? Astérie interprétait l'ancien lai des deux amants qui, plutôt que de renoncer à leur amour, se rebellent contre leurs familles, s'enfuient et se précipitent ensemble du haut d'une falaise. Je passai devant la salle sans même y jeter un coup d'œil, mais Laurier s'était arrêtée à la porte pour écouter la chanson. Apathique, le prince me suivit dans les escaliers, et nous pénétrâmes dans une chambre spacieuse mais rustique.

Sire Doré nous y avait précédés. Un serviteur de l'auberge préparait le feu tandis que deux autres installaient une baignoire dans un angle de la pièce et la dissimulaient derrière des paravents. Deux grands lits occupaient la chambre ainsi qu'une paillasse près de la porte, et une fenêtre perçait un des murs. Le prince s'en approcha d'un air morose et se perdit dans la contemplation de la nuit. Un portemanteau se dressait près de l'âtre et je jouai mon rôle de valet en débarrassant sire Doré de son manteau sale et trempé ; j'ôtai aussi le mien, pendis les deux vêtements pour qu'ils sèchent à la chaleur du feu, puis je retirai les bottes de mon maître alors qu'un flot continu de serviteurs apportait des seaux d'eau chaude et de quoi nous restaurer, tourtes à la viande, fruits étuvés, pain et bière. Comme des vagues sur une grève, ils entraient et sortaient sans cesse, et la précision de leurs gestes et de leurs déplacements m'évoquait celle d'une troupe de jongleurs. Quand le dernier eut enfin quitté la pièce, je fermai la porte. La baignoire pleine exhalait des arômes d'herbes de bain, et je rêvai soudain de m'y allonger pour tout oublier.

La voix de sire Doré me ramena à la réalité. « Mon prince, votre bain est prêt. Désirez-vous de l'aide ? »

Devoir redressa les épaules, et son manteau tomba sur le plancher avec un claquement mouillé. Il le regarda un instant, puis le ramassa, se dirigea vers la cheminée et l'accrocha à une patère ; tout dans son attitude indiquait l'adolescent habitué à s'occuper seul de ses propres affaires. « Je n'ai pas besoin d'aide, merci », dit-il à mi-voix. Il jeta un coup d'œil aux plats fumants disposés sur la table. « Ne m'attendez pas. Je ne suis pas à cheval sur l'étiquette ; il est inutile que vous restiez le ventre vide pendant que je prends mon bain.

— Je reconnais bien là le fils de votre père », fit sire Doré d'un ton approbateur.

Le prince accepta le compliment en inclinant gravement la tête, mais ce fut sa seule réaction.

Le seigneur Doré attendit que le prince Devoir fût passé derrière les paravents, puis il s'assit à une petite table, prit du papier, de l'encre et une plume qu'il s'était procuré auprès du propriétaire, et se mit à écrire en silence. Je m'approchai de l'âtre avec à la main une tourte que je mangeai debout tout en laissant la chaleur évaporer un peu de l'humidité de mes vêtements. Alors qu'il rédigeait la dernière ligne de sa missive, sire Doré déclara : « Eh bien, au moins, nous sommes provisoirement à l'abri du mauvais temps. Nous allons en profiter pour bien nous reposer cette nuit, puis nous repartirons demain matin, mais pas trop tôt. Cela vous convient-il, Tom ?

— Comme il vous plaira, monseigneur », répondis-je tandis qu'il soufflait sur l'encre pour la faire sécher, puis roulait le manuscrit et le nouait à l'aide d'un fil tiré de son manteau à la splendeur évanouie. Il me le tendit d'un air interrogateur.

Je ne me mépris pas sur son expression. « J'aimerais autant m'en dispenser », dis-je très bas.

Il quitta sa table, se dirigea vers celle du repas et entreprit de se servir en faisant exprès d'entrechoquer la vaisselle ; profitant du bruit, il murmura : « Et j'aimerais me dispenser de t'envoyer, mais c'est impossible. Malgré mon aspect dépenaillé, le risque existe qu'on reconnaisse sire Doré et qu'on remarque son intérêt pour la ménestrelle. J'ai accumulé assez de scandales sur mon nom pendant ce voyage ; rappelle-toi ma conduite à Castelmyrte. Il va falloir que je m'en explique une fois revenu à la cour. Devoir non plus ne peut pas se charger de cette mission, et, autant que je le sache, Laurier ignore notre relation avec Astérie ; notre amie ménestrelle la reconnaîtrait peut-être, mais s'étonnerait de recevoir un billet d'elle. Il faut donc que tu t'en occupes, malheureusement. »

Malheureusement, en effet, j'étais d'accord avec lui, tout en me méfiant de la partie perfide de moi-même qui désirait ardemment, elle, que je descende pour accrocher le regard de la ménestrelle. Dans la personnalité de chacun, il existe une facette prête à tout pour tenir la solitude à distance ; ce n'est pas obligatoirement la plus lâche, mais j'ai vu beaucoup d'hommes se laisser aller aux pires abjections pour la satisfaire. Pire encore, je me demandais si le fou ne me chargeait pas de cette mission de propos délibéré ; par le passé déjà, alors que l'isolement menaçait de me dévorer le cœur, il avait indiqué à la ménestrelle où me chercher. Le réconfort que j'avais trouvé entre les bras d'Astérie n'était en définitive qu'une illusion, et j'avais juré qu'on ne m'y prendrait plus.

J'acceptai néanmoins le manuscrit et le glissai dans ma manche humide avec l'aisance et le naturel que confèrent de longues années de pratique de l'art de la dissimulation. Les plumes ramassées sur la plage aux trésors se cachaient là aussi, attachées à mon avant-bras. Ce secret-là, au moins, demeurait le mien, et cela jusqu'à ce que j'aie le loisir de le partager en privé avec le fou.

« Je vous vois agité malgré notre longue route, dit sire Doré à haute voix, en cessant de faire du bruit. Descendez donc, Tom ; le prince et moi saurons nous débrouiller le temps d'une soirée, et vous méritez bien de vous détendre devant une chope en écoutant quelques chansons. Allez, allez, j'ai bien vu le regard d'envie que vous avez jeté sur la salle commune en montant. Cela ne nous dérange pas. »

Je me demandai qui il croyait tromper. Le prince devait se douter qu'il n'y avait de place dans mon cœur que pour le chagrin, et, chez les Pie, il avait bien vu sire Doré se plier à mes ordres et s'en aller en compagnie du loup. Néanmoins, je remerciai mon maître de sa permission à haute et intelligible voix et sortis. Peut-être étions-nous dans une pièce de théâtre où chacun jouait la comédie aux autres. Je descendis lentement les escaliers et croisai Laurier qui montait ; elle me jeta un regard empreint de curiosité, et je cherchai quelques mots à lui dire, mais rien ne me vint à l'esprit. Je passai près d'elle en silence, sans intention de la vexer mais incapable de me soucier qu'elle s'offusquât de mon attitude. Je l'entendis s'arrêter dans les marches au-dessus de moi comme pour me parler, mais je poursuivis mon chemin.

La salle commune grouillait de monde. Certains clients étaient là pour la musique, car Astérie jouissait désormais d'une prestigieuse réputation, mais beaucoup d'autres, apparemment, ne cherchaient qu'à se protéger de la pluie sans avoir les moyens de payer une chambre ; ils allaient profiter du divertissement offert par la ménestrelle, puis, après la musique, ils attendraient la fin du déluge en somnolant sur les bancs. Grâce à la promesse que mon maître réglerait la note le lendemain matin, j'obtins de quoi manger et une chope de bière que j'emportai jusqu'à une table d'angle, près de la cheminée, légèrement en retrait d'Astérie. Sa présence ne devait rien au hasard, je le savais ; elle guettait notre retour et avait sans doute un oiseau messager à disposition pour transmettre la nouvelle de notre passage à Castelcerf ; je ne m'étonnai donc pas qu'elle feignît de ne pas me remarquer et continuât son récital.

Au bout de trois chansons, elle déclara qu'elle devait reposer sa voix et se désaltérer. Le serviteur qui apportait son vin le posa sur le coin de ma table, et, quand elle s'assit pour boire, je lui passai discrètement le message du seigneur Doré ; puis je terminai mon fond de bière et me rendis aux latrines, à l'extérieur du bâtiment.

Quand je revins à l'auberge, elle m'attendait sous l'avancée du toit, derrière un rideau de pluie. « Le message est parti, me dit-elle.

— Je vais l'annoncer à mon maître. » Elle saisit ma manche alors que je m'apprêtais à rentrer dans la salle. Je m'arrêtai.

« Raconte-moi », fit-elle à mi-voix.

Une vieille habitude de prudence, profondément ancrée, retint ma langue. J'ignorais jusqu'à quel point Umbre l'avait mise dans le secret de la situation. « La mission est achevée.

— Je m'en doutais, figure-toi », répondit-elle d'un ton acerbe. Puis elle poussa un soupir. « Et je me garderai bien de te demander en quoi consistait la mission de sire Doré. Mais parle-moi de toi. Tu as une mine épouvantable, tes cheveux sont coupés n'importe comment, tes vêtements en lambeaux... Que s'est-il passé ? »

De tous les événements que j'avais vécus, il en était un seul que je pouvais évoquer à mon gré. « Œil-de-Nuit est mort », dis-je.

Le bruit de la pluie combla le silence qui s'abattit entre nous. Enfin Astérie soupira longuement et me serra contre elle. « Oh, Fitz ! » murmura-t-elle, en posant la tête contre ma poitrine éraflée. Je distinguais la raie pâle qui séparait sa chevelure et je respirais l'odeur de son parfum et du vin qu'elle avait bu. Elle me caressait le dos à gestes apaisants. « Te voici de nouveau seul. Ce n'est pas juste, ce n'est vraiment pas juste. Je ne connais pas de chanson qui décrive existence plus triste que la tienne. » Une rafale de vent nous aspergea de pluie, mais Astérie me tenait toujours dans ses bras et une légère chaleur naissait entre nous. Elle se tut un long moment, et je levai les mains pour les placer autour de sa taille. Comme autrefois, cette réaction me paraissait inévitable. La bouche contre ma poitrine, elle dit : « J'ai une chambre ici, à l'extrémité de l'auberge qui donne sur le fleuve. Viens m'y retrouver, que je te débarrasse de ta peine.

— Je... merci. » J'avais envie de répondre que rien ne réparerait la perte de mon loup ; si elle m'avait connu un tant soit peu, elle l'aurait su. Mais, si elle était incapable de le percevoir par elle-même, toutes mes explications n'y changeraient rien ; je fus soudain reconnaissant au fou de son silence et de sa distance. Il avait compris, lui, qu'aucune intimité de substitution ne remplacerait celle de mon loup.

La pluie tombait toujours. Astérie relâcha son étreinte et leva les yeux vers moi, le front barré d'un pli. « Tu ne viendras pas me rejoindre ce soir, n'est-ce pas ? » Elle avait l'air stupéfaite.

C'est curieux : j'hésitais jusque-là, mais la façon même dont elle tourna sa question me permit d'y répondre correctement. Je secouai lentement la tête. « Je te remercie de ton invitation, mais cela ne changerait rien.

— En es-tu sûr ? » Elle avait essayé de prendre un ton léger mais sans succès. Elle se déplaça et sa poitrine m'effleura d'une manière qui n'avait de fortuit que l'apparence. Je m'écartai d'elle en laissant mes bras retomber le long de mes flancs.

« Oui. Je ne suis pas amoureux de toi, Astérie, pas ainsi.

— Il me semble que tu m'as déjà dit ça, il y a longtemps. Pourtant, ça t'avait aidé pendant des années. Ça avait été efficace. » Elle scrutait mes traits, un sourire assuré sur les lèvres.

Non, cela n'avait pas été efficace : je l'avais seulement cru. J'aurais pu lui faire cette réponse, mais cela aurait été d'une brutalité inutile. Je me contentai de déclarer : « Sire Doré m'attend. Je dois remonter. »

Elle secoua la tête. « Quelle fin lamentable pour une histoire triste ! Et dire qu'il m'est interdit de la chanter alors que je suis la seule à en connaître tous les détails ! Quel lai tragique elle ferait ! Le fils d'un roi sacrifie son existence entière pour la famille de son père, tout ça pour finir comme valet, soumis aux mauvais traitements d'un gentilhomme étranger bouffi d'orgueil. Il ne t'habille même pas convenablement ! Tu dois souffrir mort et passion d'une telle ignominie ! » Elle me regardait dans les yeux, en quête de... de quoi ? De rancœur ? D'indignation ?

« Ça ne me dérange pas vraiment », répondis-je sans bien comprendre où elle voulait en venir ; et puis soudain, comme si un rideau venait d'être tiré pour laisser entrer la lumière, le jour se fit en moi. Elle ignorait que le fou et sire Doré ne faisaient qu'un ! Elle était convaincue que j'étais son domestique et que c'était en son nom que je lui avais transmis le message ! Malgré toute sa subtilité, elle ne voyait en lui qu'un noble Jamaillien fortuné. Je réprimai un sourire. « La place me convient parfaitement et je remercie Umbre de me l'avoir obtenue. Je suis satisfait d'être Tom Blaireau. »

L'espace d'un instant, elle parut ne pas en croire ses oreilles, puis l'incrédulité s'effaça devant la déception et elle eut un petit hochement de tête dégoûté. « J'aurais dû m'en douter. Ç'a toujours été ton rêve le plus cher, n'est-ce pas ? Avoir ta petite existence à toi, n'être en rien responsable de ta lignée ni des événements de la cour, faire partie des petites gens, ne laisser aucune trace dans l'histoire. »

Je commençais à regretter les scrupules qui m'avaient interdit de froisser sa sensibilité un peu plus tôt. « Je dois remonter, répétai-je.

— C'est ça, cours aux pieds de ton maître ! » Dans sa voix exercée, le mépris dansait comme le dard d'un scorpion.

Je fis un grand effort de volonté pour ne pas répondre et rentrai dans l'auberge ; je remontai à la chambre par l'escalier de service, toquai à la porte et entrai. Devoir leva la tête de son oreiller. Ses cheveux sombres et humides étaient ramenés en arrière et le bain avait rendu des couleurs à son teint ; il avait l'air très jeune. Le lit du fou était vide.

« Mon prince, fis-je en guise de salutation. Sire Doré ? lançai-je dans la direction de la baignoire derrière les paravents.

— Il est sorti. » Devoir laissa retomber sa tête sur son oreiller. « Laurier a frappé à la porte et a demandé à lui parler en privé.

— Ah ! » Je faillis sourire. Voilà qui aurait sans doute intrigué Astérie !

« Il m'a prié de vous signaler que nous vous avions laissé la baignoire pleine. Et que vous deviez déposer vos vêtements dans le couloir, devant la porte ; il a pris des dispositions pour qu'on les lave et qu'on vous les rende avant le matin.

— Merci, mon prince. C'est grande bonté de votre part de me prévenir.

— Verrouillez la porte, je vous prie. Il a dit qu'il frapperait pour vous réveiller à son retour.

— Comme il vous plaira. Majesté. » J'obéis en songeant qu'il serait étonnant que le fou revînt avant l'aube. « Avez-vous besoin d'autre chose avant que je prenne mon bain, mon prince ?

— Non. Et cessez de vous adresser à moi de cette façon. » Il se tourna dos à moi et se renfonça dans son lit.

Je me déshabillai. Je détachai les plumes liées à mon avant-bras et les retirai en même temps que ma chemise, puis je m'assis sur ma paillasse et, avant d'ôter mes bottes, je glissai discrètement les ornements de la plage aux trésors sous ma mince couverture. Je dénouai l'amulette de Jinna de mon cou et la déposai sur l'oreiller, puis j'allai placer mes vêtements dans le couloir, remis le verrou à la porte et me dirigeai vers la baignoire. Comme j'entrais dans l'eau, la voix de Devoir s'éleva : « Vous ne me demandez pas pourquoi ? »

Le bain s'était un peu refroidi, mais il restait beaucoup plus chaud que la pluie qui m'avait transpercé toute la journée. Je défis le bandage que la guérisseuse m'avait enroulé autour du cou. Les entailles qui zébraient mon ventre et ma poitrine me cuisirent au contact de l'eau, puis la douleur s'apaisa, et je m'enfonçai jusqu'aux oreilles.

« J'ai dit : vous ne me demandez pas pourquoi ?

— Je suppose que vous ne voulez pas que je vous appelle « mon prince », prince Devoir. » L'onguent étalé sur mes blessures fondait sous la chaleur de l'eau et l'air s'emplissait de son parfum aromatique, mélange de racine d'or et de myrrhe. Je fermai les yeux et mis la tête sous l'eau. En émergeant, je pris du savon dans un bol laissé à l'intention du prince et en frictionnai ce qui restait de ma tignasse ; j'observai le jus brunâtre qui en dégouttait et se dissolvait dans le bain, puis m'immergeai de nouveau pour rincer mes cheveux.

« Vous n'avez pas à me remercier, à me servir ni à obéir à mes ordres. Je sais qui vous êtes, et votre sang vaut le mien. »

Me réjouissant de la présence des paravents entre nous, je m'efforçai de réfléchir, tout en m'aspergeant à grand bruit dans l'espoir de lui faire croire que je n'avais rien entendu.

« Quand il a commencé à m'enseigner l'Art, Umbre me parlait souvent d'un autre garçon qu'il avait formé, un garçon têtu comme une mule mais aussi très doué. “Quand mon premier apprenti avait votre âge”, me disait-il toujours, et puis il me racontait les tours que vous avez joués aux lavandières ou l'histoire des ciseaux de la couturière que vous avez cachés pour la faire tourner en bourrique. Vous aviez une belette, à l'époque, n'est-ce pas ? »

Rôdeur appartenait en réalité à Umbre ; quant aux ciseaux de maîtresse Pressée, je les avais dérobés sur son ordre afin de m'exercer au vol et à la discrétion, parties intégrantes de ma formation d'assassin. Mais Umbre n'en avait pas informé le prince – du moins je l'espérais. J'avais la bouche sèche. Je continuai à m'éclabousser bruyamment en attendant que Devoir poursuive.

« Vous êtes son fils, n'est-ce pas ? Vous êtes le fils d'Umbre, ce qui fait de vous mon... mon cousin par alliance ? De la main gauche, mais cousin malgré tout. De même, je pense avoir deviné qui était votre mère ; c'est une dame dont on entend encore parler, quoique personne ne sache grand-chose sur elle, apparemment : dame Thym. »

Je dissimulai l'éclat de rire qui m'échappa sous une quinte de toux. Le fils d'Umbre et de dame Thym ! Voilà une ascendance qui m'allait comme un gant ! Dame Thym, vieille mégère détestable, était une invention d'Umbre, un génial déguisement quand il souhaitait se déplacer sans être reconnu. Je m'éclaircis la gorge et retrouvai mon sang-froid. « Non, mon prince. Vous vous trompez lourdement. »

Il se tut tandis que j'achevais ma toilette. Je quittai la baignoire, me séchai et sortis de derrière les paravents. Une chemise de nuit était étendue sur la paillasse : comme d'habitude, le fou avait pensé à tout. Comme je commençais à l'enfiler, le prince dit : « Vous êtes couturé de cicatrices. Comment les avez-vous reçues ?

— En posant des questions à des gens mal lunés – mon prince.

— Vous vous exprimez même comme Umbre. »

On n'avait jamais rien affirmé sur moi de plus erroné et de plus désagréable. « Et depuis quand êtes-vous si bavard ? ripostai-je.

— Depuis qu'il n'y a plus personne pour nous surveiller. Naturellement, vous savez que sire Doré et Laurier sont des espions, n'est-ce pas ? L'un pour le compte d'Umbre et l'autre pour celui de ma mère ? »

Son intelligence allait lui jouer des tours ; il lui faudrait apprendre à se montrer plus prudent s'il voulait survivre à la cour. Je me tournai vers lui et le regardai dans les yeux. « Qu'est-ce qui vous fait croire que je ne suis pas un espion moi aussi ? »

Il éclata d'un rire ironique. « Vous êtes trop grossier ! Vous vous fichez de savoir si je vous apprécie ou non ; vous ne cherchez pas à gagner ma confiance ni ma faveur. Vous ne me manifestez aucun respect, vous ne me flattez jamais. » Il croisa les doigts et plaça ses mains derrière sa nuque. « Et vous n'avez pas l'air inquiet à l'idée que je vous fasse pendre pour m'avoir malmené lorsque nous étions sur l'île. Il n'y a qu'un membre de sa propre famille qu'on peut ainsi brutaliser sans en craindre les conséquences. » Il pencha la tête et je vis dans son regard ce que je redoutais le plus : derrière les spéculations se cachait un besoin dévorant de compagnie ; comme des larmes de sang, de ses yeux coulait une solitude insupportable. Bien des années plus tôt, alors que Burrich m'avait séparé de force du premier chien avec lequel je m'étais lié, je m'étais raccroché à lui ; je craignais le maître d'écurie, je le haïssais même, mais j'avais par-dessus tout besoin de lui. Il m'avait été nécessaire de m'attacher à quelqu'un sur qui compter, quelqu'un de toujours disponible. Il paraît que ce genre d'exigences est commun à tous les jeunes ; je crois pourtant que les miennes dépassaient le simple besoin de stabilité que peut éprouver un enfant. J'avais connu le contact absolu que procure le Vif et me retrouver isolé dans mon esprit m'était intolérable. Je me rassurai en songeant que l'intérêt soudain du prince pour moi ressortissait davantage à l'effet de l'amulette de Jinna qu'à une considération réelle pour moi, jusqu'au moment où je me rendis compte que le charme n'était plus à mon cou mais reposait sur mon oreiller.

« Je travaille pour Umbre », dis-je vivement et sans détours : je ne voulais ni faux-semblants ni hypocrisie ; je ne voulais pas qu'il s'attache à moi en me prenant pour celui que je n'étais pas.

« Naturellement : il vous a envoyé chercher pour moi. Il disait qu'il cssaicrait dc trouvcr quelqu'un ; ce doit être vous, la personne capable de m'enseigner l'Art mieux que lui. »

Décidément, la langue d'Umbre se déliait un peu trop avec l'âge.

Devoir se redressa sur son lit et reprit son raisonnement en s'aidant de ses doigts pour pointer chaque élément. J'en profitai pour l'observer attentivement : les privations et le chagrin avaient dessiné des cernes sombres sous ses yeux et creusé ses joues, mais il s'était rendu compte au cours de la dernière journée qu'il survivrait. Il leva un doigt. « Vous avez le type Loinvoyant, les yeux, la ligne de la mâchoire... pas le nez, en revanche; j'ignore d'où il vous vient, mais il n'est pas de la famille. » Il leva un autre doigt. « L'Art est la magie des Loinvoyant, et je vous ai senti l'employer au moins à deux reprises. » Troisième doigt. « Vous appelez Umbre "Umbre", non "sire Umbre" ni "conseiller Umbre"; en outre, je vous ai entendu dire "Kettricken" en parlant de ma mère : même pas "la reine Kettricken", mais Kettricken tout court, comme si vous aviez passé votre enfance ensemble. »

C'était peut-être le cas. Quant à mon nez, ma foi, il me venait bel et bien d'un Loinvoyant : c'était un souvenir que m'avait laissé Royal de mon séjour dans ses geôles.

Je m'approchai du candélabre posé sur la table et soufflai toutes les bougies sauf une. Conscient du regard de Devoir qui me suivait, je regagnai ma paillasse et m'y assis. Basse et dure, elle se trouvait près de la porte, d'où je pourrais veiller sur mes nobles maîtres; je m'y étendis.

« Eh bien ? fit Devoir, insistant.

— Eh bien, je vais dormir », répondis-je d'un ton qui indiquait que la discussion était close.

Il eut un petit rire dédaigneux. « Un vrai domestique m'aurait demandé la permission d'éteindre et de se coucher. Bonne nuit, Tom Blaireau Loinvoyant.

— Dormez bien, mon gracieux prince. »

Il eut encore un petit rire moqueur, puis le silence tomba, rompu seulement par le grondement de la pluie sur le toit et dans la cour en terre battue de l'auberge. Le silence, mis à part les crépitements de l'âtre et la musique étouffée qui montait de la salle commune. Le silence, hormis les pas mal assurés de clients qui regagnaient leurs chambres. Mais surtout le silence qui tonnait dans mon cœur, là où la présence d'Œil-de-Nuit avait si longtemps brillé comme un phare inébranlable dans mes ténèbres, comme une flambée chaleureuse dans mon hiver, comme une étoile qui me guidait dans ma nuit. Mes rêves n'étaient plus que des successions illogiques de maigres éléments humains qu'un instant d'éveil suffisait à dissoudre. Les larmes s'accumulaient sous mes paupières closes. J'ouvris grand la bouche pour aspirer sans bruit une goulée d'air par ma gorge nouée, puis je m'allongeai sur le dos.

J'entendis le prince se retourner dans son lit, puis se retourner encore. Enfin, très doucement, il se leva, s'approcha de la fenêtre et resta quelque temps perdu dans la contemplation de la pluie qui tombait dans la cour. « Est-ce que ça finit par passer ? » Il avait parlé très bas, mais je savais que la question s'adressait à moi.

Je pris une longue inspiration pour empêcher ma voix de trembler. « Non.

— Jamais ?

— Vous trouverez peut-être un autre compagnon un jour, mais on n'oublie jamais le premier. »

Il ne bougea pas. « Combien d'animaux de lien avez-vous eus ? »

Je faillis ne pas répondre. « Trois », dis-je enfin.

Il tourna le dos à la nuit et me regarda dans la pénombre. « Y en aura-t-il un autre ?

— Ça m'étonnerait. »

Il retourna dans son lit. Je l'entendis tirer les couvertures sur lui et s'y pelotonner. Je crus qu'il allait s'endormir, mais il demanda : « Allez-vous aussi m'enseigner le Vif ? »

Il aurait été bon que quelqu'un se charge de lui, en effet, ne fût-ce que pour lui faire perdre l'habitude de se fier trop promptement au premier venu. « Je n'ai jamais dit que je vous apprendrais quoi que ce soit. »

Il se tut un moment, puis il déclara d'un ton presque boudeur : « Pourtant, il faudrait bien que quelqu'un me prenne en main. »

Un long silence s'ensuivit et j'espérais qu'il s'était assoupi ; l'écho inquiétant que ses propos avaient éveillé en moi me troublait. La pluie claquait contre le renflement convoluté qui déformait la vitre et les ténèbres se déversaient dans la chambre. Je fermai les yeux et me concentrai ; puis, avec autant de précautions que si je manipulais des morceaux de verre, je dirigeai ma conscience vers le prince.

Il était là, immobile et tendu comme un félin ramassé sur lui-même. Je le sentis qui me guettait, sans pourtant percevoir ma présence aux limites de son esprit. Informe, son Art était un instrument grossier et brut. Je me reculai un peu pour étudier le garçon sur toutes les coutures, comme un poulain que j'envisagerais de débourrer. Sa méfiance, mélange d'appréhension et d'hostilité, constituait à la fois une arme et un bouclier dont il se servait sans adresse. En outre, son Art n'était pas pur. C'est difficile à décrire, mais il m'évoquait un phare blanc encadré d'une obscurité verte, et c'était la vigilance que lui donnait le Vif qu'il employait pour étudier ce qui l'entourait. Le Vif n'établit pas de contact entre l'esprit de deux hommes, mais il peut percevoir l'animal qu'habite la conscience d'un humain, et il en allait ainsi pour Devoir.

Privé de la marguette comme point de concentration, son Vif formait une trame largement déployée à la recherche d'une âme sœur – tout comme le mien, je m'en rendis compte soudain.

Je me reculai précipitamment et regagnai mon corps, où je dressai mes murailles mentales contre les tâtonnements maladroits de son Art. Je dus cependant reconnaître deux faits indéniables : d'abord, le fil d'Art qui me reliait à Devoir se renforçait chaque fois que je me risquais à l'emprunter, et ensuite j'ignorais comment le couper; à plus forte raison, je ne savais pas comment effacer l'ordre d'Art que j'avais gravé en lui.

Si les deux premiers éléments m'inquiétaient, ce dernier me plongeait dans de terribles tourments. Je sentis mon Vif s'ouvrir. Je n'éprouvais aucun désir de former un lien avec un autre animal, mais, sans Œil-de-Nuit pour le contenir, il se déployait autour de moi comme les racines autour d'un arbre en quête de nourriture. Telle l'eau qui déborde d'un récipient trop plein cherche où s'écouler, le Vif sourdait de moi, sans bruit, en quête d'un contact. Plus tôt, j'avais lu dans le regard du prince le besoin qui le rongeait, désir irrépressible d'union et d'affection réciproque. Emanait-il de moi la même impression de privation ? Je fermai mon cœur et forçai mon être à se figer. Ma peine passerait avec le temps; je me répétai ce mensonge jusqu'à ce que le sommeil s'empare de moi.

Je m'éveillai quand la clarté du jour qui tombait par la fenêtre atteignit mon visage. J'ouvris les yeux mais ne bougeai pas. Après l'obscurité de la tempête, la lumière pâle qui emplissait la chambre me donnait l'impression de me trouver sous l'eau. Je me sentais curieusement vide, comme lorsqu'on entre en convalescence à la suite d'une longue maladie. Je cherchai à saisir un rêve fuyant, mais n'attrapai que l'image d'une matinée lumineuse, avec la mer a mes pieds et le vent dans mon visage. Je n'avais plus sommeil, mais je ne ressentais nulle envie de me lever pour affronter une nouvelle journée. J'avais la sensation d'être enfermé dans une bulle protectrice et de pouvoir faire perdurer ce moment de paix à condition de rester parfaitement immobile. J'étais couché sur le flanc, le bras et la main sous l'oreiller plat ; au bout de quelque temps, je pris conscience de la présence des plumes sous mes doigts.

Je levai la tête pour les observer, mais la pièce se mit tout à coup à danser autour de moi, comme si j'avais trop bu la veille, et les réalités du jour à venir – la longue chevauchée jusqu'à Castelcerf, l'entretien qui s'ensuivrait avec Kettricken et Umbre, la reprise de ma vie ordinaire sous l'identité de Tom Blaireau –, tout cela s'abattit brutalement sur moi. Je me redressai lentement.

Le prince dormait toujours. Je me retournai et vis le fou qui me regardait d'un œil ensommeillé, allongé sur le côté dans son lit, le menton appuyé sur son poing. Il avait l'air fatigué mais insupportablement satisfait de lui-même ; il paraissait beaucoup plus jeune.

« Je ne pensais pas te découvrir dans ton lit ce matin, dis-je. Au fait, comment es-tu entré ? J'avais mis le verrou.

— Ah ? Intéressant. Cependant, tu ne peux assurément pas t'étonner davantage de me trouver dans mon lit que moi de te voir dans le tien. »

Je laissai passer sa pique et grattai le chaume qui couvrait mes joues. « Il faudrait que je me rase », fis-je. Cette perspective ne me réjouissait pas ; je n'avais pas touché à ma barbe depuis notre départ de Castelmyrte.

« En effet. J'aimerais que nous revenions à Castelcerf aussi présentables que possible. »

Je songeai à ma chemise que la marguette avait réduite en lambeaux, mais acquiesçai néanmoins. Soudain, je repensai aux plumes. « J'ai quelque chose à te montrer », dis-je en glissant la main sous mon oreiller, mais, à cet instant, le prince poussa un grand soupir et ouvrit les yeux.

« Bonjour, mon prince, fit sire Doré.

— B'jour, répondit l'intéressé d'une voix endormie. Sire Doré, Tom Blaireau... » A le voir et à l'entendre, il paraissait un peu mieux que la veille, à la fin de notre journée de cheval ; en outre, il avait repris ses distances avec moi, et j'en fus soulagé.

« Bonjour, mon prince », dis-je à mon tour.

Et la matinée commença. Nous prîmes notre petit déjeuner dans la chambre, après quoi on nous monta nos vêtements nettoyés et raccommodés ; sire Doré retrouva presque toute sa splendeur passée, et le prince prit une apparence, sinon royale, du moins soignée. Comme je m'y attendais, même lavés, mes habits avaient piètre allure. Je demandai une aiguille et du fil au domestique qui nous avait apporté notre repas, en prétextant que je souhaitais resserrer les poignets de ma chemise ; en réalité, je voulais y fixer une poche intérieure. Le seigneur Doré poussa un soupir en me regardant. « Vous habiller convenablement risque de se révéler pour moi l'aspect le plus onéreux de votre emploi comme valet, Tom Blaireau. Enfin, occupez-vous le mieux possible du reste de votre personne. »

J'étais le seul qui eût besoin de se raser. Sire Doré commanda de l'eau chaude, un rasoir et un miroir, puis il s'assit à la fenêtre et contempla la bourgade pendant que je me mettais au travail. J'avais à peine commencé que je pris conscience du regard scrutateur du prince posé sur moi. Pendant un moment, je fis semblant de ne pas me rendre compte de son observation fascinée, mais, la deuxième fois que je m'entaillai la peau, au lieu de jurer, je lui demandai sèchement : « Qu'y a-t-il ? Vous n'avez jamais vu quelqu'un se raser ? »

Il rougit légèrement. « Non. » Il ajouta en détournant les yeux : « Je ne fréquente guère les hommes. Oh, certes, je dîne avec les nobles, je pratique la chasse au faucon avec eux, et je m'entraîne à l'épée avec d'autres garçons de bonne famille, mais... » Il parut soudain déconcerté et se tut.

Tout aussi brusquement, sire Doré quitta son siège devant la fenêtre. « J'ai envie de visiter un peu la ville avant notre départ ; je crois que je vais y faire un tour, avec la permission de mon prince.

— Naturellement, seigneur Doré, comme il vous plaira. »

Il sortit, et je pensais que Devoir allait l'accompagner, mais non ; il resta pour me regarder tandis que j'achevais de me raser. Alors que, la peau cuisante, je passais de l'eau sur mon visage pour faire disparaître les dernières traces de savon, il demanda avec une intense curiosité : « Ça fait donc mal ?

— Ça pique un peu, mais seulement si on va trop vite, comme moi, et qu'on se coupe au passage. » Mes cheveux que j'avais taillés en signe de deuil se dressaient sur ma tête en paquets hirsutes. Ma première pensée fut qu'Astérie aurait pu me les recouper, puis je chassai vivement cette idée et aplatis ma tignasse en la mouillant.

« Ça ne tiendra pas ; une fois secs, vos cheveux vont se hérisser à nouveau, fit le prince à mon grand agacement.

— Je sais... mon prince.

— Eprouvez-vous de la haine pour moi ? »

Il avait posé la question d'un ton si naturel que j'en demeurai décontenancé. Je posai ma serviette et soutins son regard grave. « Non, je n'éprouve pas de haine pour vous.

— Je comprendrais, vous savez, à cause de votre loup et du reste.

— Œil-de-Nuit.

— Œil-de-Nuit. » Il prononça le nom avec soin, puis détourna soudain les yeux. « Je n'ai jamais su comment s'appelait ma marguette. » Je sentis que les sanglots menaçaient de l'étouffer. Je ne bougeai pas et attendis qu'il se ressaisisse. Au bout d'un moment, il prit une longue inspiration. « Moi non plus, je ne vous en veux pas.

— J'en suis heureux, avouai-je, puis j'ajoutai : C'est la marguette qui m'a demandé de la tuer. » J'avais eu beau faire, j'avais pris un ton défensif.

« Je sais ; je l'ai entendue. » Il eut un reniflement qu'il tenta de déguiser en toussotement. « Et elle vous y aurait forcé, de toute façon. Elle était bien décidée.

— Je m'en suis rendu compte », répondis-je avec une grimace, en portant la main au bandage que j'avais refait autour de mon cou. De manière inattendue, le prince sourit et, sans le vouloir, je lui rendis son sourire.

Il posa la question suivante d'un ton précipité, comme s'il y attachait une grande importance, si grande qu'il redoutait la réponse. « Allez-vous rester ?

— Rester ?

— Aurai-je l'occasion de vous revoir à Castelcerf ? » Il s'assit tout à coup en face de moi et planta franchement son regard dans le mien à la façon de Vérité. « Tom Blaireau, voulez-vous me former ? »

Umbre, mon vieux maître, avait formulé la même requête et j'avais eu le courage de dire non ; le fou, mon ami de toujours, m'avait demandé de retourner à Castelcerf et j'avais refusé ; si la Reine en personne m'avait posé la même question, j'aurais encore réussi à répondre par la négative ; mais, face à l'héritier des Loinvoyant, je ne pus que déclarer : « Je n'ai pas grand-chose à vous apprendre. Ce que votre père m'a enseigné, il l'a fait en secret, et il avait rarement le temps de me donner des leçons. »

Il prit un air grave. « Existe-t-il une seule personne qui en sache davantage que vous sur l'Art ?

— Non, mon prince. » Je me retins d'ajouter que j'avais tué tous les autres. Et pourquoi avais-je employé son titre ? Je l'ignorais ; un je ne sais quoi dans son attitude m'y avait poussé.

« Vous voici donc maître d'Art – par défaut.

— Non. » A cela, j'avais pu répondre, et ma langue avait réagi aussi promptement que ma pensée. Je pris une grande inspiration et me jetai à l'eau. « Très bien, je vous formerai, dis-je ; mais à la façon de votre père : quand je le pourrai et dans la mesure de mes connaissances. Et en secret. »

Sans répondre, il me tendit la main pour sceller notre accord, et il se produisit un double échange à l'instant où nos paumes entrèrent en contact. « Vous m'apprendrez l'Art et le Vif », précisa le prince, et, en même temps, l'étincelle d'Art qui nous unissait chanta.

Je vous en prie.

Sa supplique était formulée de façon maladroite, transmise par le Vif et non l'Art. « Nous verrons », répondis-je. Je regrettais déjà ma décision. « Vous risquez de changer d'avis ; comme professeur, je ne suis ni doué ni patient.

— Peut-être, mais vous me traitez comme une personne et non comme “le prince”, comme si vous exigiez plus d'un homme que d'un prince. »

Je ne répondis pas et attendis qu'il poursuive sans le quitter des yeux. Il reprit d'un ton hésitant, comme humilié de son aveu : « Pour ma mère, je suis un fils, mais aussi et toujours le prince et l'oblat de mon peuple. Et pour tous les autres, je suis le prince, un point c'est tout. Je ne suis le frère de personne, le fils d'aucun père, le meilleur ami de personne. » Il éclata d'un rire étranglé. « Sous l'appellation “mon prince”, je suis très bien traité, mais il existe toujours une barrière. Nul ne me parle comme... ma foi, comme je me parle moi-même. » Il haussa les épaules et un pli amer tordit ses lèvres. « A part vous, personne ne m'a jamais dit que j'étais stupide, même quand je me conduisais comme le dernier des crétins. »

Je compris soudain pourquoi il s'était prêté si facilement aux manigances des Pie : il voulait être aimé, aimé sans peur, comme un égal ; il voulait devenir le meilleur ami de quelqu'un, même si ce quelqu'un n'était qu'une marguette. Je me rappelais une époque où j'étais convaincu qu'Umbre seul pouvait me donner cette reconnaissance, et je n'avais pas oublié la terreur que m'inspirait l'idée de la perdre. Tout adolescent, qu'il soit prince ou mendiant, en avait besoin, je le savais, mais je n'étais pas sûr d'être la personne idéale auprès de qui la chercher. Mais pourquoi donc n'avait-il pas choisi Umbre ? Je m'efforçais de trouver une réponse à cette question quand on frappa à la porte.

Je l'ouvris et me trouvai devant Laurier. Par réflexe, je regardai derrière elle en m'attendant à voir sire Doré, mais il n'était pas là. Elle jeta un coup d'œil par-dessus son épaule, l'air un peu perplexe, puis revint à moi. « Puis-je entrer ? demanda-t-elle d'un ton un peu caustique.

— Naturellement, ma dame. Je pensais seulement... »

Elle passa la porte et la ferma derrière elle, puis elle examina un instant Devoir avant de lui faire une révérence, avec sur le visage une expression proche du soulagement. « Bonjour, mon prince, lui dit-elle avec un sourire.

— Bonjour, grand'veneuse. » Son ton était formaliste, mais au moins il avait répondu. Je le regardai et compris soudain ce qu'elle avait vu en lui : il était redevenu lui-même. Sa mine était sombre, ses yeux cernés, mais il était présent, il n'était plus perdu dans ses propres tréfonds, si loin qu'il en était inaccessible.

« Je me réjouis de vous voir si bien remis, mon prince. Je viens vous demander si vous souhaitez que nous nous mettions en route pour Castelcerf. Le soleil monte et la journée s'annonce belle, quoique froide.

— Je laisse à sire Doré le soin d'en juger.

— Excellente décision, mon prince. » Elle parcourut la pièce du regard. « Le seigneur Doré n'est pas ici ?

— Il nous a dit qu'il allait faire un tour », répondis-je.

Elle tressaillit comme si une chaise s'était adressée à elle, et je pris conscience de mon erreur. En présence du prince, jamais un simple valet comme moi n'aurait la présomption de prendre la parole de son propre chef. Je baissai le nez afin de dissimuler mon air contrit et je résolus une fois de plus de coller au plus près à mon rôle. Avais-je donc oublié les leçons d'Umbre ?

Laurier jeta un coup d'œil à Devoir, mais il conserva le silence. « Je vois, fit-elle.

— Naturellement, si vous le souhaitez, vous pouvez l'attendre ici, grand'veneuse. » Son ton exprimait exactement le contraire de ses paroles ; je n'avais plus entendu personne pratiquer cet exercice avec autant de maîtrise depuis l'époque où Subtil était roi.

« Merci, mon prince, mais, si vous le permettez, je crois que je vais regagner ma chambre en attendant qu'on me fasse chercher.

— Comme vous voudrez, grand'veneuse. » Il s'était tourné face à la fenêtre.

« Merci, mon prince. » Elle fit une petite révérence dans son dos, puis, alors qu'elle se dirigeait vers la porte, nos regards se croisèrent fugitivement, mais je ne lus rien dans le sien. Une fois qu'elle fut sortie, Devoir se retourna vers moi.

« Là, vous voyez ce que je veux dire, Tom Blaireau ?

— Elle ne s'est pas montrée désagréable avec vous, mon prince. »

Il se rassit à la table et me fit signe de l'imiter. Comme je m'installais en face de lui, il répondit : « Elle s'est montrée parfaitement insipide, à l'instar de tous les autres. “Comme il vous plaira, mon prince.” Je n'ai pas un seul véritable ami dans les Six-Duchés. »

Je me tus un instant, puis demandai : « Et ceux qui vous accompagnent quand vous sortez à cheval ou à la chasse ?

— J'en ai beaucoup trop. Je dois les qualifier tous d'amis et ne montrer de préférence pour aucun de peur que le père d'un autre ne se sente lésé. » Il se leva pour arpenter la chambre. « Et qu'Eda me garde de sourire à une femme ! Si je fais mine de nouer la moindre amitié avec une jeune fille, on la fait disparaître de ma vue, car d'aucuns risquent d'interpréter mon intérêt pour elle comme une cour en règle. Non (il se rassit lourdement sur sa chaise), je suis seul, Tom Blaireau. Pour toujours. » Il poussa un grand soupir et se perdit dans la contemplation de ses mains posées au bord de la table. Son attitude était un rien trop théâtrale pour un garçon de son âge.

Je ne pus retenir ma langue. « Qu'il est donc malheureux, ce pauvre petit garçon privé de tout ! » Il leva la tête et me foudroya du regard. Je restai imperturbable, et un sourire naquit peu à peu sur ses lèvres. « C'est parler en véritable ami », dit-il enfin.

A ce moment, sire Doré apparut à la porte. Il me

montra entre ses longs doigts un tube à courrier d'oiseau messager, puis le fit disparaître aussitôt dans sa manche. Evidemment : il était allé trouver Astérie pour voir si elle avait reçu des nouvelles de Castelcerf, et il n'avait pas été déçu. Umbre devait déjà tout préparer pour notre retour. Le fou avait naturellement vu le prince assis en face de moi, mais, s'il jugea curieux de trouver l'héritier des Loinvoyant à table en ma compagnie, en train de me regarder coudre la manche de ma chemise, il n'en manifesta rien.

Rien non plus dans son attitude ne laissa transparaître qu'il s'était adressé à moi à son entrée ; toute son attention se portait sur le prince quand il dit : « Bonjour, Majesté. S'il vous agrée, nous pouvons partir sur-le-champ. »

Devoir prit une longue inspiration résignée. « Il m'agrée, sire Doré. »

L'intéressé se tourna vers moi avec un sourire que je ne lui avais plus vu depuis des jours. « Vous avez entendu notre prince, Tom Blaireau. Allons, du nerf, préparez nos affaires ; et cessez donc votre raccommodage, mon ami, du moins pour le présent. Il ne sera pas dit que je suis un maître pingre, même pour un valet aussi lamentable que vous ; enfilez donc ceci afin de ne point nous faire honte sur la route de Castelcerf. » Et il me jeta un paquet, qui se révéla contenir une chemise de gros drap beaucoup plus solide que la guenille que je tenais entre les mains. Au temps pour la poche que je comptais coudre dans ma manche.

« Tous mes remerciements, monseigneur, déclarai-je d'un ton humble et reconnaissant. Je m'efforcerai d'en prendre soin davantage que des trois dernières.

— J'y compte bien. Mettez-la, puis courez prévenir maîtresse Laurier que nous partons bientôt. En descendant aux écuries où vous demanderez qu'on apprête nos montures, arrêtez-vous aux cuisines et commandez-nous un déjeuner à emporter : quelques volailles froides, une tourte à la viande, deux bouteilles de vin et quelques miches fraîches dont j'ai senti l'arôme en rentrant.

— Comme il vous plaira, maître », répondis-je.

Comme je tirais ma nouvelle chemise sur ma tête, j'entendis le prince demander d'un ton aigre : « Seigneur Doré, est-ce vous qui me prenez pour un idiot, pour me jouer cette comédie, ou bien obéissez-vous au souhait de Tom Blaireau ? »

Je terminai rapidement de passer le col de ma chemise, car je n'aurais voulu manquer pour rien au monde l'expression de sire Doré, mais ce fut le fou que je vis, un sourire radieux aux lèvres : il faisait une révérence extravagante à Devoir, en effleurant ses genoux d'un chapeau imaginaire. En se redressant, il me regarda d'un air triomphant, et, malgré ma perplexité, je ne pus m'empêcher de lui retourner un sourire complice, après quoi il répondit : « Noble prince, ce n'est ni mon souhait ni celui de Tom Blaireau, mais celui de sire Umbre. Il désire que nous nous exercions autant qu'il nous est possible, car de piètres comédiens comme nous ont besoin d'innombrables répétitions s'ils veulent abuser ne serait-ce qu'un spectateur ou deux.

— Ah, sire Umbre ! J'aurais dû me douter que vous travailliez tous deux pour lui. » Je constatai avec plaisir qu'il s'abstenait de révéler que je le lui avais déjà appris : il commençait à apprendre la discrétion. Il posa sur le fou un regard perçant et empreint de méfiance, et ses yeux se déplacèrent pour m'y inclure. « Mais qui êtes-vous donc ? fit-il à mi-voix. Qui êtes-vous, tous les deux ? »

Sans réfléchir, le fou et moi nous nous regardâmes. Cet échange muet irrita le prince ; je m'en rendis compte à la couleur qui monta lentement à ses joues ; cependant, au-delà de la colère, tout au fond de ses yeux, se tapissait sa crainte d'adolescent de s'être ridiculisé devant moi. Lui avais-je arraché sa confiance grâce à une comédie ? L'affection qui existait entre le fou et moi excluait-elle d'avance toute amitié que j'aurais pu nouer avec lui ? Je sentis sa sincérité se refermer, et je le vis se retirer derrière le rempart de son rang. Enfreignant toutes les règles du protocole, je saisis vivement sa main par-dessus la table ; par ce contact, je m'ouvris à lui en toute franchise et cherchai à le convaincre grâce à l'Art, tout comme Vérité avait autrefois conquis la confiance de sa mère.

« C'est un ami, mon prince, le meilleur que j'aie jamais eu, et le meilleur que vous aurez sans doute jamais, vous aussi. » Sans quitter Devoir des yeux, je tendis ma main libre vers le fou. Je l'entendis s'approcher du prince et, un instant plus tard, je sentis ses longs doigts nus se glisser dans les miens. Je les attirai vers la table et ils se refermèrent sur ma main et celle du prince enlacées.

« Si vous voulez bien de moi, dit le fou avec humilité, je vous servirai comme j'ai servi votre père et votre grand-père. »

14

RETOUR

Aussi loin que remonte notre histoire, le commerce et la guerre ont toujours existé entre les Six-Duchés et les îles d'Outre-Mer ; avec la régularité de la marée qui monte et qui descend, nous avons pratiqué le négoce et nos enfants se sont mariés avec les leurs, puis nous sommes entrés en conflit et avons massacré nos propres frères. Ce qui distingue la guerre des Pirates rouges dans cette sanglante tradition est le fait que, pour la première fois, les Outrîliens se sont trouvés unis sous la bannière d'un seul chef. Cet homme s'appelait Kébal Paincru. Les descriptions qu'on a de lui ne s'accordent pas entre elles mais, pour la plupart, les relations affirment qu'il a débuté dans la vie comme pirate ; il était doué à la fois comme marin et comme guerrier, et les hommes qu'il commandait s'en portaient très bien. Les échos de leurs exploits et de l'abondance de leur butin ont attiré d'autres hommes de même caractère à se joindre à lui, et il s'est bientôt retrouvé à la tête d'une véritable flotte de navires pirates.

Il aurait pu malgré tout demeurer un simple écumeur prospère qui se contente de porter ses attaques là où le vent le pousse ; mais il a entrepris d'unir par la force tous les Outrîliens sous son autorité. La forme de coercition qu'il employait ressemblait singulièrement à la forgisation dont il s'est servi par la suite contre les habitants des Six-Duchés. C'est à cette époque qu'il a décrété que tous ses vaisseaux devaient être peints en rouge et que leurs assauts se concentreraient exclusivement sur les côtes des Six-Duchés. Il est intéressant de noter que c'est au moment où Kébal Paincru introduisait ces changements tactiques que l'on entendit parler, dans les Six-Duchés, d'une Femme Pâle qui se tenait à ses côtés.

Récit de la guerre des Pirates rouges, de GEAIREPU

*

Nous atteignîmes Bourg-de-Castelcerf à la fin de l'après-midi. Nous aurions pu arriver beaucoup plus tôt, mais le fou avait fait exprès de nous retarder, en imposant une halte sur la berge sablonneuse d'une rivière pour un déjeuner qu'il fit durer hors de toute proportion ; je pense qu'il voulait accorder au prince encore une journée de calme avant qu'il ne replonge dans le tourbillon de la cour. Aucun d'entre nous n'avait évoqué l'agitation et l'exubérance qui accompagneraient la cérémonie de fiançailles à la nouvelle lune. Il avait plu au prince de se faire complice de notre comédie, au fou et à moi, si bien qu'il avait maintenu sa monture à la hauteur de Malta et, comme l'aurait fait tout jeune homme bien né, n'avait prêté nulle attention au valet rustique du seigneur Doré ; sans jamais se départir de son attitude princière, il avait laissé le gentilhomme le divertir par ses aristocratiques récits de chasses, de bals et de voyages lointains. Laurier, de l'autre côté de sire Doré, avait gardé le silence la plupart du temps. Je crois que Devoir s'amusait de son nouveau rôle, et je le sentais soulagé d'être accepté parmi nous ; il ne se voyait plus comme un enfant indocile ramené de force chez sa mère par des adultes, mais comme un jeune homme victime d'une mésaventure et revenant chez lui en compagnie d'amis. Son insupportable sentiment de solitude s'était apaisé. Cependant, je percevais l'angoisse qui montait en lui à mesure que nous approchions de Castelcerf ; elle battait dans le lien d'Art qui nous unissait, et dont je me demandais s'il avait autant conscience que moi.

La pauvre Laurier paraissait déconcertée par le brusque changement qui était intervenu chez le prince : il semblait avoir retrouvé toute sa joie de vivre et relégué au passé les malheurs qu'il avait connus chez les Pie. J'ignore si elle percevait le son grêle et fragile de son rire ou remarquait l'adresse avec laquelle sire Doré soutenait la conversation lorsque le prince ne parvenait plus à s'y intéresser, mais ces détails ne m'échappaient pas, et je me réjouissais que le garçon se raccrochât si fermement au fou. Je chevauchais donc seul quand, en début d'après-midi, la grand'veneuse ralentit en laissant le prince et sire Doré à leur nouvelle amitié. Je me trouvai bientôt à sa hauteur.

« On ne dirait plus le même, fit-elle à mi-voix.

— En effet », répondis-je en m'efforçant d'effacer toute trace d'ironie dans mon ton. A présent que les deux nobles étaient occupés, elle daignait remarquer ma présence ; cependant, je le savais, je ne pouvais lui reprocher de choisir avec soin sur qui jeter son dévolu, et avoir réussi à attirer l'attention de sire Doré n'était pas une mince victoire pour elle. Essaierait-elle d'entretenir leur relation une fois revenue à Castelcerf ? Dans l'affirmative, elle susciterait la jalousie de toutes les dames de la cour. Et le fou, jusqu'où allait son affection pour elle ? Mon ami était-il réellement en train de s'amouracher d'elle ? J'observai le profil de la jeune femme qui chevauchait en silence à mes côtés. Le fou aurait pu beaucoup plus mal tomber ; elle éclatait de santé, elle était jeune et bonne chasseuse... Je reconnus soudain dans mon jugement les valeurs du loup. Je retins mon souffle un moment en attendant que la douleur se calme.

Laurier était plus perceptive que je ne l'avais cru. « Je suis navrée. » Elle avait parlé à voix basse et c'est à peine si je l'entendis. « Vous savez que je n'ai pas le Vif ; j'ignore pourquoi il m'a laissée de côté pour préférer mes frères et ma sœur ; cependant, je puis imaginer votre souffrance. J'ai été témoin des tourments de ma mère à la mort de son jars ; il avait quarante ans et il avait survécu à mon père... Pour ne rien vous cacher, c'est ce qui pousse à considérer le Lignage autant comme une calamité que comme une bénédiction ; et, je l'avoue, quand je mesure les risques et le chagrin encourus, je ne comprends pas qu'on pratique cette magie. Comment peut-on laisser un animal s'emparer si complètement de son cœur en sachant la brièveté de son existence ? Qu'y a-t-il à gagner qui vaille la douleur qu'on ressent chaque fois que son compagnon meurt ? »

Je ne trouvai rien à répondre ; en vérité, sa compassion avait la dureté d'un roc.

« Je suis navrée, répéta-t-elle au bout d'un moment. Vous devez me juger insensible ; Fradecerf me voit ainsi, je le sais. Mais je puis seulement lui dire ce que je viens de vous expliquer : je ne comprends pas cette façon de vivre, et je ne l'approuve pas. Mon sentiment reste et restera toujours qu'il vaut mieux ne pas toucher à la magie du Lignage.

— Si j'avais eu le choix, je partagerais peut-être cette opinion, répliquai-je ; malheureusement, je suis né ainsi.

— Tout comme le prince, fit-elle après un instant de réflexion. Qu'Eda nous garde tous et préserve son secret.

— C'est aussi mon souhait ; et qu'Eda préserve le mien également, ajoutai-je d'un ton appuyé, en jetant un regard en biais à la jeune femme.

— Je ne pense pas que sire Doré vous trahirait ; il vous estime trop en tant que serviteur. » Manifestement, elle n'avait pas songé que je puisse craindre ses propres bavardages. Elle aiguilla mes pensées sur une nouvelle voie en déclarant soudain : « Et puissent mes liens familiaux ne jamais être connus. »

Je répondis de la même façon qu'elle. « Etant donné la haute opinion qu'a de vous sire Doré, à la fois en tant qu'amie et en tant que grand'veneuse dévouée de la Reine, je suis sûr qu'il ne laisserait jamais échapper le moindre propos qui risquerait de vous déconsidérer ou de vous mettre en danger. »

Elle me jeta un coup d'œil en coin, puis demanda timidement : « En tant qu'amie ? Croyez-vous ? »

Un petit rien dans son regard et dans le pli de sa bouche m'avertit qu'il valait mieux ne pas répondre à la légère. « C'est ce qu'il me semble », dis-je d'un ton un peu contraint.

Elle redressa les épaules comme si je venais de lui faire un cadeau. « Et vous le connaissez bien, et depuis longtemps », fit-elle, brodant sur mes paroles ; je me gardai de corroborer cette affirmation. Elle resta quelque temps le regard lointain, et nous ne parlâmes plus guère par la suite, mais je remarquai qu'elle fredonnait tout bas, le cœur apparemment léger. Je notai aussi que je n'entendais plus le prince ; sire Doré continuait à faire la conversation, mais le jeune garçon regardait droit devant lui, raide dans sa selle, et il ne desserrait plus les dents.

La silhouette obscure de la citadelle de Castelcerf se dressait au sommet des falaises noires, découpée sur un banc de nuages sombres, quand nous arrivâmes à Bourg-de-Castelcerf. Le prince avait rabattu sa capuche sur son visage et chevauchait à mes côtés. Laurier l'avait remplacé auprès de sire Doré et paraissait ravie de l'échange. Devoir et moi ne devisions guère, plongés dans nos réflexions personnelles. Le trajet jusqu'au château nous conduirait par la route escarpée jusqu'à la porte ouest ; nous allions rentrer par où nous étions sortis. Nous passâmes de nouveau devant les chaumières éparpillées au bas de la côte, et, quand je vis des festons de verdure sur le linteau d'une porte, je crus avoir affaire à un fêtard trop pressé ; mais j'aperçus plus loin une autre maison décorée, puis, à quelque distance de là, un groupe d'ouvriers occupés à dresser une arche ornementale sur la route, tandis que des villageois fabriquaient des guirlandes de lierre tressées d'aubéflette pour les accrocher sur l'arceau. « Eh bien, vous vous y prenez tôt, dites-moi ! » leur lança sire Doré d'un ton enjoué.

Un garde cracha par terre, puis éclata de rire. « Tôt, messire ? On serait plutôt en retard, oui ! Tout le monde croyait que les tempêtes allaient retenir le navire des fiançailles, mais on dirait que les Outrîliens s'en sont servis pour voler sur les ailes du vent ! Les galères de la délégation sont arrivées à midi avec la garde d'honneur de la princesse ; elle, on l'attend avant le coucher du soleil, à ce qu'il paraît, et il faut qu'on soit prêts.

— Vraiment ? fit sire Doré avec enthousiasme. Ma foi, je ne veux pas être en retard pour les festivités ! » Il se tourna en souriant vers Laurier. « Ma chère, je crains qu'il ne faille nous hâter ; vous deux pouvez continuer à l'allure qui vous convient », ajouta-t-il en nous regardant, le prince et moi ; puis il talonna Malta qui s'élança lestement, et Laurier fit de même. Nous les suivîmes, mais à un train plus posé. Arrivés en haut de la montée, le fou et la jeune femme franchirent la porte du château ; pour ma part, je profitais de la traversée d'un bosquet pour faire quitter la route à Manoire, en faisant signe au prince de m'imiter. Je m'étais engagé sur un simple sentier tracé par des animaux, et, Devoir derrière moi, je poussai Manoire à se frayer une voie dans les taillis de ce chemin que je me rappelais à peine. Nous longeâmes l'enceinte de la forteresse jusqu'à un emplacement que le loup m'avait montré bien des années plus tôt ; un épais roncier dissimulait toujours le pied des remparts, mais j'étais sûr que la vieille brèche s'ouvrait derrière les épines. Dans la pénombre de la muraille, nous descendîmes de cheval.

« Où sommes-nous ? » demanda Devoir. Il rabattit son capuchon en arrière pour observer les alentours avec curiosité.

« Là où nous allons attendre. Je ne veux pas courir de risques en vous faisant franchir l'une ou l'autre porte. Umbre va envoyer quelqu'un nous chercher et je suis certain qu'il trouvera un moyen de vous faire rentrer de façon à donner l'impression que vous n'êtes jamais parti. Vous avez tenu à passer les derniers jours en méditation et vous allez sortir de votre retraite pour faire la connaissance de votre fiancée. Il est inutile qu'on en sache davantage.

— Je vois », répondit-il d'une voix atone. Le ciel se couvrait et le vent commençait à forcir. « Que faisons-nous maintenant ?

— Nous attendons.

— Nous attendons... » Il poussa un soupir. « Si la pratique mène à la perfection, je devrais exceller à l'attente, à présent. »

Il paraissait fatigué et il faisait plus que son âge.

« Au moins, vous êtes revenu chez vous, dis-je pour le consoler.

— Oui. » Son ton manquait d'enthousiasme. Au bout d'un moment, il reprit : « J'ai l'impression d'avoir quitté Castelcerf depuis plus d'un an, alors que c'était il n'y a même pas un mois. Je me revois allongé sur mon lit, en train de compter les jours qui me restaient avant la nouvelle lune, avant de me trouver au pied du mur ; et puis... pendant une période j'ai cru pouvoir l'éviter. J'ai éprouvé une impression bizarre, toute la journée d'aujourd'hui, à songer que je retournais à mon ancienne existence, que j'allais en reprendre le fil dans tous ses détails comme si rien ne s'était passé. C'était accablant. Je m'étais promis un ou deux jours de calme et de solitude pour mesurer à quel point j'ai changé, et... voici que la délégation outrîlienne vient sceller mes fiançailles ce soir même. C'est ce soir que ma mère et la noblesse outrîlienne décident du cours de ma vie tout entière. »

Je voulus sourire, mais j'avais trop le sentiment d'être en train de le livrer à ses bourreaux. J'étais passé jadis à un cheveu d'un sort semblable. Je prononçai la première phrase qui me passa par la tête. « Vous devez être impatient de faire la connaissance de votre future fiancée. »

Il me regarda d'un air inexpressif. « Inquiet serait peut-être un terme plus juste. Il est assez effrayant de s'apprêter à rencontrer celle qu'on va épouser en sachant qu'on n'a aucune voix au chapitre. » Il éclata d'un rire amer. « D'un autre côté, je dois reconnaître que le résultat n'a rien eu d'admirable quand j'ai cru décider moi-même qui j'aimais. » Il soupira. « Onze étés ! Elle a onze étés ! » Il détourna le regard. « Mais de quoi vais-je bien pouvoir lui parler ? De poupées ? De broderie ? » Il croisa les bras et s'adossa à la muraille glacée. « Je crois même qu'on n'apprend pas à lire aux femmes, dans les îles d'Outre-Mer. Ni aux hommes, d'ailleurs.

— Ah ! » Je me creusai furieusement la cervelle sans trouver mieux à répondre. Il aurait été inutilement cruel de lui faire remarquer que la différence était minime entre onze et quatorze ans ; je me tus donc et le temps passa.

Sans crier gare, la pluie qui menaçait depuis plusieurs heures s'abattit sur nous, en un de ces brusques déluges qui trempent jusqu'aux os et emplissent les oreilles d'un bruit assourdissant ; j'avoue que j'éprouvai un certain soulagement à ce que toute conversation devînt dès lors impossible. Dans une dérisoire tentative pour nous protéger, nous nous pelotonnâmes l'un contre l'autre, tandis que les chevaux, la tête basse, ruisselaient d'eau.

Nous étions mouillés et glacés jusqu'à la moelle quand Umbre se présenta enfin pour faire entrer le prince dans la forteresse. Peu disert, il me salua rapidement et promit de me voir sous peu, puis il disparut avec le garçon. Seul sous les trombes d'eau, j'eus un sourire sans joie : tout se passait comme je l'avais prévu. Le vieux renard n'avait pas condamné son issue secrète, mais il ne tenait pas à m'en montrer l'emplacement exact. Je pris une longue inspiration : ma mission était achevée ; j'avais ramené le prince sain et sauf à Castelcerf, à temps pour ses fiançailles. J'essayai de ressentir diverses émotions. Triomphe ? Joie ? Exaltation ? Non. J'étais trempé, fatigué, affamé ; glacé jusqu'au cœur ; seul.

Vide.

Je montai sur Manoire et me mis en route sous la pluie, la monture du prince à la bride. La lumière déclinait et les sabots des bêtes glissaient sur le tapis de feuilles mouillées ; j'étais obligé d'avancer lentement. Le feuillage des buissons que nous traversions était gorgé de pluie ; je n'avais pas cru possible d'être plus trempé que je ne l'étais déjà, mais je me trompais. Quand j'atteignis la route qui montait à Castelcerf, je la trouvai embouteillée d'hommes et de femmes à pied, de chevaux et de litières. Un pressentiment m'avertit qu'on n'allait certainement pas s'écarter pour me laisser passer ni me permettre de me joindre à la procession ; je la regardai donc défiler devant moi, les rênes de Manoire dans une main, celles du louvet pitoyable dans l'autre.

D'abord venaient les porteurs de torches qui tenaient bien haut leurs brandons enflammés pour éclairer le chemin, puis la garde royale en blanc et en violet, avec l'emblème du renard, montée sur des chevaux blancs, le tout ne manquant pas d'éclat bien que dégoulinant de pluie. Derrière se présenta un intéressant mélange de gardes princiers et de guerriers outrîliens ; les soldats du prince arboraient la tenue bleue de Castelcerf frappée du cerf Loinvoyant, et ils marchaient à pied, par courtoisie envers les Outrîliens, je présume : les protecteurs de la narcheska étaient des combattants de la mer, pas des cavaliers. Leurs fourrures et leurs habits de cuir étaient détrempés, et je songeai que l'atmosphère de la grand'salle allait s'alourdir d'une forte odeur à mesure que ces vêtements sécheraient. Leurs propriétaires avançaient à grands pas, en rangs parfaits, avec la démarche chaloupée d'hommes qui ont longtemps vécu en mer et s'attendent à sentir le pont se soulever sous eux à chaque enjambée. Ils portaient leurs armes comme des bijoux, et leurs bijoux comme des armes : des pierres précieuses brillaient aux ceintures d'épée, et je distinguai plusieurs manches de hache cerclés d'or. Je formai le vœu qu'aucune rixe n'éclate entre les compagnies mêlées de gardes : il ne fallait pas oublier que c'étaient des vétérans des deux camps de la guerre des Pirates rouges qui marchaient ce soir côte à côte.

Les nobles outrîliens apparurent ensuite, montés sur des chevaux qu'on leur avait prêtés et l'air singulièrement mal à l'aise ainsi juchés. J'observai parmi eux un assortiment d'aristocrates des Six-Duchés venus les accueillir au port ; je les identifiai plus à leurs armoiries qu'à leurs traits. Le duc de Labour était beaucoup moins âgé que je ne m'y attendais ; deux jeunes femmes arboraient l'emblème de Béarns et, bien que je reconnusse leur air de famille, je ne les avais jamais vues. Le défilé de nobles et de militaires se poursuivit et je le regardai passer, immobile sous la pluie.

Je vis venir la litière de la future fiancée de Devoir ; vaste et blanche, elle semblait flotter comme un nuage harnaché aux épaules des champions royaux. Les jeunes gentilshommes qui l'accompagnaient à pied, des torches à la main, dégoulinaient de pluie, crottés jusqu'aux genoux ; les fleurs et les guirlandes qui l'ornaient pendaient misérablement, accablées par les rafales de vent et les trombes d'eau. L'aspect de ce palanquin mis à mal par la tempête aurait pu passer pour un signe de mauvais augure sans l'enfant qu'il abritait. Loin d'être tirés pour la protéger du baiser brutal de la bourrasque, les rideaux étaient au contraire grands ouverts, et les trois dames des Six-Duchés qui se trouvaient dans la litière constataient avec résignation les dégâts que la pluie infligeait à leurs coiffures et à leurs atours. Toutefois, au milieu d'elles, une petite fille était assise qui jouissait manifestement des éléments déchaînés. Elle portait défaits ses longs cheveux d'un noir d'encre ; plaqués sur sa tête par l'eau, ils m'évoquèrent la fourrure d'une otarie, dont elle avait aussi les grands yeux sombres et pourtant limpides. Elle posa un instant son regard sur moi, un sourire ravi découvrant ses dents blanches. Comme l'avait dit le prince, c'était une enfant de onze ans, une petite créature solide aux pommettes larges, aux épaules carrées, visiblement résolue à ne pas manquer une seconde du trajet qui la menait au château au sommet des falaises. En l'honneur de son futur fiancé, peut-être, elle était vêtue en bleu de Cerf, avec un curieux ornement de la même couleur dans la chevelure, mais son gilet à haut col était en fin cuir blanc brodé de narvals bondissants en fil d'or. Je lui rendis son regard avec l'impression de l'avoir déjà vue, ou d'avoir rencontré quelqu'un de sa famille, mais, avant que je puisse éclaircir ce souvenir indistinct, la litière était passée et poursuivait son chemin vers la forteresse. Il me fallut encore attendre sous la pluie, car une autre escorte d'honneur la suivait, composée de ses guerriers et des nôtres.

Quand enfin toute la noblesse et ses hommes d'armes

eurent fini de défiler devant moi, je fis avancer Manoire sur la route en piteux état, et je me joignis à un flot de commerçants et d'artisans qui montaient au château ; certains transportaient leurs marchandises, roues de fromage enrobées de cire ou tonnelets d'alcools fins, sur leur dos, d'autres dans des carrioles. Je me fondis dans leur masse et franchis sans me faire remarquer la grande porte de Castelcerf.

Des garçons d'écurie s'occupaient des chevaux et devaient se donner beaucoup de mal pour ne pas se laisser déborder par l'afflux incessant d'animaux. Je leur confiai le louvet du prince mais leur dis que je préférais m'occuper moi-même de Manoire, ce dont ils se montrèrent soulagés. Je prenais peut-être là un risque stupide ; et si je tombais sur Pognes et qu'il me reconnaisse ? Mais, vu le nombre d'étrangers et de bêtes supplémentaires qui avaient envahi les écuries, cela me paraissait improbable. Les employés me dirent de mener Manoire « aux vieilles écuries », qui servaient désormais aux montures des domestiques ; je m'aperçus qu'il s'agissait de celles de mon enfance, où Burrich avait régné en maître et où j'avais été son bras droit. Avant de quitter ma jument, je l'installai dans un box et m'occupai soigneusement d'elle, et ce travail familier me procura un curieux apaisement ; l'odeur des animaux, celle de la paille, la lueur sourde des lanternes accrochées de loin en loin, les bruits des bêtes qui s'apprêtaient à dormir, tout cela tranquillisa mon âme. J'avais froid, j'étais trempé, j'étais épuisé, mais je me trouvais dans les écuries de Castelcerf ; il y avait bien longtemps que je n'avais pas été aussi près de ce que je pouvais considérer comme un foyer. Tout avait changé dans le monde mais ici, dans les écuries, tout était demeuré presque semblable.

Cette idée ne me quitta pas tandis que je traversais à

pas lourds la cour animée, puis franchissais la porte de service ; tout avait changé à Castelcerf tout en restant quasiment tel quel. Je retrouvais la chaleur, les bruits de vaisselle et les bavardages qui émanaient des cuisines, le pavé sale de l'entrée de la salle des gardes et l'odeur qui s'exhalait de la pièce, mélange de laine humide, de bière et de viande fumante. J'entendais en provenance de la grand'salle des bribes de musique, des éclats de rire, un brouhaha de conversations mêlé au cliquetis des couverts. Des dames passaient près de moi en toute hâte, et leurs femmes de chambre me jetaient des regards noirs, comme si elles me mettaient au défi d'avoir l'audace de dégoutter sur leurs maîtresses. A l'entrée de la grand'salle, deux jeunes gentilshommes en taquinaient un troisième qui n'osait pas adresser la parole à certaine demoiselle. Les manches de la chemise de l'un d'eux étaient bordées de queues d'hermine à bout noir, tandis qu'un autre portait un col si empesé d'anneaux d'argent qu'il pouvait à peine tourner la tête ; je me rappelai les tourments que maîtresse Pressée m'avait fait endurer avec son amour des vêtements à la mode, et je ne pus que plaindre les trois jeunes gens. Ma chemise était en drap grossier, mais au moins je pouvais m'y mouvoir en toute liberté.

Autrefois, j'aurais été tenu de faire une apparition lors d'une telle occasion, bien que je ne fusse qu'un bâtard ; quand Kettricken et Vérité avaient pris place à la table haute, il m'était arrivé de m'asseoir non loin d'eux. Au temps où j'étais FitzChevalerie Loinvoyant, je m'étais régalé de mets délicats, j'avais devisé avec de nobles dames et j'avais écouté les meilleurs musiciens des Six-Duchés ; mais, ce soir, j'étais Tom Blaireau, et j'aurais été le plus grand nigaud du monde de regretter de passer inaperçu au milieu des festivités.

Plongé dans mes souvenirs, je faillis emprunter l'escalier qui menait à ma chambre de jadis, mais je me repris à temps et me dirigeai vers les appartements de sire Doré. Je frappai à la porte, puis entrai. Le fou était absent, mais tout indiquait qu'il était passé chez lui : il s'était baigné, puis habillé de frais, et sa hâte était évidente. Un coffret à bijoux était resté sur la table, son contenu renversé sur le bois poli ; quatre chemises avaient été essayées, puis jetées sur le lit ; plusieurs paires de chaussures jonchaient le sol, dédaignées. Avec un soupir, je remis de l'ordre dans la chambre ; je fourrai deux des chemises dans la penderie, en fis autant des deux autres dans un coffre, puis je refermai la porte du placard sur les vêtements et les chaussures amoncelés. J'ajoutai du bois au feu, allumai des chandelles neuves dans les bougeoirs en cas de retour tardif du maître des lieux, et nettoyai l'âtre ; enfin, je parcourus la pièce du regard. Toute plaisante qu'elle fût, elle me parut soudain terriblement vide. Je rassemblai mon courage et, une fois de plus, explorai la partie de mon esprit que le loup n'habitait plus. Un jour, il me paraîtrait normal qu'il ne s'y trouve rien, mais, pour le moment, je n'avais pas envie de rester seul avec moi-même.

Je pris une bougie et me rendis dans ma chambre obscure. Rien n'y avait bougé. Je fermai la porte derrière moi, mis le verrou, puis entamai la longue et fastidieuse montée des étroits escaliers qui menaient à la tour d'Umbre.

Je m'attendais à demi à l'y trouver, impatient d'entendre mon compte rendu, mais je me trompais, naturellement : il devait participer aux festivités. Cependant, malgré son absence, ses appartements étaient prêts à m'accueillir ; une baignoire avait été installée près du feu et une grosse marmite d'eau bouillante était suspendue à la crémaillère. Un repas, manifestement prélevé sur les mets dont se régalaient les nobles en cet instant, m'attendait sur la table, accompagné d'une bouteille de vin. Une seule assiette, un seul verre ; j'allais dîner en tête-à-tête avec moi-même. J'aurais pu me lamenter sur mon sort, mais je remarquai un second fauteuil placé à côté de celui d'Umbre, près de l'âtre, sur lequel on avait déposé une pile de serviettes et une robe de laine bleue. Mon vieux maître avait aussi sorti de la charpie et des pansements, ainsi qu'un pot d'onguent odorant. Malgré tout ce dont il avait sans doute à s'occuper, il avait tout de même trouvé le temps de penser à moi ; c'est ce que je pensai, tout en sachant pertinemment qu'il ne s'était certainement pas chargé d'apporter tout seul les seaux d'eau. Avait-il un domestique, ou bien un apprenti ? Cela restait un mystère pour moi.

Je versai de l'eau fumante dans la baignoire, puis y ajoutai de la froide pour ajuster la température. J'entassai divers mets sur un plateau que je posai près de mon bain, à côté de la bouteille de vin ouverte. Je laissai tomber par terre mes habits trempés, plaçai l'amulette de Jinna sur la table et dissimulai mes plumes dans l'enroulure d'un des manuscrits les plus poussiéreux d'Umbre ; enfin, je défis le bandage qui me prenait le cou et enjambai le bord de la baignoire. Je m'enfonçai lentement dans l'eau, puis m'adossai confortablement. Je me restaurai tout en savourant la sensation de l'eau bien chaude sur mon corps, bus un verre de vin et me lavai de façon décousue, sans méthode. Peu à peu, le froid commença d'abandonner mes os ; la lourde tristesse qui refusait de me quitter me donnait l'impression d'une créature familière et fatiguée. Astérie jouait-elle et chantait-elle dans la grand'salle ? Sire Doré conduisait-il la grand'veneuse Laurier sur la piste de danse ? Que pensait le prince Devoir de cette enfant que la tempête avait déposée sur le pas de sa porte ? Je me laissai aller en arrière, la nuque sur le rebord de la baignoire, je bus directement au goulot de la bouteille, et je dus m'assoupir.

« Fitz ? »

Le ton inquiet du vieil homme me fit sursauter, et je me redressai brusquement en éclaboussant le dallage autour de moi. Je tenais toujours la bouteille ; il la prit avant que je ne la renverse et la posa fermement sur la table. « Tu vas bien ? fit-il d'une voix tendue.

— Je crois que je me suis endormi. » Je me sentais désorienté. L'œil fixe, je le regardai dans ses atours raffinés, avec ses bijoux aux oreilles et à la gorge qui scintillaient dans la lueur mourante du feu. J'eus soudain l'impression de me trouver devant un inconnu et j'éprouvai un grand embarras à m'être laissé surprendre à somnoler, nu et ivre à demi dans une baignoire d'eau tiédissante. « Attendez d'abord que je sorte d'ici, marmonnai-je.

— Je t'en prie », répondit-il, et il s'en fut alimenter le feu pendant que je m'extirpais du bain, me séchais et enfilais la robe bleue. La peau de mes mains et de mes pieds était toute fripée de sa longue immersion dans l'eau. Umbre remplit une casserole, la posa sur la plaque de côté de la cheminée, puis prit une tisanière et des tasses sur une étagère, et enfin mélangea plusieurs herbes prélevées dans une rangée de pots fermés par des bouchons de liège.

« Quelle heure est-il ? demandai-je d'une voix pâteuse.

— Il est si tard que Burrich parlerait de l'aube », répondit-il. Il installa une petite table entre les deux sièges devant l'âtre, sur laquelle il disposa sa tisanière et les tasses ; puis il s'assit dans son vieux fauteuil râpé en me faisant signe de prendre celui d'en face. J'obéis et scrutai son visage : manifestement, il n'avait pas fermé l'œil de la nuit, mais il paraissait moins fatigué que momentanément vidé de son énergie ; ses yeux étaient brillants et ses mains ne tremblaient pas. Il les croisa sur ses genoux et les regarda un moment sans rien dire. « Je te fais mes condoléances », fit-il à mi-voix. Il leva les yeux et croisa mon regard. « Je ne veux pas faire semblant de comprendre ce que tu peux ressentir. Ton loup était un fier animal ; sans lui, la reine Kettricken n'aurait jamais pu s'échapper de Castelcerf, autrefois, et elle m'a souvent raconté que c'est lui qui vous a fourni de la viande pendant toute votre traversée du royaume des Montagnes. » Son regard se fit plus vif. « As-tu jamais songé que, sans lui, nous ne serions ici ni l'un ni l'autre ? »

Je n'avais aucune envie de parler d'Œil-de-Nuit, pas même d'écouter les souvenirs attendris que d'autres gardaient de lui. Il y eut un silence gêné, puis je demandai : « Alors, tout s'est-il bien passé ce soir ? La cérémonie de fiançailles et tout le reste ?

— Oh, il ne s'agissait que de la cérémonie d'accueil. Les fiançailles ne seront solennellement prononcées qu'à la pleine lune, demain soir, et tous les ducs doivent impérativement être présents. Le château va être bourré à craquer de leurs suites, sans parler de toute la population de Bourg-de-Castelcerf.

— La narcheska... je l'ai vue. Ce n'est qu'une enfant. »

Un sourire insolite illumina le visage d'Umbre. « Si pour toi ce n'est qu'une enfant, c'est sans doute que tu ne l'as pas vraiment vue. C'est... c'est une reine en bourgeon, Fitz. J'aimerais que tu puisses faire sa connaissance et parler avec elle. Par une chance miraculeuse, les Outrîliens nous ont offert le parti le plus parfaitement assorti à notre prince !

— Et Devoir partage cette opinion ? demandai-je, poussant mon avantage.

— Il... » Umbre se redressa brusquement. « Mais qu'est-ce que c'est que ces manières ? Tu poses des questions à ton maître, maintenant ? Fais-moi ton compte rendu, jeune arriviste ! » Son sourire émoussa tout le tranchant de ses propos.

J'obéis. Quand l'eau parvint à ébullition, Umbre fit infuser la tisane, puis la servit, forte et piquante. J'ignore ce qu'elle contenait, mais elle dissipa de mon cerveau les brumes de la fatigue et de l'alcool. Je racontai à Umbre nos tribulations jusqu'à notre arrivée à l'auberge où nous attendait Astérie, près du bac. Comme toujours, il conserva un visage impassible tandis qu'il m'écoutait ; s'il fut choqué ou bouleversé, il n'en montra rien, sauf une fois où il fit une petite grimace quand j'évoquai l'épisode où j'avais plaqué Devoir de toutes mes forces à plat dos sur la plage. Quand j'eus terminé, il prit une longue inspiration, se leva et fit le tour de la pièce à pas lents ; enfin, il revint à son fauteuil où il s'assit lourdement.

« Notre prince a donc le Vif », dit-il d'une voix sourde.

Je m'attendais à bien des réflexions de sa part, mais pas à celle-là. « Vous en doutiez ? »

Il secoua légèrement la tête. « J'espérais que nous nous étions trompés. Le fait que ces gens du Lignage savent qu'il est de ce sang, c'est un poignard posé sur notre cœur ; à tout instant, les Pie risquent de l'enfoncer simplement en ouvrant la bouche. » Son regard devint distant. « Il faudra surveiller les Brésinga. Je pense... Oui, c'est ça : la reine Kettricken priera dame Brésinga de prendre dans sa suite certaine jeune femme de bonne famille mais sans guère d'avenir. Je jetterai aussi un coup d'œil sur les relations familiales de Laurier. Oui, je connais tes réticences, mais trop de prudence ne saurait nuire concernant le prince. Quel dommage que tu aies laissé s'enfuir ces Pie ! Mais tu n'y pouvais rien, je m'en rends bien compte. S'il ne s'agissait que d'un ou deux individus, voire trois, nous pourrions mettre discrètement un terme au péril ; malheureusement, c'est non seulement une dizaine de membres du Lignage mais aussi ces Pie survivants qui sont au courant du secret du prince. » Il réfléchit un instant. « Peut-on les acheter ? »

Le voir retomber dans ces petits complots m'accabla, mais c'était sa nature, je le savais. Autant reprocher à un écureuil de faire réserve de noisettes. « Pas en espèces sonnantes et trébuchantes, répondis-je enfin, mais quelques mesures pourraient les satisfaire. Pliez-vous à leurs demandes ; faites preuve de bonne volonté ; incitez la Reine à protéger plus efficacement les vifiers des persécutions.

— Mais elle l'a déjà fait ! se récria-t-il. A cause de toi, elle a dénoncé ces exécutions, et à plusieurs reprises ! La loi des Six-Duchés interdit qu'on tue quelqu'un seulement parce qu'il a le Vif ; il faut prouver que l'inculpé a commis d'autres crimes. »

Je conservai mon calme. « Et cette loi a-t-elle été suivie d'effet ?

— Il revient à chaque duc d'appliquer la loi dans son propre duché.

— Et en Cerf ? » demandai-je à mi-voix.

Umbre se tut un moment. Il se mordilla la lèvre, les yeux dans le vide. Il jaugeait la situation. Pour finir, il demanda : « Tu penses donc qu'une application plus stricte de la loi à l'intérieur des frontières du duché de Cerf pourrait les satisfaire ?

— Ce serait un début. »

Il poussa un grand soupir. « J'en discuterai avec Sa Majesté ; je n'aurais d'ailleurs pas besoin de déployer une grande éloquence. A la vérité, j'ai tenu jusqu'à présent le rôle inverse : je l'incitais à respecter les traditions du peuple dont elle avait la charge, car elle... »

J'éclatai : « Les traditions ! Le meurtre et la torture, des traditions ? »

Umbre haussa le ton pour terminer sa phrase : « Car elle tient les rênes d'une alliance turbulente ! Depuis la fin de la guerre des Pirates rouges, elle use de trésors d'habileté pour maintenir l'équilibre entre les duchés. Il faut avoir la main légère pour cela, Fitz, et assez de discernement pour savoir quand faire front et quand lâcher du lest. »

Je songeai à l'odeur qui flottait près de la rivière et au bout de corde tranchée qui pendait à la branche. « Je pense qu'en l'occurrence elle doit faire front.

— En Cerf.

— Au moins en Cerf. »

Umbre posa sa main sur sa bouche, puis se prit le menton entre le pouce et l'index. « D'accord », fit-il, et c'est alors que je compris que notre conversation était en réalité une négociation. Je ne m'étais pas montré fort brillant, mais, après tout, je me croyais en train de faire un rapport. Pourtant, en y réfléchissant, qui d'autre que moi pouvait parler au nom du Lignage ? Sire Doré ? La grand'veneuse Laurier, qui n'avait aucune envie de se voir associée à ce groupe ? Je regrettai de ne m'être pas montré plus résolu, puis je songeai que je pourrais me rattraper en parlant avec la reine Kettricken.

« Eh bien, que pense notre Reine de la fiancée du prince Devoir ? »

Umbre me regarda un long moment sans rien dire. « Me demandes-tu un compte rendu ? »

Son inflexion me fit hésiter. Etait-ce un piège ? Une de ses questions faites pour acculer l'interlocuteur ? « Non, c'est une simple interrogation. Je n'ai aucun droit...

— Ah ! Devoir s'est donc mépris et tu n'as pas l'intention de le former. »

Je tournai les deux idées en tous sens pour y trouver un lien logique, puis je renonçai. « Mais si j'ai accepté ? fis-je avec circonspection.

— Alors, non seulement tu peux, mais tu dois avoir accès à ces renseignements. Si tu prends en charge la formation du prince, il te faut être au courant de tout ce qui le touche de près ou de loin ; dans le cas contraire, si tu comptes retourner dans ta retraite d'ermite, si tu poses la question uniquement pour connaître les derniers potins de la famille... »

Je reconnus un de ses vieux trucs : si on laisse une phrase en suspens, la personne en face a tendance à vouloir l'achever et, ce faisant, risque de trahir ce qu'elle pense véritablement. Je ne réagis donc pas et restai à contempler ma tasse tout en mordillant mon pouce ; finalement, exaspéré, Umbre se pencha pour écarter brutalement ma main de ma bouche. « Eh bien ? fit-il sèchement.

— Que vous a dit le prince ? »

Ce fut son tour de conserver un moment le silence, et, attentif comme un loup, j'attendis qu'il se décide à répondre.

« Rien, avoua-t-il enfin. J'espérais, c'est tout. »

Je me laissai aller contre le dossier de mon fauteuil et fis la grimacc en sentant mon dos frotter douloureusement contre lui. « Allons, mon vieux maître ! » fis-je d'un ton d'avertissement en secouant la tête, et puis je me mis à sourire sans le vouloir. « Je pensais que les ans auraient arrondi vos angles, mais il n'en est rien. Pourquoi nous imposer ce genre d'échanges ?

— Parce qu'aujourd'hui je suis le conseiller de la Reine et non plus ton mentor, mon garçon. Et aussi parce que, malheureusement, il y a des jours où mes angles s'arrondissent, selon ton expression, où j'oublie des détails et où tous les fils que j'ai soigneusement réunis dans ma main s'emmêlent inextricablement. Je m'efforce donc de rester prudent, et plus encore, dans tous les aspects de ma vie.

— Qu'y avait-il dans la tisane ? demandai-je tout à coup.

— Quelques nouvelles plantes que j'essaye ; on en parle dans les manuscrits sur l'Art. Pas d'écorce elfique, rassure-toi ; jamais je ne te ferais rien prendre qui risquerait d'amoindrir tes capacités.

— Mais ces plantes aiguisent vos facultés, c'est ça ?

— Oui. Il y a cependant un prix à payer, comme tu l'as sûrement déjà deviné. Tout a un coût, Fitz, tu le sais comme moi ; nous allons tous les deux passer l'après-midi dans nos lits respectifs, crois-moi. Mais, pour l'instant, nous avons tous nos esprits. Alors parle. »

J'hésitai, ne sachant comment présenter ce que j'avais à lui dire. Je levai les yeux vers le manteau de la cheminée, au centre duquel se trouvait toujours enfoncé un couteau, et je songeai à ma confiance d'enfant, à mes confidences d'adolescent, à tout ce que j'avais promis autrefois au roi Subtil. Le regard d'Umbre suivit le mien. « Il y a bien longtemps, fis-je à mi-voix, vous avez mis à l'épreuve ma fidélité au Roi ; vous m'avez demandé de voler un objet qui lui appartenait, comme s'il s'agissait d'une simple espièglerie. Vous saviez que je vous aimais ; je devais donc choisir entre cet amour et ma fidélité au roi. Vous en souvenez-vous ?

— Oui, répondit-il d'un ton grave, et j'en ai encore des remords. » Il poussa un grand soupir. « Et tu as réussi l'épreuve ; même par amour pour moi, tu as refusé de trahir ton souverain. Je t'en ai fait voir de dures, Fitz, je le sais ; mais c'est mon Roi qui avait voulu que je te mette à l'épreuve. »

Je hochai lentement la tête. « Je comprends. Moi aussi, j'ai fait le serment de servir la lignée des Loinvoyant, Umbre, tout comme vous. En revanche, vous ne m'avez pas juré fidélité, ni moi à vous ; il y a de l'affection entre nous, mais aucun engagement de loyauté. » Il me regardait avec grande attention, le front barré d'un pli vertical. Je repris : « Ma fidélité va au prince, Umbre, et je pense que c'est à lui de juger ce qu'il doit partager avec vous. » Je rassemblai mon courage et, avec un immense regret, amputai une partie de ma vie. « Vous l'avez dit, mon vieil ami : vous êtes le conseiller de la Reine, aujourd'hui, et non plus mon mentor. Et je ne suis plus votre apprenti. » Je baissai les yeux vers la table et bandai ma volonté. Ce que j'avais à dire était difficile. « Mon prince décidera de ce que je suis pour lui, mais plus jamais je ne vous rapporterai mes entretiens privés avec lui, Umbre. »

Il se dressa brutalement ; à ma grande horreur, je vis des larmes briller dans ses yeux verts et perçants. Il demeura un instant immobile, les lèvres tremblantes, puis il fit le tour de la table, prit ma main dans les siennes et se pencha pour baiser mon front. « Grâces soient rendues à Eda et El ! dit-il dans un murmure rauque. Tu es à lui, et il restera en sécurité quand je ne serai plus là ! »

J'étais muet de stupéfaction. Il regagna lentement son fauteuil, s'y assit, prit la tisanière et nous resservit. Il détourna le visage pour s'essuyer les yeux, puis il ramena son regard sur moi, poussa ma tasse dans ma direction et déclara : « Très bien. Veux-tu mon compte rendu dès maintenant ? »

15

BOURG-DE-CASTELCERF

Une plate-bande de fenouil complète excellemment tout jardin potager, mais il faut veiller à ce qu'elle ne devienne pas envahissante. Ramenez-la à ses proportions d'origine chaque automne et récoltez les graines avant que les oiseaux aient l'occasion de les éparpiller dans tout votre jardin, sans quoi vous passerez le printemps suivant à arracher leurs pousses fines comme de la dentelle. Chacun connaît la saveur sucrée de cette plante, mais on sait plus rarement qu'elle possède des vertus médicinales : la graine et la racine facilitent la digestion, et un nourrisson victime de coliques tirera profit d'une tisane de fenouil ; mâchée telle quelle, la graine rafraîchit la bouche, et, en cataplasme, elle apaise les orgelets. Sous forme de présent, le fenouil symbolise la force selon les uns, la flatterie selon les autres.

L'Herbier de Gaicerf

*

Comme Umbre l'avait prédit, je dormis tout l'après-midi et même une partie du début de la soirée. Je m'éveillai dans l'obscurité absolue de ma petite chambre, totalement isolé en moi-même, et la crainte me saisit soudain d'être mort. Je sortis de mon lit, cherchai la porte à tâtons, la trouvai et l'ouvris à la volée pour me précipiter dehors. La lumière et l'impression de pouvoir enfin respirer librement m'étourdirent. Sire Doré, vêtu de façon impeccable, était assis à son bureau ; à ma brusque irruption, il leva les yeux d'un air détaché. « Ah ! Enfin debout, fit-il d'un ton aimable. Du vin ? Des biscuits ? » ajouta-t-il en indiquant une table et deux chaises près de la cheminée.

Je m'y dirigeai en me frottant les yeux. Divers plats y étaient disposés avec art. Je me laissai choir sur la première chaise que je rencontrai ; je me sentais la langue pâteuse et les paupières collantes. « J'ignore ce qu'il y avait dans la tisane d'Umbre, mais je n'ai pas envie d'y regoûter.

— Quant à moi, j'ignore de quoi tu parles, ce qui n'est pas plus mal, je suppose. » Il se leva, s'approcha, nous servit du vin, puis me toisa d'un air dépréciateur. Il secoua la tête. « Vous êtes désespérant, Tom Blaireau. Regardez-vous : vous passez la journée à dormir et, quand vous daignez enfin apparaître, c'est les cheveux en bataille, dans une vieille robe chiffonnée. On n'a jamais vu pire serviteur. » Il prit la deuxième chaise.

Ne voyant pas quoi répondre, je soulageai ma soif en buvant une gorgée de vin. J'essayai de m'intéresser aux plats mais je m'aperçus que je n'avais pas faim. « Comment s'est passée ta soirée ? As-tu dansé avec la grand'veneuse Laurier ? »

Il haussa les sourcils, comme surpris et intrigué à la fois par ma question. Soudain, un sourire étira ses lèvres et je retrouvai mon fou. « Ah, Fitz, tu devrais savoir à présent que je passe chaque instant de mon existence à danser, et que je modifie la cadence à chaque cavalier. » Et, toujours habile, il changea de sujet pour demander : « Te sens-tu en forme ce soir ? »

Je compris où il voulait en venir. « Aussi en forme qu'on peut l'espérer étant donné les circonstances, répondis-je.

— Ah ! Parfait ! Tu vas donc descendre à Bourg-de-Castelcerf ? »

Il connaissait mes pensées avant même que je les eusse conçues. « J'aimerais prendre des nouvelles de Heur et voir comment se passe son apprentissage – à moins que tu n'aies besoin de moi ici. »

Il resta un instant à me regarder sans rien dire, comme s'il attendait une suite à mes propos, puis il déclara : « Va en ville ; c'est une excellente idée. D'autres festivités sont prévues ce soir, naturellement, mais je m'efforcerai de me préparer sans toi. Cependant, je t'en prie, tâche pour ta part de te rendre un peu plus présentable avant de quitter mes appartements ; la réputation de sire Doré est bien assez ternie sans qu'on fasse courir le bruit qu'il emploie des domestiques pouilleux. »

J'eus un grognement dédaigneux. « J'essaierai. » Je me redressai lentement. Mon corps avait redécouvert toutes ses douleurs. Le fou s'installa confortablement dans un des deux fauteuils qui faisaient face à la cheminée ; il se laissa aller contre le dossier avec un soupir de satisfaction et tendit ses longues jambes vers la flambée. Je l'entendis m'appeler alors que j'allais rentrer dans ma chambre.

« Fitz, tu sais que je t'aime, n'est-ce pas ? »

Je me figeai.

« C'est pourquoi il me déplairait d'être obligé de te tuer », poursuivit-il. Je reconnus une excellente imitation de ma voix et de mes inflexions. Je le regardai, les yeux écarquillés. Il s'était redressé dans son fauteuil et m'observait par-dessus le dossier avec un sourire peiné. « Ne t'avise plus jamais de vouloir ranger mes vêtements. La soie véruléenne, ça se plie soigneusement, ça ne se fourre pas en vrac au fond d'un coffre.

— Je tâcherai de m'en souvenir », répondis-je d'un ton mortifié.

Il se rassit et prit son verre de vin. « Bonne soirée, Fitz », me dit-il à mi-voix.

Dans ma chambre, je trouvai une de mes vieilles tuniques et des chausses ; je les enfilai, puis fronçai les sourcils : les chausses bâillaient à la taille. Les privations et les efforts constants de notre expédition m'avaient amaigri. Je donnai un coup de brosse à la chemise et contemplai avec désapprobation les taches qui la maculaient ; ce n'était pas elle qui avait changé depuis mon retour à Castelcerf, mais mon regard. Elle ne déparait pas dans ma fermette mais, si je devais demeurer au château pour former le prince, j'allais devoir réapprendre à m'habiller en citadin. La conclusion, bien qu'inévitable, me donnait pourtant une étrange impression de futilité. Je me lavai la figure avec l'eau croupie du broc, tentai d'aplatir ma chevelure hérissée avant de renoncer et d'enfiler un manteau. J'éteignis la chandelle.

Quand je la traversai discrètement, la chambre du fou n'était plus éclairée que par la lumière dansante du feu. En passant près des fauteuils de la cheminée, je dis : « Bonne nuit, fou. » Il ne répondit pas, mais leva une main gracieuse en signe d'adieu et désigna la porte d'un petit mouvement de l'index. Je sortis sans bruit, avec le curieux sentiment d'oublier quelque chose.

Le château baignait dans une atmosphère de fête. Chacun s'apprêtait pour une nouvelle nuit de bonne chère, de danse et de musique ; les arches des portes étaient ornées de guirlandes et dans les salles circulait une foule inaccoutumée. La voix d'un ménestrel sortait de la salle mineure, à la porte de laquelle bavardaient trois jeunes gens aux couleurs de Bauge. Mes habits usagés et mes cheveux hirsutes m'attirèrent quelques regards curieux mais, dans l'ensemble, je passai inaperçu dans la masse des nouveaux venus et de leurs domestiques, et c'est sans encombre que je quittai Castelcerf pour la ville en contrebas. La route escarpée était encore le théâtre de nombreuses allées et venues et, malgré la pluie qui tombait sans discontinuer, il régnait à Bourg-de-Castelcerf une plus grande animation que d'habitude. Cérémonies et fêtes au château stimulaient toujours le commerce, or les fiançailles de Devoir constituaient un événement de première importance, et c'est à travers un flot incessant de marchands, d'artisans et de garçons de courses que je me frayai un chemin ; je croisai également des gentilshommes à cheval et des dames en litière qui montaient se joindre aux festivités nocturnes du château. Quand je pénétrai dans Bourg-de-Castelcerf proprement dit, la cohue devint encore plus dense ; les tavernes étaient bourrées à refus, la musique qui s'en échappait attirait les passants, et des enfants couraient en tous sens, surexcités par l'atmosphère enfiévrée. Cette ambiance de jour férié était contagieuse et je finis par me surprendre à sourire et à souhaiter le bonsoir à des inconnus alors que je me dirigeais vers l'échoppe de Jinna.

Comme je passais devant une porte cochère, je remarquai un jeune homme qui pressait une jeune fille de rester encore un peu en sa compagnie ; les yeux brillants, un sourire joyeux aux lèvres, elle refusait gentiment en secouant la tête, et ses boucles brunes dansaient. Des gouttes de pluie parsemaient leurs manteaux comme autant de diamants. Le garçon paraissait à la fois si ardent et si inexpérimenté que je détournai le regard et hâtai le pas. L'instant suivant, mon cœur se serra à l'idée que le prince Devoir ne connaîtrait jamais rien de tel, qu'il ne goûterait jamais la douceur d'un baiser volé, ni l'exaltation mêlée d'angoisse de se demander si la dame lui accorderait encore un moment en sa compagnie. Non, son épouse lui avait été imposée, et il passerait les années tendres de sa vie d'adulte à attendre qu'elle devienne femme. Je n'osais pas espérer qu'ils seraient heureux ; qu'ils ne se rendent pas malheureux, voilà tout ce que je pouvais leur souhaiter.

Telles étaient mes réflexions quand j'arrivai au bout de la venelle sinueuse qui menait chez Jinna. Je m'arrêtai devant la porte, pris d'une soudaine timidité. L'échoppe était fermée, les volets clos, et si l'un d'eux, mal ajusté, laissait filtrer la maigre lumière d'une bougie, cette lueur n'invitait pas à entrer, mais évoquait plutôt l'envie d'intimité des occupants. Il était plus tard que je ne le croyais, et j'allais déranger. Mal à l'aise, je tentai de lisser les épis de ma tignasse en me promettant de rester sur le seuil et de demander à voir Heur ; je pourrais l'emmener dans une taverne pour bavarder autour d'une chope. Oui, ce serait bien ; ce serait une bonne manière de lui montrer que je le considérais comme un homme à présent. Je rassemblai mon courage et toquai légèrement à la porte.

J'entendis une chaise racler le plancher, le bruit sourd d'un chat qui atterrissait sur le sol, et enfin la voix de Jinna derrière les volets. « Qui est là ?

— Fit... Tom Blaireau, répondis-je en maudissant ma langue traîtresse. Je regrette de passer si tard, mais je reviens de voyage et je tenais seulement à m'assurer que...

— Tom ! » La porte s'ouvrit à la volée, coupant court à mes excuses et me manquant d'un cheveu. « Tom Blaireau ! Entrez, entrez donc ! » Jinna tenait une bougie dans une main, mais, de l'autre, elle saisit la manche de ma chemise et me fit entrer chez elle. La pièce baignait dans l'ombre, éclairée principalement par le feu de la cheminée ; deux chaises étaient disposées devant l'âtre, une table basse entre elles. De la tisane infusait dans une bouilloire près d'une tasse vide, et un tricot planté de ses deux aiguilles occupait un des sièges. Jinna referma la porte derrière moi, puis m'invita du geste à m'approcher du feu. « Je viens de préparer du sureau ; en désirez-vous une tasse ?

— Ce serait... Enfin, je ne veux pas m'imposer ; je venais simplement voir comment allait Heur et s'il...

— Attendez, donnez-moi votre manteau. Mais il est trempé ! Je vais le pendre ici. Tenez, asseyez-vous ; vous allez devoir attendre, car ce jeune garnement n'est pas encore rentré. Pour vous dire la vérité, je songeais depuis quelque temps que, plus tôt vous reviendriez et auriez une bonne discussion avec lui, mieux cela vaudrait pour lui. Je ne veux pas jouer les commères de village, mais il a besoin qu'on le reprenne en main. »

Je n'en croyais pas mes oreilles. « Heur ? » Je commençai à m'approcher du feu, mais le chat choisit cet instant pour s'enrouler soudain autour de ma cheville. Je m'arrêtai brutalement et j'évitai de justesse de lui marcher dessus.

Fais-moi une place sur tes genoux près du feu.

La petite voix péremptoire retentit clairement dans ma tête. Je baissai les yeux vers l'animal et il leva les siens vers moi. L'espace d'un instant, nos regards se frôlèrent, puis nous les détournâmes l'un comme l'autre par une courtoisie instinctive ; néanmoins, il avait eu le temps de voir les décombres de mon âme.

Il frotta sa joue contre ma jambe. *Prends le chat. Tu te sentiras mieux.*

Je ne pense pas.

Il se frotta de façon plus insistante. *Prends le chat.*

Je n'ai pas envie de prendre le chat.

Il se dressa soudain sur ses pattes arrière et planta ses petites griffes acérées dans mes chausses, jusque dans ma peau. *Pas d'insolence ! Prends le chat.*

« Fenouil, ça suffit ! Qu'est-ce que c'est que ces manières ? » s'exclama Jinna, atterrée. Elle se pencha pour attraper le petit casse-pieds à poils roux, mais je me baissai encore plus rapidement afin de le décrocher de ma jambe ; je réussis à me libérer mais, sans me laisser le temps de me redresser, il bondit sur mon épaule. Malgré sa taille. Fenouil possédait une agilité étonnante, et j'eus l'impression, non d'un poids mort, mais d'une grande main amicale posée sur mon épaule. *Prends le chat. Tu te sentiras mieux.*

Je jugeai plus simple de le maintenir en place pendant que je me relevais que d'essayer de l'arracher à son perchoir. Jinna, confuse, grondait l'animal, mais je l'assurai que ce n'était pas grave. Elle alla chercher une des chaises disposées face au feu et lissa le coussin dont elle était garnie ; j'y pris place et me sentis soudain partir en arrière : c'était un siège à bascule. Dès que je me fus installé, Fenouil descendit sur mes genoux et s'y roula confortablement en boule. Je croisai les mains sur lui comme s'il n'était pas là, et je lus une expression ironique dans ses yeux en amande à demi fermés. *Ne sois pas désagréable avec moi. C'est moi qu'elle préfère.*

Il me fallut un petit moment pour retrouver le fil de mes pensées. « Heur ? demandai-je à nouveau.

— Oui, Heur, répondit-elle. Heur qui devrait dormir à l'heure qu'il est, car son maître l'attend demain avant l'aube. Mais où est-il ? Dehors, à traîner avec la fille de maîtresse Merrain, qui est beaucoup trop dégourdie pour son âge. Cette Svanja lui tourne la tête, et même sa mère reconnaît qu'elle serait mieux chez elle à aider au ménage et à apprendre un métier de son côté. »

Elle poursuivit dans la même veine sur un ton qui exprimait à la fois l'irritation et l'amusement, et l'inquiétude que je percevais chez elle m'étonnait ; j'en éprouvais même une certaine jalousie : Heur n'était-il pas mon garçon et n'était-ce pas à moi de me faire du souci pour lui ? Tout en parlant, elle posa une tasse près de moi, nous servit tous les deux, puis se rassit et reprit son tricot. Une fois installée, elle leva les yeux et nos regards se croisèrent pour la première fois depuis qu'elle m'avait ouvert sa porte ; elle tressaillit, puis se pencha pour m'observer de plus près.

« Oh, Tom ! » s'exclama-t-elle d'un ton empreint d'une profonde compassion. Elle se pencha davantage et me dévisagea. « Mon pauvre, mais que vous est-il donc arrivé ? »

Il est vide comme une bûche creuse quand on a mangé toutes les souris.

« Mon loup est mort. »

Je restai moi-même saisi de ma façon brutale d'annoncer la nouvelle. Jinna se tut, les yeux braqués sur moi. Elle ne pouvait pas comprendre, je le savais, et je ne le lui demandais pas. Pourtant, comme son silence impuissant durait, j'eus le sentiment de plus en plus fort qu'elle en était peut-être capable, car elle ne se répandait pas en vaines condoléances. Tout à coup, elle lâcha son tricot et posa la main sur mon bras.

« Vous arriverez à vous remettre ? » demanda-t-elle. Ce n'était pas une question en l'air ; ma réponse l'intéressait vraiment.

« Le temps aidant, oui », dis-je, et, pour la première

fois, je reconnus que c'était exact. Malgré l'impression de trahison que me laissait cette idée, je savais que je redeviendrais peu à peu moi-même, et, en cet instant, j'éprouvai enfin la sensation que Rolf le Noir avait essayé de me décrire La part de loup de mon esprit s'éveilla. *Oui, tu vas redevenir toi-même, et c'est ainsi qu'il doit en être.* J'entendis la phrase aussi clairement que si Œil-de-Nuit me l'avait réellement transmise. C'était comme se souvenir, mais plus encore, m'avait expliqué Rolf. Je restai parfaitement immobile pour savourer cette impression, et puis elle s'effaça, et un frisson me parcourut.

« Buvez votre tisane, vous êtes en train d'attraper froid », me dit Jinna ; elle se baissa pour jeter une nouvelle bûche dans le feu.

Je suivis sa suggestion et, en reposant ma tasse, j'observai l'amulette suspendue au-dessus du manteau de la cheminée. La lumière changeante des flammes allumait des éclats dorés sur les perles puis les obscurcissait. Hospitalité... L'infusion était bien chaude, douce et apaisante, le chat ronronnait sur mes genoux et une femme me regardait avec affection. N'était-ce que l'effet du charme fixé au mur ? Si tel était le cas, cela m'était égal. Je me détendis encore davantage. *C'est de câliner le chat qui te remet d'aplomb,* affirma Fenouil d'un ton suffisant.

« Le petit va avoir le cœur brisé quand il apprendra la nouvelle. Quand le loup a disparu, il a compris qu'il vous avait suivi, vous savez ; je me suis inquiétée, mais, en ne le voyant pas revenir. Heur m'a dit : "Ne craignez rien, il est parti rejoindre Tom." Ah, comme je redoute le moment où vous allez le mettre courant ! » Tout à coup, elle se tut, puis elle déclara avec énergie : « Mais avec le temps, comme vous, il surmontera sa douleur. » Elle prit un ton soucieux. « N'empêche, il devrait être rentré à l'heure qu'il est. Quelles mesures comptez-vous prendre ? »

Je songeai à ce que j'avais été bien des années plus tôt, à Vérité, et même au jeune prince ; je songeai au devoir qui nous avait tous façonnés, qui nous avait tous ligotés et qui avait empêché nos cœurs de s'exprimer. C'était vrai, le petit aurait dû être rentré au bercail et dormir pour mieux servir son maître le lendemain ; il était encore apprenti et son avenir n'avait rien de garanti ; il n'avait rien à faire dehors à conter fleurette à une jolie fille. Je pouvais le reprendre d'une main ferme et lui rappeler son devoir, et il m'écouterait. Mais Heur n'était pas fils de roi, ce n'était même pas un bâtard royal. La liberté lui était permise. Je me laissai aller contre le dossier de mon fauteuil qui se mit à se balancer pendant que je caressais distraitement le chat. « Aucune, dis-je enfin. Je crois que je ne vais rien faire. Je crois que je vais le laisser vivre sa vie d'adolescent, tomber amoureux d'une fille, rentrer à des heures indues et se réveiller avec une méchante migraine avant de se faire réprimander par son maître parce qu'il est en retard. » Je me tournai vers Jinna. La lueur du feu dansait sur son visage empreint de bonté. « Je crois que je vais le laisser vivre sa vie d'adolescent quelque temps.

— Pensez-vous que ce soit raisonnable ? demanda-t-elle, mais elle souriait en posant la question.

— Non. » Je secouai lentement la tête. « Je pense que c'est stupide et merveilleux.

— Ah ! Eh bien, dans ce cas, voulez-vous rester ici prendre une autre tasse de tisane ? Ou bien des devoirs vous rappellent-ils d'urgence au château ?

— Je n'ai aucun devoir ce soir. Mon absence ne gênera personne.

— Parfait. » Elle me servit avec un empressement flatteur. « Vous allez donc demeurer un peu chez nous, où votre absence a été regrettée. » Elle but une gorgée de tisane en me souriant par-dessus le bord de sa tasse.

Fenouil inspira longuement et son ronronnement s'amplifia.

EPILOGUE

Il fut un temps où j'étais persuadé que l'œuvre prépondérante de ma vie serait la rédaction d'une histoire des Six-Duchés. J'ai effectué quantité de tentatives dans ce sens, mais je finissais toujours par glisser de l'épopée aux petits détails quotidiens de ma propre existence. Plus j'étudiais les récits d'autres auteurs, écrits comme oraux, plus il me semblait que ce genre d'entreprise ne vise pas à préserver le savoir, mais à figer le passé dans un état intangible. Comme lorsqu'on aplatit une fleur dans un herbier et qu'on la laisse sécher, nous tentons d'immobiliser ce que nous avons vécu pour pouvoir dire : « Voici exactement comment était la situation quand j'en ai été témoin. » Mais, à l'instar de la fleur, le passé ainsi fixé n'est plus le passé ; il perd son parfum et sa vitalité, sa délicatesse devient friabilité et ses couleurs s'estompent. Et, quand on rouvre l'herbier, on s'aperçoit que la fleur n'est plus du tout celle qu'on voulait capturer, que l'instant qu'on cherchait à retenir s'est enfui à jamais.

J'ai rédigé les anecdotes de ma vie et mes observations, j'ai couché mes pensées, mes idées et mes souvenirs sur le vélin et le papier. J'engrangeais ce que je croyais m'appartenir. Je pensais que, grâce au moule des mots, je parviendrais à imposer un sens à tout ce qui s'était produit, que l'effet suivrait la cause et que la raison de chaque événement m'apparaîtrait clairement. Peut-être cherchais-je à justifier à mes propres yeux, non seulement mes actes, mais celui que j'étais devenu. Des années durant, je me suis tenu à écrire presque chaque soir, à m'expliquer soigneusement mon univers et ma vie. Je rangeais mes manuscrits sur une étagère, convaincu d'avoir saisi le sens de mon existence.

Mais, en revenant un jour chez moi, j'ai retrouvé mes précieux écrits éparpillés en fragments dans une cour piétinée, sous une averse de neige humide. Je suis resté sans bouger sur mon cheval à contempler les petits bouts de vélin, et j'ai compris que le passé avait échappé à mes efforts pour le définir et le comprendre, et qu'il en serait toujours ainsi. L'histoire n'est pas plus figée ni morte que l'avenir. Le passé est tout près ; il commence à la dernière respiration qu'on a prise.

TABLE

Photocomposition C*MB* Graphic
44800 Saint-Herblain

Achevé d'imprimer par GGP Media GmbH, Pößneck
en janvier 2006
pour le compte de France Loisirs,
Paris

N° d'éditeur: 44801
Dépôt légal: octobre 2004
Imprimé en Allemagne